AF277126

EVA GONZÁLEZ
LUIS A. GONZÁLEZ

LA SEGUNDA ROSA

Editorial Posidonia • 2025

La segunda rosa

© Del texto: Eva González y Luis A. González
© De esta edición: Editorial Posidonia, 2025
www.editorialposidonia.com

Impreso en España. Los papeles que
usamos son ecológicos, libres de cloro
y proceden de bosques gestionados de
manera eficiente.

Primera edición: febrero, 2025
ISBN: 978-84-128752-1-8
Depósito legal: V-152-2025

LA SEGUNDA ROSA

EVA GONZÁLEZ
LUIS A. GONZÁLEZ

EDITORIAL
POSIDONIA

Para nuestra familia:
tierra firme donde regresar siempre.

Porque es áspera y fea,
porque todas sus ramas son grises,
yo le tengo piedad a la higuera.

En mi quinta hay cien árboles bellos,
ciruelos redondos,
limoneros rectos
y naranjos de brotes lustrosos.

En las primaveras,
todos ellos se cubren de flores
en torno a la higuera.

Y la pobre parece tan triste
con sus gajos torcidos que nunca
de apretados capullos se viste...

Por eso,
cada vez que paso yo a su lado,
digo, procurando
hacer dulce y alegre mi acento:
«Es la higuera el más bello
de los árboles todos del huerto».

Si ella escucha,
si comprende el idioma en que hablo,
¡qué dulzura tan honda hará nido
en su alma sensible de árbol!

Y tal vez, a la noche,
cuando el viento abanique su copa,
embriagada de gozo le cuente:

¡Hoy a mí me dijeron hermosa!

La higuera, JUANA DE IBARBOUROU

ÍNDICE

PARTE I

CAPÍTULO I

La Sublime Señora

Octubre de 1937

El mariscal Göring, ministro del Tercer Reich, fundador de la Gestapo y futuro comandante en jefe de la Luftwaffe, había ordenado a todo el mundo que llamasen a su esposa «la Sublime Señora». Y es que adoraba a su segunda mujer, Emma Göring. En ese momento, Emma, que en realidad nada tenía de sublime, jugaba con una pequeña bola peluda mientras trataba de decidirse por el vestido que se pondría en la recepción de la tarde. Su marido ofrecía un té a los duques de Windsor.

«Esta tarde es importante», pensó por enésima vez.

Se levantó de su butaca favorita y depositó al animal con cuidado sobre la alfombra. No era un cachorro cualquiera. Se trataba de un hermoso ejemplar de león, un regalo procedente del zoo de Berlín. El animal protestó con un suave rugido, luego dio un enérgico tirón a la gruesa cadena de oro que lo sujetaba y levantó sus pequeñas garras al aire.

La señora Göring seguía con sus cavilaciones sin hacer caso a la curiosa mascota. Era una mujer alta, rubia, más bien gruesa, en la mitad de la cuarentena.

«Y ahora hay que vestirse para esos engreídos duques», pensó contrariada. No sabía muy bien cómo arreglarse.

Con una punzada de angustia, pronunció el nombre Windsor entre dientes.

Dio varios pasos mientras removía prendas en su lujoso tocador. Por fin eligió un traje blanco de raso brillante con un profundo escote para que realzase su busto. Después, seleccionó un collar de perlas que daban tres vueltas a su cuello. Se miró satisfecha en el espejo.

En realidad, el atuendo no le favorecía. Los colores claros le daban un aspecto lechoso y las perlas no destacaban sobre el blanco del vestido. Deseaba sentirse regia y al mismo tiempo sencilla, que todos olvidaran su pasado de actriz del tres al cuarto. Pero el vestido ceñía demasiado su gruesa cintura. Parecía una matrona.

—¡¡Brígida!! —gritó impaciente—. Arréglame el pelo y ponme las peinetas de carey. ¡Deprisa, perezosa!

La doncella se apresuró con el peinado. Apenas estaba colocando las horquillas cuando la señora Göring, revolviéndose inquieta, volvió a levantar la voz.

—¡¡Brígida!! Saca el estuche azul, el de la diadema.

La muchacha corrió a complacer a su ama y con pasos rápidos regresó del vestidor con el estuche en las manos. Lo tendió a su señora como si fuese una ofrenda a los dioses.

Emma Göring lo abrió y se quedó contemplando la tiara con sus cinco pináculos coronados por enormes esmeraldas. Brillaban en su lecho de terciopelo.

«Demasiado para un té», decidió con fastidio.

—¡Llévatela, deprisa! Y acaba de peinarme. Los duques deben estar a punto de llegar.

Y, en efecto, en la tarde de octubre, por entre frondosos árboles, un *Großer* Mercedes circulaba majestuoso con los distinguidos visitantes en su interior. Al llegar al patio principal, el vehículo se detuvo junto al portón de entrada entre dos ciervos de mármol.

Un lacayo con botas de montar verdes y chaquetilla a juego abrió la portezuela. De su interior descendieron el duque y la duquesa de Windsor.

El mariscal Göring los esperaba vestido con un uniforme de gala que parecía a punto de estallar bajo la presión de sus ciento cincuenta kilos de humanidad.

—¡Altezas!

Göring los invitó a pasar con gesto de bienvenida. Las puertas de Karinhall se abrieron para los nobles ingleses.

Ya en el interior de la mansión, numerosos invitados flanquearon a la pareja. La Sublime Señora los esperaba a los pies de una reluciente escalinata de doble balaustrada. Su vestido blanco se confundía con el color de las paredes. Nerviosa, se retorcía una mano.

La enigmática y elegante Wallis Simpson, ahora duquesa de Windsor, se desprendió de su abrigo. Un criado lo recogió presuroso.

—¡Alteza! —repitió el mariscal Göring con gesto marcial, y tomó a la señora Windsor del brazo.

Wallis saboreó la palabra *alteza*.

En Inglaterra se habían negado a darle ese tratamiento a una plebeya como ella, y además divorciada: un escándalo. Su marido había tenido que renunciar a un reino, tal era su amor por Wallis. Quiso retener aquel instante en su memoria para siempre. El duque la observaba con un brillo de complacencia en la mirada. Los ojos de ambos se encontraron con una expresión cómplice.

«Por fin se nos valora como merecemos», parecían decir.

Las paredes estaban repletas de magníficos cuadros de los mejores artistas flamencos, sin embargo, nadie parecía apreciar las obras de arte. Todos los ojos estaban puestos en la duquesa.

Ella avanzaba, envuelta en un murmullo de admiración, deslizándose con pequeños pasos, como si flotase.

Vestía un delicado vestido de terciopelo negro. Sobre el tejido, una magnifica joya acaparó la atención de todos. Emitía un fulgor que iluminaba los rasgos de la mujer. Era un broche, una rosa montada en platino cuajada de diamantes. A cada paso de la duquesa de Windsor, los pétalos de la rosa se abrían lentamente, como un corazón palpitante sincronizado con su dueña.

Era la Rosa Windsor.

Cuando la duquesa de Windsor llegó al final del pasillo, la Rosa ya se había abierto dejando al descubierto un enorme rubí rojo sangre. Los murmullos de admiración habían crecido tanto que casi no se oía la música de la orquesta de bienvenida.

Emma Göring enrojeció violentamente bajo los polvos blancos del maquillaje. Abrió los brazos, en una estudiada pose aprendida en su época de actriz de segunda, mientras hervía de rabia.

«Sabía que tenía que ponerme la tiara», pensó confusamente mientras hacía una forzada inclinación de cabeza ante el duque y la duquesa. Se sentía desaliñada a pesar de sus perlas y sus rasos.

Tras intercambiar presentaciones y saludos, todos se apresuraron a seguir a las damas escaleras arriba.

El té se sirvió en el salón principal del primer piso. Las cortinas estaban bordadas con laureles de oro con una H en el centro; la mesa, servida en mantel de muselina blanca con porcelana ribeteada en oro. Las jóvenes que servían el té llevaban chaquetillas verdes y suaves botas de piel de gamo.

Frau Göring y la duquesa de Windsor iniciaron una charla insustancial, mientras que sus respectivos maridos hablaban de política.

—Frau Göring, su *applepie* es excelente. ¿Qué variedad de manzana utilizan aquí en Alemania?

La traductora era una joven menuda y nerviosa, muy pálida. Se dirigió a Frau Göring sin atreverse a mirarla directamente a los ojos.

—Oh, alteza —dijo traduciendo a su ama con la mayor fidelidad posible—, aquí se llama *struddle* y está hecho con manzanas de temporada recién recogidas del huerto frutal de la finca. Karinhall se precia de tener excelentes manzanos.

La duquesa de Windsor dio una pequeña cabezada de aprobación. Sin embargo, no le gustó que la corrigieran. No necesitaba saber cómo se decía pastel de manzana en alemán. El inglés le parecía mucho más elegante y musical.

Las mujeres quedaron en silencio mientras daban sorbos a sus respectivas bebidas. El silencio flotaba, denso, más pesado que el humeante vapor del té. Emma Göring no podía apartar los ojos del fulgor de los más de quinientos brillantes que adornaban el pecho de la duquesa de Windsor. A su lado, sus perlas parecían bastas y apagadas. Trató de pensar en otra cosa.

—¿Qué le ha parecido a usted Berlín, alteza? —se obligó a preguntar con una débil sonrisa.

—Oh, es una ciudad encantadora, *darling*. Monumental. Muy bella.

—¿Y qué le parece la comida?

—¡Excelente! Precisamente hace dos o tres días fuimos a cenar a Horcher's. Mi marido, el duque, probó su faisán de *presse*. Muy delicado. ¡Es tan difícil dar el punto a las carnes de caza!

Emma Göring se mostró de acuerdo, aunque ella no tenía ni idea de cocina, mucho menos de caza.

—¿Probaron los *medaillons*? A mi esposo le encantan. Horcher's es muy agradable. Nosotros vamos a menudo.

La duquesa de Windsor observó con una penetrante mirada a la mujer del mariscal Göring. No había nada de sofisticado en ella. No era fea, observó, pero sus facciones resultaban planas, vulgares. Su único atractivo residía en una especie de fulgor saludable y en unas maneras lentas, debidas en gran parte a su corpulencia.

—Conocí allí a algunos de sus amigos —dijo lentamente la duquesa para que la traductora pudiera seguirla—. El mariscal Von Ribbentrop, el doctor Speer, y el señor Goebbels y su encantadora esposa Magda.

Emma Göring estaba terminando su té, pero al escuchar el nombre de Magda Goebbels, casi se atraganta; «¡Esa estirada de Magda!», pensó. Luego se dominó y apuró el sorbo.

—Sí —dijo brevemente—. Es muy agradable.

Pero no pudo disimular del todo su animadversión.

La duquesa de Windsor se dio cuenta al momento. Poseía un sexto sentido desarrollado a lo largo de muchas conversaciones como aquella. Wallis Simpson sabía leer a la gente. Y Frau Göring era un libro abierto para ella. Sin dudarlo se lanzó a donde más le podía doler a la alemana.

—Es la mujer más bonita que he visto en Alemania, la señora Goebbels. Muy delicada y elegante —dijo con toda su intención.

Emma Göring no contestó. Ya sabía que Magda era una mujer muy hermosa. Pero no le gustaba que se lo recordasen. Había una gran rivalidad entre ellas: ambas querían ser consideradas la primera dama de Alemania. Eran la comidilla de la alta sociedad berlinesa. Y las palabras de la duquesa de Windsor no ayudaban a Emma.

Wallis Simpson se inclinó para depositar la taza de té. Los pétalos de la Rosa se cerraron imperceptiblemente ocultando un poco el corazón de rubí, luego dejó descansar la mano cerca del pecho. Los dedos se recortaron sobre el vestido como si fuesen parte de la joya de platino y brillantes.

«Es un broche maravilloso —pensó Emma con envidia creciente—. Una joya con movimiento».

Sin pensar, hizo el comentario que llevaba toda la tarde evitando formular:

—Alteza —dijo—, no puedo evitar admirar su original rosa. Es bellísima.

La duquesa de Windsor sonrió triunfalmente. Había perdido la cuenta de las veces que le habían llamado alteza desde que empezaran su *tour* por Alemania. A pesar de sus esfuerzos, su anfitriona la irritaba con su vulgaridad.

La Rosa Windsor refulgía y brillaba como si fuese el puro corazón del Imperio británico.

—Es usted muy amable, Frau Göring —respondió sin darle ninguna importancia, como si el magnífico broche fuese una bisutería—. ¡No es nada! Un detalle de mi esposo.

—Es verdaderamente espléndida con esa cadencia cuando usted camina.

—¡Cierto! Es gracias a un mecanismo que permite la apertura y el cierre de los pétalos al ritmo del movimiento. Es muy ingenioso —explicó como si hablase del juguete de un niño.

Emma no podía detenerse una vez que hubo comenzado. Ahora la conversación fluía como si fuesen dos buenas amigas.

—¿Dónde se la han hecho? —preguntó, como de pasada, mientras hacía una señal a la criada para que trajera más *struddle*.

La duquesa de Windsor recogió la pregunta del aire con una encantadora sonrisa que no podía ocultar un mohín de superioridad.

—¡Oh, querida! —dijo con voz cantarina—, es de una diseñadora francesa, madame Bellâme. —Y añadió—:

Pero es un diseño exclusivo. Un encargo exclusivo de mi marido —recalcó—. ¿No es encantador?

Emma Göring acusó la estocada con saber estar. No movió ni un solo músculo, no en vano, había sido actriz. Pero estaba furiosa por haber preguntado: nunca debería haberse mostrado interesada en la joya.

«Un diseño exclusivo», había dicho la muy engreída de la duquesa con ese estúpido tonillo de superioridad. La Sublime Señora estaba furiosa. Ella misma se lo había buscado: «¿Magda Goebbels habrá visto también el broche? Seguro que sí» —se dijo angustiada.

Lo que inquietaba a Emma Göring era la certeza de que Magda Goebbels nunca habría admirado aquella joya abiertamente. Nunca se habría rebajado ante la duquesa de Windsor.

Se sintió ofendida.

«¡Esto no va a quedar así!», se dijo recomponiéndose y mirando por primera vez con una helada frialdad a la duquesa de Windsor.

Su marido era uno de los hombres más poderosos del mundo y ella era su esposa. Si la ofendían a ella, ¿no ofendían también a Alemania? Pero en realidad no pensaba en su país, sino en su ego herido. No consentiría semejante desplante.

«Tendré que hablar con Göring», pensó.

«Un diseño exclusivo».

Toda la rabia que había estado acumulando desde antes de la llegada de los Windsor se concentró en una única idea, como un diamante de puro odio, transparente y duro.

«No hay nada en el mundo que sea exclusivo de otra mujer si yo lo deseo —se dijo—. ¡Ya lo verás, duquesita orgullosa! No importa lo que tarde o lo que cueste: ¡yo también tendré una Rosa Windsor!».

Y, tras ese pensamiento, sonrió aliviada. Ahora ya podía seguir con la conversación.

CAPÍTULO II

La Segunda República

Octubre de 1934

Aquel 5 de octubre de 1934 el sol brillaba alegre sobre los tejados de las casas de Madrid ajeno a la crispación política del momento. Gerardo y su buen amigo Julio caminaban por la corredera de Atocha para hacer un encargo al lapidario Correa. El despacho se encontraba en aquella misma calle, un poco más abajo, cerca de Antón Martín. Iban conversando, casi en susurros, hablando del oficio, del gremio y del mal ambiente con los patrones. A pesar de la placidez de la mañana, sus miradas estaban en alerta observando el movimiento inusual de gente por la calle.

La proclamación de la II República en 1931 había traído, además de la Constitución, un primer bienio de coalición republicano-socialista que había emprendido numerosas reformas sociales con idea de modernizar el país. Sin embargo, ahora se encontraban bajo el mandato de un Gobierno radical presidido por Alejandro Lerroux con apoyo en el Parlamento de las derechas católicas. Este nuevo Gobierno había tratado de rectificar las reformas implantadas por el anterior y el resultado estaba siendo una gran agitación social, sobre todo en las zonas más industrializadas del país. En aquel caldo de cultivo se gestaba una auténtica revolución social. En la madrugada de esa misma noche, algunos sindicatos, incluido el de Gerardo, habían declarado la huelga general.

—¿Vendrás esta tarde a la calle Flora? —preguntó Julio. Sus ojos grandes y fraternales miraron a Gerardo con curiosidad y algo de compasión. Sabía que en la sede del gremio las cosas no marchaban bien.

«No son buenos tiempos para ser joven», se dijo pensando en su amigo, que era unos diez años menor que él. «No son buenos tiempos y punto», se rectificó a sí mismo.

—¿Crees que será prudente? —respondió Gerardo con un deje de intranquilidad en la voz.

—Los ánimos están muy caldeados. En realidad, no sé qué pintas tú en el gremio —inquirió Julio preocupado por el amigo—. Las relaciones con tu jefe son buenas. No es tan mal patrón y a ti te suele conceder lo que le pides. Te tiene en estima porque trabajas bien.

Gerardo llevaba casi cuatro años en el taller de joyería donde su tía le había colocado. Era tan hábil en su oficio y aprendía tan deprisa que de barrer suelos y hacer recados había ascendido rápidamente a oficial de segunda.

—Entiendo que tus compañeros hayan confiado en ti —prosiguió Julio—. Eres listo, y prudente para tu edad, pero lo que no comprendo es por qué te has metido en el fregado de representarlos sindicalmente. No te hace falta correr riesgos en los sindicatos. Eres demasiado joven.

Gerardo se encogió de hombros. En realidad, él tampoco lo acababa de entender, pero alguien tenía que luchar por los derechos de los trabajadores. No bastaba con quejarse, había que actuar. Y él era joven y no tenía mujer ni hijos. Podía correr más riesgos que otros.

Julio conocía bien las fricciones entre los trabajadores y la patronal, así como el taller donde trabajaba su amigo desde mucho antes de irse a Francia, donde residió unos

años, y estaba preocupado por el curso de los acontecimientos políticos en el país.

—Tu patrón no es mal tipo del todo —insistió—.
Es de los pocos que paga por lo que vales, si lo trabajas
y si obtiene beneficios de tu esfuerzo, claro. Si no, aún
estarías sacando basuras.

Ya estaban cerca de Antón Martín.

—Es por aquí, Gerardo —dijo Julio indicando con
la mano derecha hacia donde tenía el lapidario Correa
su tienda—. ¿Sabes que el hermano de Correa está en
Londres? Dicen que está tallando piedras exclusivas para
la reina de Inglat...

No pudo acabar la frase. Un rumor sordo crecía.
Parecía una gran corriente de agua. El ruido se acercaba
a ellos imparable. Se detuvieron conteniendo el aliento
sin darse cuenta.

De repente, cientos de personas desembocaron, corriendo calle arriba, inundando Atocha en dirección
contraria a la suya. El ruido de la gente se mezclaba con
el de los cascos de los caballos de la guardia de asalto,
que los perseguía. Los animales se precipitaban con sus
poderosas patas delanteras en alto al tiempo que la multitud gritaba y se esparcía por todas partes.

No pudieron alcanzar Antón Martín. El gentío los
separó. Gerardo no podía comprender de dónde había
salido tanta gente. Estiró el cuello y se puso de puntillas,
pero, a pesar de su elevada estatura, no pudo ver a Julio.

La presión humana le empujó contra un portal. Un
caballo color chocolate, todo pecho y patas, le aplas-
tó contra el marco de la puerta. Sintió los granillos del
cemento de la pared clavándose a través de la fina tela
de la camisa, ya pasada de tantos lavados, y se encontró
pensando, durante una fracción de segundo, en que su
madre iba a matarle si se estropeaba. Luego, su instinto

le hizo girar el cuerpo y protegerse la cabeza con el brazo. Los porrazos volaban y él estaba apresado contra el vientre del animal. Solo acertaba a ver los ojos inyectados en sangre del guardia y la mueca cruel y casi inhumana de su boca, que se crispaba en gritos incomprensibles.

Gerardo se preparó para el siguiente porrazo, más temeroso de las coces del caballo que del propio guardia, pero milagrosamente, antes del impacto, una mano le agarró con fuerza y le arrastró bruscamente hacia un oscuro y profundo zaguán. El golpe de la porra se estrelló contra la pared mientras el caballo se encabritaba y su jinete, de un tirón de las riendas, se lo llevaba calle arriba, al galope, a la busca de más masa humana a la que golpear.

Se derrumbó sobre las losas del portal y se palpó con cuidado la cabeza. Luego se puso la mano en el hombro, donde los golpes se habían acumulado. Un reguero de sangre resbalaba por la camisa, que ya no era blanca, sino roja. Volvió a pensar en su madre. Con alivio en esa ocasión. Solo entonces dirigió su atención hacia su salvador: un hombrecillo enjuto, surcado de arrugas, seco como una vara de avellano.

—¡Quédate aquí un rato, muchacho! —dijo con una voz tan áspera y enérgica como su propio aspecto—. No es prudente salir hasta que todo haya pasado. Después de los palos vendrán los arrestos. La policía detendrá a todo el que tenga dos patas. Escóndete ahí, debajo de la escalera.

Gerardo se arrastró dolorido hasta el hueco que le había indicado el hombre y, antes de que pudiese agradecérselo, este había desaparecido. El joven se acurrucó contra la pared, acogido por la sombra del oscuro portal y se dispuso a esperar.

Solo cuando se hizo de noche —no supo calcular cuántas horas habían transcurrido—, se atrevió a salir y, pegado a las paredes, silencioso y rápido, regresó a su casa.

Allí estaban sus padres. Su madre, una mujer delgada y nerviosa con un rostro marfileño, estaba aún más blanca que de costumbre debido a la angustia de la espera. El padre, en cambio, irradiaba calor, rojo por la rabia y la impotencia ante aquellos acontecimientos que trastornaban sus vidas.

La mujer pasó rápidamente a la acción en cuanto apareció Gerardo. Rebuscó en la alacena hasta encontrar un ungüento medicinal y, después de limpiarle la herida, se lo esparció con suaves masajes por el brazo. Le caían las lágrimas, aunque no era consciente de estar llorando. Mientras, el padre caminaba de un lado a otro de la estancia deteniéndose de pronto, como si se preguntase dónde se encontraba, para reanudar sus pasos como una fiera en su jaula.

—¡Qué país este! —dijo al fin. El miedo y la preocupación llevaban tiempo creciendo en él como malas hierbas. Lo que más le dolía era la falta de sentido común y de moderación de las personas. No comprendía lo que estaba pasando—. ¿Es que nadie en este país entiende que la unión de un pueblo es su mayor fuerza? —exclamó con amargura—. En este puñetero pueblo nuestro solo hay división de ideas y ninguna buena. ¡Por el camino que lleva España, terminaremos matándonos unos a los otros!

Después de aquella explosión, tan poco frecuente en él, se sintió vacío, sin fuerzas ante la realidad que tenía delante de los ojos, en su propia casa.

Se veía incapaz de proteger a su familia. De un tiempo a esta parte venía pensando que Gerardo debía abandonar España sin tardanza. No veía más solución que la separación. Presentía que la huelga general y la llamada a la revolución de los trabajadores no prosperarían. Era demasiado pesimista, decía siempre Gerardo, pero la edad le había vuelto desconfiado y tristemente sabio. Ellos eran demasiado viejos para emprender una nueva vida, pero el chico no. Sin embargo, aún no se atrevió a expresar el pensamiento en voz alta. Sería muy duro para su mujer aceptar aquella idea.

La madre de Gerardo, como intuyendo los pensamientos de su marido, se secó las lágrimas. Lo importante era que el chico estaba bien.

—¡Amancio, esto pasará! —dijo. Quería quitar importancia al suceso, temerosa de pensar que las cosas pudiesen ir aún peor y de lo que eso supondría para su familia —. El muchacho aprenderá a defenderse él solo. Tú eres el que me da miedo. ¡Ten cuidado con lo que dices y dónde, y no vayas a hacer ninguna tontería!

Gerardo la observó, pesaroso, pensando que no había manera de defenderse de los caballos y de las porras. Aquello no era una pelea entre chicos del barrio, entre matones de patio de colegio. Aquello era la revolución social, la lucha de clases, las reivindicaciones de los oprimidos… Pero permaneció en silencio. No era momento de hablar, mientras sus padres discutían por su causa.

—¡El que debe tener cuidado es Gerardo! —contestó el padre irritado con la mujer por tratarlos a ambos como a niños—. Escucha, hijo, no vuelvas al gremio —suplicó—. Las cosas se están poniendo muy tensas. Los huelguistas han tomado hoy la ciudad y mira cómo han reaccionado la Guardia de Asalto y el Gobierno. Ahora no es seguro estar ni con unos ni con otros. Es el momento del silencio, de pasar inadvertidos.

Gerardo sabía que su padre tenía razón. Y también Julio. Pero no entendía qué había de malo en sus reivindicaciones. Él llevaba al gremio las ideas de su sindicato:

condiciones salariales más justas, horarios más razonables... Era demasiado inocente. A pesar de su rabia en momentos puntuales, estaba a favor del diálogo y de la palabra, pero ese día había sentido el lenguaje de la violencia. Y se daba cuenta de que el tiempo de la moderación estaba acabando. Se sintió tremendamente cansado.

«La política no es para mí», se dijo con más sorpresa que otra cosa.

•

Al día siguiente, su jefe le llamó al despacho.

La mesa estaba abarrotada de trastos, pisapapeles de cristal de roca sin tallar, cajas de trabajo, piezas a medio terminar, algunas facturas... Justo en el centro, sobre una bandeja, relucía un precioso brillante, la lupa y las pinzas a su lado. Quizá, calculó Gerardo, tendría algo más de dos quilates.

El patrón le acercó una cartulina negra con premeditada ceremonia.

—Este encargo es para ti —le dijo sin más esperando su reacción—. No me defraudes, muchacho, he puesto toda mi confianza en ti.

La cartulina tenía un dibujo en el centro primorosamente pintado a la acuarela. El diseño era para un anillo de compromiso. El diamante luciría en solitario, sobrio, rodeado de una filigrana de platino que terminaría en una garra elevada para destacar la piedra por encima de todo. La pieza era de gran envergadura.

Gerardo sintió la sangre agolpándose en su rostro. La belleza del brillante y la dificultad de la montura le parecieron un desafío. Se sintió importante. Capacitado. Podía, y quería, crear esa joya, dar vida al diseño, retorcer el metal hasta conseguir coronar aquella gema maravillosa. Era un afortunado. ¡Qué especial era el destino!: el día anterior, pisoteado por los suelos, y ahora, aquel encargo que le elevaba a los cielos.

—¡Por supuesto, patrón! Me pondré a ello en cuerpo y alma.

Se ruborizó de nuevo. No había querido ser tan vehemente. Se dio cuenta de la poca picardía que tenía. ¡Era un estúpido! Nunca había que mostrase tan contento y dócil con los patronos. Pero, en el fondo, estaba muy halagado por el encargo.

—¡No lo dudo, Gerardo! ¡No lo dudo! —le respondió el patrón con una sonrisa irónica.

Sacó una pipa del bolsillo de su chaqueta. La encendió lentamente y siguió hablando mientras observaba con los ojos entornados al muchacho, que no podía ocultar su satisfacción. Había pasión en él. Podría ser un artista, pero aún había que pulirlo.

—Pongo toda mi confianza en ti —añadió—. Los oficiales más viejos se podrían molestar contigo, y naturalmente conmigo por saltarme el escalafón. Y eso nos puede traer problemas. Pero apuesto por ti, muchacho. A cambio…, tendrás que echarle horas extra. ¡Corre mucha prisa!

«Así que ¡era eso!: las horas extra».

Gerardo se sintió contrariado.

¿Era esa la verdadera razón por la que recibía un encargo de tanta importancia? ¿Era porque él salía más barato que los oficiales veteranos?

En realidad, sabía que era un buen artesano. Tras cuatro años de aprendiz y dos de oficial, sabía bastantes cosas del oficio, pero también se daba cuenta de que le quedaban otras muchas por aprender. Con el tiempo terminaría de adquirir la suficiente experiencia como para ser un gran orfebre. Lo sabía desde siempre.

Sin embargo, el encargo era suyo, pero no por ser el más cualificado, sino porque era el oficial más joven y el que cobraba menos. Eso era todo. Su ánimo disminuyó por unos segundos. Luego se rehízo: ¿qué importaban las razones, en realidad? Tenía un reto apasionante ante sí. Había que transformar aquel diseño, sacar el máximo rendimiento al diamante, buscar una montura que dejase lucir la gema en todo su esplendor. ¿Podría conocer a la mujer que luciría la joya? Seguramente no. No había tiempo.

«Tendré que imaginarla», se dijo con una leve sonrisa.

Se fue a su puesto de trabajo dejando todo en el olvido: los intereses del patrón, las envidias de sus compañeros y las reyertas de la calle. Tan solo quería comenzar a forjar los metales para realizar aquel encargo con toda la ilusión de su impetuosa juventud.

·

Los días transcurrieron deprisa. Mientras Gerardo confeccionaba su joya, la crispación política en el país empeoraba sin remedio. En ese ambiente, los ciudadanos trataban de seguir adelante con sus vidas.

Aquella tarde había reunión en el gremio. Gerardo iba decidido a despedirse de sus compañeros. Comenzaba a hacer frío en Madrid. Se subió el cuello de la chaqueta, ya deslucida por los codos, y metió las manos en los bolsillos. Allí estaban las cinco pesetas que le quedaban después de entregar el sueldo a su madre. Se las dejaba para coger el metro, pero él casi siempre prefería caminar. Le ayudaba a aclarar las ideas.

Se metió por la calle de la Hilera, una callejuela estrecha que desembocaba en la plaza de San Martín, con idea de atajar. Llegaba tarde. De repente, salidos de entre las sombras, le rodearon tres tipos. Antes de que pudiese darse cuenta los tenía encima.

—¡Eh, tú, cabronazo!

El más alto se le abalanzó y, antes de que Gerardo pudiera reaccionar, le propinó una bofetada que le hizo girar el cuello más de noventa grados.

—¡Para que sigas reivindicando y exigiendo! —dijo el tipo mientras los otros dos se acercaban aún más. Otro le cogió por las solapas de la chaqueta mientras el tercero le pateaba con todas sus fuerzas.

—¡Rojo! ¡Mal nacido!

Gerardo no había visto a aquellos gorilas en su vida. La violencia que empleaban era tal que el muchacho se estremeció de pánico. No tuvo mucha oportunidad de defenderse. Aun así, se revolvió y alcanzó a soltar una fuerte patada en la espinilla al que le tenía cogido por la chaqueta.

—¡Hijo puta! ¡Respeta a los patronos! —le espetó el alto con la voz deformada por la ira—. La próxima vez, pateamos a tu madre. ¡No habrá más avisos!

Le propinó un puñetazo en la boca del estómago por despedida y, levantando el brazo, hizo una seña a los otros dos. Los tres quedaron con los brazos en alto y la palma extendida. Luego, con la misma velocidad con la que habían aparecido, se desvanecieron calle arriba entre las sombras.

Gerardo cayó al suelo encogido de dolor. Era la segunda vez en apenas tres semanas que recibía una paliza. Le corría un reguerillo de sangre por la comisura de la boca. Se sacó un arrugado pañuelo para limpiarse y emprendió el regreso a su casa.

Efectivamente, habían conseguido que ese día no fuese al gremio. No iría más. Habían amenazado a su madre. ¿Acaso le conocían? Comprendió con desesperación que debía estar en su punto de mira, que le habían seguido. En ese momento no sintió miedo por sí mismo, pero habían mentado a su madre. Se estremeció. Esa sí que era una razón importante para tener cuidado.

«¡No me someteré! ¡Eso nunca!», pensó con rabia. Pero quizá habría que poner tierra de por medio.

Su regreso a casa fue aún más penoso que la vez anterior. Se escurrió por el pasillo como un gato herido tratando de evitar a su madre.

—¿Gerardo? ¿Eres tú? Llegas pronto.

La mujer estaba en una diminuta salita con los pies en el brasero bajo la falda de la mesa camilla. Allí pasaba las tardes bordando manteles para una tienda. Tenía habilidad y era rápida, pero a aquella hora se le empezaba a fatigar la vista por la falta de luz y por la edad.

—Sí, madre —gritó Gerardo desde el fondo de su cuarto tratando de aparentar normalidad y deseando que la mujer le dejase tranquilo.

—Pero ¿no tenías reunión en el gremio esta tarde? —la voz le temblaba con una nota de aprensión. Gerardo no contestó.

La madre se levantó y salió de la salita. Se acercó al cuarto del chico con pasos silenciosos y leves. Abrió la puerta, que apenas estaba entornada. Gerardo estaba tendido cuan largo era de cara a la pared. Miraba fijamente un agujero pardusco que había en el estuco.

—¿Gerardo?

La madre se acercó precipitadamente y con cuidado volteó al hijo. Un grito se ahogó en su garganta al ver el rostro amoratado del joven.

—¡Gerardo! ¡Hijo! —gritó con desesperación—. ¿Qué te han hecho, por Dios?

Las heridas del joven no eran graves, pero la amenaza a su madre le había impresionado. Durante varios días caminó inquieto por las calles evitando los lugares solitarios y con la horrible sensación de que le vigilaban. Tenía los nervios de punta.

La idea de la partida, que ya los tres miembros de la familia habían barruntado, maduró rápido después de aquel fatídico día.

La Revolución de Octubre había sido un fracaso. El Gobierno republicano suprimió las revueltas de Asturias y Cataluña. La represión fue brutal, con centenares de muertos y decenas de miles de detenidos. La polarización política y la inestabilidad crecieron de manera palpable. Los partidos nacionalistas y la CEDA ascendían vertiginosamente. Tras aquellos días, nada volvería a ser lo mismo. Las esperanzas de Gerardo y su familia se desvanecieron. La democracia solo había sido un tremendo espejismo.

Hablaron con Julio, que, deseoso de proteger a su joven amigo, le dio cartas de recomendación para Bernard Bloch, dueño de una importante joyería en París, y para el taller de Maurice Dupont, cualquiera de los dos le aceptaría. También le proporcionó la información de cómo viajar a Francia y, una vez allí, qué tren tomar hasta París.

Gerardo, desanimado y triste, preparó una pequeña maleta. Junto con cuatro prendas de vestir, humildes y desgastadas, metió sus herramientas debidamente engrasadas y bien envueltas en papel de estraza. Supuso que, al igual que en España, en Francia los oficiales debían aportar al trabajo sus propias herramientas de mano. Ya estaba listo.

—¡Toma! ¡Guárdalo bien! —dijo la madre poniendo furtivamente en la mano del muchacho un colgante de oro. La única cosa de valor que poseía. Una pequeña maravilla que celosamente había pasado de padres a hijos en su familia. Llevaba una media sonrisa en la cara, pero la arruga permanente del ceño no podía engañar a nadie. La sombra del futuro proyectaba oscuridad en su mirada, que Gerardo recordaba había sido siempre tan alegre.

—No la pierdas. Te dará suerte.

—¡Pero, madre…!

—No digas nada hijo. Te protegerá, eso es todo.

Gerardo cogió la joya, se la colgó en el cuello y después le dio un beso que fue como dárselo a su madre, a sus amigos y a su ciudad. Al posar los labios sobre el frío metal, se despedía de su antigua vida.

Llevaba cien pesetas, un mapa y una maleta de cartón con algo de embutido. Subió al expreso, que vomitaba sus volutas de humo blanco en la fría mañana, y se acomodó en un vagón al final del convoy. Desde la ventanilla, como figurillas de madera, sus padres y Julio se veían inmóviles, impotentes, cada vez más pequeños.

Gerardo sintió angustia, rabia e incertidumbre mientras los extensos y resecos campos de Castilla iban dando paso a paisajes más verdes y frondosos, pero, conforme se acercaba a Francia, una esperanzadora sensación, mezcla de incertidumbre y excitación, se iba abriendo camino en su joven corazón. A fin de cuentas, se dirigía a París, la legendaria ciudad de la luz. Y le esperaba una nueva vida.

CAPÍTULO III

La Rosa Windsor

1937

Gerardo subió los tres pisos de un moderno edificio situado en la calle Saint-Lazare con la rapidez y la ligereza propias de su juventud. Estaba excitado y nervioso, lleno de energía. No todos los días te recibía la famosa diseñadora madame Bellâme en su santuario.

Ya llevaba casi tres años en París. Trabajaba en tareas rutinarias, como oficial de segunda, en el taller de Maurice Dupont. Le habían aceptado allí gracias a la recomendación de su amigo Julio, aunque pronto le valoraron por su buen hacer. Gerardo era preciso y tenaz en su trabajo, y cada vez recibía encargos más difíciles. El último había sido una pulsera para madame Bossey, la esposa de un importante diplomático. Ese trabajo le había consolidado como un gran artesano. Además, había aprendido a defenderse con el idioma con relativa rapidez, lo que le facilitaba la comunicación con sus jefes y compañeros.

En el taller de Dupont se hacían muchos encargos para el lapidario Bernard Bloch, una de las más prestigiosas firmas de pedreros de París, de la que también le había hablado Julio. La pulsera para la mujer del embajador había sido uno de ellos. La casualidad había querido que monsieur Bloch se encontrase en una cena con el señor Bossey. El diplomático felicitó a Bloch por la pericia de sus joyeros. Su mujer había quedado encantada con el regalo.

Así, cuando su joven asociada, la diseñadora Sara Bellâme, le comentó que necesitaba un experto para un encargo muy especial, Bloch se acercó al pequeño taller de monsieur Dupont para conocer personalmente al orfebre que había realizado el encargo del embajador. Tanto el encargado como algunos veteranos oficiales alabaron el trabajo del español. Todos hablaron bien de Gerardo, lo cual ya era raro de por sí. Decían de él que resolvía complicados retos técnicos con facilidad y que tenía unas manos maravillosas. El señor Bloch, después de aquellos informes y de charlar un rato con el español, se lo recomendó a la diseñadora.

Precisamente, aquella mañana, cuando madame Bellâme recibió a Gerardo, en lo primero en lo que se fijó fue en sus manos. El joven permanecía inmóvil, con la respiración todavía agitada por la carrera en las escaleras. Estaban en el lujoso despacho donde la diseñadora recibía a sus exclusivos clientes, la mayoría de la alta sociedad, los nuevos ricos o el mundo de la moda, el cine y el arte.

Observó a Gerardo sin disimulo, igual que hacía con sus clientes. Normalmente, se fijaba en el contorno de la cara, la complexión de la piel y la forma de las manos antes de iniciar sus diseños, para los que incluso tomaba medidas, como un ebanista que construyera un mueble a medida o un sastre que confeccionara un traje. Madame Bellâme nunca firmaba sus joyas. Su propio estilo, tan particular y definido, era su única seña de identidad. Y alardeaba de ello.

Ahora estudiaba a aquel aspirante, del que tan bien le habían hablado.

Lo que vio le gustó: un hombre joven, alto para su concepto de los españoles, a los que imaginaba bajitos y morenos, pero ese muchacho casi superaba el metro ochenta. Los ojos oscuros, y con un punto de tristeza en el fondo, estaban alerta y mostraban inteligencia y buena disposición. Tenía manos fuertes, de dedos anchos y cuadrados en las puntas, aunque en cierta forma, estilizadas y sensibles. Eran unas manos hermosas. Y madame Bellâme era una experta en manos. Sintió una corriente de simpatía hacia el joven.

«Sí. Podría ser».

Quizá por fin había encontrado al artesano que necesitaba. Pero no debía precipitarse.

—Monsieur López. —Su voz era enérgica y suave a la vez. Aquella mujer estaba acostumbrada a mandar, pero también a seducir—. Trae usted muy buenas referencias. Por eso está aquí. Pero, no nos engañemos. Lo que estoy buscando es excelencia. ¿La encontraré en usted?

Gerardo observó a la diseñadora. Era una mujer muy guapa. Rondaría los treinta y siete o treinta y ocho años. Tenía una nariz recta y regular, ojos grandes y una mandíbula enérgica. Lucía una sortija cuajada de brillantes a juego con un brazalete con una más que impresionante amatista en el centro.

Se sintió intimidado, pero no podía desperdiciar aquella oportunidad.

—Lleva usted un brazalete de estilo *art déco* —dijo por respuesta. Se acercó un poco más a la mujer para observar la joya más de cerca—. Es un diseño exclusivo de usted —reconoció el estilo de la mujer—. Lo he deducido porque las líneas rectas están suavizadas y la amatista del centro, de talla oval, está rodeada de citrinos. La disposición le da un aire egipcio. A usted le gusta lo floral, el *art nouveau* y lo oriental. Es una joya difícil de ejecutar técnicamente. Un buen trabajo, pero no excelente —añadió—. Yo lo habría ejecutado de forma diferente. Quizás hubiese articulado las secciones de la pulsera para aliviar su rigidez y conseguir que se adaptase a la muñeca con más suavidad.

Su francés no le daba para más florituras, pero creía haber complacido con su explicación a la diseñadora.

Madame Bellâme sonrió a medias. Sus facciones se relajaron un poco. Pensó con agrado que el joven era un buen observador. Se levantó y se dirigió a la mesa de trabajo. De allí tomó un cuaderno. Volvió delicadamente las páginas hasta alcanzar la que buscaba. Se la mostró a Gerardo.

—¿Sería capaz de llevarla a cabo?

Se trataba de un broche, una rosa impresionante de tamaño casi natural. Los distintos bosquejos la mostraban completamente abierta, cerrada y en diversos grados de apertura. Gerardo contuvo el aliento. Era una joya exquisita.

—¿En qué metal habría que elaborarla?

—En platino.

—¡Lleva muchos diamantes!

—Cierto. Más de quinientos, para sus cálculos.

—¿Cuál de los bosquejos sería el definitivo? —preguntó Gerardo. La Rosa se mostraba en distintas aperturas. Habría que seleccionar una—. Lo digo porque algunas posiciones son más complejas de elaborar que otras.

La mujer carraspeó un poco. La joya era un diseño con el que llevaba soñando mucho tiempo. Había necesitado madurarlo y desarrollarlo, pero, sobre todo, había necesitado encontrar a la persona adecuada para lucirlo. Aquella que le daría personalidad definitiva. Para madame Bellâme, las joyas eran inseparables de sus propietarios. Cobraban vida con las emociones, los gustos y los acontecimientos que vivían sus propietarios.

Y, a su vez, ellas se comportaban como talismanes para sus portadores en una simbiosis que para la diseñadora implicaba algo de arte y algo de magia a partes iguales. Y aquel diseño había encontrado una dueña: una mujer cuya manera de moverse había hecho pensar a Sara Bellâme que el broche debía moverse también.

—¡Todos! —dijo mirando a Gerardo desafiante—. La Rosa tendrá movimiento. Quiero que se abra y se cierre lentamente. Que parezca que tiene vida. Quiero que acompañe a su dueña, a su caminar, a su ritmo...

Gerardo carraspeó. Nunca había oído hablar de un broche con semejante mecanismo. No conocía ninguna joya con movimiento, salvo los huevos de Fabergé. Y aquello era otro nivel. Además, no iban prendidos en la ropa de una mujer; permanecían estáticos sobre una mesa.

Madame Bellâme dio un par de golpecitos sobre el boceto antes de hablar de nuevo:

—Solo hay un pequeño problema...

—¿Un problema...?

—Debe usted desarrollar el mecanismo, yo apenas tengo una vaga idea de cómo debería ser. Y esa es una de las razones por las que estoy buscando a alguien especial para ejecutar esta joya. ¿Será usted?

—¡¡Madame...!! —exclamó Gerardo—. Lo que pretende usted es muy complejo... —Pero su mente ya estaba buscando soluciones técnicas—. Tendría que hacer algunas pruebas en latón..., si a usted le parece bien. Y primero formarla desde el capullo, para luego ir mostrando la apertura...

Sara Bellâme tenía un pálpito. Y nunca se equivocaba.

—¿Podrá hacerla?

Gerardo sintió el cosquilleo del reto; un desafío digno de sus inquietudes, una tarea con la que siempre había soñado.

—Lo intentaré, señora —dijo con sencillez.

Una idea estaba tomando forma en su mente. ¡Sí! Tal vez fuese posible.

—¡Lo haré! —afirmó.

—Será un diseño exclusivo —respondió ella con los ojos brillantes—. El encargo lo hace el duque de Windsor para su reciente esposa, miss Wallis Simpson. Ninguna otra mujer lucirá esta joya.

—Como gustéis, madame Bellâme. Es vuestro cliente y vuestro encargo.

Gerardo trataba de hablar con naturalidad, como si todos los días recibiese encargos de aquel tipo. Pero casi se sentía levitar. Estaba deseando salir de aquella sala y bajar las escaleras corriendo. Y subir y bajar escaleras varias veces, si fuese necesario. Para calmarse. El momento sería perfecto si pudiese compartirlo con sus padres. El estómago se le cerró de golpe al acordarse de ellos. España. Sus padres. Pero lo aparcó para más tarde.

—De acuerdo, entonces —dijo ella más que satisfecha, pero disimulando también—. Firmarás un contrato de exclusividad y no revelarás a nadie el mecanismo —y con cierta ironía, añadió—: cuando descubras cómo hacerlo.

Antes de marcharse, la diseñadora le entregó varias revistas. El magazín *Vogue* en su edición parisina y también en la americana, un número atrasado del *Marie Claire*, dos del *Harper's Bazaar*. Las revistas estaban plagadas de diseños de Van Cleef and Arpels, de Cartier, de Boucheron y también de la propia Sara.

En la portada del *Vogue* de aquel junio de 1937 había una avioneta amarilla a toda página. Una joven con gafas de sol, guantes de faena y pantalones se apoyaba en el morro.

—Para su novia —dijo Sara con una amplia sonrisa.

Pero Gerardo no tenía novia. Aun así, se llevó las revistas pensando en que le gustarían a una joven compañera del trabajo, Marié, una pulidora habladora y bonita con la que charlaba en los descansos de la faena y ocasionalmente se tomaba un café.

Durante varias semanas trabajó intensamente en la confección de la Rosa. Comenzó con los pétalos en latón. Tocó y retocó todos y cada uno de ellos. Los sujetó sobre arcilla y se los presentó a Sara; primero cerrados, formando el capullo, después, con un movimiento de las manos, empujó los pétalos hacia fuera y la Rosa quedó abierta. Sara le dio el visto bueno, pero añadió un requisito:

—Está bien, pero la Rosa debe moverse por sí misma, no accionada por la mano.

Las palabras enfriaron el ánimo de Gerardo, aunque no le sorprendieron, pues ya había especulado con aquella posibilidad.

Apenas podía dormir. Conseguir que la flor moviera sus pétalos hacia dentro y que luego los desplegase enseñando su contenido interior no era una cuestión baladí. Tendría que inventar un mecanismo que dejase rotar cada pétalo, no solo hacia delante y hacia atrás, sino que debía hacer un movimiento de traslación envolvente, y todo ello en un espacio mínimo que debería quedar oculto entre las hojas y los pistilos que compondrían el capullo.

Practicó con distintos mecanismos, pero los fracasos se sucedían uno tras otro.

—¿A qué viene esa cara tan seria? —preguntó Marié una tarde frunciendo en un mohín encantador su menuda nariz.

Hacía más de media hora que la jornada laboral había terminado. Estaban en julio y París había florecido. El cielo brillaba y, a través de la ventana del taller, la tarde traía un aire perfumado, una promesa de felicidad.

—Ah, Marié, eres tú —dijo Gerardo levantando la vista de la astillera. Su mesa de trabajo siempre estaba ordenada y limpia—. *Comment ça va?*

—¡Hora de irse! —dijo por toda respuesta la francesa, con los brazos en jarras. De su enorme bolsa roja sobresalía una de las revistas que le había regalado Gerardo. La sacó y la abrió rápidamente por las páginas centrales. Colocó la revista sobre la cajonera de Gerardo como si lanzase un proyectil.

—¡Mira!, pero ¿tú no eres español o qué?

—«Exposición Internacional de Artes y Técnicas en la Vida Moderna» —leyó Gerardo en voz alta.

—¿Qué tiene eso que ver con ser español?

Marié señaló con el dedo una fotografía algo más pequeña, debajo del texto y del plano de la exposición.

—*Güernicá. Picassó* —la pronunciación de Marié en español era peor que la de Gerardo en francés.

Gerardo no pudo por menos que reírse. La Rosa Windsor y su complicado mecanismo se esfumaron eclipsados por la voz cantarina de Marié. Las páginas del magazín aludían a la Exposición Universal de París, que hacía un par de meses que se había inaugurado. Pero era cierto que el pabellón español apenas llevaba una semana abierto, desde el 12 de julio. Ahora recordaba: su vecino Anselmo, que también era español, y algunos compañeros de la tertulia del café de más abajo de casa con los que se reunía habitualmente le habían hablado del acontecimiento.

—Guernica. Picasso —corrigió el joven.

—Entonces, ¿vamos? —preguntó Marié. Se apartó el flequillo de los ojos para observarlo mejor.

Gerardo frunció el ceño. España. Picasso. Sus padres. La guerra. Quería y no quería ir. La punzada de dolor estaba ahí. Era como la marea: intermitente y puntual.

Nunca acababa. No. No iría, no podía enfrentarse al recuerdo. Negó con la cabeza.

—Otro día.

La pizpireta Marié dejó de sonreír. En la mirada de Gerardo había demasiada pena para seguir insistiendo.

—Está bien, español tontorrón. Hoy se ha hecho tarde, pero hazme un hueco para el fin de semana. ¡Es una orden!

A la mañana siguiente Gerardo se levantó fresco y despejado. Camino del trabajo tuvo una idea inspirada en un tiovivo de juguete que había visto la jornada anterior en una tiendecita cerca de su casa. El juguetito había llamado su atención con aquel colorido alegre: rojos, azules y bandas blancas, que le trajo a la memoria momentos más felices. Horas después incorporó el mecanismo al prototipo de la Rosa hasta conseguir los resultados necesarios para continuar. De pronto, supo con quién tenía que hablar. «¡Pues claro!». ¿Cómo no se le había ocurrido antes? Monsieur Louison, el relojero de la empresa, sería la persona adecuada.

El hombre, que rondaba los cincuenta años, trabajaba en un pequeño despacho aislado del resto del taller para evitar contaminaciones de polvo y humo; sobre su mesa, revestida de un blanco inmaculado, sus herramientas, perfectamente distribuidas, formaban un abanico al alcance de las manos. En el centro y justo debajo de la cabeza, a través de una lupa de grandes aumentos, observaba algunas maquinarias de reloj.

—*Mon dieu!* ¡Si es Gerardo!

Todo el mundo en la empresa conocía ya al joven orfebre español.

—¿Cómo es que lo más granado de la oficialidad se digna a visitar a un pobre relojero como yo?

Gerardo esbozó una sonrisa. Se mostró debidamente respetuoso.

—Le agradezco de antemano, Monsieur Louison…

—¡Al grano, muchacho!

—Monsieur Louison —comenzó de nuevo—, tengo un problema que resolver y pienso que la solución está en sus manos.

El relojero se retrepó en su asiento satisfecho. Gerardo le alargó delicadamente la Rosa de latón, con su mecanismo a la vista, para que este pudiera apreciar cómo cada uno de los pétalos giraba sobre un eje un tanto peculiar. La clave de todo aquel movimiento residía precisamente en dicho eje, con forma oval. Cuando Louison quiso girar uno de los pétalos, no pudo, la propia forma se lo impedía. Entonces Gerardo, con mucho cuidado, empujó lateralmente el pétalo, y este comenzó a deslizarse, igual que un tobogán sobre su riel.

En ese momento, el relojero lo impulsó suavemente de lado con sus pinzas. Todos y cada uno de los pétalos se desplazaron entonces, uno tras otro, como las varillas de un abanico.

Monsieur Louison se levantó bruscamente como impulsado por uno de los resortes de sus preciados relojes.

—¡Es genial! ¡Gerardo, muchacho! ¿O quizá debería decirte ya *maestro*? Ahora entiendo lo que pretendes de mí. Solo hace falta un mecanismo que impulse una leva para que los pétalos se muevan sin necesidad de la mano. Repito: ¡genial!

El relojero se sentía entusiasmado. Como para todo buen profesional, un reto técnico era un regalo. Las envidias y las rencillas no entraban en aquel juego, solo el estímulo de lograr la solución a un problema complejo. Eso era lo que diferenciaba a los grandes artesanos de los mediocres. Y ambos hombres eran lo primero a pesar de que los separase la edad, la nacionalidad o el idioma. En aquel momento eran piezas de un mismo engranaje: el de la perfección.

—Necesitaría disponer de la Rosa durante unas horas para tomar medidas —expuso.

—No hay problema. Disponga de ella. Lo más importante será que el mecanismo sea pequeño. Y, otra cosa —recordó Gerardo—, considere la fuerza necesaria para hacer rotar los pétalos, teniendo en cuenta que se realizarán en platino, y este tiene un peso específico de más del doble que el latón.

El hombre asintió haciendo un gesto de restar importancia con la mano.

Gerardo no pudo por menos de maravillarse de la rapidez con la que el relojero había comprendido el problema. Le observó mientras el hombre analizaba la Rosa bajo su lupa.

—Supongo que la construcción de la leva corre de tu cuenta, Gerardo —dijo el relojero levantando la cabeza—. Necesito saber otra cosa —añadió—. ¿Cuánto tiempo tendrá que durar cada ciclo de apertura y cierre?

Gerardo se quedó pensando. Aquella cuestión habría que consultarla con la diseñadora.

—Lo hablaré con madame Bellâme y se lo comunicaré sin falta. Y, para cualquier cosa que surja, me avisa. Mi jornada es hasta las siete de la tarde.

Pero Monsieur Louison ya no le escuchaba. Estaba absorto, con sus pinzas, su lupa y la Rosa. Parecía un gran insecto libando el néctar de una flor.

Gerardo se marchó de allí silenciosamente. Más que satisfecho.

CAPÍTULO IV
Un joyero en París
Verano de 1937

Durante todo el mes de julio, Gerardo y su equipo trabajaron sin descanso en la ejecución del broche, al que la diseñadora bautizó como Rosa Regina, pero al que todos en el taller llamaban coloquialmente Rosa Windsor, por el ilustre apellido de su futura dueña.

Para dar la forma definitiva a los pétalos de la rosa, Gerardo empleó útiles de asta de buey. Era una labor lenta. El aprendiz a su cargo pasaba horas y horas cincelando y, cuando Gerardo le veía cansado, aprovechaba para recocer el metal y así el jovenzuelo podía descansar el brazo.

Pasaron una semana entera martillando. La única satisfacción de aquella parte del trabajo era observar cómo los pétalos se ensamblaban uno tras otro comenzando a mostrar la forma de la flor. A veces, Gerardo tenía que controlar los nervios, pues le hubiera gustado acabar más rápidamente, pero sabía que, si no se esmeraba en los detalles, al final cualquier pequeño desajuste echaría todo el trabajo a perder y habría que comenzar de nuevo.

Al acabar las largas jornadas, acudía un rato a un bar cercano a su domicilio donde se reunían algunos españoles que vivían cerca. Allí había conocido a su vecino Anselmo, que era el más veterano y el que de alguna forma mantenía la tertulia viva con su simpatía y buen humor.

Además de esa jovialidad, Anselmo se había convertido en uno de los hombres que organizaba el flujo de emigrantes españoles en Francia. Tenía contactos con el Gobierno de París y un excelente conocimiento del idioma y de las gestiones burocráticas de la ciudad. Eso le permitía ayudar a muchos de aquellos compatriotas que huían desesperados de la Guerra Civil. Estaba entregado en cuerpo y alma a la causa republicana, como muchos otros españoles asentados en Francia.

La mayor preocupación de Gerardo en aquellos días era el bienestar de sus padres. Desde el comienzo de la contienda, la comunicación con su familia se había vuelto casi imposible y, solo gracias a los contactos de Anselmo, les había podido hacer llegar algo de dinero y noticias de cómo se encontraba. En contadas ocasiones, cuando algún refugiado llegaba, misteriosamente, Anselmo se las había arreglado para que trajese breves notas o noticias de viva voz de los familiares de sus amigos. Gracias a aquello, Gerardo sabía que sus padres estaban bien de salud. Pero no bastaba del todo para aminorar su inquietud.

En la tertulia no se hablaba de otra cosa que del pabellón español de la Exposición Universal y del Guernica. El Gobierno de la II República se lo había encargado exprofeso a Picasso para aquella exhibición. Muchos compatriotas ya lo habían visitado.

—¡Es impresionante! —decía Anselmo excitado. Él había acudido el día de la inauguración, el 12 de julio.

—El embajador, don Ángel Ossorio, dio un discurso magnífico. Estaban también el comisario de nuestra exposición, don José Gaos y el señor Eduard Labbé. Fue un acto muy emotivo…

Otro contertulio intervino:

—Ayer en la prensa dijeron que, en tan solo una semana, entre el 5 y el 13 de julio, han visitado la exposición casi un millón de personas. Parece increíble, ¿verdad?

Gerardo se sintió culpable, tanto por la joven Marié, que ya le había pedido que la acompañara unas semanas antes, como por sí mismo y sus amigos. No podías ser español, vivir en París y no ir a visitar la exposición. Y no solo por el pabellón español, que representaba a la II República; toda la muestra era magnífica. Pero él, en su fuero interno, seguía reticente. Temía que la visita despertara demasiados recuerdos, angustia y sentimientos de culpa por haberse marchado de España y haberse librado de los horrores de la guerra; y aún más culpa por haber dejado atrás a sus padres. Los compatriotas seguían hablando de la exposición. No había otro tema.

—Nuestro pabellón está entre el de Noruega y el de Polonia —dijo un español bajito y de piel curtida que ya había visitado la exposición dos veces—. Y demasiado cerca del alemán, del pabellón nazi. Es estremecedor, con esas banderas y esos símbolos…

—Y del de la URSS —intervino Anselmo de nuevo—. Qué tiempos tan terribles. ¡El fascismo nos rodea por todas partes! Aún no comprendo cómo los franceses los han invitado. ¡Cómo lo han permitido!

—Con la excusa de promover la paz mundial —dijo un aragonés exiliado hacía poco—. ¡Cabrones! Estos no entienden de paz. Y, si no, al tiempo…

Se levantaron murmullos. Los españoles veían la verdadera dimensión del problema. No en vano, tenían en casa una muestra horrible de la intolerancia y el fascismo.

—¿Cómo es el Guernica? —preguntó una muchacha muy joven, la novia del español bajito, cambiando un poco de tema.

Antes de escuchar la respuesta, Gerardo se levantó discretamente y se marchó: no quería oírlo. Necesitaba estar solo.

En los días siguientes trató de concentrase en terminar la Rosa Windsor. Buscaba alivio, descanso para las pesadillas que le asaltaban sin tregua tras el torrente de noticias que llegaban de España. El miedo a lo que les pudiese pasar a los suyos se sumaba a las precarias condiciones en las que llegaban sus compatriotas. En su impotencia, recurría al trabajo como fórmula de evasión, tratando de no pensar.

Sacudía la cabeza, clavaba la mirada en la astillera y retomaba su atención en el trabajo.

Debía dejar bien planteado dónde tenía que colocar el engastador cada brillante; de lo contrario, ocurriría un desastre y se deformaría la pieza. Para evitarlo, Gerardo había encontrado unas cajas metálicas de cigarrillos viejas, las rellenaba de cera virgen y las teñía con negro de humo. Había dibujado sobre la cera la forma del pétalo para a continuación colocar el diamante en la posición correcta. De esa forma, el engastador sabía en qué boca iba cada uno. Cada pétalo tenía un número, y cada grabado en cera, la correspondiente marca. En total, cada hoja llevaba de media unos cincuenta brillantes. La Rosa Windsor haría honor a su nombre. Iba a ser verdaderamente regia, pensaba admirado.

•

Llegó de nuevo el viernes.

Marié, con su andar ligero, se acercó al puesto de trabajo de Gerardo. Hacía calor y la joven llevaba un sencillo vestido floreado que dejaba al descubierto unos brazos pecosos y bien torneados.

—¡Monsieur Gerardo, siempre trabajando! ¿No terminará usted nunca su jornada?

Gerardo se echó a reír. Le resultaba cómico que Marié le llamara de usted. La joven lo había hecho con esa intención, la de que riera un poco. Sonrió a su vez satisfecha.

—Madame Marié —respondió Gerardo siguiendo la broma—. Creo que sí, que voy a terminar mi jornada ahora mismo.

El joyero llevaba casi diez horas trabajando intensamente. Solo había parado un rato a comer y estaba verdaderamente cansado. De pronto, mirando a la joven, llena de desparpajo y alegría, sintió unas enormes ganas de hacer algo diferente, algo ligero y divertido.

—Y ¿sabe qué? —añadió.

—¿Qué?

—¡Que le voy a conceder un deseo!

Marié dio un pequeño salto, por la sorpresa y por la alegría, y luego aplaudió.

—¿Será lo que quiero hace semanas?

—Sí —concedió él mientras recogía a toda prisa las herramientas, cepillaba las limaduras de platino que le habían quedado entre los dedos y las guardaba en un bote—. ¡Deseo concedido! Nos vamos en este mismo instante. La Exposición Universal nos espera.

Y cogió a la muchacha por el brazo. Tenía una expresión nueva en la cara. Se había quitado diez taciturnos años de encima.

La tarde aún era joven. Llegaron a la zona de la exposición, cuyos terrenos estaban cercanos a la torre Eiffel y se extendían hacia el Trocadero y el Campo de Marte.

La mayoría de los edificios era de carácter temporal, excepto el palacio de Chaillot, que había sustituido al antiguo palacio del Trocadero. La exposición pretendía demostrar que el arte y la tecnología podían ser compatibles y, debido a los convulsos momentos económicos y políticos, otro de sus principales objetivos era promover la paz mundial.

Lo primero que hicieron los jóvenes fue dirigirse al pabellón español. Marié estuvo de acuerdo.

El modesto edificio, que se había inaugurado dos meses más tarde que el resto de la exposición, tenía una extensión de mil cien metros cuadrados. Había sido proyectado por Luis Lacasa y José Luis Sert. Era sencillo de líneas y estaba construido con materiales modestos y muy funcionales.

Antes de entrar, les dio la bienvenida una escultura de Alberto Sánchez, titulada *El pueblo español tiene un camino que conduce a una estrella*, una columna de casi doce metros de altura, de cemento y bronce, que el artista concebía como un tótem, como una estructura orgánica que partía de la tierra y alcanzaba una estrella roja que representaba al socialismo.

Atravesaron la entrada, Marié repentinamente silenciosa, y Gerardo con una emoción que se desbordaba en sus ojos brillantes. En la planta baja, cruzaron por una especie de pórtico que ocupaba la mitad del espacio. Justo a la derecha, lo primero que llamaba la atención era la gran pintura mural: el *Guernica*, de Picasso.

—¡Oh! —exclamó Marié apretando la mano a Gerardo.

Se quedaron un largo rato mudos contemplando la vanguardista obra. Al cabo de muchos minutos, Marié tiró del brazo a Gerardo.

—¡Vamos! Continuemos. Hay mucho que ver.

Y era cierto.

Tiempo después, Marié le confesaría que sintió un temor primitivo al contemplar aquella enorme obra en blanco y negro.

—Me asustaron esos triángulos picudos que salían de las bocas de los animales y las personas —dijo—. Tuve miedo, como el que siente un niño.

Las lenguas obscenas, punzantes, gritaban la agonía de la gucrra.

Pasearon llenos de emoción por aquella extensa muestra que representaba lo mejor de la cultura y de la industria españolas del momento. Sin embargo, Marié hizo muchas bromas y trató de distender el ambiente, sin demasiado éxito. Ahora entendía mejor por qué Gerardo se había resistido a visitar la exposición. Para un joven exiliado aquello debía de ser muy doloroso.

Se marcharon pronto del pabellón con idea de volver.

—Vendremos más veces —prometió Marié—. Ahora vayamos a cenar algo.

Pidieron dos vinos y una tabla de quesos. Gerardo no tenía hambre, pero se bebió el vino de un trago. Le supo tremendamente amargo. Sin embargo, trató de conversar lo más alegremente que pudo con la joven y le pareció que lo conseguía. Marié pasó una velada agradable, pero todo el tiempo supo que Gerardo estaba fingiendo.

•

Pasaron algunas semanas más.

Gerardo se volcaba en la Rosa Windsor. Terminada la fase de ajustar los brillantes en los pétalos, estos debían ser decorados por la parte de atrás. Ninguna pieza de esa categoría se debía dejar solo con el hueco practicado para cada diamante. La decoración de la parte posterior de cada orificio consistía en transformar el agujero circular en un hexágono y cada hexágono encajarlo con los adyacentes hasta formar una retícula parecida a un panal de abejas.

Aquella fase del trabajo era la que más le gustaba. Cada pétalo se trasformaba de una simple plancha metálica en una verdadera filigrana. Aquel trabajo quedaría oculto a las miradas, en la trasera de la joya, pero Gerardo sabía que, si cada hexágono se realizaba con la inclinación adecuada, el brillante recibiría una mayor cantidad de luz por detrás y el conjunto luciría mucho más.

Ahora solo le quedaba batear la Rosa por detrás con hilo cuadrado de un milímetro y puntos de luz para conseguir el efecto volumétrico de cada pétalo y hacer el cierre de doble pincho con seguro de bayoneta.

No le quedaba metal. Solo disponía de las limaduras recogidas del cajón, así que las quemó en una sartén hasta eliminar todos los residuos orgánicos y pasó el imán sobre ellas para separar el hierro que podían contener. Tras limpiarlas, se dispuso a fundirlas para poder terminar la Rosa. Encendió el soplete y humedeció con unas gotas de agua las virutas para evitar que se volasen con el impacto de la llama. Una vez terminada la fundición, comenzó a forjar el lingote, pero el platino se rajó en varios fragmentos. Con un brusco movimiento, tiró el martillo al suelo mientras daba un grito de rabia, en puro castellano:

—¡Joder, se ha contaminado!

Era muy común que se envenenase el platino. Cualquier traza de otro metal, como el plomo, el hierro o simplemente el níquel, rompían la estructura cristalográfica y lo convertían en un metal quebradizo, imposible de trabajar. Gerardo tenía que restaurar aquel platino. Iba a ser una tarea larga y tediosa, pero no podía dejarlo en manos de aprendices, ni siquiera de otro oficial, debido a lo delicado que era.

Subió a la azotea para realizar aquella operación, en la que se desprenderían varios gases nocivos, y se dispuso a realizar el delicado procedimiento.

Tras las chimeneas de las casas, se extendía la ciudad, cubierta por una ligera niebla que el sol trataba de apartar. Gerardo dejó volar los recuerdos y sintió una terrible nostalgia de su familia, pero también de su patria, tal y como él la recordaba, antes de la terrible sinrazón de la guerra. ¿Cuándo se cerraría aquella herida abierta que era España, aquella brecha eterna entre hermanos? Qué envidia le daban los franceses, que tenían una única bandera.

Una vez recuperó el suficiente platino, comenzó a trabajar en el alfiler de sujeción de la Rosa. Debía tener medidas de seguridad suficientes para que esta no cayese una vez prendida en el vestido. El mecanismo de cierre era una pequeña caja donde se alojaba la charnela que sujetaba el doble alfiler. El alfiler tenía dos posiciones; una cerrada, donde las púas estarían paralelas a la Rosa dejando atrapada la flor en la tela del vestido, y la otra en perpendicular para poder clavarla en la ropa, más un cierre de bayoneta que entraría dentro de las puntas del alfiler haciendo imposible su apertura involuntaria.

Tanto los pétalos móviles como el mecanismo eran desmontables para poderlos pulir. Tras despiezar toda la flor, se la llevó a Marié.

—¡Toda suya, mademoiselle!

Marié era muy diestra en su trabajo, pero quedó impresionada por aquella joya. Nunca había visto nada igual. La delicadeza de las formas abrumaba.

—¡Qué maravilla, Gerardo! —no pudo por menos que decir.

Terminado su trabajo, el broche pasó a manos del engastador para que fijase los brillantes.

Previamente, la joya había sido pesada para liquidar la cuenta del platino con el encargado.

—¡Bien, Gerardo! —dijo el hombre con admiración—, la merma está dentro de lo normal. Te felicito por la pieza que has hecho. No hay muchos oficiales en Francia que puedan hacer lo que tú has conseguido.

Gerardo se sintió orgulloso, sobre todo porque respetaba al encargado, que era un hombre de gran experiencia. De pronto, todos aquellos meses de trabajo habían valido la pena. Su alma de orfebre se sentía satisfecha con el trabajo bien hecho. Se sentía ligero, desprendido de una gran responsabilidad, de una pesada carga. Pero al mismo tiempo le recorrió una sensación de vacío, de vértigo. Siempre que acababa una pieza, le ocurría algo parecido.

Aquel día decidió celebrarlo con sus compañeros de la tertulia en el bar de debajo de casa. Necesitaba brindar con sus compatriotas, con sus amigos, en especial con Anselmo: eran lo más cercano a una familia que tenía.

La Rosa Windsor reposaba sobre un lecho de raso, a salvo de las miradas, hasta que su dueña la luciera. Solo entonces mostraría todo su esplendor.

CAPÍTULO V

Las crestas de Bulson

1939-1940

El 1 de septiembre de 1939 dio comienzo la Segunda Guerra Mundial. En Francia, ya desde el mes de febrero, el Gobierno de Albert Lebrun había hecho advertencias bien precisas: «Creemos útil poner en guardia a nuestros conciudadanos a propósito del hecho de que retener en sus casas a sujetos extranjeros no declarados los expone a persecuciones judiciales». Es decir, el Gobierno animaba a la población a delatar a los extranjeros con la idea de que engrosaran las filas del Ejército.

Gerardo había llevado una vida afable y tranquila hasta entonces. Su consideración en la empresa había aumentado mucho tras el éxito incuestionable de la Rosa Windsor. El duque de Windsor había felicitado efusivamente a la diseñadora, a los artesanos y a monsieur Bloch, el dueño, por aquella maravilla de la orfebrería. Wallis Simpson había suspirado de placer al contemplarla. Pensó que era una compensación encantadora a todos los desprecios que le hacían los británicos. Había sido un hermoso regalo de aniversario, que lució en su gira por Alemania en octubre de 1937.

Después de aquello, Gerardo pasó dos años realizando encargos exclusivos, aunque ninguno de aquella belleza y complejidad técnica. Cobraba bien y en su tiempo libre salía con los compañeros españoles de la tertulia de Anselmo. A veces iba a merendar con Marié y luego bailaban o iban al cine. Sin embargo, la relación con la pulidora se fue enfriando. Las expectativas sentimentales de la joven iban más allá de la mera amistad, pero Gerardo no sentía lo mismo. Al cabo de un tiempo, Marié dejó de proponerle planes y terminó saliendo con un engastador de la Bretaña que bebía los vientos por ella. Gerardo se alegró por la muchacha, pues la apreciaba sinceramente.

A mitad del invierno, Anselmo había puesto seriamente en guardia a Gerardo advirtiéndole sobre la precariedad en que se encontraban los exiliados españoles en Francia y recomendándole que formalizase su situación, según ordenaban las autoridades francesas. El tertuliano estaba más ocupado que nunca atendiendo a la ingente cantidad de refugiados que llegaban huyendo del Gobierno de Franco.

Cerca de treinta y cinco mil hombres en edad militar se vieron inmersos como combatientes en la inminente guerra contra Alemania, de los cuales, diez mil lo hicieron en la Legión Extranjera. Muchos de ellos fueron exiliados españoles. Y los que no entraron en el Ejército, sufrieron un destino igualmente horrible en los campos de concentración.

Pero Gerardo se resistía. No había huido de la Guerra Civil para luchar en la guerra en Europa, se decía apesadumbrado.

Anselmo seguía insistiendo para que se alistase, pues, haciéndolo voluntariamente y demostrando tener un contrato laboral, podría elegir quedarse en los regimientos destacados en París. Iba a ser eso o un campo de concentración. A finales de la primavera, tras un sinfín de dudas y a pesar de que la guerra le parecía algo absurdo, Gerardo firmó los cinco impresos de color rosa del formulario A que los militares franceses le exigieron. Se acababa de enrolar en el Ejército.

En septiembre de 1939, en aquellos primeros días del conflicto, tanto en París como en otras grandes ciudades francesas, se realizaron redadas en las que detuvieron a todos los individuos que trataban de ocultarse para evadir el enrolamiento. Miles de ellos fueron amontonados en el estadio Roland Garros, de París, entre ellos numerosos españoles. Gerardo se pudo librar de las redadas al haber tomado la iniciativa de alistarse, bien aconsejado por su compañero y vecino.

Transcurrieron unos meses de tensión indescriptible. Tras una brevísima instrucción, a principios de abril de 1940, Gerardo fue destinado al X Cuerpo del Ejército, concretamente a la 55.ª División de Infantería, cuya misión era defender el río Mosa y la cercana ciudad de Sedán. Era una división de segunda fila formada por reservistas, hombres mayores de treinta años y veteranos de la Primera Guerra Mundial, así como por extranjeros reclutados medio a la fuerza, como el mismo Gerardo.

•

Tras un largo camino en trenes de ganado y marchas a pie, finalmente el 12 de mayo su división llego al frente. La noche era clara y fría. El joven Gerardo, intranquilo, apretaba con todas sus fuerzas el fusil mientras trataba de escrudiñar hasta el más leve movimiento en el terreno que se extendía ante él, fuera de la trinchera, inmenso como un océano de negrura.

—*Comment ça va*, españolito? —preguntó en la oscuridad, unos metros a su derecha, un ronco veterano, el soldado Roux, que le había acompañado desde el acuartelamiento de París donde habían hecho la breve e insuficiente instrucción.

—*Je vais bien!* —mintió Gerardo en un susurro entrecortado que delataba su miedo.

—*Il est mort de peur!!* —intervino otra voz en la noche que trataba de disimular su propio temor burlándose del miedo ajeno.

Gerardo no hizo caso del comentario. En el fondo, las débiles voces en la oscuridad eran como un bálsamo, como las voces de las madres en las noches de la infancia tratando de alejar lo inevitable, intentando distraerlos de un destino que se antojaba imposible, pero no menos cierto. La cercanía de la muerte era algo tan palpable como la tierra en la que unas horas después descansarían muchos de ellos para siempre.

La situación era la siguiente: la ciudad de Sedán estaba defendida por la llamada Línea del Mosa, una faja de unos seis kilómetros de profundidad, guarnecida por 103 fortines a cargo del 147.º Regimiento de Infantería. Hacia el interior, la defensa estaba reforzada por la división de Gerardo, la 55.ª. Esa misma mañana, la 71.ª División se había movilizado hacia el este de Sedán, lo que permitía que los de Gerardo ampliaran su profundidad en una franja de diez kilómetros.

El alto mando francés no esperaba un ataque inminente, sin embargo, el sargento Durand estaba alerta. Olfateaba la noche como un viejo sabueso y pasaba de puesto en puesto pidiendo a los soldados que se mantuviesen despiertos. Desde los lugares de observación más cercanos al Mosa, habían detectado movimientos del ejército alemán, cruzando el espeso bosque de las Ardenas, para tratar de llegar hasta el río. Todos confiaban en la fuerza disuasoria de sus inmensos y acusados meandros y en que sus bien defendidas orillas protegerían al regimiento, pero Durand no compartía su calma. Había una extraña vibración en el ambiente.

—¡Roux, Gerardo, Renau!, ¡A todos vosotros, muchachos, os quiero alerta y despejados! No me fío un pelo del cabrón del *Panzergruppe* Kleist y sus puñeteras divisiones Panzer.

—¡A la orden, mi sargento! —dijo Renau, un alsaciano duro y curtido al que todos evitaban cuando estaba de mala leche. En la oscuridad no se podía ver su cara. Solo los dientes blancos, que mostraba en una mueca cruel.

—Más os vale hacer caso a este viejo veterano, atajo de carroña —los increpó el sargento. Sentía un afecto de gallina clueca por sus hombres. Siempre lo había sentido. Miró a Gerardo, tan joven. Podría ser su propio hijo. Y sintió un ramalazo de tristeza que inmediatamente atajó. No tenía tiempo para sentimentalismos.

De repente, a lo lejos, atronó el primer disparo, que desgarró el velo de quietud como si la noche fuese una sábana vieja que se podía hacer pedazos. Gerardo se agazapó más si cabe en su refugio apretando con todas sus fuerzas el fusil, mientras los disparos se sucedían a lo lejos, en las mismísimas orillas del Mosa. El sargento Durand comprendió con rabia que sus sospechas eran acertadas. Le molestaba tremendamente estar en lo cierto, pero su principal preocupación residía en la inacción del alto mando. Su destacamento no había abierto fuego todavía.

—¡Roux! —dijo a gritos. Ya no tenía sentido susurrar—. Acércate al puesto de avanzada y pide comunicación con el teniente. Necesitamos las órdenes ya. Y tú, españolito, a mis espaldas. ¡Ni se te ocurra despegarte de mí!

Al rato, los disparos se fueron generalizando y se desató el caos. Gerardo trató de seguir al sargento a lo largo de la estrecha trinchera, pero una carga de mortero estalló muy cerca de él y ya no pudo verle más. Sintió un terror paralizante. Veía las siluetas de sus compañeros que se arrastraban enfrente de él. Algunas ametralladoras abrían fuego e iluminaban la noche con sus fogonazos. Las sombras se hacían más palpables. Imbuido de una extraña excitación, abrió fuego sobre ellas. Unas caían inmovilizadas y otras se esfumaban sobre el terreno. Los proyectiles silbaban sobre su cabeza y algunos estallaron sobre el cemento de su parapeto. En medio de aquella locura escuchó aterrorizado gemidos agónicos y gritos desgarradores que crisparon su ánimo aún más si cabe.

Tras aquella refriega, los movimientos de los atacantes cedieron, y desde los puestos de sus camaradas escuchaba las voces de los supervivientes tratando de comunicarse. Gerardo, con el corazón repiqueteando como una ametralladora más, se puso en cuclillas. La adrenalina le hacía respirar con fuerza, casi jadeando. Sentía una gran pena de sí mismo. Pensó en sus padres y en su tierra. Por encima de todo, se apoderó de él una sensación de extrañeza. Todo aquello le era ajeno y no podía comprender cómo había terminado allí, con un fusil entre las manos, dispuesto a matar. Precisamente él, que había huido de España para escapar de la violencia, para tener un futuro, quizá para crear una pequeña obra maestra, como aquella Rosa Windsor cuya difícil ejecución tan feliz le había hecho. Se miró las manos, encallecidas y llenas de heridas, blancas en los nudillos a fuerza de apretar el arma, y se preguntó si alguna vez volverían a crear una joya.

Sobre la medianoche, la infantería alemana había conseguido penetrar unos ocho kilómetros dentro de la zona defensiva francesa, aunque habían perdido en el intento algunos cientos de hombres. Aun así, el grueso de la infantería alemana todavía no había cruzado.

La tregua no había durado mucho cuando, detrás de Gerardo, los cañones antiaéreos franceses abrieron fuego sobre los aviones. No podían verlos debido a la densa oscuridad, pero se oían los rugidos de los motores sobre sus ateridas cabezas. Algunos cazas ametrallaban desde el aire el espacio en el que se hallaban atrincherados, otros soltaban bombas incendiarias que reventaban los zulos de los antiaéreos. Gerardo estaba aterrorizado. No sabía cómo conseguir enterrarse más en la tierra. Su momentánea valentía de hacía un rato, diluida en el sonido ensordecedor de un enemigo que los estaba arrasando, había dado paso a la desesperanza. El ataque era infernal. Las oleadas de aviones se sucedían mientras que la artillería francesa había quedado totalmente muda. En el campo de batalla solo se oían las sirenas ululantes de los cazas alemanes que cargaban en picado.

Gerardo, inmovilizado y hundido en el fondo de su parapeto, no se atrevía a sacar la cabeza. En medio de aquel caos oyó con cierto alivio la voz del sargento gritar:

—*Retrait! Retrait!*

Dio un salto, más movido por el miedo que por su propio criterio, en la dirección de la voz del sargento, un asidero al que aferrarse en aquel instante pavoroso, y corrió campo a través, ya fuera de la trinchera, hacia la retaguardia. Cuando oía las sirenas de los Stukas, se tiraba al suelo aterrorizado ante el sonido aullador de los aviones, presagio de una explosión inminente. No era capaz de calcular cuánto tiempo llevaba corriendo, cayendo y levantándose en aquella macabra danza con los aviones enemigos, pero se le estaba haciendo eterno.

Luego, hubo un instante de silencio. Gerardo miró hacia el cielo. Brillaban innumerables estrellas, en una Vía Láctea densa, inmutable, ajena a los males de los hombres. Le conmovió su belleza. Comprendió algo. Apenas la idea estaba tomando forma en su mente cuando, de repente, un brutal impacto le hizo volar por los aires. Ya no sintió nada: ni la caída al suelo ni las heridas que laceraban su cuerpo. Vio pasar su vida en un instante, como los fotogramas de una película a cámara rápida. Un momento antes de perder la consciencia, creyó comprender de nuevo ese algo importante, pero se escabullía entre el polvo de la noche estrellada. Entonces se sumió en la nada.

Transcurrió un tiempo indefinido antes de que Gerardo, como en sueños, sintiera que alguien le llamaba. Un par de cachetes acabaron de despertarle. En ese mismo instante un dolor lacerante que se propagaba desde la pierna hasta el costado le hizo gritar. Cuando pudo abrir los ojos, aunque no distinguió con claridad el rostro de la persona que le hablaba, sí pudo apreciar la bata manchada de sangre. La realidad le golpeó con toda su fuerza, mientras otros dolores, en el costado y debidos a múltiples magulladuras, aparecían por doquier.

—Te vamos a operar muchacho. Hay que extraerte la metralla. Si tienes suerte, aún salvarás la pierna.

El doctor hablaba con la voz ronca por la fatiga. No tenía tiempo para compadecerse del joven; otro niño en la guerra de los mayores. Sentía una profunda rabia ante la mala suerte de aquellos hombres, que apenas podía remendar con sus escasos medios. Pero hacía todo lo que podía y, en los breves periodos de descanso, enturbiaba su conciencia con una petaca de cualquier licor fuerte que pudiese encontrar. Sus rasgos duros y concentrados se suavizaron un instante al ver los ojos llenos de angustia de Gerardo.

—Mi madre… —acertó a decir el muchacho con la voz pastosa mientras se aferraba a la medallita que le había entregado la mujer en Madrid hacía ya lo que parecía una eternidad—. Díganle que la quiero.

—No se preocupe, joven —intervino la enfermera allí presente con la lástima oscureciendo su voz. Puso su mano en la de Gerardo—. ¡Se pondrá bien! Hemos visto cosas peores. ¿Verdad, doctor?

La joven tendría unos veinticuatro años y lucía una bonita sonrisa que ni la fatiga ni la crueldad del momento conseguían desdibujar del todo. Había visto demasiados chicos como ese desde que se había inscrito en la Cruz Roja francesa. Llevaba tres meses recorriendo la línea Maginot, en la retaguardia del X Ejército y había visto morir a muchos. Pero ese joven de mirada oscura y rasgos afilados probablemente se salvaría. Ya comenzaba a tener un certero instinto para determinar la suerte de los pacientes. Ese pensamiento le provocó un regusto de amargura. Hubiese preferido con mucho estar en París adivinando cuál sería la última moda en sombreros en lugar de encontrarse en aquel lugar de pesadilla y predecir la vida y la muerte de los hombres.

—¡Proceda! —dijo el médico, impaciente.

La enfermera colocó la mascarilla de éter sobre la boca de Gerardo. A los pocos instantes el joven perdió la consciencia.

•

Mientras tanto, el caos que había comenzado en Sedán se extendió por todo el frente y, a las siete de la tarde de aquel mismo día, las últimas defensas situadas en la cresta de Bulson sucumbieron. Entonces se desató el pánico. La Wehrmacht sobrevoló los cañones de la artillería francesa, aunque necesitó más de doce horas para aniquilarla. El final sucedió en la madrugada del día 14, cuando lo alemanes rebasaron las posiciones aliadas.

En un intento desesperado de enmendar la situación, Billotte, el comandante en jefe del 1.er Grupo del Ejército, que se encontraba al este de Sedán, ordenó bombardear los tres puentes sobre el río Mosa.

—Por ellos pasará la victoria o la derrota —exclamó.

Pero fue la derrota: todos los bombarderos aliados disponibles se afanaron en destruir los puentes, sin resultado y con grandes pérdidas.

En medio de toda aquella debacle, Gerardo fue trasladado a un hospital de campaña más alejado del frente, en dirección a París. Habían aprovechado las instalaciones de una vieja abadía.

—¿Cómo se encuentra esta mañana, Gerardo?

La enfermera Albertine, la misma que le había atendido la noche de su herida, se inclinó gentilmente sobre él para ponerle el termómetro bajo la axila. El joven sintió un leve olor a rosas, a limpio, un olor a hogar totalmente fuera de lugar en aquel contexto. La pequeña cofia blanca de la enfermera y el cuello de la bata, también de un blanco inmaculado, enmarcaban un rostro de líneas regulares en el que destacaban unos grandes ojos grises.

—El dolor de la pierna no me da tregua. Parece que los Stukas siguieran disparando desde dentro.

—Eso podemos arreglarlo. El doctor Martin le ha prescrito morfina suficiente como para tumbar a un toro —dijo ella con su bonita sonrisa, siempre un poco socarrona en el borde de las comisuras de unos labios perfectamente definidos.

«Labios para el amor», pensó tímidamente Gerardo, que trataba de captar su atención, pero al que las palabras en francés le costaban más que nunca debido a la presencia intimidatoria de la magnífica muchacha.

—No hay por qué sufrir —sentenció ella mientras le inyectaba el calmante sin miramientos ajena a los pensamientos de él.

Cuando la enfermera Albertine entraba por la puerta, las miradas de los jóvenes enfermos y también la de los veteranos se posaban sobre ella, daba igual lo maltrechos que estuviesen. Tenía una presencia que no pasaba inadvertida; una cualidad especial, un porte distinguido y elegante que transformaba aquella triste planta llena de dolor y sufrimiento en una pasarela de finura y buen gusto. Con el mismo uniforme que sus colegas, la joven destacaba en aquellas salas precarias y mal iluminadas como una mariposa entre polillas. Sus alas brillaban todavía.

Después de la inyección de morfina, Gerardo se sentía adormecer. Una languidez indescriptible, una ausencia de toda realidad se apoderaba de él y lo sumía en un sopor reparador.

Albertine pasaba por las camas de todos los enfermos a su cargo. Era diligente, precisa y autoritaria, pero había siempre un punto de compasión en sus maneras. Siempre regresaba a la cama de Gerardo cuando acababa la ronda.

—*Ça va?*

Pero Gerardo ya no podía contestar, sumido en un letargo sin sueños. Entonces Albertine le retiraba el pelo empapado en sudor de la frente y se lo repeinaba con los dedos. Solo cuando estaba así, en aquel estado, desaparecían las arrugas de preocupación de su frente.

La vieja enfermera Decroix se lo reprochaba constantemente.

—No se encariñe con ellos, Albertine. Son carne de cañón. Son muertos vivientes, zombis en el mejor de los casos. Sanarán sus heridas físicas, pero nunca serán muchachos normales. Estarán llenos de taras.

—¿Y dónde cree usted, enfermera Decroix, que encontraremos hombres jóvenes, sanos y sin secuelas mentales? ¿En qué lugar del mundo encontraremos muchachos que no estén sufriendo estos horrores?

Albertine no estaba de acuerdo con la veterana: algunos soldados no sanarían nunca, pero otros eran jóvenes y fuertes como Gerardo. Y aún no habían vivido apenas la vida. Sus ganas de vivir los curarían. Aquella primavera tibia y perfumada los curaría. El cielo azul, la risa, la música y el champán los curaría. Porque lo contrario no tenía cabida en su mente. Era un horror tan negro y oscuro que se negaba a darle crédito. Toda aquella maravillosa juventud no podía estar sumida en la desgracia y la muerte. No lo consentiría. No iba a permitirlo.

Y por eso su sonrisa irónica y dolorida era permanente, y se peinaba con esmero y se ponía brillo en los labios. Porque la vida aún importaba.

•

Tras un par de semanas, Gerardo comenzó a dar pequeños paseos por la parte trasera del hospital. No se podía decir que aquello fuese un jardín, pues nadie se ocupaba de las malas hierbas, y hacía tiempo que no se podaban los árboles, pero el mes de junio, ajeno a la crueldad de la guerra, había entrado con fuerza y las mimosas estaban esplendorosas con sus pequeños y algodonosos capullos rosados. Apoyado en un rudimentario bastón, Gerardo descubrió una vieja higuera que crecía junto al muro que delimitaba los terrenos del hospital, lejos de los demás enfermos. Se preguntó asombrado cómo habría prosperado aquel árbol en aquella zona de Francia. Le recordaba a España, a un viaje que había hecho de niño con sus padres al pueblo. No había nada más evocador en el mundo que aquellos olores: a verano, a infancia y siesta. Pero aquellos recuerdos apenas duraron unos instantes. El campo de batalla no estaba tan lejos. Un solitario avión aliado cruzó como una exhalación surcando el cielo sobre su cabeza y dejando un fugaz destello metálico a su paso. Gerardo se apoyó en un trozo de murete y dejó el bastón a su lado. Entonces se dio cuenta de que al otro lado de la higuera había alguien sentado en un desvencijado banco de madera.

—¡Enfermera Lefebvre!

—¡Soldado López! —dijo Albertine sin rastro de sorpresa en la voz. Desde su banquito había estado observando cómo Gerardo se acercaba torpemente, pero con determinación, hasta la higuera. Aquel era uno de los pocos momentos de descanso de la joven, que, una vez acabadas sus tareas de la mañana, se acercaba hasta allí para fumar un cigarrillo en soledad—. Progresa usted mucho —le alabó, con el cigarrillo entre los dientes, mientras con la mano le hacía un gesto para invitarle a sentarse—. ¿Cómo va el dolor?

—Regular —dijo él—. Pero me recuerda que estoy vivo.

—*Oui*, estar vivos es lo único que importa ahora —afirmó ella antes de darle una larga calada al cigarrillo.

Tenía unas manos de largos dedos y nudillos anchos, unas manos capaces. Gerardo se sorprendió a sí mismo pensando que lucirían maravillosas con un solitario de brillantes y con las uñas lacadas, como las de madame Bellâme. Pero Albertine no llevaba joyas. Las había dejado en París, junto a su aristocrática vida de glamur, fiestas y lujo. Todo aquello había quedado atrás por decisión propia. Y no lo echaba de menos, al menos no en un sentido espiritual. Allí, a pesar del miedo y las penalidades, se sentía útil, un sentimiento que jamás había experimentado en su antigua vida. La joven exhaló lentamente el humo del cigarrillo haciendo un encantador mohín con la boca. Luego miró a Gerardo con curiosidad.

—¿De dónde es usted, soldado López?

—Español.

—Eso ya lo sé —respondió ella—. Me refiero a de qué parte de España.

—De Madrid. La ciudad con la luz más bonita del mundo. —Por primera vez desde que se habían encontrado, una sonrisa iluminó la cara de Gerardo—. ¿Y usted?

—Yo soy de París. La ciudad de la luz. Me temo que Madrid no puede arrebatarnos ese título.

—¡Ah! —dijo Gerardo—. Da la casualidad de que yo he vivido en ambas, y mucho me temo que sí puede.

—¡Pero usted no es imparcial! —protestó ella.

—¡Y usted no puede juzgar! Le faltan datos —afirmó él.

Se echaron a reír. El eco de sus risas reverberó en el patio. Por unos instantes se olvidaron de que aquello era un hospital de campaña. Una suave brisa agitaba las hojas de la higuera, y la luz sombreaba caprichosamente la cara de Albertine. Un mechón de pelo se le escapaba graciosamente del moño. Gerardo la encontró muy hermosa. Bajó la cabeza rápidamente, como pillado en falta. No se atrevía a mirarla.

Albertine se puso seria de pronto.

—La guerra de las luces… —murmuró. Todo le recordaba a la guerra.

—¡La maldita guerra! —exclamó Gerardo cabizbajo.

Albertine le ofreció un cigarrillo que él aceptó con premura. Se quedaron un rato en silencio. Fumando ansiosamente. El momento mágico pasó.

CAPÍTULO VI

París tomada

Verano de 1940

Gerardo y Albertine se encontraban todos los días a la misma hora, bajo la higuera, testigo de una amistad que crecía en medio del caos de la guerra. Durante dos largas semanas con sus tardes cálidas y soleadas, los jóvenes se instalaron en una cómoda rutina de cigarrillos, confidencias y torpes planes de futuro. Incluso ya se tuteaban.

—¡Son maravillosos, Gerardo!

Albertine admiraba los bocetos que había hecho el joven joyero en una desgastada libreta negra. La había conservado hasta entonces en un bolsillo interior del uniforme como su bien más preciado. El hecho de dibujar calmaba su ansiedad y le trasladaba al pasado, cuando la vida había tenido algún propósito. Allí estaban sus encargos más importantes y otros que solo estaban en su imaginación. La Rosa Windsor se desplegaba al carboncillo.

—Entonces —comentó Albertine admirada—, el mecanismo de la Rosa se abre al compás del movimiento, para volver a cerrarse luego. ¡Qué ingenioso! ¡Eres un auténtico artista!

La admiración de Albertine era genuina. Ella no tenía ninguna habilidad manual. Ya le parecían asombrosos los bocetos, así que la confección de las joyas le parecía casi un milagro.

—¡Cómo me gustaría ver una de tus joyas! —Le miró con picardía—. ¿Me harías un diseño?

—¿Te gustaría? —dijo Gerardo bajando los ojos hacia el papel. No podía afrontar los ojos grises y chispeantes de ella. El movimiento desenvuelto de sus manos, elegante y sofisticado, le aturdía. Pero comenzó instintivamente a dibujar sin esperar una respuesta.

—¡Es una hoja de higuera! —exclamó ella al observar el bosquejo que crecía con rapidez.

Gerardo dibujaba un colgante inspirado en aquel árbol donde pasaban tanto tiempo hablando. Y sobre el papel, dando soporte al colgante, nacía un cuello esbelto y una barbilla firme. Apareció el perfil de la mandíbula de Albertine y, después, unos labios bien dibujados en un pequeño mohín pícaro. Era ella sin duda.

—¡Oh! Gerardo… ¡Me encanta! ¿De verdad lo harías para mí?

—Si salimos vivos de esta…, lo prometo.

Los ojos de Gerardo la miraron furtivamente para descender de nuevo al papel con timidez.

—¡Saldremos! Lo sé —contestó ella con firmeza—. Tú cada día estás mejor. Te recuperas bien. ¡Eres fuerte, soldado López!

Pero recuperarse podía significar volver de nuevo al frente. Una arruga se frunció en el ceño de Albertine. Estaba cansada de temer. El miedo era una segunda piel que le daba fondo a todo, que distorsionaba la alegría. Pero no podían dejarse vencer por el desánimo.

Le puso una mano en el hombro y apretó con cariño. Gerardo era muy distinto de los jóvenes ociosos y superficiales que había conocido en París. Muchachos divertidos, acostumbrados al champán y a los cigarrillos caros; a las apuestas y a los bailes. Pero no construían nada. Las manos de Gerardo, en cambio, transformaban la realidad. Creaban pequeñas gotas de belleza.

—¿Me das el boceto? —dijo la joven de pronto.

—No está acabado.

—No importa. Me gusta así. Además, mientras dura la guerra, me dará suerte.

—La suerte la llevas tú encima —dijo Gerardo galante.

Y le entregó el papel. Esa vez le sostuvo la mirada una fracción de segundo más de lo necesario. Pero luego se ruborizó. ¡Se sentía tan torpe!

Y Albertine se echó a reír. Una carcajada espontánea que resonó en el patio como un cascabel.

De pronto, todas las sirenas del hospital comenzaron a aullar como si se hubiesen puesto de acuerdo para silenciar la risa de la enfermera Lefebvre.

Los muchachos se pusieron en pie de un salto y se dirigieron al edificio principal. Albertine volando y Gerardo, un poco por detrás de ella, arrastrando la pierna herida.

El viento había virado y con él venían negros nubarrones de tormenta, y con la tormenta llegó el final de aquel veranillo que había hecho pensar a los dos amigos que lo peor de la guerra ya había pasado. Las siguientes horas transcurrieron en el caos. Un enorme revuelo se extendió por el hospital de campaña, que temblaba en oleadas de frenesí y furor que avanzaban por todas las salas, los dormitorios, el comedor, los almacenes. El comandante en jefe dio la orden de evacuar el hospital. Las enfermeras de la Cruz Roja fueron convocadas a su sede en la capital. Los soldados que podían valerse por sí mismos se evacuaron sin tardanza, lanzados a las carreteras, camino de París. Los rumbos de Albertine y Gerardo se separaron, arrastrados por diferentes caminos, en la gran corriente de la guerra.

«¡Guerra asquerosa!», pensó Gerardo repitiendo para sí la frase que todos tenían en la punta de la lengua.

«Y ni siquiera le he dicho que la quiero».

•

El regreso a París fue penoso y lento. Gerardo trataba de ignorar su dolor y pasaba las horas intentando distinguir la esbelta figura de Albertine entre la multitud renqueante que avanzaba como una serpiente ciega. Su corazón daba un vuelco cada vez que veía un camión con la cruz roja pintada en sus laterales o una cofia blanca se insinuaba en la lejanía. Se llenaba de expectación y esperanza para sumirse luego en la tristeza y en la desolación.

El 14 de junio de 1940 los parisinos se despertaron con el sonido de una voz con acento alemán. Lo imposible había sucedido. Por megafonía anunciaban que se imponía el toque de queda a partir de las ocho de la tarde.

El camioncito de la Volkswagen de donde procedía el anuncio estaba acompañado de tanques y tropas alemanas que proclamaban el comienzo de la ocupación de la capital francesa. La ciudad quedó sometida bajo el mando del teniente general Schaumburg.

A partir de aquel día, los parisinos fueron sobresaltados por toques de queda de diversa índole que fueron impuestos a la población con férrea disciplina. En esa situación se encontró Gerardo cuando finalmente llegó a París. Las nuevas restricciones prohibían cualquier actividad no esencial entre las ocho de la noche y las seis de la madrugada. Todos los establecimientos estaban cerrados y no había dónde tomarse un café o degustar un menú. Las calles estaban vacías, el silencio abrumaba solo roto por las proclamas de los vencedores.

Cerca de un millón de parisinos iniciaron un éxodo nunca antes visto. Tanto la gente de la aristocracia y de la burguesía, con sus enseres y objetos de valor a cuestas, como los miembros de las clases más desfavorecidas, obreros y pobres con sus hatillos, abandonaban sus casas. Le habían arrebatado el alma a la ciudad. Y con ello habían robado la esperanza al mundo libre.

Pero muchos permanecieron allí, en París. Gerardo pasó sus primeros días durmiendo, recuperándose del agotamiento y las penurias del camino. Luego decidió acercarse al taller de Maurice Dupont, que era el más cercano a su domicilio. Debía tener mucho cuidado de no ser visto por los soldados alemanes. Corría riesgo de ser detenido. Aprendió a evitar los barrios y calles más céntricos, ocupados por el invasor, pues no podía quedarse eternamente en casa como una cucaracha en el fondo de un armario. Al llegar a su destino, no se sorprendió demasiado al encontrar las instalaciones cerradas. Indagó cuanto pudo y descubrió que también habían cerrado los establecimientos de Bernard Bloch y el estudio de la calle Saint-Lazare de su querida jefa, la diseñadora Sara Bellâme.

Con gran desasosiego, caminó toda la mañana pensando en su difícil situación. Necesitaba trabajar, pues el dinero se le acababa y su herida no acababa de cicatrizar debido a los esfuerzos constantes que había hecho. Tenía un aspecto feo. Decidió que lo más urgente era acudir a un hospital y que le hicieran una cura. Y también tenía la secreta esperanza de encontrar a Albertine.

Así transcurrieron las primeras semanas. Cada vez iba a un hospital o un ambulatorio diferente, siempre con un vuelco en el corazón al cruzar el umbral anhelando encontrar a la joven enfermera.

Una mañana, desesperado por encontrar trabajo, tuvo la idea de acercarse a la sede del Gremio de Joyeros. Allí tuvo un encuentro inesperado.

—¡Monsieur Louison!

—¡Gerardo!

Los dos hombres se dieron un abrazo emocionados. El grueso relojero había perdido algo de peso, pero aún era un hombre grande. El contraste con el joven era demoledor.

—¡¡Muchacho!! ¡Cuánto me alegro de verte! Pero ¡estás famélico! Vamos. Te llevaré a un lugar donde comer algo decente. ¡El joven Gerardo! ¡Tenemos mucho de qué hablar!

Hábilmente, por una callejuela poco transitada, Monsieur Louison guio alegremente a Gerardo hasta detenerse en una puertecilla poco vistosa. Avanzaron hasta un patio interior donde había unas cuantas mesas, y unos pocos parroquianos comían. Era una especie de mesón. Clandestino, supuso Gerardo.

—Es usted la primera persona amiga que encuentro desde que regresé del frente —dijo Gerardo—. Ya estaba desesperado. Necesito trabajo, amigo. ¿Podría usted ayudarme? Haré cualquier cosa, hasta tareas de aprendiz si fuese el caso. No le imploraría así si no fuese muy necesario. Los talleres de Bloch y de madame Bellâme están cerrados. Y nadie me ha sabido dar cuenta de ellos…

—¡Um! —exclamó el relojero mientras terminaba de tragar una cucharada del humeante puchero que acababan de servirles. Mientras esperaba la respuesta, Gerardo también engullía famélico—. Ambos trasladaron sus negocios al extranjero —explicó Louison—, pero el viejo Bloch no pudo escapar a tiempo. Unas horas antes de su partida la Gestapo le detuvo. Corren rumores de que le han interrogado. Y no amablemente, muchacho. Nada amablemente.

—¡Dios mío! —exclamó Gerardo, en español, con la boca aún llena—. ¿Y madame Bellâme?

—A ella no la detuvieron. Tampoco tenían motivos. No es judía, a diferencia del viejo Bloch. Pero no sé dónde está. Espero que a salvo.

—¡Menos mal! —Se alegró por la diseñadora. No podía imaginar a aquella dama, tan elegante y exquisita, encerrada o caída en desgracia. El mundo se había vuelto loco—. ¿Y lo del trabajo? ¿Podrá usted recomendarme a alguien?

El relojero levantó la mirada del plato. Llamó a la tabernera y le pidió algo más de pan. El pan ya estaba racionado en París, como muchos otros alimentos, pero en aquella especie de bistró aún se podía repetir si disponías de suficientes francos, o tal vez de alguna otra moneda de cambio, probablemente inconfesable. Allí todos conocían al grueso artesano, así que no hubo ningún problema. Cuando llegó la nueva ración, los ojillos inteligentes de Louison se dirigieron a las manos de Gerardo. No le faltaba ningún dedo, pensó con alivio. El joven estaba muy delgado, pero sus manos seguían siendo fuertes, las más hábiles que él conocía. Algo podría arreglarse, aunque los tiempos estaban muy difíciles. Meditó un segundo. El taller de Armand Carpentier aún funcionaba, aunque se había trasladado a un lugar mucho más modesto, con menos medios, pues el negocio había disminuido en gran medida. Pero también la mano de obra cualificada escaseaba. Quien más quien menos había huido de los nazis y del incierto futuro de la ciudad. A Carpentier aún podría interesarle alguien tan versátil como el español. Sí, se dijo cada vez más seguro. Esa iba a ser la solución.

—¡Pues claro, muchacho! ¡Pues claro! Algo te encontraremos. Pero tú ahora no pienses en eso. ¡Come, come! Que pareces una sombra…

Después de aquel encuentro, las cosas para el español empezaron a mejorar ligeramente. Comenzó a trabajar unas horas haciendo sencillos encargos de reparaciones y arreglos para Carpentier. Se dirigía al modesto taller por calles secundarias y dando largos rodeos. A extranjeros como él los llevaban a campos de concentración o se les obligaba a trabajar en industrias necesarias para mantener la maquinaria de guerra nazi. No hablaba con nadie, y mucho menos con desconocidos.

Durante muchas noches, conciliar el sueño pasó a ser su principal problema. Parecía que la cabeza le iba a estallar concentrada en tantas preocupaciones. Todo comenzaba en la madrugada, en medio del silencio, únicamente interrumpido por las proclamas nazis. A veces recordaba el frente y los cuerpos mutilados de sus camaradas, en una pesadilla a cámara lenta. Otra gran parte de sus recuerdos volaba a Madrid, a su casa, a sus padres, de los que apenas había tenido noticias. Había encontrado una carta arrugada y abierta en el recibidor de su casa. Probablemente su amigo Anselmo la había hecho pasar bajo la puerta mientras él estaba en el frente. Apenas eran cuatro líneas para certificar que su familia estaba bien. Vivos. Lo único importante. Pero había tantas lagunas, tanta incertidumbre… Acariciaba la idea de emprender él también la huida y regresar a España. Pero estaba Albertine. O, mejor dicho: su ausencia. Cuando definitivamente ya no podía conciliar el sueño, entonces tomaba la firme determinación de seguir buscándola, y al fin alcanzaba un poco de paz. ¿Pero por dónde empezar? No sabía su dirección y apenas nada útil de ella. Tan solo su apellido y que pertenecía a la aristocracia, que difícilmente habría permanecido en París.

Un domingo, desesperado, vagando sin rumbo, vio pasar un camión de la Cruz Roja. Eso le dio una idea. Preguntó aquí y allá, perdiendo el miedo a que alguien le delatara al escuchar su acento. Preguntó en las colas para canjear alimentos con la cartilla de racionamiento, en el hospital donde se había hecho la última cura, a sus compañeros de trabajo. Preguntó e indagó y acabó dando con la antigua sede de la Cruz Roja.

En aquellas instalaciones de la Cruz Roja apenas quedaba gente. Pero aún trataban de ser útiles. Ajenos a las ideologías políticas, buscando una neutralidad que no era posible, daban servicio a enfermos y heridos de guerra, como él mismo. Subió a la segunda planta con la excusa de que alguien revisara su herida.

Le atendió una enfermera, ya entrada en años, de aspecto resuelto.

—Bonjour! —dijo Gerardo.

—Bonjour! ¿En qué puedo ayudarle?

El muchacho vaciló. No sabía cómo enfocarlo. Pensó que lo mejor era dar por hechas ciertas cosas.

—Vengo de parte de la enfermera Lefebvre. Albertine Lefebvre —mintió con toda la naturalidad de la que fue capaz—. Se encarga de las curas de mi herida. —Y se señaló la pierna, que había venido arrastrando más acusadamente de lo normal—. Metralla —dijo, aunque la enfermera aún no había preguntado nada.

El mostrador estaba limpio y reluciente, pero no había flores, solo un fuerte olor a zotal que se desprendía en toda la planta, de techos altos. Tras el mostrador, un pasillito desembocaba en una sala más grande, con un amplio ventanal. El ruido de una máquina de escribir rompía acompasadamente el silencio.

La enfermera le miró con curiosidad. El joven tenía una mirada desesperada y cercos negros bajo los ojos. Le pareció que tenía una voz bonita. Un dulce acento español. Todos los jóvenes de esa edad le recordaban a su hijo.

—¡Um! Albertine Lefebvre —repitió—. Espere aquí un momento.

Y se dirigió sin más hacia el ruido de la máquina de escribir. Una loca esperanza comenzó a bailar en el pecho de Gerardo. Al cabo de lo que le pareció una eternidad, la buena mujer regresó con un papelito en la mano.

—Ya no trabaja aquí, joven —Y no sin cierta ironía, añadió—: Me extraña que haya quedado aquí con usted. ¡No la habrá entendido bien! —Y sus ojos socarrones sonrieron levemente como lo harían los de una madre con un hijo pillado en falta—. Quizá le querrá atender en su domicilio —concluyó mientras le pasaba furtivamente el papelito.

—*Merci! Merci!* —acertó a decir un Gerardo que sentía crecer alas en los pies. Apenas si cojeaba mientras volaba hacia la salida, hacia Albertine. Aquel papelito encerraba un tesoro mucho mayor que cualquier joya cuajada de brillantes que hubiese estado entre sus manos.

Aquella misma mañana se acercó hasta la dirección indicada. Se encontró con un edifico señorial precedido de un jardín bien cuidado. Unos metros antes de la entrada, un extraño miedo se apoderó de él. Algo avergonzado ante su aspecto, llamó al timbre. Un hombre sencillo y algo encorvado le abrió. Parecía un criado.

Gerardo preguntó por la familia Lefebvre.

—Los señores se trasladaron hacia el sur unas horas antes de la toma de París. Hacia la Francia de Vichy —dijo el hombrecillo.

A Gerardo le pareció que le miraba con desconfianza. ¿O quizá era desprecio? ¿Una mueca rara ante sus zapatos viejos y su chaqueta deslustrada?

—¿Y la señorita Albertine? —inquirió impaciente.

El hombre le estudiaba. Gerardo refrenó la cólera que estaba empezando a sentir. Por fin el criado se decidió.

—Ella sigue trabajando para la Cruz Roja, pero fuera de la capital. Regresa algunos fines de semana. No siempre.

La esperanza creció en Gerardo y se desbordó. No podía hablar. Hizo un esfuerzo por serenarse.

—¿Le daría usted un recado? Si me permite un papel y un lápiz...

El criado asintió. Con paso lento entró en la portería y regresó con algo para escribir. Gerardo garabateó una dirección. Por prudencia dejo las señas de su lugar de trabajo, un lugar más neutral y al que podía acercarse una joven a reparar un collar o a comprar unos pendientes despertar sospechas.

Dejó en manos de aquel hombre todas sus esperanzas, pero durante varias semanas no supo nada de ella. Tal vez el criado había tirado su papel a la basura. O, aún peor, quizá ella no podía regresar a París, estaba enferma o herida, o algo aún más trágico...

No quería pensar en nada de todo ello. Se volvió más taciturno, pero no le extrañó a nadie. Todos los parisinos estaban afligidos de una manera u otra. La vida en la capital solo era agradable para los vencedores y sus simpatizantes.

Gerardo seguía sin dormir hasta la madrugada. Atesoraba la esperanza de volver a ver a Albertine como el único reducto que le quedaba para no perder la cordura. Curiosamente, la última imagen que veía antes de entrar en el duermevela era la de su boca fruncida y su cuello blanco adornado por aquella hoja de higuera que había dibujado para ella.

CAPÍTULO VII

Búsqueda

Verano de 1940

Albertine corrió mejor suerte que Gerardo. El lunes 10 de junio, bajo un cielo gris y plomizo, llegó a París en una renqueante ambulancia de la Cruz Roja junto a la enfermera jefe, la gruñona señora Decroix, cuyas gafas de pasta habían perdido un cristal, y junto a la joven alsaciana, la enfermera Goncourt, que no paraba de murmurar frases incomprensibles en voz baja y se encogía como una tortuga cada vez que el sonido de los Stukas la sobresaltaba.

Habían avanzado lentamente por aquellas desvencijadas carreteras, camino de París, en un constante sobresalto ante el acoso de los bombarderos alemanes. Los maltrechos enseres de los hospitales de campaña y su personal rodaban lastimosamente, pero sin dejar de atender a cuantos heridos se cruzaban en su camino.

Albertine buscaba ansiosamente a Gerardo entre el gentío. Trataba de localizarle con la ilusión de ver su silueta al doblar cualquier curva o subir un promontorio. A su alrededor pasaban decenas de carros tirados por caballos, con su carga de heno disminuyendo rápidamente. Los refugiados se hacinaban en su interior. Algunas bicicletas desvencijadas con colchones atados en los laterales seguían a las caravanas de hombres y mujeres que caminaban cabizbajos. Pero no le encontraba. En las siguientes noches, pesadas y calurosas, cuando no podía dormir, se mortificaba con la idea de que su amigo no tenía la pierna curada del todo.

Al día siguiente, pasaron más camiones llenos de jóvenes soldados franceses con aire abrumado, pero ninguno era Gerardo. Conforme se acercaban a París, cada vez había más refugiados a pie, junto a las carretas. Los coches averiados y destartalados, sin gasolina, eran abandonados en las cunetas. En la oscuridad se podían apreciar corros de gente agotada comiendo un bocado alrededor de las fogatas.

Sin saberlo, Albertine llegó a París apenas unas horas antes que Gerardo. La ciudad aún no había sido tomada. Se dirigió a la casa de sus padres, una bonita villa en el barrio de Saint-Victor. Tampoco allí tuvo más suerte. La única persona que encontró en la casa fue el viejo Pierre. Le pareció más viejo y encorvado que de costumbre. Quizá incluso más flaco. Nunca había tenido demasiada familiaridad con él, pero en aquellos momentos le llenó de ternura encontrar aquella cara arrugada.

—¡Pierre! ¡Pierre!

Se lanzó hacia él y le abrazó mientras el hombre, sorprendido y reticente, esbozaba una sonrisa.

—¡Señorita Albertine! Pero qué alegría tan grande.

El criado aprovechó para separase un poco de la joven y observarla. También ella estaba más delgada. Sucia, despeinada y con la ropa polvorienta, su prometedora belleza de niña se había transformado en la hermosura de una joven mujer.

—Vamos, Pierre, ¡avisa a mis padres! ¡Estoy deseando verlos!

Pero no esperó a que el viejo entrara. Se precipitó por la puerta gritando y llamando a su familia. Aún no era consciente de que no estaban allí.

—¡Papá, mamá!

—¡Señorita Albertine! ¡Señorita! —exclamaba Pierre, que había entrado todo lo deprisa que pudo tras ella—. No busque. ¡Señorita! ¡Espere un momento!

Albertine se introdujo en el recibidor como una exhalación y, ya en la salita y después en el comedor, encontró los muebles cubiertos con sábanas blancas, como espectros fantasmales, y las ventanas cerradas con los postigos echados. Entre las altas paredes flotaba un silencio desconocido, como una helada túnica que envolvía la casa.

Albertine se derrumbó agotada sobre un sofá cubierto con un guardapolvo. Pierre ya la había alcanzado. La joven le miró con ojos interrogativos engrandecidos por el miedo y la duda.

—¿Dónde están todos?

—¡¡Ay, señorita!! Sus padres se fueron hace tres días hacia el sur, a la casa de la Riviera. La señora no quería marcharse, pero no sabían nada de usted y los rumores de una entrada inminente de los alemanes en París no paraban de correr. Su padre temía por la salud de la señora. Tenía los nervios destrozados. Decidieron que lo mejor sería partir y ponerse a salvo y desde la Riviera hacer gestiones para tratar de encontrarla. Me han dejado al cuidado de la villa y de su hermano…

—¡¿Antoine está aquí?! —exclamó ella.

Se puso en pie de un salto. ¡Su hermano aún estaba en París! Una sensación de alivio y de esperanza se adueñó de su corazón, que hacía unos instantes se había sentido desolado. Aquel carrusel de emociones la hizo llorar. Las lágrimas le corrían por las mejillas sin que apenas fuera consciente de ellas. El viejo Pierre se atrevió a estrecharle las manos en un intento de confortarla.

—No quiso irse —continuó—. Dijo que tenía demasiadas fiestas, bailes y compromisos como para marcharse antes de temporada a la Riviera. ¡Como si aún hubiese bailes!

Albertine sonrió por primera vez.

—Más bien visitará cabarés, locales de apuestas y antros —dijo con suave ironía. Pero la sonrisa no acababa de instalarse en su rostro. Miró al criado con más atención—. Pierre —comenzó a hablar de nuevo. Se detuvo un instante—. ¿Cómo no se ha ido usted también? Los alemanes no tardarán en tomar la ciudad. Nos iban pisando los talones.

—No tengo a dónde ir, señorita. Y alguien tenía que cuidar del señorito Antoine y de la villa. No temo a los alemanes —dijo muy serio—. Aquí soy más útil.

El hombre no mencionó que no hubo sitio para él en el coche en el que huyeron sus señores, cargados con multitud de enseres, baúles y pertenencias. Pero tampoco le importó demasiado. El señorito Antoine era un verdadero desastre y alguien tenía que cuidar de él, y también deseaba esperar a la joven señorita Albertine. Aunque siempre desde la distancia más respetuosa, aquellos jóvenes habían sido como algo suyo. Los había visto nacer y se había encariñado con ellos. Eran lo más parecido a una familia que tenía.

—¿Y dónde está Antoine? —preguntó Albertine. Ya se le habían secado las lágrimas—. Hay que encontrarle rápido. Necesito verle.

—No creo que tarde en regresar a casa, señorita. Normalmente aparece a esta hora para cambiarse antes de salir a cenar. Creo que usted también necesitará asearse. Le prepararé un buen baño y le haré algo de cena. No sirve de nada salir a las calles y buscar sin ton ni son. Lo mejor será esperar. ¡Sígame!, la acompañaré a su habitación. Todavía mantengo la parte más privada de la casa en uso. ¡Necesita usted descansar y comer, señorita Albertine!

El viejo Pierre, con su habitual carraspera, sonaba en los oídos de la agotada Albertine como un bálsamo. Se dejó cuidar. Esa noche hablaría con Antoine. El viejo y querido crápula de Antoine... Y al día siguiente buscaría a Gerardo. Sí. Removería cielo y tierra, pero tenía que encontrarle.

•

Así comenzó una nueva rutina en la vida de Albertine. Transcurrieron un par de semanas, un paréntesis extático y difuminado en el que la vida flotaba como en una prórroga. Había decidido continuar en París y no tratar de seguir a sus padres a la Riviera. Y no solo era por su deseo de encontrar a Gerardo, que también, sino porque sentía que abandonar París era rendirse un poco más al enemigo y ella deseaba ayudar, luchar a su manera, seguir sintiéndose útil como en el frente, cuidando a los heridos, apoyando a su patria.

Por otra parte, el viejo Pierre no le había contado toda la verdad a Gerardo cuando unos días antes se presentó preguntando por Albertine. La joven no trabajaba en las afueras de París ni tan solo regresaba algún fin de semana a la villa como le había dicho, sino que vivía allí, en la casa. Había comenzado a trabajar en el Hospital Militar de Val de Grace, en el V distrito de París. Había gran escasez de personal —cerca de un millón de personas habían huido en desbandada de la ciudad— y fue muy bien recibida. Pierre había desconfiado de aquel joven de aspecto huraño y mal vestido que había preguntado por la señorita. Sin embargo, no se atrevió a mentirle del todo, y dijo unas medias verdades que tampoco sirvieron de mucho consuelo a Gerardo. El viejo Pierre dobló en pequeños pedacitos el papel que le dio el joven y lo guardó en uno de los bolsillos más interiores de su chaqueta. Después lo olvidó y tampoco mencionó el encuentro a la joven enfermera. No era consciente, sin embargo, de la importancia que aquel encuentro hubiera tenido para la muchacha.

Pocos días antes de la llegada de Gerardo, el día 14 de junio, los alemanes tomaron la ciudad. Fue un día oscuro y agobiante para la pequeña familia compuesta por el criado y los dos hermanos. Por una vez, Antoine se había quedado en casa. Seguía tan jovial, bromista y elegante como siempre, pero algo había cambiado en sus ojos. Albertine intuía una transformación en él, pero no podía concretar en qué consistía y entonces, pese a la alegría inicial de haberle encontrado, no podía evitar reprocharle en su fuero interno su superficialidad y su falta de espíritu combativo.

Habían cenado un poco de salchichón y paté con unos panecillos de pan blanco que Pierre había conseguido en la tiendecita del señor Renau, en la calle Bernard. Descorcharon la última botella de champán del sótano, donde ya solo quedaba vino corriente y telarañas.

—¡Por la querida Francia! —brindó Albertine con un brillo furioso en los ojos.

Y el viejo Pierre y el extrañamente silencioso Antoine brindaron con ella en un absurdo y desolador brindis que pretendía negar la evidencia de la derrota.

París parecía haber enmudecido. Las gentes caminaban en silencio y, si alguien conversaba, lo hacía en susurros, furtivamente. A veces se veían algunos alemanes, en moto o incluso a pie o en el metro. Otras veces pasaban en grupo, dentro de camiones repletos, vestidos con impecables uniformes gris claro.

Después del trabajo, cada día, Albertine indagaba sobre el paradero de Gerardo. Había visitado todos los hospitales sin resultados. Hizo largas colas para informarse en el Paláis Royal por si se encontraba en algún campo de prisioneros y en la propia sede de la Cruz Roja. Al final, desmoralizada, vagaba por las calles sobresaltándose al doblar cualquier esquina. Gerardo podía estar en cualquier parte: prisionero en los inmensos campos de prisioneros de Drancy o aun herido, refugiado en cualquier granja a las afueras de París, incluso muerto en una cuneta. Sin embargo, rechazaba constantemente esa última posibilidad. Sentía de un modo inexplicable que estaba vivo. Tenía que estar vivo. Encontrar a Gerardo se había convertido en el único motivo que daba coherencia y sentido a sus días.

Un día, caminando abstraída, acabó cerca de la plaza Vendôme, donde se encontraban el Hotel Ritz y numerosas tiendas elegantes. Observó con tristeza la cantidad de comercios clausurados, la mayor parte de ellos joyerías. Sus ojos se posaron en el escaparate de una de las pocas que permanecía abierta. El corazón le dio un vuelco cuando comprendió que aquella era una pista de la que sacar algo en limpio. ¡Cómo no lo había pensado antes! Gerardo era joyero. Aquello era algo por donde empezar. Se precipitó en la tienda sin pensar demasiado qué decir una vez dentro.

—*Bonsoir, madame!* ¿En qué puedo ayudarla?

Albertine se sintió tímida de pronto. Se retorció nerviosamente las manos sin saber qué decir. Finalmente habló:

—Busco a una persona. Bueno, es decir, yo… estoy buscando a un joyero.

El dependiente era un señor de sonrisa amable y ojillos perspicaces.

—Ah, madame. Entonces este puede ser un buen sitio —dijo rascándose la barbilla que le caía en dos dobles papadas, una sobre la otra—. Aunque mejor aún sería si buscase usted una joya. Pero, en fin, también se puede encontrar aquí a un orfebre para hacer el encargo de una joya. ¿En qué está pensando la señorita?

El dependiente observó que Albertine lucía unos bonitos zapatos rojos de piel, bastante nuevos, y que el corte de su vestido era elegante y el tejido de calidad. Los pequeños pendientes de perlas que adornaban sus orejas también fueron de su gusto. Se frotó las manos. Los clientes escaseaban últimamente. De hecho, había estado pensando en cerrar, como muchos de sus colegas, pero él no era judío. Y el barrio era bueno. Había tapiado parte de los escaparates, y la decoración se había reducido al mínimo, con piezas menos costosas y de peor calidad para no llamar demasiado la atención. Los buenos negocios no se hacían en la tienda. Aun así, y a pesar de lo mucho que su mujer le insistía, se había resistido a cerrar.

Sonrió más ampliamente, zalamero.

—¿Una pulsera? ¿Tal vez un anillo? ¿La señorita está comprometida?

—¡Oh! ¡Nada de eso! —exclamó Albertine, que a cada segundo se ponía más nerviosa—. Le he dicho que busco a alguien. Y ese alguien resulta ser un joyero. Se llama Gerardo López. ¿Le conoce usted?

El tendero se quedó algo cortado.

—Lo lamento, madame. No conozco a ese caballero. ¿Es extranjero?

—Sí —respondió ella con cierto orgullo en la voz—. Es español.

—Ah, señorita, entonces estará en alguno de los campos de concentración de refugiados republicanos.

—¡Oh, no! —respondió ella con un enfado absurdo hacia el dependiente—. Él estaba en el Décimo Regimiento. Es un herido de guerra. ¡Ha luchado por Francia!

—Lamentablemente, entonces es más que probable que su novio se encuentre en un campo de prisioneros.

—¡No es mi novio! —protestó con voz débil Albertine.

Los ojos del dependiente la observaron con lástima. Se arrepintió de haberla tratado con crudeza. Salió de detrás del mostrador y tomó a Albertine del brazo. La hizo sentar en un coqueto silloncito que había visto mejores tiempos.

—Pero, si aún está en Francia —añadió—, es muy posible también que lo desmovilicen. En la radio han dicho que solo retendrían a los soldados franceses que ya estuviesen en Alemania cuando se firmó el armisticio. Si está en Francia, no le detendrán así como así…

Albertine alzó hacia el hombre sus grandes ojos grises con las pestañas mojadas en lágrimas.

—Es usted muy amable al tratar de consolarme—respondió—. Ya me marcho. No le molesto más.

—No ha sido molestia. Son tiempos duros.

Y sonaba sincero. En realidad, sentía haber perdido una clienta, pero comprendió que las jóvenes elegantes y frívolas que hacía unos meses ocupaban su tienda ya no podían ser las mismas. Otras graves preocupaciones las ocupaban. Cuestiones mucho más relevantes estaban en juego. La enfermera había sido la única persona que había entrado en la joyería en toda la tarde. Los tiempos se iban a poner aún más complicados, se dijo. Tal vez debería cerrar y partir hacia Angers, a refugiarse en casa de su suegra, como no paraba de rogarle su mujer todos los días. Sí. Tal vez estaban aún a tiempo.

Justo cuando Albertine abría la puerta, que sonó con el breve tintineo de la campanilla, el hombre tuvo una idea.

—¡Mademoiselle! Un momento, mademoiselle. ¿Ha preguntado usted en el Gremio de Joyeros? Quién sabe.

Si ese joven tiene un permiso de residencia y de trabajo, es posible que sepan darle razón de dónde encontrarle.

Albertine asintió con un nudo en la garganta.

El hombrecillo le anotó unas señas en una elegante tarjeta. Después dio unas palmaditas cariñosas a la joven en la espalda.

—¡¡Le deseo suerte!!

Pero Albertine ya no escuchaba.

Miró su reloj. Eran las seis de la tarde. Aún podía llegar al Gremio de Joyeros antes de que la jornada laboral acabara.

Tomó un taxi en la misma plaza Vendôme. Mientras el coche hacía su carrera, los pensamientos de Albertine bailaban entre el miedo de que tampoco allí supieran del muchacho y la esperanza de por fin obtener noticias. Era difícil que Gerardo se encontrase sano y salvo en París, pero no imposible. Podía haber llegado, por las mismas razones y casi al mismo tiempo que ella. Y sabía que sus papeles estaban en regla, pues Gerardo se había instalado en París antes de que comenzase la Guerra Civil en España. Sabía, por sus conversaciones bajo la higuera, que tan lejanas le parecían ahora, que el estatus del joven joyero no era el de un simple refugiado de la guerra española, sino que su cualificación y buenas referencias le habían dado una estabilidad profesional que desgraciadamente la mayoría de sus compatriotas no tenía.

La espera en el gremio se le hizo eterna. El secretario, un hombre silencioso, tampoco destacaba por su rapidez. Rebuscó en sus archivos.

—Monsieur Gerardo López. Sí. Aquí tengo las señas del taller donde trabaja. Es la firma del señor Armand Carpentier. Tome nota señorita.

Albertine no tuvo tiempo de paladear la noticia. Su único pensamiento era llegar al taller antes de que cerraran. Tampoco se quería hacer demasiadas ilusiones.

No encontró ningún taxi libre y la impaciencia le impedía esperar. La dirección no estaba demasiado lejos. Decidió ir a pie. Caminaba a paso rápido, sudorosa, sujetando el sombrero que un ligero vientecillo se empeñaba en arrancarle de la cabeza.

Ya eran cerca de las siete. Por suerte ya no estaba en vigor el toque de queda. Cada vez marchaba más deprisa. Corría bajo un cielo violeta cuando la lluvia rompió en un cálido chaparrón. Ya estaba llegando. Se refugió bajo una cornisa mientras esperaba para cruzar una calle. Pasaron varias bicicletas y algunos camiones. De pronto se encontró a las puertas del edificio. El secretario del gremio le había informado de que los talleres estaban en el ático. Se recompuso el sombrerito y se enjugó la cara mojada con un pañuelo. Se alisó la falda y respiró hondo. Se dispuso a entrar.

Pero antes de cruzar el umbral, se abrió la puerta. Dos jóvenes salían presurosos, con sus boinas caladas y las chaquetas al hombro. Uno de ellos, más alto que el otro, renqueaba sensiblemente. A Albertine se le cortó el aliento. Pasaron varios segundos, las imágenes flotaban lentamente ante sus ojos. El joven alto giró la cabeza hacia donde ella se encontraba. Sus miradas se cruzaron en un instante de extrañeza. Gerardo tardó unos momentos en asimilar lo que estaba viendo. Se quedó parado, aturdido, como si aquello no pudiese estar pasando. Albertine sintió alegría, pero también vértigo. Todo ello era agridulce, triste, importante y melancólico. La alegría y la certeza daban más miedo que la ansiedad y la espera, comprendió vagamente Albertine.

Se estaban mojando bajo la lluvia, mientras se miraban en silencio. Dos viandantes los esquivaron. El joven compañero de Gerardo se encogió de hombros y se despidió sin que este lo advirtiera. Los segundos se estiraron, se detuvieron, corrieron de nuevo hacia delante, como si el tiempo se hubiese vuelto loco.

Al fin, recobraron el sentido y se fundieron en un abrazo.

CAPÍTULO VIII
El encuentro
Verano de 1940

—¡Qué delgado estás! ¡Te ha crecido mucho el pelo! —dijo Albertine.

Estaba azorada, con la cara arrebolada. Quería decir muchas cosas importantes, pero solo le salían banalidades de la boca. Era preciso romper el hielo. Recordó claramente lo tímido que era Gerardo. Sintió su mirada inteligente e intensa. Su nerviosismo aumentó, pero, por encima de ese estado extraño de excitación, se sentía dichosa, con una clase de felicidad frágil, por haber sido tan anhelada y tan largo el camino para conseguirla. Aquello parecía un sueño.

Por su parte, Gerardo la encontró tan bonita que dolía. Se sentía torpe y pesado, y su francés parecía haber empeorado. Era la primera vez que la veía sin uniforme. Llevaba un vestido de crespón azul celeste estampado con pequeños lazos blancos. Los labios brillaban con un ligero rubor carmín, mientras en la mano un pequeño bolso rojo hacía juego con los zapatos, de tacón alto, que la hacían parecer aún más esbelta. Gerardo se avergonzó un poco de su terno de trabajo y de sus zapatos desgastados. Ahora que ambos habían abandonado el uniforme, comprendió aún mejor la distancia social que los separaba. El pensamiento ensombreció su mirada como las nubes de tormenta que habían vuelto la tarde parisina gris y desabrida.

—Estás preciosa —acertó a decir venciendo su timidez y sus miedos—. Vamos, busquemos un lugar donde hablar sin mojarnos.

Caminaron un rato en silencio, a paso rápido, sin decirse nada. De vez en cuando se miraban. Se comunicaban tantas cosas con los ojos que no les hacían falta palabras. Hacía rato que se habían cogido de la mano. Gerardo no acababa de creer que aquello estuviese sucediendo. Y era que había dejado de analizar lo sucedido, vencido por algo cálido y dulce que nunca antes había experimentado, ese algo que no había sentido jamás por su linda compañera Marié, comprendía ahora con toda claridad.

Aún era temprano. Casi sin darse cuenta llegaron al barrio de Saint-Germain-des-Prés. Hasta hacía poco, aquel había sido uno de los barrios favoritos de filósofos e intelectuales, pero ese triste mes de julio estaba más solitario que nunca. Esquivaron una cafetería en cuya terraza un grupo de soldados alemanes charlaban con dos muchachas que les reían estruendosamente las gracias. Albertine puso un mohín de desagrado. Algo más adelante, doblaron la esquina de un edificio con marcas bien visibles y recientes de obús, como cicatrices de acné en un rostro que hasta entonces hubiera sido hermoso.

En los últimos días, algunos comercios comenzaban a abrir tímidamente sus puertas. Entraron en un pequeño bistró de la rue Bonaparte que Gerardo conocía bien, pues el barrio Latino, donde tenía su vivienda, se encontraba tan solo a un cuarto de hora de allí.

Pidieron ensalada de pepino y tortilla de queso.

—¿Cómo me has encontrado? —inquirió Gerardo—. Yo te he buscado por todas partes. ¿Te dio el hombrecillo ese, el portero de tu casa, mi nota? Llevaba las señas de mi trabajo.

—¿Quién, Pierre? No. Pero ¿cómo?, ¿le conoces? Le diste tu dirección…

Albertine no entendía. Gerardo se lo explicó con sencillez.

—¡Le cantaré las cuarenta en cuanto le vea! —dijo la joven con el ceño fruncido—. Siempre ha sido muy protector, pero no tenía derecho a escamotear tu nota.

Gerardo presentía las razones del viejo Pierre: los zapatos viejos, las rodilleras de los pantalones con brillos, la camisa arrugada… Su aspecto no era el de un caballero, comprendía, mientras no podía dejar de admirar la belleza, la elegancia, el lustre y la calidad de todo lo que envolvía a Albertine. Trató de no pensar en ello, pues el hormigueo en su estómago, unido a la calidez en la mirada de la muchacha, le daba esperanzas.

También Albertine le relató a Gerardo sus pesquisas antes de encontrarle. Habían tenido suerte. O perseverancia. O ambas cosas.

Pero nada de eso importaba porque ya estaban juntos.

—¿Y la pierna? ¿Cómo va? —recordó, de pronto, la enfermera.

—Ya no molesta tanto. Cuando camino mucho rato, comienza el dolor, pero no tan fuerte como antes, y creo que me quedará una pequeña cojera para siempre. ¿Pero qué importa eso? ¡Háblame de ti! ¿Cómo está tu familia? ¿Cómo es que no te has marchado de París?

—Mis padres se fueron a la Riviera. Pero aún no hemos tenido noticias suyas.

—¿Hemos?

—Sí. Mi hermano Antoine se ha quedado en París. —Albertine se puso seria de repente—. No acabo de entender qué hace aquí. Está todo el día por ahí. Dice que se está ocupando de los negocios de papá, pero no tiene poderes reales para ello. Es una excusa para parecer ocupado. Ya era así antes de la guerra; un trabajo de señorito. Además, mi padre tiene un gestor de confianza que se ocupa de lo importante. Lo de Antoine siempre ha sido un trabajo de relaciones públicas. Y ahora no sé con quién se relaciona, ni qué gente de negocios frecuenta. Al menos sé que no pueden ser los negocios que solía hacer mi padre... —Albertine se quedó callada un segundo mientras rumiaba las palabras antes de soltarlas—: Tengo alguna sospecha, por pequeños indicios. Una especie de intuición...

—¿Sospechas? ¿De tu hermano? ¿De qué tipo? —Gerardo se acodó sobre la mesa mirando a la muchacha con interés. Pero, más que la respuesta de ella, le interesaban las líneas de su rostro y el gesto encantador de su boca. Deseaba besarla, pero no, aún no.

Albertine tampoco se decidía a materializar sus sospechas convirtiéndolas en palabras.

—¡Bah! ¡No sé! No me hagas caso. Eso sí, desde que acabó el toque de queda, las noches las dedica a salir, jugar e ir de francachelas... Ya era un poco crápula antes, pero, ahora que debería dar la talla, hacer algo útil, parece que lo es aún más... En fin... —Unas pequeñas arruguitas se fruncieron en su frente despejada y hermosa—. Parece que malgasta su vida entre cabarés y clubs nocturnos.

En ese momento llegó el camarero con los platos. Era un hombre delgado y vivaz, ya bien entrado en la cincuentena. Les sonrió con simpatía. Hacían una bonita pareja, pensó. Le gustaban los enamorados, y más en aquellos tiempos, cuando parecía que la guerra, la escasez, la muerte y el dolor de tantos no podía dejar paso más que a la pesadumbre. Observar a aquella pareja con ilusión y esperanza en la mirada le reconfortaba. El amor no podía ser vencido, ni conquistado, ni sometido. Se sintió feliz por un instante.

—Aquí está su pedido, jóvenes. ¡No se olviden de comerlo!

Porque parecía que podrían alimentarse nada más que de sus palabras y de sus miradas.

Albertine se echó a reír y Gerardo se contagió. La tensión de ambos se evaporó y voló junto al sonido alegre de sus risas. De pronto se sintieron más cómodos, como los viejos amigos que eran.

—¡Basta de hablar de Antoine! —dijo Albertine—. Quiero saber todo todo lo que te ha pasado en estas semanas —ordenó con firmeza.

Hablaron mucho rato y, contra el pronóstico del camarero, comieron con apetito. Pero por debajo de la conversación y de los rituales del comer, beber y charlar, sus cuerpos jugaban una danza de seducción de la que solo eran conscientes a un nivel más básico y primitivo pues, en su intensidad y su pureza, era nueva para ambos.

Al terminar la sobremesa, ninguno de los dos quería marcharse. No deseaban separarse de ningún modo. La tensión y la absurda timidez del principio volvieron.

—¿Nos vamos?

—¿Qué hacemos?

Titubearon y se interrumpieron a la vez:

—¿Sí?

—¿No?

—No. No —dijo finalmente Gerardo.

Albertine volvió a romper en una carcajada. Trató de aclarar la situación:

—Pero ¿no, no nos quedamos o no, no nos vamos? —dijo entre risas.

—¡Nos vamos! —dijo Gerardo. Se sentía turbado por lo que estaba sucediendo. Pero su deseo de estar con la joven le volvía audaz—. Pero a otro sitio. ¡Juntos!

—afirmó. Y luego pensó con rapidez: «¿Qué puede gustarle a Albertine?». Tuvo una idea y se sintió reconfortado por que se le hubiera ocurrido—. ¿Qué te parece Les Deux Magots? Está muy cerca de aquí.

Albertine asintió sin palabras. Se levantaron de un salto y salieron otra vez cogidos de la mano, ávidos de la compañía el uno del otro. Llegando a la puerta, Gerardo dio un respingo. ¡Habían olvidado pagar la cuenta! Regresó corriendo al interior y buscó al camarero con la mirada. Se acercó presuroso a saldar la consumición.

—¡Disculpe, señor!

El camarero atendió la petición de Gerardo con gravedad y cara seria, pero por dentro se reía y se le achinaban los ojos sin remedio. Sí. Lo sabía. Aquello no podían conquistarlo los alemanes. No podían arrebatarlo. Aquello, *l'amour*, también era resistencia, pensaba. Y se metió tras la barra, feliz por un instante. Mientras secaba con su blanca bayeta unas copas, vio alejarse a Gerardo, que remontaba hacia Albertine como un salmón contra la corriente atestada del bistró.

En Les Deux Magots había mucho ruido y mucha gente. Después de las primeras semanas de la ocupación, muchas personas habían recomenzado a salir a las calles y a hacer su vida más o menos habitual, visto que lo alemanes no parecían molestarlos en exceso. Hitler había dado órdenes precisas de ser civilizados con la población de París, tratando de dar una imagen positiva de sus tropas y de sus intenciones. Si no eras judío, podías vivir a pesar de la escasez y la precariedad. París respiraba de nuevo, pero con extremado recelo.

Los jóvenes tomaron una copa y hablaron mucho menos que durante la cena. La música, el humo y el murmullo de las conversaciones eran como un arrullo para ambos. Bailaron muy estrechamente y se hicieron confidencias entrecortadas al oído interrumpidas por risas y aspavientos. El mundo había dejado de girar y el tiempo marchaba a un ritmo absurdo, ora veloz y alocado mientras giraban bailando un foxtrot, ora perezoso y pegajoso con sus cuerpos unidos en una lenta balada.

En un momento dado de la noche, en ese espacio intemporal de Les Deux Magots, se miraron a los ojos largamente. La brújula del deseo les indicaba el camino. La casa de Gerardo estaba tan solo a cinco minutos de allí. Él lo murmuró al oído de ella. Salieron como pudieron de entre los cuerpos sudorosos que bailaban como si nunca fuese a haber un mañana. Al dirigirse hacia el guardarropa, Albertine entrevió una mesa en el fondo del local con tres o cuatro oficiales alemanes que llamaban la atención hablando y palmeando a gritos. Volvió a fruncir el ceño con desagrado. De pronto, un joven que estaba de espaldas, elegante y esbelto, sin uniforme, con un traje impecable, se giró y estrechó alegremente la mano del oficial más mayor, un tipo atlético y grande con el pelo tan rubio que parecía casi transparente. El joven era moreno y llevaba la lazada de la corbata deshecha, lo que no le restaba un ápice de elegancia. Llevaba una copa de champán en la mano y cuchicheaba y reía las gracias de los alemanes, a los que al parecer él también hacía reír. Una preciosa joven le tenía cogido por la cintura. La muchacha derramaba más champán sobre las copas del grupo, que habían quedado vacías tras el brindis.

Albertine no pudo detenerse, pues Gerardo tiraba de ella firmemente sin darse cuenta de su turbación. Con horror, la muchacha reconoció en aquel joven de mundo, seductor y distinguido, a su hermano Antoine. Durante una fracción de segundo sus miradas se cruzaron. Albertine creyó ver crueldad en la mirada de él. Desvió la suya azorada. Pero, antes de abandonar el local, se giró furtivamente. Debía asegurarse, aunque no cabía duda. Y así era: Antoine reía, bebía y confraternizaba con aquellos odiosos ocupantes.

Estuvo callada y con la mirada baja todo el camino. Gerardo pensó que tal vez se sentía turbada, pues, a fin de cuentas, iba sola a casa de un hombre. Pero no podía sospechar cuál era la verdadera preocupación de ella.

Por fin llegaron. La pequeña habitación donde vivía Gerardo solo tenía lo imprescindible: una cocina de carbón de reducidas dimensiones, un fregadero diminuto que hacía las veces de lavabo y, en la parte interior, dando al patio de luces, un corredor comunitario donde un pequeño cuarto de baño daba servicio a las cuatro viviendas de aquel piso. En la habitación, el mobiliario consistía en la cama, una mesa con dos sillas y una estantería llena de libros en español y francés que Gerardo compraba cuando los fines de semana recorría la calle de la Turnelle hasta la calle de Voltaire, mirando los puestos de los *bouquinistes*. Colgada en un perchero estaba la poca ropa que tenía y, a modo de desván, en un altillo, se apilaban algunas cajas y su vieja maleta. Gerardo lo mantenía ordenado y muy limpio y, gracias al ventanal que daba a la calle, la estancia era luminosa.

Abrió la puerta, un poco avergonzado, pero ya había intuido que a Albertine le daba lo mismo. También ella se había habituado a la falta de lujo, a los hospitales de campaña, a la suciedad y la destrucción de la guerra. La antigua Albertine, mimada y un poco caprichosa, había desaparecido para siempre. En aquellos momentos, aquel era el lugar más maravilloso que podía imaginar, un lugar muy cercano al cielo, pues albergaba al hombre que amaba y al que creía haber perdido aun antes de que fuese suyo.

Se abrazaron ansiosamente. Luego las ropas cayeron, inútiles. Gerardo algo cohibido al principio, no cesaba de admirar la blancura perfecta del cuerpo de Albertine, que a la luz de la farola que entraba por la ventana parecía nacarado y algo irreal. Hicieron el amor, primero con urgencia, y luego largamente. Tardaron mucho en dormirse. Agotada por las emociones, Albertine, en un duermevela, se angustió con el recuerdo de su hermano departiendo alegremente con los alemanes. No cayó en un sueño profundo hasta casi el amanecer. Cuando se despertó, Gerardo se había ido a trabajar. Había dejado una nota sobre la mesa. La caligrafía era puntiaguda y muy cuidada: «Nos vemos esta noche, a la salida de mi trabajo. Te quiero». Al lado había un dibujo garabateado de una hoja de higuera.

Albertine se sintió plena y perfectamente feliz. Y apresó ese instante, pues intuía que alguna vez el recuerdo se convertiría en un refugio.

CAPÍTULO IX

Avenida Foch, 84

Primeros de 1943

Dietrich Friedrich recorría los últimos metros que le separaban de París en un vagón de primera. Con el suave vaivén del tren iba rememorando su imparable ascenso en los últimos años. Había nacido en Berlín a principios del siglo, hijo de un carnicero de barrio. Logró cursar estudios primarios en la capital y después ingresó en la policía por mediación de su tío paterno, que pertenecía al cuerpo. Su viva inteligencia y su falta de escrúpulos le hicieron ascender hasta que entró en la sección I de la Central Staatspolizei. En esa sección se analizaban todas las cuestiones políticas del Estado alemán y se vigilaba a aquellos que se desviaban tanto hacia la extrema derecha como hacia la izquierda.

Trabajar en ese ambiente supuso para él la mejor enseñanza sobre las debilidades del ser humano y sobre cómo manejarlas para su provecho. Era por naturaleza frío y calculador. Le gustaba mantenerse en un segundo plano, a la sombra, observando tanto a sus rivales como a sus superiores.

Era un hombre alto y corpulento, de facciones angulosas y cabellera rubia que enmarcaba un rostro de perfectas proporciones: un digno ejemplar de la raza aria, el ideal del hombre alemán según el ideario nazi. Cuando estos llegaron al poder, le reclutaron para la Gestapo. Había prosperado en esa organización eligiendo con cuidado a sus jefes. Podía parecer extraño, pero el ambicioso joven sabía que el ascenso de sus superiores era la mejor manera de cultivar su propio éxito. Su apuesta por Hermann Göring resultó ganadora. Su reciente nombramiento como teniente coronel al quedar su departamento absorbido por las SS era una buena muestra de ello.

Si manejaba bien los hilos, el encargo que le llevaba a París podía significar la oportunidad de hacerse rico y, una vez terminada la guerra, podría vivir como un poderoso terrateniente. Se imaginaba paseando por sus hermosos viñedos a orillas del Danubio, en una magnífica villa. Incluso fantaseaba con el nombre que le pondría: ¿villa Friedrich, villa Himmel? O, tal vez, usaría el nombre de su esposa: villa Erika. Sí, esto último sonaba muy bien.

Un oficial entró en el vagón e interrumpió sus ensoñaciones. Se cuadró con un taconazo marcial al tiempo que saludaba.

—¡Teniente coronel, señor!

—¿Sí, soldado?

—Estamos a punto de llegar, señor. Un coche le espera en la Gare du Nord. Permiso para llevar su equipaje.

Dietrich se incorporó sin prisa mientras el joven soldado recogía las maletas del teniente coronel. Pesaban considerablemente, pero el muchacho las tomó sin esfuerzo aparente. Se las arregló para salir antes que el mando sin ni siquiera rozarle.

—¡Sígame, señor!

Dietrich se estiró las mangas, se caló la gorra de plato y siguió al subalterno hasta el coche.

París estaba nublado. Respiró profundamente mientras contemplaba el cielo gris. Le pareció opresivo. Su primera impresión no concordaba con aquella maravillosa ciudad de la luz que le habían pintado siempre. Pero Dietrich Friedrich no era un sentimental, nada más lejos de su carácter. Él era un hombre de negocios. La belleza de París le traía sin cuidado. Era su riqueza lo que le importaba. Y lo que le traía hasta allí. Su militancia en el Reich no era por cuestiones ideológicas. Él lo que quería era un puesto que le proporcionase estatus y riqueza y, sin duda, aquel traslado y su misión eran la oportunidad, costase lo que costase.

El vehículo se dirigió al número 84 de la avenida Foch. Los servicios de seguridad alemanes se habían instalado allí tras la toma de París. Tenía cinco plantas y se destinaba, entre otras cosas, al control de la Resistencia y la represión de los judíos en la ciudad. También se efectuaban interrogatorios de agentes aliados capturados en Francia. A su llegada al inmueble, el teniente coronel Dietrich Friedrich, subió hasta el tercer piso y pidió entrevistarse con Hans Riesiges, comandante en funciones de la seguridad en París, el hombre que allí importaba.

—¡Teniente coronel Friedrich! Un placer conocerle.

—¡Comandante Riesiges! ¡A sus órdenes!

Se hizo un silencio incómodo. Ambos hombres se observaron durante unos segundos. El comandante tenía una frente amplia y despejada, y un rostro algo grueso, de facciones grandes. Los ojos miraban desde abajo, con las pupilas muy arriba y la cara algo inclinada, de modo que parecía feroz y enfadado a un tiempo. La comisura de la boca se torcía un poco en una mueca que parecía algo burlona, pero que en realidad era cruel. Trató de sonreír.

—¿A qué debemos su presencia en París, teniente coronel?

Dietrich le alargó las credenciales sin mediar palabra. El comandante las leyó muy detenidamente.

—¡Um! Una investigación muy concreta, teniente coronel. ¿Es usted experto en arte?

—No tanto como quisiera, señor, aunque me he documentado todo lo posible. Además, sé rodearme de buenos asesores. Es algo que he aprendido del mariscal Göring —dijo. Y, después de hacer una pausa, fingió absoluta reverencia en su entonación añadiendo—: mi maestro y mi guía.

—Sí. ¡Um! Un hombre admirable, sin duda, el mariscal. Y un gran defensor de la cultura. Naturalmente. Una misión honrosa, teniente.

La mirada torcida de Riesiges se había suavizado un poco al decir aquellas palabras. Pero la mandíbula seguía apretada. Dietrich registraba con su sagacidad habitual todos aquellos gestos. No debía menospreciar a aquel individuo.

—Eso creo, señor —dijo mansamente—. Estoy profundamente implicado con cualquier misión que me encomiende mi mariscal. Y puedo alardear, si usted me lo permite, de no fallarle nunca.

A pesar del tono de voz sumiso, al jefe de las SS le pareció que la mirada de Dietrich era algo más arrogante de lo debido. Incluso para un favorito de Göring.

Dietrich había conseguido hacer reflexionar al jefe supremo de París, que había recibido la llegada del intruso con su desconfianza habitual. «Maestro y guía», había dicho. Y las credenciales venían con la propia firma de Göring. El teniente coronel necesitaba un despacho y un equipo para hacer un seguimiento de aquellos judíos de París que aún estuviesen en posesión de determinadas obras de arte. La detención de los propietarios y la incautación de las obras quedarían bajo el control, organización y criterio de Dietrich, que daría cumplimiento a las últimas ordenanzas sobre confiscación de los bienes culturales de propiedad judía.

Por si fuera poco, Dietrich solo debía responder ante el propio Göring. Aquello no gustó ni un ápice a Riesiges: un intruso en su feudo con intenciones poco claras y fuera de su control directo. Pero decidió colaborar, aunque se reservaba un seguimiento muy especial de aquella misión. No iba a permitir que aquel prusiano estirado le viera la mano. Todo a su debido tiempo.

—¡¡Hans!!

El responsable de las SS en París no tuvo que gritar dos veces. Su asistente, solícito, casi se materializó en el despacho como si hubiese estado esperando detrás de los gruesos tapices para aparecer a un mínimo requerimiento de su amo.

—Acompaña al teniente coronel. Disponed un despacho conveniente y facilitadle todo aquello que requiera. Hans, te hago responsable de que nuestro invitado se sienta confortable en París.

Hans hizo una leve inclinación de cabeza y entendió dos cosas bien claras: debía facilitar las necesidades del visitante y, por supuesto, no perderse ni uno solo de sus pasos. No era la primera vez que recibía un encargo semejante. Hans sabía bien cómo hacerse invisible.

El despacho del recién llegado se encontraba en la cuarta planta, contiguo al de los SS Otto Mitternach y Heinrich Reitter, los cuales recibieron órdenes de colaborar en todo aquello que Dietrich solicitase. Tras tomar posesión de su oficina y conocer a su nuevo secretario, Adam Bauer, un joven rubicundo y sonriente que le agradó por su aspecto espabilado, Dietrich se sentó junto a la bien iluminada ventana y leyó sus otras órdenes, las más secretas: aquellas que hablaban de asuntos privados que requería su maestro, el mariscal Göring.

Su principal misión era la de detener a aquellos judíos de París que estaban en posesión de obras de arte que alguna vez habían sido de propiedad alemana o bien de obras de arte moderno que pudiesen ser sospechosas de «decadentes», el llamado arte judío-bolchevique, que se consideraba un ataque contra la «cultura aria». Aquella era la parte visible de su encargo. Pero se listaban otras obras de arte cuyo expolio no era tan justificable, ni siquiera para el aparato nazi: Monet, Delacroix, Renoir. E incluso había obras aún más importantes: Rembrandt, Tiziano, Velázquez…

Dietrich había dicho la verdad. No era un experto en arte. Pero era un buen aficionado. Aprendía pronto y tenía contactos. No había llegado a París con las manos vacías, sino con una buena agenda bajo el brazo: colaboracionistas; soplones; entendidos de todos los pelajes, de la alta sociedad y de los bajos fondos.

—¡Bauer! —dijo al nuevo ayudante pasándole una nota con dos nombres garrapateados—. Ponte en contacto con esta persona —señaló la primera línea—. Luego investigadme a este tipo. —Indicó el otro renglón con un dedo rosado de uñas perfectamente limpias—. Lo que obtengas, que sea solo para mis ojos.

Hizo un gesto de inteligencia al secretario. Este asintió y, sin mediar palabra, se dirigió al teléfono. Pero antes cerró la puerta de la antesala, que, si quedaba abierta, permitía la comunicación con los despachos de Mitternach y Reitter. Aquella muestra de discreción agradó sobremanera a Dietrich. Al parecer el joven asistente era listo y rápido. Mejor que mejor. No tenían tiempo que perder.

Había un asunto muy especial. No se trataba de un cuadro, sino de algo muy diferente. Un encargo especialísimo de Göring para su amada, idolatrada esposa, la Sublime Señora. Se trataba de encontrar una joya. La llamada Rosa Windsor, un broche de la firma Bernard Bloch, empresa de origen judío dedicada a la orfebrería.

La diseñadora era la célebre Sara Bellâme, asidua protagonista de los reportajes más exclusivos de las revistas de moda. Dietrich había visto el rostro de aquella dama en su propia casa. Su esposa, Erika, para quien no tenía secretos, se lo había mostrado en uno de los últimos números de la revista *Vogue*, de la que era fiel seguidora. Había reconocido enseguida el nombre de la mujer.

—Sus diseños son exquisitos, diferentes, únicos —dijo la esposa a un sorprendido Dietrich—. Y sus clientas son de la más alta sociedad, incluso de la realeza. Hace unos pocos años el duque de Windsor le hizo un encargo muy especial para su esposa. Mira, Dietrich, aquí está. La Rosa Windsor. ¿Es lo que estás buscando, querido?

En el reportaje venía una descripción minuciosa acompañada de una foto. Concordaba punto por punto con lo que figuraba en su propio informe.

—Eres sorprendente, Erika. Estás en todo —dijo acariciando con ligereza la rubia melena de su mujer.

En ese momento, en aquel lejano despacho de París, Dietrich recordó vivamente el rostro de su mujer, de bellas facciones cinceladas con perfección. Quizá ella era su única debilidad. Sintió algo similar a una punzada recordándola. ¿Era aquello añoranza?

Se habían conocido en Berlín, en las oficinas de la Gestapo de Prinz-Albrechtstrasse. Erika era una de las múltiples secretarias del departamento, pero era diferente. Su belleza causaba sensación entre los compañeros, jefes y jefecillos de toda índole. Dietrich pensó que tendría facilidad para conocer las intimidades personales de gran parte de ellos. Al principio la buscó por interés. La fue conquistando poco a poco. Sin asediarla. Siempre le regalaba algún detalle: bombones, medias de seda, flores; luego perfumes caros y, al final, alguna delicada joya. Él era un hombre apuesto. Reservado, pero no tímido.

Hablaba poco, pero sus comentarios siempre eran atinados, los justos e inteligentes. Eso fue lo que más valoró la joven Erika.

En poco tiempo se habían convertido en íntimos amigos y las atenciones de Dietrich terminaron por cautivarla. Se volvieron inseparables, aunque durante un largo tiempo fingieron ser simples compañeros. Eso permitía a la mujer espiar a sus jefes para Dietrich sin levantar sospechas. Su belleza y su elegancia iban unidas a una viva inteligencia y a una ambición furiosa. Dietrich acabó enamorándose de aquella mujer que parecía su propio reflejo.

Apenas llevaban casados un año cuando la guerra interrumpió su luna de miel. Erika, ya encinta, se había quedado en Berlín, pues el médico le había recomendado reposo. Ambos tenían similares inclinaciones e idéntica ambición por el lujo y el dinero. Se compenetraban a las mil maravillas. Erika había entendido en seguida que la prosperidad de Dietrich también era la suya. Aguda observadora, había hecho llegar a su marido numerosas pequeñas informaciones sobre los miembros de la oficina, las costumbres y las interioridades más sucias de algunos de sus jefes antes de retirarse por su embarazo. A Dietrich siempre le habían sido de utilidad para trepar por un dificilísimo escalafón, para subir un peldaño más y encontrarse más cerca del poder.

El bocinazo de una camioneta entrando por la ventana abierta le sacó de sus recuerdos. Se había quedado solo en el despacho. Los altos ventanales reflejaban la luz del mediodía. El cielo que había encontrado a su llegada, de un gris sucio, se había despejado después de una leve lluvia. Dietrich reflexionaba sobre los siguientes pasos que daría.

La discreción tenía que ser absoluta. Los avances de aquella pequeña investigación solo podían ser notificados al propio mariscal Göring. El teniente coronel había comprendido en seguida que aquel peculiar encargo solo podía ser un capricho de la Sublime Señora. A él le convenía. Le gustaba aquello: joyas, diamantes, oro. Le gustaba mucho más que el asunto de los cuadros, ya que las joyas eran objetos discretos y fáciles de ocultar.

Llamaron a la puerta. Era el jefe del edificio, el SS Pieter Kopffer, que, tras ser informado por Riesiges, venía a ofrecer todo su apoyo al nuevo ocupante del despacho.

—Espero que se encuentre a gusto en nuestra planta —dijo Kopffer. Era un hombre pequeño, de cara huesuda y mirada vivaz. Sonrió agradablemente a Dietrich—. Pronto comprobará usted que es la mejor. El segundo piso es demasiado bullicioso. Lo hemos dedicado a la detección de mensajes codificados por la Resistencia. Es la unidad 4. La dirige el doctor Pieter Goetz, un tecnócrata —añadió en voz más baja, como si confesase un sucio secreto—. Han capturado algunos equipos de radio de los aliados y desde ellos transmiten mensajes falsos con los que engañan a los miembros de la Resistencia. Lo llamamos «el juego de la radio» —dijo. Y se echó a reír con una pequeña carcajada que a Dietrich le pareció fuera de lugar.

—Aquí estoy bien —respondió escuetamente—. En realidad, cualquier sitio me sirve —mintió con una sonrisa dócil que pretendía revelar humildad—, pero este despacho es perfecto —añadió.

Estudiaba al jefe Kopffer como un entomólogo estudiaría una nueva especie. Le convenía hacer amigos.

—Y permítame decirle que son ustedes muy astutos.

Un poco de adulación nunca estaba demás. Casi siempre funcionaba.

En respuesta, Kopffer se volvió a reír con aquella carcajada un poco fuera de lugar, como si aquello le divirtiese muchísimo. Se cortó en seco y dejó una especie de eco en el despacho.

—Aquí en la cuarta planta solo estamos mis dos ayudantes, su asistente, usted y yo. Todos los despachos disponen de una habitación anexa con cuarto de baño privado. Otto y Heinrich son hombres prudentes y no le causarán ninguna molestia si decide traer alguna visita privada.

Y le guiñó un ojo.

Dietrich Friedrich se mantuvo impasible. No pensaba revelar ninguna debilidad. Ya tenía demasiada experiencia y aquello tanto podía ser un ofrecimiento sincero como una trampa facilona. Pero tampoco convenía mostrase mojigato. El silencio siempre era un buen aliado en estas ocasiones. Decidió cambiar de conversación.

—¿Conoce usted a un tal Bernard Bloch?

—Bernard Bloch… Um. Parece que quiere sonarme el nombre.

—Es un orfebre judío.

—Ah. Es usted un joven muy diligente. Trabajando ya, supongo.

Dietrich hizo una leve mueca de asentimiento.

—Déjeme pensar. —Y repitió el nombre mientras se frotaba levemente la huesuda nariz—: Bloch. No. No caigo. Haré alguna gestión y le avisaré si descubro algo.

—Es usted muy amable. También yo estoy a su disposición.

Dietrich quedó solo otra vez. Decidió llamar a su mujer. Mientras esperaba la conferencia, salió al balcón y contempló la avenida jalonada de árboles. Por el lado izquierdo, el espacio se extendía hasta el arco del Triunfo y por la derecha se abría hacia la plaza Tassigny. La elección del lugar era inmejorable: céntrica y amplia.

Por fin sonó el teléfono. Tras una larga conversación, el teniente coronel se despidió de su esposa:

—Erika, querida, en cuanto lo tenga todo organizado, tienes que venir. Vas a adorar París.

Después de hablar con ella, Dietrich pensó y sintió, incluso físicamente, que se encontraba en el momento justo y en el lugar adecuado para enriquecerse. Había muchos judíos acaudalados en aquella ciudad a los que desplumar. Simplemente, debía de darse prisa antes de que un giro caprichoso de la guerra le alejase de aquella oportunidad. Salió de nuevo al balcón. Las aletas de la nariz se abrían a los refrescantes olores de la tarde, pero Dietrich realmente olía otra cosa. Era dinero. Mucho dinero.

Después de un breve almuerzo, llamó de nuevo a su ayudante. Adam Bauer era un teniente muy joven, de los recién surgidos de entre las filas de las juventudes hitlerianas. Impecable en su aseo y vestimenta, lucía un uniforme negro con el correaje brillante y botas de caña alta, también negras. El pelo, corto, al cepillo, era de un rubio casi blanco. Pero lo mejor de él era su rápida disposición. Sin gestos ni preguntas superfluas. Dietrich buscó una palabra en su cabeza. Eficaz, se dijo. Le gustaba ser muy preciso con sus vocablos.

—Bauer —requirió—, ponme al corriente de los medios materiales de los que dispongo.

Bauer le informó respecto a las fuerzas de asalto y los vehículos disponibles en caso de necesidad. Dietrich le escuchaba, aparentemente distraído, sin dejar de mirar por la ventana.

—… Y en el quinto piso hay una sala de guardia permanente, una oficina de intérpretes y celdas para interrogatorio —concluyó el joven.

—Mañana, a las siete de la mañana, te quiero preparado con un piquete de asalto y un vehículo con chófer para nosotros dos. Eso es todo, teniente.

Bauer saludó y, con un firme taconazo, salió del despacho presto a organizar el operativo para su nuevo jefe. Era mucho más escueto que su antiguo comandante. No pronunciaba palabras de más, y por el momento no se había mostrado proclive a las lecciones morales, a las que era tan aficionado el anterior. Este iba directo, al grano. Bauer se sintió satisfecho, aunque no era su cometido juzgar a sus superiores. Su tarea era servir. Pero marchaba hacia su pequeña mesa de oficina con una leve sonrisa en el rostro. Con su diligencia habitual, en un rato, lo tuvo todo dispuesto.

•

Al día siguiente, el vehículo los esperaba seguido de un pequeño blindado con los escoltas pertinentes. Cruzaron todo París y se dirigieron hasta una zona residencial donde las villas, rodeadas de cuidados jardines, lindaban con el barrio de Saint-Victor. Pararon en la parte trasera del edificio. Dos hombres quedaron allí apostados para evitar que alguien escapase por detrás. El resto se dirigió a la puerta principal. Un criado con librea les abrió y, antes de que pronunciase palabra, de un empujón, le apartaron y penetraron en la vivienda. Bauer, cogiendo al criado por las solapas le dijo en un francés macarrónico:

—¡Avisa a toda la familia! Que se presenten aquí de inmediato; si no, subiremos nosotros…

Dejó la amenaza flotando en el aire. El criado, asustado, corrió a los pisos superiores y despertó al matrimonio y a sus dos hijas con la desagradable noticia de la presencia alemana. El primero en bajar fue el marido, anudándose la bata y con el cabello todavía sin peinar.

—¡Por favor, señores! ¡Por favor! ¿Qué desean ustedes? Les ayudaré en todo lo que necesiten, pero están asustando a mi familia… No es necesario que muestren sus armas. Les ayudaré en todo…

Las suplicas del hombre no hicieron ningún efecto en los visitantes. Le obligaron a conducirlos hasta su despacho clavándole el cañón de la metralleta en los riñones. Dietrich evaluaba al judío. Tenía una calva reluciente con unos ralos cabellos que ahora caían despeinados sobre la oreja izquierda. Dietrich se sintió molesto por el aspecto descuidado del hombre. Le rebajaba a sus ojos. Pero claro estaba, esa era la idea. Por eso aquellas horas tempranas y toda la violencia gratuita. El miedo teñía los ojos del hombre con un velo brillante.

Un soldado trajo a la mujer cogida a la fuerza. De un empujón la arrojó cerca de su marido.

—¡Tranquila, mujer! —anunció Dietrich solemne—. No vamos a matarlos. Si colaboran, por supuesto.

El despacho era lujoso, con cierto aire *art nouveau*. Había varios cuadros de estilo impresionista. Los ojos de Dietrich recorrieron toda la sala y se posaron codiciosamente en un Renoir. Era el que figuraba en su detallado dosier. Lo reconoció de inmediato.

A una señal de su mano enguantada, obligaron al marido a sentarse y Dietrich se acomodó enfrente. Lo único malo que había hecho aquel hombre era ser judío. Y acaudalado, obviamente.

—Se preguntará por qué estamos aquí —dijo con voz pausada—. Es muy sencillo. Es usted sospechoso de fuga de capitales y de evasión de bienes de interés cultural. ¿Es usted Abraham Bassor, judío francés?

El hombre cabizbajo y con la voz trémula asintió. Dietrich le observaba fijamente. Luego se dirigió a sus soldados.

—Ahora quiero que salgáis todos de aquí y me dejéis solo con el arrestado. Tú también, teniente. —Bauer, sorprendido, miró a su jefe durante un segundo más de lo necesario. Aquel no era el procedimiento habitual. Dietrich hizo un gesto autoritario con la mano que no dejaba lugar a dudas—. Y cierra la puerta al salir, Bauer.

El joven teniente salió sin hacer comentarios. Entonces Dietrich acercó su silla todo lo que pudo hasta la del tembloroso judío. Puso su rostro tan cerca que le llegaba el aliento entrecortado del hombre.

—Si quieres salir vivo de esta casa y salvar también a tu mujer y a tus hijas, abre la caja fuerte.

El judío se quedó paralizado sin saber muy bien a dónde quería llegar el nazi. Miró a su mujer con angustia, luego, como a cámara lenta, se levantó y, moviendo uno de los cuadros de la estancia, dejó la caja fuerte al descubierto. Tras manipular el cierre y poner la clave, esta se abrió con un suave chasquido.

—Coja todo lo quiera, pero no nos haga daño. ¡Se lo suplico!

—Todo depende de lo que encuentre dentro. Y de que no me ocultes ninguna otra cosa —respondió Dietrich mientras sacaba todo el contenido de la caja fuerte y lo ponía sobre la mesa.

—¡Esto es todo, señor! ¡Lo juro! Mis bienes son mayoritariamente inversiones en banca y en este momento están tan devaluadas que todas juntas no valdrían ni para vivir unos meses.

Dietrich siguió rebuscando en el fondo del habitáculo, entre documentos, y fue extrayendo cajas de terciopelo que contenían colecciones de monedas de oro. En las más pequeñas encontró papelinas de diamantes, rubíes y esmeraldas. Con detenimiento fue separando todo lo que tenía valor. Encontró también las joyas de la familia. Terminado el registro, le pidió al judío un maletín y lo cargó todo. Luego cogió un fajo de billetes y lo puso de nuevo en la caja fuerte.

Los esposos se miraron sorprendidos.

—Con este dinero podéis huir si os dais prisa. Lo que mis colegas quieren de los judíos a mí no me interesa. Yo solo estoy rentabilizando los costos militares de la ocupación.

Y era bien cierto. Dietrich no sentía ningún odio específico hacia los judíos. Solo eran, para su desgracia, un oportuno medio a su alcance para medrar.

Cuando todo estuvo dentro de la cartera que le había facilitado el hombre, Dietrich sacó un pequeño puñal del cinto, desprendió el Renoir de su marco y lo enrolló de modo que el reverso quedase por fuera.

—Recuerde, el tiempo es mucho más valioso para usted y su familia que todo lo que le he confiscado.

El judío le miraba asombrado, con una mezcla de terror y esperanza a partes iguales. Quizá aún saldrían con vida de aquello. Aferró fuertemente la mano de su mujer sin atreverse a pronunciar palabra.

Dietrich salió sin echar la vista atrás. Según regresaban al coche, se dirigió a Bauer.

—Quiero que te quede bien clara una cosa, Bauer. No vuelvas a poner una orden mía en duda, ni por un segundo. Ni siquiera con una mirada sorprendida de tus ojos. No te voy a tolerar ni la más mínima o leve desaprobación por tu parte. La próxima vez, te mando al frente. —Bauer tragó saliva. Se cuadró aún más, si aquello era posible—. Y sería una pena. Te considero un muchacho eficaz. Espero que también seas inteligente.

—Mi teniente coronel, no volverá a ocurrir. ¡Jamás! Yo, yo… pensé que, si se quedaba solo, podrían agredirle —trató de justificarse el teniente mientras miraba de reojo el maletín y el rollo de tela.

—¡No vuelvas a pensar, muchacho! ¡No vuelvas a pensar! Tu única preocupación debe ser obedecer.

Había pasado más de medio día desde la incautación. Dietrich mandó embalar debidamente el lienzo tras haberlo cubierto de papel de estraza lacado. Le entregó el paquete a su secretario y le dijo que lo quería en una caja de madera, bien protegido. Debía enviarse a unas señas que garabateó ágilmente. El joven teniente se estremeció al leer la dirección del destinatario: le pareció que ponía algo similar a Göring. Un sudor frío le corrió por la espalda al comprender para quién trabajaba su jefe.

Un rato más tarde, Dietrich pidió entrevistarse con su compañero de planta, el jefe Kopffer.

—Le agradezco sobremanera todas las disposiciones que han hecho para recibirme —dijo con la mezcla justa de cordialidad y marcialidad en la voz. Dietrich era un experto en encontrar el tono justo para las conversaciones—. Pero vengo a comentarle otro asunto. He sabido que se está preparando una redada a gran escala contra los judíos, y quizá el nombre que vengo a comunicarle no esté en sus archivos: Abraham Bassor, un judío de origen francés que ha estado muy bien escondido.

Kopffer abrió una carpeta y comprobó los nombres de los denunciados hasta el momento. Aquel en concreto no figuraba en su listado. Sonrió untuosamente a su colega.

—Es dueño de múltiples y rentables negocios —añadió Dietrich.

—Gracias, teniente coronel, lo pongo en mi lista. Es usted sorprendente. Veo que no carece de recursos.

Kopffer sintió agradecimiento y repulsa a un tiempo. No le gustaba que el recién llegado estuviera mejor informado que él, pero al mismo tiempo le agradaba tener un judío más en su lista.

Por su parte, Dietrich Friedrich deseó sinceramente que el judío y su familia hubieran escapado a tiempo. En realidad, él no tenía nada en su contra. «Es la vida, es la guerra, es la naturaleza humana», pensaba. Reflexionaba con la sonrisa decorativa puesta en el rostro mientras estrechaba la mano del huesudo Kopffer. No, no tenía nada en absoluto en contra de los judíos siempre y cuando pudiera sacarles múltiples beneficios. No pretendía engañarse a sí mismo. Sabía muy bien quién era. Pero no había beneficio en humillarlos, deportarlos o arrebatarles la vida. Eso no era necesario. Y a Dietrich no le agradaban los gestos innecesarios. Si poseía alguna virtud era la de ser tremendamente práctico.

CAPÍTULO X

Siguiendo los pasos de la Rosa

Octubre de 1943

Habían transcurrido unos meses desde la llegada de Dietrich y casi tres años desde la toma de París, y ya un gran número de judíos había pasado por las dependencias del quinto piso de la avenida Foch. Entre ellos, y después de una eficaz vigilancia, el lapidario Bernard Bloch.

A través de él, Dietrich y su secretario averiguaron que los detalles técnicos del broche, los bocetos, la ficha del artesano ejecutor de la joya y cualquier otro dato referente a la Rosa Windsor estaban en manos de madame Bellâme, la prestigiosa diseñadora parisina. El interrogatorio al lapidario no había hecho sino confirmar la información que ya poseía Dietrich. Con la dirección de la diseñadora en la mano, una fría mañana de octubre, acompañado de su asistente, Bauer se personó sin cita en la calle Saint-Lazare, donde la mujer tenía su oficina, tras reabrir el negocio no hacía mucho.

No consideraron necesario llevar a su equipo de asalto, al menos por el momento; habían acordado hacerse pasar por clientes.

Nada más entrar, los recibió un hombre afable pero silencioso. No se sorprendió al ver sus uniformes, pues no eran los primeros militares alemanes que acudían al taller para hacer encargos para sus esposas, novias o amantes.

Los hizo sentar en unos sillones modernistas frente a una amplia mesa con tablero de cristal donde descansaban ilustraciones y fotos de las más sofisticadas joyas.

«Le Corbusier», pensó Dietrich acariciando la suave piel de su asiento. Saboreó como un buen *gourmet* la exquisita decoración del despacho. Solo en París podía encontrase aquel gusto refinado y sencillo a un tiempo, con la dosis justa de ostentación. Cómo le hubiese gustado a Erika conocer a la dueña de aquel local, a la terriblemente sofisticada madame Bellâme.

Fuera, con la mañana ya bien entrada, las nubes amenazaban tormenta. Había un leve olor a ozono y gran cantidad de electricidad estática. Una humedad pesada y pegajosa flotaba en el ambiente exterior y se colaba por las amplias ventanas.

La elegante Sara entró en la estancia y a su paso elástico y algo felino pareció que un soplo de brisa fresca despejaba el ambiente, cargado de malos presagios.

—¿En qué puedo ayudarles, señores?

Dietrich se puso en pie como movido por un resorte. «Impresionante mujer», se dijo para sí. Miró de reojo a Bauer, que, sin saber por qué, se había puesto como la grana al estrechar la mano que le ofrecía la diseñadora. Se sentía torpe y pesado con sus grandes manazas y sus botas militares.

Dietrich se pasó la mano por la frente en un involuntario gesto con el que pretendió quitarse el embrujo de la mujer, que le miraba inquisitiva y amable a un tiempo.

—Señora Bellâme, iré al grano. No queremos abusar de su tiempo. Venimos a consultarle sobre una joya.

—Por supuesto —coincidió madame Bellâme—, ¿qué otra cosa podría ser? Están ustedes en el lugar adecuado. —Y sonrió levemente mientras jugueteaba inconsciente con su anillo, una impresionante esmeralda en forma de lágrima cuajada de brillantes como pétalos de cristal.

—Se trata de la Rosa Windsor —añadió Dietrich.

Luego hizo una pausa intencionada. Deseaba ver la reacción de la mujer sin coacciones de ningún tipo.

—¡Ah! ¡La Rosa Windsor…! —exclamó la diseñadora, sorprendida por el giro de la conversación—. ¿Y qué desea saber exactamente? —preguntó con cautela.

Tenía una manera maravillosa de alargar las vocales tras algunas palabras. Parecía un ave exótica. Todo lo que pronunciaba, hasta las frases más vulgares, parecía esconder un significado oculto, misterioso y sutil.

Bauer parecía sumido en un sueño hipnótico. «Esta vez no será necesario contenerle», comprendió Dietrich con una sonrisa interior.

—Exactamente… todo.

La mujer se echó a reír de un modo franco, alegre. Los corazones de Bauer y Dietrich se alegraron por la risa de ella como si aquel fuese su único cometido en la vida: que madame Bellâme riera e inundase la estancia con su vibración cristalina.

—Todo. ¡Um! Está bien, pero antes déjeme preguntarle con todo respeto, ¿quién les ha hablado de esa joya?

—Eso no debería importar, madame, pero, en cualquier caso, venimos de parte de Bernard Bloch. Hemos tenido una pequeña conversación con él en nuestras dependencias. Al parecer, usted es la persona adecuada.

Al oír el nombre de su socio, el rostro de madame Bellâme se volvió tan blanco como una de las perlas que adornaban su cuello. «¡Entonces, Bernard está en las dependencias de la Gestapo!», comprendió al reparar en la insignia del uniforme de Bauer. No le había dado importancia hasta el momento, pero ahora aquello la llenó de una profunda inquietud. Por fin tenía noticias de Bloch tras varias semanas desaparecido. Pero eran noticias muy malas.

«Aún podría ser peor —pensó—. Al menos, está vivo».

—De acuerdo—dijo fríamente—. Si es el deseo del señor Bloch, hablaré. Se trata de un diseño fabricado en exclusiva por encargo del duque de Windsor como regalo para la señora Wallis Simpson tras su boda. La joya es un broche con mecanismo de…

Dietrich levantó la mano para interrumpirla con un ademán que por primera vez fue seco. El influjo de la bella diseñadora parecía perderse eclipsado por la impaciencia del nazi.

—Eso ya nos lo ha contado su colega, señora. Los detalles técnicos no me importan en este preciso momento. Ya me han dejado entrever en dos ocasiones que este es un diseño exclusivo. ¿Significa eso que no hay otra Rosa Windsor disponible?

Madame Bellâme hizo una mueca que a Dietrich le pareció de desprecio antes de contestar:

—Está en lo cierto. No se ha fabricado más que una.

—Ya veo —dijo Dietrich, molesto—. Entonces, solo se ha realizado una vez, para la realeza británica.

Madame Bellâme asintió. Estaba preocupada, pero trataba de parecer serena. El teniente coronel la estudiaba mientras Bauer permanecía pétreo.

—Lo que yo quiero, entonces, es que me fabriquen otra Rosa. Idéntica. ¿Será esto posible? —preguntó el teniente coronel con la voz en un suave susurro que sonó más peligroso que si hubiese gritado—. Estoy seguro de que, si me complace, yo podría ser de mucha utilidad a su buen amigo Bloch. Está en una situación más que apurada, querida señora —dijo dejando en el aire que no complacerle sería sumamente peligroso para el judío.

Madame Bellâme retorcía su anillo de un modo que empezaba a resultar compulsivo. Al darse cuenta separó las manos y las escondió bajo el cristal de su mesa. Lo que esos tipos le pedían era imposible. Pero temía por la vida de su socio.

—Quiero colaborar —dijo con decisión. No era mujer de dejarse influir fácilmente por las circunstancias, pero, si era preciso, se adaptaba. La vida de Bloch era lo primero, así que, tras tragar saliva, prosiguió—, pero hay diversas dificultades. Algunas técnicas y otras de, ¿cómo diría yo? —buscó una palabra adecuada tratando de no ofender al coronel, al que cada vez veía más impaciente—, índole moral.

—Déjenos a nosotros decidir sobre los aspectos morales —respondió Dietrich con una mueca algo torcida que le dio el aspecto de un lobo—. Usted hábleme sobre todo de las dificultades técnicas. ¿Cuáles son y cómo podremos solventarlas?

—El orfebre que ejecutó la Rosa no trabaja ya para nuestro taller. Quizá algún oficial pueda estar cualificado para hacer una réplica básica, pero dudo mucho que pueda conferirle movimiento.

Dietrich se puso en pie y dio un par de pasos hacia la ventana del despacho. La Rosa Windsor sin movimiento sería como un París sin torre Eiffel. Conocía bien a Göring y a su esposa. E intuía las motivaciones de la Sublime Señora. La joya debía ser idéntica a la original en todos sus aspectos.

—¿Dónde está el orfebre ahora? ¿Qué sabe de él?

—Se alistó al comenzar la guerra. Y lo último que supe de él es que cayó herido en el frente. No puedo decirle más.

Dietrich regresó lentamente a su asiento. Bauer seguía hierático, en absoluto silencio.

—Si encontramos al orfebre, ¿podría hacerse?

—Bueno, en ese caso, solo quedaría convencerle…

—¿Qué problema puede haber en convencerle? Lo dice usted como si fuese una nueva dificultad.

Madame Bellâme apretó los labios. Aquel asunto era terrible. Iba a poner en peligro la reputación de Gerardo y, por ende, la suya propia y la de su firma. Pero aquellos no eran tiempos ordinarios. Las vidas de las personas se veían envueltas en los avatares de la guerra como si de fenómenos atmosféricos se tratase. Ahora granizaba sobre sus vidas. Y, si nada lo evitaba, pronto helaría.

—No sé si sabe usted, teniente coronel Dietrich, que, cuando un joyero fabrica una joya en exclusiva, se compromete con su cliente y con el Gremio de Joyeros a no repetirla jamás. Si incumple, es expulsado y pierde su reputación. Le resultará muy difícil volver a trabajar de nuevo. Ningún taller ni firma, de prestigio u ordinario, grande o pequeño, volverá a contratarle nunca. Y monsieur López es un hombre muy orgulloso.

Dietrich asintió. López. Aquel era un apellido español. Sí. Los españoles tenían fama de orgullosos, pero eso a él le traía sin cuidado. Por primera vez en la mañana, una media sonrisa se dibujó en su rostro. No todo estaba perdido. Ya se encargaría él de convencer al joyero. Ahora lo importante era encontrarlo.

—Déjeme a mí el asunto ese de la exclusividad y el orgullo, madame. Usted limítese a darme todos los datos que tenga de ese hombre.

Sara llamó al secretario y le habló en voz baja. Al cabo del rato, este regresó con una carpeta con la ficha de Gerardo y diversos bocetos de la flor, así como su descripción técnica.

—Esta es la información de la joya, pero la dirección del orfebre no la tengo. No es un dato necesario para mi empresa. —Y luego le mostró el contenido de la carpeta:

Rosa Windsor:

Materiales: platino, 82 gramos, 560 brillantes de primera calidad, 25 diamantes talla *baguette* y un rubí de Birmania con talla especial.

Maquinaria de relojería insertada.

Orfebre: Gerardo López

Engastador: Adalbert Barbier

Tiempo de fabricación: 1400 horas

—Muy bien, madame Bellâme. —Dietrich comenzaba a sentirse satisfecho. Sus rasgos de lobo se habían suavizado. No sería tan difícil encontrar aquel hombre, supuso. Disponía de muchos recursos. Se permitió sonreír un poco—. Entonces, y por concluir, ¿si le traigo a su oficial, podremos construir la Rosa fielmente al original?

La diseñadora asintió sin palabras. Sus ojos brillaban más de lo normal. Sentía que esquivaba un peligro para enfrentarse a otro. Nadie podía permanecer neutral en aquella guerra del demonio. Jamás hubiese querido colaborar con los alemanes, pero había vidas en juego. Vidas que le eran preciosas.

Dietrich se levantó e hizo un gesto a Bauer, que pareció despertar de un largo sueño. Ambos hombres hicieron un saludo formal a la mujer con taconazo incluido. Después se fueron, como la marea cuando baja, dejando un rastro de basura moral a su paso.

—Despierta, ¡bella durmiente! —increpó con buen humor el teniente coronel a un Bauer que parecía más lento de lo normal—. ¿Te ha embrujado?

—¡Qué mujer! —acertó a exclamar Bauer. Y repitió como una letanía—: ¡Qué mujer!

Dietrich le dio un coscorrón con camaradería. Estaba, definitivamente, de un humor excelente.

•

A su vez, Sara Bellâme no perdió el tiempo. No confiaba ni un ápice en aquel alemán. Tal vez protegiera un tiempo a Bloch si ella colaboraba, pero a la mínima de cambio, si las cosas no salían como él quería, podría desentenderse de su suerte. No. Ella tenía que tratar de liberar a su socio ahora que sabía con certeza que lo tenían en París los nazis. Estaba muy bien relacionada en los círculos más elitistas e influyentes de la ciudad. No en vano, su oficio la ponía en contacto con gente de poder. Habló con todo el que pensó que podía ayudarla. Aquel era el momento y la hora de suplicar y pedir por la vida de su buen amigo y socio Bernard Bloch. No le dejaría solo a merced de las alimañas de las SS.

Descolgó el teléfono y marcó un número.

—Elsa, querida, soy yo, Sara. *Come stai?* —dijo con su voz más jovial sin dejar traslucir la ansiedad que sentía. Sabía de sobra que el miedo era repulsivo, sobre todo para las personas ricas. No. No notarían su miedo. Ya se encargaba ella de eso. Su risa argentina y sus bonitas vocales arrastradas tenían que persuadir. Esperó un rato en silencio mientras su interlocutora contestaba con un torrente de verborrea a su saludo. Luego prosiguió—. Verás, tengo algo que es perfecto para ti. Cuando lo he recibido, he pensado que solo una belleza como la tuya le haría justicia, Elsa, bella. Y, la verdad, amiga mía, es que también tengo que pedirte un favor…

Sara hablaba con Elsa Carson, casada con el actor Henry Blummen. Ambos estaban en muy buenos términos con los alemanes. La conversación fue larga, y Sara tuvo que desprenderse de un maravilloso collar de amatistas, pero se obró la magia. Por esa vez, liberaron a Bloch. Dietrich se enteró, por supuesto, pero puso vigilancia sobre el judío y su colaboradora. Y dio orden de que sus hombres se dejasen ver. Aquella presión, nada sutil, ayudaría a que la nueva Rosa Windsor viese la luz cuanto antes.

Bauer fue el encargado de dar con el paradero de Gerardo. Fue algo tedioso y en cierto modo rutinario. Decidió rondar los cafés donde los exiliados españoles solían reunirse para encontrarse, apoyarse mutuamente y hablar de su patria con una añoranza mezclada a veces con desprecio o preocupación. Por allí aparecieron pintores, fotógrafos, escultores, cartelistas de cine y todo de tipo de gente, variopinta y ruidosa, como en una pequeña sucursal de España. Pero ni rastro del orfebre. Finalmente, Bauer cayó en la cuenta de que en el Gremio de Joyeros podría obtener más información.

En el gremio tampoco conocían el domicilio de Gerardo, pero sí las señas de la última empresa que lo había contratado. Ahora la cosa ya estaba hecha. Bauer avisó a Dietrich y juntos planearon una emboscada para la tarde siguiente.

•

Esa noche, en su habitación, Dietrich repasó con atención el dosier que la policía francesa le había entregado tras pedir informes del joyero. Necesitaba encontrar alguna clave, algún motivo que facilitase la sumisión de Gerardo. No olvidaba que aquel tipo parecía ser un hombre orgulloso, según las palabras de Sara Bellâme. El informe era escueto. Indicaba la fecha de su entrada en Francia, en el invierno de 1935, la antigua dirección del sujeto y la fecha de enrolamiento en el Ejército. Nada reseñable. Dietrich arrojó los papeles sobre la mesa con frustración.

Cogió una botella y se sirvió un buen vaso de wiski. En ese momento, añoró de nuevo a su esposa, Erika. Rememoró su imagen, con el suave cabello rubio resbalando por la frente mientras se inclinaba hacia él para entregarle la copa que siempre le preparaba al llegar a casa. Ella desprendía un leve olor afrutado que se mezclaba con los aromas del fuerte licor. Era un momento que siempre le llenaba de íntima satisfacción, una especie de paz del guerrero, perfecto para quitarse la máscara que siempre llevaba puesta con sus jefes o sus subalternos. Pero Erika estaba en Alemania. El sorbo de wiski no le supo igual. Aun así, lo apuró. Necesitaba dar con algo. ¿Qué hacía ese españolito en Francia? ¿Y tan joven? No parecía tener familia ni amigos: un hombre muy discreto.

De pronto, comprendió que ahí estaba la clave. La partida de Madrid debió ser de índole política. La energía y la determinación ocuparon toda la mente de Dietrich. Despachó un correo para el Ministerio de Gobernación en Madrid en el que pidió informes aprovechando la buena sintonía que había entre ambos países. Mientras tanto, le presionarían por haberse enrolado en el Ejército francés y haberles hecho la guerra a ellos, a los alemanes. A fin de cuentas, era un enemigo.

A la tarde siguiente, como estaba previsto, esperaron a Gerardo a la salida del trabajo. De un coche negro apostado en la esquina salieron tres hombres. Los lideraba Bauer con su uniforme negro y lustroso. Las metralletas estaban a la vista. Gerardo se vio rodeado casi sin darse cuenta. Le metieron en el coche a empellones.

—¡Quedas detenido! Por colaboracionista con la Resistencia —dijo Bauer en un francés macarrónico.

—Se han equivocado de hombre. Yo no colaboro con nadie.

—Eso se verá, Herr López —contestó muy serio Bauer—, en la comandancia.

Gerardo se estremeció.

Ya sentado en el despacho de Dietrich, con dos soldados a su espalda y Bauer a su izquierda, los pensamientos
de Gerardo se agolpaban en un torbellino tratando de
encontrar una explicación plausible a aquella detención.

Dietrich conocía muy bien la psicología del miedo.
Alargó el silencio mientras observaba a su prisionero.
Gerardo apretaba las mandíbulas de modo inconsciente, tenía las manos en un puño y se estaba clavando las
uñas en las palmas. Con la mirada gacha, se esforzaba en
controlar el temblor que sentía en las piernas. Dietrich
calculó que ya tenía al joven donde quería.

—Así que te llamas Gerardo López, nacido en España,
Madrid. ¿Cierto? —dijo con una voz, suave y cruel a un
tiempo, que erizó los vellos de la nuca de Gerardo.

—Sí, señor —apenas murmuró el detenido. Sin darse
cuenta había hablado en español.

Aun así, Dietrich y Bauer le entendieron perfectamente. Una leve sonrisa se dibujó en el rostro del subalterno.
Dietrich continuó hablando. Su francés era mucho mejor
que el de Bauer. Lo hablaba con fluidez y escaso acento.
Era un hombre perfeccionista, también para los idiomas.

—Sales de España huyendo de las tropas de Franco,
te refugias aquí, al abrigo de tus amigos los comunistas y,
nada más comenzar la guerra, te alistas para luchar contra
nosotros. Y, no contento con eso, ahora colaboras con la
Resistencia. No pensarías que ibas a pasar desapercibido,
¿verdad? ¡Que íbamos a olvidar que eres un enemigo!

Las dos últimas frases las había dicho casi gritando. Gerardo estaba aturdido. No sabía de dónde venía
aquella información, llena de medias verdades, pero, sobre todo, de mentiras descaradas. ¿A dónde querían ir
a parar? ¿Qué podían querer de un don nadie como él?

—No exactamente... —fue lo único que acertó a decir.

La bofetada le pilló por sorpresa. Por unos segundos la habitación dio vueltas a su alrededor. La humillación tiñó su cara de color rojo, tanto o más que el propio golpe. La había propinado Bauer, que se retiró a la izquierda de nuevo.

—¿Nos estás llamando mentirosos? —gruñó el teniente coronel.

—¡No! No —exclamó—, pero ni soy comunista ni pertenezco a la Resistencia. Debe haber un malentendido…

Dietrich cogió una silla y la colocó al revés frente a Gerardo. Se sentó en ella a horcajadas.

—Ya. Y que te enrolaste en el Ejército francés también es un malentendido, ¿no?

—¡No tuve más remedio! —había súplica en la voz de Gerardo—. Aquí en Francia no nos quieren mucho a los españoles. Era eso o un campo de concentración.

Dietrich asintió levemente. «Sí —pensó—, eso suena a verdad». Pero no iba a servirle de nada al muchacho.

—Lo cierto es que te has convertido en un enemigo de Alemania y, como tal, te vamos a tratar. Todo en la vida tiene un precio, Herr López. —Y aquello era muy cierto para Dietrich, que todo lo evaluaba, medía y sopesaba en términos monetarios. Todo a excepción quizá del amor a su mujer, pero también ahí había habido cálculo. Al menos al principio—. Igual que el ladrón paga con cárcel sus delitos —prosiguió—, el enemigo tendrá que reparar el daño que hizo en el frente ayudando con sus medios a levantar todo aquello que fue destruido.

Gerardo no acababa de entender a dónde quería ir a parar el teniente coronel. Había reparado en sus galones, y aquello era lo que más miedo le había infundido hasta el momento. Un hombre tan importante, pendiente de él. ¿Cómo podría pagar una deuda si no tenía un franco? Las manos le sudaban. Trató de secarlas con el gastado pantalón de pana.

—Lo que mejor sabes hacer son joyas, y por tanto vas a pagar tu deuda con nosotros así, haciendo justa y precisamente eso: joyas —aclaró por fin Dietrich.

«Así que era eso, fabricar joyas». El fin de la incertidumbre alivió ligeramente a Gerardo... No sonaba tan terrible, pero, si hubiese sido algo limpio y claro, no le habrían llevado a la comandancia. Exhaló liberando todo el aire que había contenido inconscientemente.

El teniente coronel le observaba como si estudiase a un insecto. Si lo deseaba, lo aplastaría solo para escuchar cómo crujía. Pero se limitó a levantarse de la silla. Se alejó unos pasos hacia la mesa y se apoyó en ella. Antes de aplastarlo, había que chuparle hasta el tuétano.

—¿Conoces a Sara Bellâme?

—Por supuesto. —Gerardo tenía la boca seca. Trató de tragar para aclarase la garganta—. Trabajé para ella varios años antes de la guerra.

—Pues bien, vais a colaborar de nuevo. Ahora ella dirige una nueva sociedad, en sustitución de la desaparecida de Bernard Bloch. ¿Lo sabías?

Gerardo negó con la cabeza. Dietrich continuó hablando.

—Vas a trabajar con ella todo el tiempo necesario hasta que construyas una joya. Una joya muy especial, me han dicho. Seguro que te suena. La Rosa Windsor. Así creo que la llaman. Y, al parecer, da la casualidad de que eres el único puñetero joyero que sabe hacerla. Por eso pagarás tu deuda así, y no deslomándote en una mina en lo más profundo de la tierra o picando y acarreando piedra en una fría cantera en mitad del invierno.

«O pagando con la vida —pensó Gerardo, al tiempo que se estremecía—. ¿Construir la Rosa Windsor? ¿De nuevo? ¿Para quién? ¿Por qué?».

El encargo estaba envenenado, pero no se atrevía a hacer preguntas. La bofetada todavía le escocía.

—No tengo, por lo que veo, otra salida —dijo entornando los ojos como si eso le exculpase de algún modo.

—¡Exacto! Pareces haberlo comprendido a la primera. Eso nos ahorra problemas a todos. En especial a ti. Bien, mañana te presentarás en el despacho de madame Bellâme y comenzarás de inmediato a trabajar en el encargo.

Dietrich se frotó las manos satisfecho. Se acercó de nuevo a la ventana. Miró hacia fuera. La noche cubría con sus sombras el cercano parque y oscurecía los contornos de los árboles. Solo la luz de una farola iluminaba levemente un trozo de callejón. A aquella hora ya casi nadie se aventuraba a caminar por la calle. Y los que lo hacían portaban andares rápidos y medio furtivos.

—Bauer, acompaña a Herr López a su casa —ordenó apartándose de la ventana. Había quedado un pequeño cerco debido al aliento caliente del alemán. Gerardo seguía con la mirada perdida, que resbalaba entre la alfombra impoluta y las brillantes botas del ayudante—. Y tú —prosiguió Dietrich dirigiéndose a Gerardo y apeándole el tratamiento, como si de pronto lo hubiese degradado—, ni se te ocurra abandonar París. Y no hagas tonterías. Ya me entiendes.

Gerardo entendía, muy a su pesar. Primero sintió alivio. Que le devolvieran a su casa alejaba el terror más inmediato, el más primitivo, pero, mientras bajaba las escaleras, aún cabizbajo, seguido por la sombra ominosa de Bauer, iba comprendiendo la magnitud de lo sucedido, y las implicaciones que iba a tener en lo venidero.

¿Por qué le ocurrían aquellas cosas? No le encontraba sentido a la vida que le estaba tocando vivir. Había salido de España en busca de un futuro, de una libertad que todavía no había encontrado. Los vientos de su época le zarandeaban sin tregua. No elegía libremente. Aunque acaso no lo hacía nadie, reflexionó. Solo en algo había decidido él. Y no era un algo, sino un alguien. Albertine era su única libertad, comprendió.

Pensar en ella le agitó de nuevo. Bauer no habló durante todo el camino, aunque Gerardo sentía su presencia, una masa oscura y opresiva que le recordaba que era un prisionero. Ejecutar de nuevo la Rosa no iba a ser una tarea fácil. No en aquellos tiempos, sin apenas metales ni piedras preciosas, por no hablar de que iba a arruinar su reputación sin remedio, a no ser que al final acabara con sus huesos en algún oscuro sótano.

Era un prisionero, sí, aunque no estuviera entre barrotes. El amor que sentía por Albertine era su única libertad, pero, al mismo tiempo, el miedo a perderla, a que le hicieran daño, le volvía débil. Debía protegerla, mantenerla al margen de aquel sórdido asunto. Afortunadamente, por el momento, ni siquiera la habían nombrado.

Habían llegado a su calle. Bauer abrió la puerta con brusquedad.

—¡Sal! —ordenó. Gerardo salió del coche tan rápido como pudo—. Y preséntate en la comandancia, al teniente coronel Dietrich, cada sábado a las diez. Quiere que le informes.

Gerardo se mantuvo unos segundos en pie delante del coche esperando a que el alemán terminara su perorata. Luego, asintió sin pronunciar palabra y se metió en el oscuro zaguán.

Tenía que hablar con Albertine cuanto antes y alejarla de aquel sórdido asunto. Se sentía muy desgraciado. Un hombre sin suerte.

CAPÍTULO XI
Trabajando en la flor
Otoño de 1943

A primera hora de la mañana, Gerardo se presentó en el despacho de Sara Bellâme. El encuentro fue todo menos alegre. Habían transcurrido casi tres años desde la última vez que se vieran. La diseñadora se sentía avergonzada y presionada a partes iguales. Gerardo, cabizbajo y hosco, tenía similares sentimientos. Sin embargo, ninguno de los dos verbalizó su angustia. Fueron directos a los temas prácticos.

—No podré pagarte lo habitual —dijo la mujer apesadumbrada—. En realidad, el negocio funciona a medio gas. Prácticamente habíamos cerrado, excepto por algunos encargos muy especiales —buscó las palabras adecuadas, pero no las encontró. Gerardo nunca la había visto tan vacilante—, como este… Casi obligados —susurró al fin.

Gerardo sentía que una rabia profunda crecía en su interior. Si se esforzaba un poco, la diseñadora podría oírla, acompasada al latido de su corazón, que rugía, rugía con impotencia y con odio. Pero no contra ella, sino contra aquel enemigo, brutal e imparable que coaccionaba sus vidas.

—Tendrás libertad horaria y, si trabajas rápido, tal vez puedas complementar tu sueldo con otros encargos…

—Los dos sabemos que eso no será posible —interrumpió Gerardo con una amargura que no supo esconder—. Al menos por ahora. Tendré que notificar en mi empresa que debo dejarlos. Acabaré lo que estoy haciendo, recogeré mis herramientas y me presentaré aquí. Mientras tanto, usted deberá conseguir los materiales. Como se puede imaginar, yo no estoy en disposición de hacerlo.

—El platino puedo conseguirlo, aunque tardaré algunos días en reunir la cantidad necesaria, pero los diamantes son otra cuestión. Nadie en París dispone ahora mismo de esa cantidad con la calidad necesaria.

—Si obtiene el metal, puedo comenzar a trabajar —reflexionó Gerardo—. Mientras, tendremos un margen de tiempo para conseguir las piedras, pero no mucho. El coronel Dietrich parece ansioso.

Sara asintió.

—Tal vez podamos usar brillantes de peor calidad.

Era una opción, pero aquel hombre podía darse cuenta. Quería una Rosa idéntica a la original. No se dejaría engañar. Gerardo no sabía cómo, pero estaba seguro de que el teniente coronel lo averiguaría.

—No —dijo—. Le comunicaremos este problema. Que nos ayudé a solucionarlo. Podemos trabajar para él, pero no hacer milagros…

Una vez se pusieron de acuerdo en cómo proceder, Sara se relajó un poco. Observó disgustada el andar ligeramente renqueante de Gerardo cuando abandonó el despacho. Sintió hacia el joven una lástima que la dejó extenuada. Pero con aquel trato, había salvado la vida de su socio y puesto a buen recaudo el negocio de ambos, fuera de las manazas de los nazis; aunque ahora funcionase a mínimos y pasaran apuros, en el futuro podrían recuperarse. Solo era que algunas personas como Gerardo se llevaban siempre la peor parte. También él habría tenido algo por lo que aceptar aquel encargo que le iba a condenar al ostracismo profesional. Su firma tampoco saldría demasiado bien parada. Había que ocultar en lo posible lo que se estaba haciendo. Actuar con el mayor secreto. Haría lo que pudiese por Gerardo, ahora y en el futuro, pero en ese momento le necesitaba en aquellas condiciones, fueran las que fueran.

•

Gerardo también salió descontento de la entrevista. Había encontrado a madame Bellâme frágil e indecisa. Y las condiciones económicas eran especialmente gravosas para él. Pero les iba la vida en ello. Todos habían oído contar historias terribles sobre la Gestapo.

Cuando se encontró en la calle y contempló la avenida hermosa e iluminada por un sol radiante, se dio cuenta de que, a pesar de su belleza, ya no era la misma. La luz descarnada ponía su desgracia de relieve por puro contraste. ¿Cómo podía el mundo seguir girando, el sol brillar del mismo modo, la brisa traer perfumes refrescantes, cuando él, su vida y sus esperanzas se derrumbaban irremediablemente?

Todo aquello quería contarlo a Albertine y, al mismo tiempo, sentía que debía alejarla de sí mismo, protegerla, evitarle cualquier disgusto. «Quizá lo mejor será que lo dejemos», pero fue pensarlo y la calle se oscureció de repente para él. Se quedaba sin aire. Tuvo que sentarse unos minutos en un banco mientras se reponía intentando contener las lágrimas. No podía. No podía renunciar a ella sin más ni más, mucho menos después de lo difícil que había sido encontrarla. Ya había sufrido su ausencia. No se veía capaz de hacerlo de nuevo. Al menos no voluntariamente.

Pensó en ella con un estremecimiento. Albertine le demostraba su cariño de muchas maneras, pero Gerardo siempre sentía un vago temor, una sensación de estar en deuda, como si todo lo que él pudiese ofrecerle fuera siempre menor de lo que ella merecía. Su belleza, su posición social, incluso su alegría contagiosa que ninguna circunstancia conseguía apagar del todo: todo en ella le parecía mejor, más valioso que nada de lo que él le pudiese aportar. Y esa nueva situación estaba minando la precaria confianza en sí mismo que pudiera tener. Además, ahora sus seres queridos podían ser moneda de cambio para presionarle. Temía que siguieran o amenazaran a Albertine de algún modo. Pensaba con angustia que aquella nueva situación podía ser demasiado peso para su frágil amor. No podía pensar en otra cosa.

Durante aquellos tres años se habían visto muy poco. Albertine había pasado largas temporadas en la Riviera con sus padres cuidando a su madre que estaba muy delicada de salud. Cuando la mujer mejoraba, Albertine regresaba a París deseosa de ver a Gerardo y de ejercer su profesión de enfermera, aunque fuese como voluntaria. Ahora, hacía varias semanas que se encontraba en la ciudad pues su madre se había recuperado mucho.

Aquel día, al llegar la noche, se vieron. Habían quedado en un pequeño bistró cerca del Café de Flore, en el bulevar Saint-Germain. No era tan cálido como el Doré, que frecuentaron al principio de su relación, con su gran estufa de carbón que calentaba incluso hasta el segundo piso, pero proporcionaba más intimidad, y Albertine lo prefería. Los precios eran más asequibles para Gerardo y ella tenía siempre la delicadeza de elegir sitios que no le fuesen muy gravosos.

Nada más entrar, la muchacha se dio cuenta de que algo muy serio le había pasado a Gerardo. Sus hombros parecían más caídos de lo normal y la mirada era más sombría que nunca.

—¿Qué ha pasado? ¡Cuéntame! —le urgió.

Gerardo le relató todo lo sucedido. No pudo omitir ni una sola palabra. Se las arregló para insinuar torpemente que esperaba que ella le ayudase a terminar con su relación. No debía ni quería ponerla en riesgo. Albertine le miró incrédula. Sus ojos grises se tornaron más líquidos y brillaron, oscurecidos, con furia contenida.

—¿Me crees capaz de dejarte? —fue lo único que dijo.

El tiempo se acomodó entre dos latidos. Gerardo quería gritar, pero permaneció en silencio apresado en su torpeza y terriblemente aliviado por la reacción de ella.

—Deberías —musitó.

—¿Es eso lo que quieres?

Albertine no sentía ningún temor en ese momento. Solo ira. Una rabia poderosa y rebelde.

—No —dijo él, al fin, agachando la cabeza. Mentirle no era algo que pudiera hacer.

Albertine suspiró.

—¡Malditos sean! —escupió—. ¿Cuándo acabará todo esto?

Una lágrima estaba resbalando por su mejilla, pero no se había dado cuenta. Gerardo observó que ella lloraba siempre así, como si no fuese consciente de su llanto.

El duro momento pasó. Trazaron nuevos planes.

—¿Crees que a partir de ahora podríamos vernos en tu casa? —preguntó el joven joyero mientras estrechaba la mano de Albertine en la suya. Las palmas de la muchacha eran finas y suaves. Sintió una apremiante necesidad de acariciarla, de hacerla feliz aunque fuese con tan ligero contacto—. Mi casa está vigilada —argumentó—. Yo trataría de escabullirme y llegar hasta aquí sin ser visto.

—Es peligroso —contestó ella. Soltó la mano de Gerardo y se recogió un mechón rebelde de pelo—. Y no solo por los alemanes. También debemos evitar encontrarnos con mi hermano. Ya sabes que no me fío del todo de él.

Se hizo un silencio incómodo. Era temprano y en el restaurante solo había otra pareja en un rincón. Rieron con una carcajada alegre que resonó libre. No parecían tener que esconderse de nada. Gerardo sintió una punzada de envidia. Albertine pensaba con rapidez. Sonrió levemente. No podía dejar de encontrase con Gerardo, «¿Cómo me lo ha planteado siquiera?».

No renunciaría a su amor, por muchas razones, pero entre ellas, por pura rebeldía. No podía permitir que le dictasen cómo llevar su vida.

—Te haré una seña —explicó—. Cuando desde el parterre veas que los postigos de mi ventana están abiertos, significará que Antoine no está en casa y puedes entrar. De lo contrario, quedaremos al día siguiente.

—Está bien, y si yo no puedo acudir alguna noche, por la mañana pasa por delante del edificio de madame Bellâme. La tercera ventana del segundo piso es la de mi taller. La persiana bajada significará peligro. Dejaremos de vernos hasta que yo la suba.

Por fin, se echaron a reír como dos chiquillos. No podían estar serios tanto tiempo. Aquel juego de contraseñas les hacía sentir osados y cómplices. «Nuestro amor nos protegerá», pensaba Albertine. «Nuestro amor nos pone en peligro», reflexionaba, en cambio, Gerardo. Pero ninguno de los dos estaba dispuesto a renunciar al otro.

•

Esa misma noche, al regresar a casa, Albertine hizo un descubrimiento. Sonaba música en el gramófono de la salita del segundo piso. Inmediatamente, se puso en guardia. Antoine debía haber regresado más pronto de lo habitual. En los últimos tiempos y desde el día de su reencuentro con Gerardo en el Café Les Deux Magots, donde había visto a su hermano confraternizando con los alemanes, había vigilado sus pasos con la creciente sospecha de que era un colaboracionista. Sentía repugnancia y tristeza a un tiempo, pero no podía desentenderse de ello. Le observaba con celo, anotaba mentalmente sus movimientos y trataba de sacar conclusiones de cualquier frase que él dijera. Lo cierto es que no había averiguado gran cosa más. Le veía poco y, cuando lo hacía, parecía tener siempre prisa. Su humor había cambiado. Estaba más serio de lo habitual en él, aunque forzase alguna broma, y había perdido algo de peso. En contra de lo que pudiese parecer, el alegre y alocado Antoine parecía haber encontrado alguna preocupación.

Albertine subió las escaleras sigilosamente. Cuando entró en la salita, que tenía la puerta medio abierta, la encontró vacía. El criado ya hacía horas que se había retirado a su cuarto. Tenía que ser Antoine el que anduviera por allí. Pero ¿dónde se había metido? La música resonaba en la sala vacía de un modo absurdo. Detuvo la aguja y quitó el disco. El silencio repentino la hizo estremecer. Apagó también la luz del velador. Durante los primeros minutos no oyó nada. Luego le pareció percibir unos ruidos que provenían del despacho de su padre, contiguo a la salita. Se dirigió a oscuras hacia las grandes puertas batientes guiándose por la claridad de la luna que se colaba por las rendijas de los pesados cortinones. Pegó la oreja al portón, pero el ruido había cesado. Sigilosa, abrió lentamente la puerta. Antes de que sus ojos se acostumbrasen a la mayor oscuridad de la estancia, un bulto se abalanzó sobre ella. Albertine gritó en la oscuridad, pero el ruido fue sofocado por una mano que le tapaba la boca. Era Antoine, vestido con una pelliza de cuero y un pasamontañas negro.

—¡Albertine! —exclamó sorprendido Antoine—. ¡¿Estás loca?! Podía haberte hecho daño. Voy a soltarte —dijo todavía enfurecido—. No se te ocurra gritar.

—¿Qué demonios haces a oscuras? —respondió ella con hielo en la voz una vez el hermano la liberó—. Creía que había algún ladrón.

—Claro, e ibas a sorprenderlo y reducirlo tú sola, sin ayuda y a oscuras.

—No había pensado tanto —mintió ella sin confesar que sospechaba de él precisamente—. Pero lo cierto es que pareces un ladrón. ¿Qué pintas llevas? ¿Qué estás haciendo a escondidas?

Se encaminó decidida hacia la mesita más cercana, que disponía de una lámpara.

—¡No! —gritó Antoine. Pero ya era tarde.

Al hacerse la luz, Albertine observó el despacho de su padre. Tras una pintura de cuerpo entero, había camuflada una puertecita que daba a un pequeño armario apenas más grande que una caja fuerte. Había dinero, unos fardos atados de algo que la muchacha no supo identificar y varios subfusiles Sten Mark, uno de ellos aún apoyado en la pared, sin amartillar.

—Pero ¿qué es esto, Antoine?

Le miró con incredulidad. El hombre tenía cercos en los ojos y estaba muy pálido. Albertine nunca había visto a su hermano vestido de esa guisa. Fracs, pajaritas, camisas de seda, buenos abrigos de paño, eso sí, pero nunca aquella ropa ruda y oscura.

—¿Ese fusil es tuyo? ¡Vamos! ¡Cuéntame! ¿Qué es todo esto?

—No voy a contarte nada, Albertine —dijo al fin el joven. Metió el subfusil en el armario y cerró la puerta.

Luego se quitó el pasamontañas, se sentó y miró a su hermana directa y abiertamente a los ojos. Una mirada limpia. La primera después de mucho tiempo—. Cuanto menos sepas, mejor que mejor. Solo te diré algo, para tu tranquilidad y porque me asquea este fingimiento y me apena terriblemente la mirada de sospecha que me pones cada vez que me ves. No soy un colaboracionista. ¡Jamás!, ¿me oyes? Jamás colaboraré con esta gentuza, si era eso lo que te preocupaba. Solo eso te voy a decir.

—Pero, Antoine, si no colaboras con los alemanes, entonces, todo esto… solo puede significar una cosa…: que tú perteneces…

—¡Silencio! —la interrumpió él—. Mejor no pronuncies ciertas palabras. ¡No diré nada más! Es por tu bien. Pero estás advertida, Albertine, esto no es un juego. Las vidas de todos nosotros, los franceses, judíos o no, están en peligro. En cualquier momento podemos convertirnos en sospechosos, ser retenidos, expoliados, torturados… Ándate con mucho ojo, querida, y olvida por completo cuanto has visto aquí esta noche.

Albertine tenía un nudo en la garganta. Demasiado bien comprendía las palabras de su hermano, pues aquello era justamente lo que le había sucedido a su novio. Así estaba Gerardo en aquel momento, en las garras de la Gestapo, vigilado y oprimido, obligado a realizar un trabajo sucio. Se lanzó sobre Antoine y le estrechó en un fuerte abrazo. El querido Antoine. No le había perdido. Sintió orgullo y miedo por él al mismo tiempo. Los hombres de su vida corrían peligro, pero lo afrontaban. Ella haría lo mismo.

•

Durante los días siguientes, el encargado del taller y madame Bellâme trataron de reunir los materiales necesarios para la confección de la segunda Rosa Windsor. El platino ya estaba casi completo, pero conseguir los diamantes fue, tal y como habían sospechado, una misión imposible. Cuando llegó la hora de la cita, aquel primer sábado, Gerardo comunicó el problema a Dietrich.

—Como bien sabe usted —Gerardo evitaba llamarle por su rango; le hacía sentir incómodo. El coronel lo permitía, pues, después de todo, para él Gerardo solo era un civil, un peón en sus asuntos sucios—, hay un gran desabastecimiento de materias primas en París. Conseguir el platino ha sido casi un milagro… —Gerardo vaciló. No sabía cómo hablar de los diamantes sin despertar la ira del coronel. Era un hombre frío, temible—. Sobre los diamantes… no serán suficientes y, además —soltó al fin esperando asustado alguna sanción—, los que hemos encontrado son de una calidad inferior.

—¿Cómo? —exclamó Dietrich. Su voz sonó como un ladrido—. ¡De eso nada! Quiero la Rosa tal y como estaba la otra. Idéntica. ¡Mejor si cabe!

—Señor —Gerardo trató de aclarar el problema—. Hemos hablado con Amberes, y los suministradores habituales de madame Bellâme no tienen género de ese tipo. Estamos atados de pies y manos en lo concerniente a este tema.

Dietrich se enfureció aún más. ¿Acaso la influencia de madame Bellâme no era suficiente para encontrar diamantes de gran calidad? ¿O es que estaban poniéndole trabas? No, no se atreverían a tanto. ¡Inútiles! Siempre tenía que ocuparse él de todo.

—En cuanto surjan problemas de abastecimiento, debes llamarme —dijo, ya más sereno, sin dejar traslucir del todo su cólera—. Ahora ya has perdido varios días. No podemos permitirnos ni un retraso más. Toma el número de teléfono de mi despacho. Debes informarme de inmediato de cualquier inconveniente. Cualquiera, ¿entiendes? Por insignificante que parezca. ¿Está claro?

—Muy claro —respondió Gerardo mientras tomaba la tarjeta con el número. Le dio vueltas tontamente en la mano—. Pero, entonces, los diamantes…

—Yo te los proporcionaré. Olvidaos de ellos y avanzad con el metal. Supongo que con eso tendrás para unas semanas sin estar parado. ¿Cuándo comenzarás con la fase de las piedras?

Gerardo hizo un cálculo rápido. Un par de meses sería el tiempo mínimo para embutir los pétalos y darles forma. Luego habría que marcar todas las zonas de engaste y perforarlas con precisión quirúrgica antes de colocar los brillantes. Y también debía poner en marcha el mecanismo de apertura de la Rosa. Menos mal que sabía dónde encontrar al relojero, el señor Louison.

—Ocho o nueve semanas —dijo al fin.

Dietrich le observó con aquella mirada suya que parecía enfocar a través de una lente de aumento. Se echó a reír, una risa sin alegría.

—¡Que sean siete! Trabaja a destajo. Y no te olvides de que te vigilamos. Cualquier imprudencia la vas a pagar cara.

Cuando Dietrich hubo encontrado a Gerardo, pensó que el asunto de la Rosa ya estaba prácticamente resuelto. No había contado con las dificultades para encontrar los materiales y tampoco podía imaginar que su confección duraría tantos meses. Además, últimamente, Göring presionaba más que nunca. Ya había pedido en dos ocasiones informes sobre la marcha de los trabajos para obtener la preciada joya. Habría un baile en la próxima primavera en Karinhall. El broche debería estar listo para entonces.

Después de muchas cavilaciones, Dietrich tomó cartas en el asunto y se puso en contacto con un antiguo

conocido suyo, Joachim Rutschiger, un holandés nacionalizado alemán que se había formado en su departamento
de la Gestapo y más tarde en las Waffen-SS. Todo ello
coincidiendo con la invasión de los Países Bajos, donde
lideró a los Tulipanes Negros, sobre todo en Amberes,
con la misión de seguir y apresar a los judíos de la zona.

Dietrich habló con ese hombre y acordaron verse en
Amberes, en las oficinas de las Waffen-SS. Rutschiger
parecía tener una solución para conseguirle los diamantes y, por supuesto, no era otra que obtenerlos de un
lapidario judío que tenía retenido en sus dependencias
desde hacía escasos días. Bajo una fingida cobertura de
Göring y con las amenazas más terribles, el botín que
obtuvieron de ese hombre fue extraordinario. Pudieron
elegir los diamantes de la mejor calidad que se necesitaban para la Rosa Windsor, además de distraer algunos
cuantos más para su particular bolsillo, así como oro y
divisas. El dinero en efectivo también fue abundante.

Dietrich empezó a volverse un poco paranoico.
Sospechaba de sus compañeros de la avenida Foch.
Temía que le hubiesen sorprendido y dieran parte de
sus malas prácticas al alto mando. Rutschiger y él debían
poner a buen recaudo sus ganancias, cada uno por su
cuenta. El sitio debía ser seguro, accesible e independien-
te del bando ganador de la guerra, que tarde o temprano
terminaría. El primer lugar donde Dietrich guardaría el
oro y las divisas sería Suiza; los cuadros, las joyas y las
antigüedades pensaba llevarlas a Barcelona. Diversificar
los escondrijos era una buena práctica. En uno de sus
viajes a Berlín, se desvió hasta Zúrich y depositó una
gran cantidad de dinero en la Union Bank. El viaje a
Barcelona debía planificarse con más tiempo.

Regresó a París con los ansiados diamantes mientras Gerardo peleaba por obtener los suministros más

básicos, tales como pelos de sierra o metal para las soldaduras. No paraba de comunicar estas dificultades a Dietrich, tal y como este le había solicitado, pero el teutón cada día estaba más irritable. Se tomaba aquellos retrasos como obstáculos intencionados que inventaba Gerardo. Aun así, lentamente, la Rosa Windsor comenzaba a tomar forma.

Un sábado, durante el habitual parte informativo, Dietrich atenazó del todo al joyero.

—He recibido noticias de Madrid —dijo ufano y de buen humor. Gerardo se quedó rígido al oírlo—. Me han dado un informe de lo más jugoso. Parece ser que estabas afiliado a los sindicatos de izquierda, y no dijiste nada. Al final, sí tenías algo que esconder, pero nosotros no dejamos cabos sueltos. Bueno, ahora tienen a tus padres bajo vigilancia en España, por si lleváis algún asunto turbio entre manos. Y por si se te ocurre hacer alguna tontería.

—Mis padres son completamente inocentes —protestó Gerardo con angustia en la voz—. Gente humilde y trabajadora. Y yo solo estuve afiliado al sindicato porque mis compañeros me lo pidieron. Pero yo no tenía querencias políticas. Solo pensaba en mejoras laborales... Por eso me fui, precisamente, para no entrar en historias partidistas.

—Todo en la vida es partidismo y política. Lo que se hace y lo que no se hace. Todo te significa. Y por todo se paga. ¿Recuerdas? —peroró Dietrich paternal y aún de buen humor.

Gerardo sentía tanta furia que ya ni siquiera trató de mostrarse precavido.

—¡Usted me lo recuerda cada maldito día! —explotó.

Dietrich le miró con curiosidad. Era valiente el joyero. E imprudente. Pero le necesitaba. Así que, sin enfadarse, se limitó a reconvenirle:

—Céntrate y acábame la puñetera joya. Ya tienes los diamantes. No se te ocurra venirme con más retrasos. Avisado quedas.

•

Al salir de aquel opresivo despacho, Gerardo anduvo sin rumbo por las calles de París. Necesitaba caminar para calmarse y ordenar sus ideas. Hizo balance. Ya hacía casi ocho años que no veía a sus padres. Habían transcurrido dos guerras, la civil, durante la que apenas tuvo noticias de ellos —alguna que otra nota que le llegaba por Anselmo para decirle que estaban vivos—, y la otra guerra, la actual, en la que el mismo fue herido; tampoco él había escrito a sus padres más que cuatro líneas de vez en cuando fingiendo que las cosas iban lo mejor posible en aquellas circunstancias.

Se había convertido en un buen orfebre, era consciente de su habilidad y de su valía, y también de que estaba a punto de tirarlo todo por la borda por culpa de aquella maldita Rosa. Y se había enamorado de una mujer que tal vez no merecía y a la que ponía en peligro. No era un gran balance, no, pero, aun así, el saldo era positivo. Tenía mucho por lo que luchar. Además, una idea se estaba perfilando en su mente. Sin darse cuenta, el teniente coronel Dietrich la había sacado a la luz: Madrid, sí. Tal vez esa era la solución. Pero habría que convencer a Albertine. Con esa idea en mente, se encaminó al taller. Cerró las persianas. No quería ver a la muchacha. Debían espaciar sus encuentros, al menos unos días, para que él madurara sus ideas, y porque, cuanto menos se vieran, más la protegería.

Albertine y Madrid. Y sus padres. Esas eran cosas a las que aferrarse, por las que merecía la pena vivir.

Encendió la luz de su astillera y se puso a trabajar en lo que mejor sabía hacer. Con gran precisión y habilidad fue calando las bocas de los brillantes una por una en cada pétalo de la Rosa. Encajó los diamantes al resto de pétalos y se acercó la flor para contemplarla en su conjunto. Pulió una de sus aristas hasta que refulgió. Le dio la vuelta y la estudió por todos los ángulos. «Sí —se dijo satisfecho—. Está perfecto».

Y siguió trabajando incansable.

CAPÍTULO XII
La Resistencia
Enero de 1944

Aún no había amanecido, pero Gerardo llevaba mucho rato despierto pensando en la mejor manera de contarle a Albertine sus planes. Acabaría la joya y la dejaría disponible en el taller en manos de Sara Bellâme, luego escaparían juntos. Lo harían cuatro o cinco días antes de la entrega para librarse de cualquier plan funesto que el teniente coronel Dietrich le tuviera preparado. Ya había hablado con su viejo amigo Anselmo y este le estaba ayudando con los preparativos. Era muy posible que Dietrich le siguiera la pista si viajaban a Madrid, ya que la policía española vigilaba a sus padres, así que habían acordado que se establecerían durante un tiempo en Barcelona, en casa de una anciana tía de Anselmo. La buena mujer se ofrecía a cobijarlos hasta que pudiesen encontrar una salida. Pero Albertine aún no sabía nada de todo aquello. Y Gerardo daba vueltas y vueltas en la cálida cama rozando el pelo de la muchacha, acariciando su hombro mientras ella dormía, confiada, con el sueño profundo de los jóvenes.

De pronto, se oyeron unos fuertes golpes procedentes de la entrada. Albertine se despertó bruscamente. Gerardo ya se estaba poniendo los pantalones mientras la joven se echaba apresuradamente una bata por encima.

Él le hizo un gesto de que esperara en silencio y bajó las escaleras a la carrera, Su corazón se oía más fuerte que los puños en la puerta.

Tras la mirilla, los soldados alemanes, metralleta en mano, golpeaban la puerta con saña. Gerardo decidió abrir. Antes de que pudiese decir una palabra, recibió un culatazo en el estómago. Después, otro soldado le retorció el brazo, le empujó contra la pared y le ató las manos con una liga. El resto, tres o cuatro hombres, por lo que pudo contar, penetraron brutalmente en la casa y recorrieron las estancias en busca de algo o alguien.

Albertine no había hecho caso a Gerardo y había bajado las escaleras apresuradamente detrás de él. Tiritaba de frío.

Un teniente que parecía estar al mando se acercó a ella. Antes siquiera de dirigirle la palabra, le propinó un bofetón. Albertine emitió un grito, más por la sorpresa que por el dolor.

—¿Dónde está tu hermano? ¡Contesta! ¡Rápido!

—¡No lo sé! ¡No tengo ni idea!

El teniente le sacudió otro golpe en la cara antes de que la muchacha pudiese reaccionar. El pelo de la joven se desparramó por la mitad de su rostro, como una pudorosa cortina, ocultando la expresión de sus ojos, que brillaban de dolor y de miedo.

—¡De verdad que no lo sé! —repitió—. Hace días que no le veo.

Y era verdad. En las dos últimas semanas, Antoine apenas había pisado la casa familiar.

—¡Buscadle! —gritó desesperada—. ¡Buscad por toda la casa si os da la gana!

Y así lo hicieron. Sistemáticamente abrieron todas las puertas, registraron todos los huecos y golpearon las paredes desde los altillos del desván hasta el amplio sótano. Finalmente se cercioraron de que no había nadie más.

Mientras tanto, Gerardo forcejeaba tratando de soltarse e increpaba a los soldados:

—¡Cobardes! ¡Pegáis a una mujer! ¿Es esa vuestra nobleza? ¿Esos son los ideales que queréis imponer al mundo? ¡Hatajo de cobardes! —se desgañitó inútilmente hasta que un soldado más mal encarado que los otros le propinó otro golpe para que callara. Gerardo se encogió de dolor y durante un rato no pudo más que gemir.

Una vez el registro se demostró inútil, el teniente les ordenó que se vistieran. De malos modos, les hicieron subir a un vehículo militar y se dirigieron hacia los calabozos de la comandancia, en el edifico de la avenida Foch. El camino era desagradablemente familiar para Gerardo. Albertine lloraba con aquel llanto silencioso que él tan bien conocía. Le causaba una ternura infinita mezclada con miedo, pero, sobre todo, con una furia irracional contra los alemanes. Trató de serenarse, la ofuscación no le iba a servir de nada. Cuando su mente se despejó un poco, se preguntó por qué los nazis buscaban al hermano de Albertine. Su concepto de aquel hombre era precisamente el de un colaboracionista, un amigo de los alemanes, pues esa era la sospecha de la enfermera. La miró interrogativamente. Ella comprobó que los soldados no los observaban en aquel instante. Puso un dedo en los labios de Gerardo en señal de silencio y luego le susurró al oído:

—Antoine no es aquello terrible que yo sospechaba. Todo lo contrario. Pero yo no sé nada de nada.

Después se retiró hacia atrás y miró a Gerardo intensamente. Sus ojos se iluminaron de inteligencia aún mojados por las lágrimas.

En ese momento el soldado que iba en el asiento delantero se giró y los separó de un manotazo.

—¡Ni una palabra! —ladró en un francés casi irreconocible.

EVA GONZÁLEZ · LUIS A. GONZÁLEZ

Al llegar a la comandancia, los separaron. Metieron a Albertine en un cuarto oscuro sin ventana. Tenía un agujero en el techo cubierto con una rejilla llena de polvo, que hacía las veces de respiradero. Estaba mal iluminado por una bombilla que apenas alumbraba, y por único mobiliario tenía una silla y una mesa desvencijadas. Albertine se dejó caer en la silla. Se retorcía nerviosamente las manos mientras pensaba con furia. Comprendía que debían haber descubierto a Antoine y que su intención había sido sorprenderle en la casa. Aquello significaba que su hermano estaba a salvo de momento, pero la joven ignoraba si él sabía que le habían descubierto. Eso la llenó de una gran inquietud. El único consuelo que le quedaba era pensar que, al no saber nada, nada podía contar a los alemanes. Pero tenía miedo. Un miedo cerval al dolor y a la humillación. Trató de pensar en otras cosas.

Transcurrieron dos largas horas hasta que dos soldados entraron en la estancia. Habló el mayor de los dos:

—¿Nombre?

Era un hombre de corta estatura y voz untuosa. Miró a la joven con fingida benevolencia. «No me hagas disgustar», parecía decir.

—Albertine Lefebvre —dijo ella entrecortadamente—. Pero, mire, señor, no tengo nada que contarle. No he hecho nada. Nada en absoluto. Y mi novio tampoco…

—¡¡Susshh!! Solo te he preguntado tu nombre —el hombrecillo tomó la barbilla de Albertine con una mano de dedos regordetes. La chica se encogió ante ese contacto caliente. La palma estaba sudorosa. Se estremeció de asco. Intentó retirar la cara, pero el hombre la aferraba con firmeza—. Habla solo cuando te pregunte —prosiguió—. Y solo sobre lo que te pregunte.

162

Aún la miraba con aquella especie de cariño viscoso. «No quiero hacerte daño —parecía decir—, pero voy a disfrutar si me obligas a hacerlo».

—No se trata de si has hecho algo o no —aclaró—. Se trata de lo que debes contarme. Sin omitir nada. A ver, una pregunta sencilla: ¿tu hermano pertenece a la Resistencia?

—No sé nada de sus actividades.

La bofetada le reventó el labio. Sintió un dolor lacerante que se extendió hasta el oído. Solo podía oír el palpitar de su corazón en la sien. Se encogió de miedo.

—¡Quiero todos los datos de tu hermano!

El hombre acarició de nuevo la cara de Albertine por la zona donde la bofetada había dejado una rojez que comenzaba a hincharse. La joven tenía la mandíbula tan apretada que se hacía daño. El asco le daba arcadas. Pero no dijo nada.

—No querrás que se estropee esta piel tan bonita —dijo el hombrecillo con aquella voz repulsiva que aterraba a la enfermera más que nada—. ¡Habla, muchacha! Comienza por decirme quiénes son sus amigos y qué lugares frecuentan.

Albertine gimió mientras trataba de liberar la cara de la tenaza del hombre. Pero sintió cierto alivio. «Esta pregunta puedo contestarla sin comprometer demasiado a nadie», pensó. Se esforzó por recordar, pero sabía tan poco de la vida de su hermano que apenas logró balbucear algunos nombres.

—Serge, Raimond... No recuerdo bien...

Sin previo aviso, otro bofetón estalló en su mejilla. La fuerza del impacto la hizo caer de la silla. Oyó, como en sueños, el sonido metálico del taburete al golpear el suelo. Se acurrucó cuanto pudo mientras sollozaba ahogadamente.

De repente, un teléfono que estaba colgado junto a la pared de la entrada comenzó a sonar. El otro soldado se apresuró a recoger la llamada.

—¡Sargento!

Pasó el teléfono a su superior. Albertine temblaba en el suelo.

La conversación duró unos breves minutos. Dietrich, desde el otro lado del aparato, dio orden tajante de liberar al instante a la muchacha.

—¡Sin ningún daño! —añadió finalmente.

Al colgar, el hombrecillo se sacudió el uniforme. Sin mirar a la joven, hizo un gesto al soldado, se dio media vuelta, escupió y salió del cuarto. Minutos más tarde liberaron a Albertine.

La joven respiró con alivio al sentir el aire de la calle en la piel, ardiente por los golpes. Tambaleándose todavía, se apoyó en la puerta. Un sollozo emergió de su garganta al ver a Gerardo, que la esperaba impaciente en el portal. El muchacho la tomó por los hombros y se la llevó a toda prisa. Anduvieron un par de calles hasta encontrar un taxi libre. Albertine no podía parar de llorar entrecortadamente. Al llegar a la casa, Gerardo la acostó, le limpió la herida del labio y la arropó con cuidado. Cuando la encontró más tranquila, le explicó por encima cómo había logrado que Dietrich los liberara.

—Llevaba en la cartera la tarjeta con su número. Siempre tengo que estar llamándole para mantenerle informado de cualquier incidencia. «Esta sí que es una situación que perjudica a su querida Rosa», me dije, así que amenacé a mis carceleros con la furia del teniente coronel. Les dije que trabajaba para él en un asunto importante, y que, si no le llamaban, lo iban a pagar muy caro. Al final uno de ellos, que conocía su reputación, me tomó en serio y decidió avisarle. Cuando me pasaron la comunicación, le amenacé con no acabar el broche. Le dije que prefería la muerte. ¡No iba a consentir que torturaran a mi novia! Si no te soltaban inmediatamente, en cuanto me liberase a mí para acabar el trabajo, iría al taller y destrozaría la Rosa. Luego podía hacer conmigo lo que quisiera. Dietrich comprendió que hablaba en serio. Ordenó que nos soltaran. El resto ya lo sabes.

Albertine le escuchó con gesto ausente. Sentía que todo le daba igual. Estaba hundida.

Gerardo pasó la noche casi en vela pendiente de la muchacha, que se revolvía agitada en la cama y gimiendo en sueños. Tardó dos o tres días en encontrarse algo mejor. Por fin, una mañana, la enfermera se vistió para ir al hospital. No quería quedarse sola ni tener tiempo para pensar. Se refugió en el trabajo.

•

Los días que siguieron fueron más tranquilos. Los jóvenes se vieron de modo más esporádico. Un silencio melancólico se había instalado entre ellos. Albertine tenía la mirada un poco perdida y Gerardo se sentía tan culpable por ella que no sabía cómo romperlo. Sin embargo, no les habían detenido por su causa, sino por la de Antoine. Aun así, de quién había sido la culpa era lo de menos, lo que atormentaba al joyero era su incapacidad para consolarla.

El miedo se respiraba pesadamente en el aire. Albertine temía por sí misma, pero también por Gerardo y por su hermano. En realidad, todos temían por todos.

—¿Dónde crees que estará Antoine? —preguntó la muchacha.

Una de sus lágrimas silenciosas le resbalaba por la mejilla aún enrojecida. El resto del rostro estaba muy pálido.

—No te preocupes por él. Está claro que es un hombre de recursos. Seguro que está a salvo —medio mintió Gerardo—. La Resistencia sabe cuidar de los suyos. Cuando sea seguro, se pondrá en contacto contigo de algún modo.

Gerardo estuvo a punto de contarle a la joven sus planes de huida a Barcelona, pero tampoco esa vez se decidió. La encontraba tan decaída que temía que no aceptase. Quizá cuando supieran algo del hermano, entonces ella se encontraría mejor y todo sería más fácil.

En realidad, Gerardo estaba enfadado con Antoine, aunque apenas le conocía. Primero había sentido antipatía debido a su supuesto colaboracionismo y ahora le reprochaba haber puesto en peligro a su hermana. Pero también él había traído mala suerte a Albertine. No era quién para juzgarle. Estar cerca de la Gestapo o en contra de ella no podía traer sino problemas.

•

El viernes por la noche no pudieron quedar. Gerardo trabajó hasta muy tarde en la Rosa. Albertine estaba sola y no podía conciliar el sueño. No había vuelto a ver a su hermano desde que la retuvieron en la avenida Foch. Quería pensar, como Gerardo, que estaba escondido y a salvo. Tenía que advertirle lo antes posible de que le habían descubierto, pero no sabía cómo. No quería ni imaginar si lo detenían.

Hacía apenas unos minutos que se había dormido. Una pesadilla siniestra la hacía revolverse en la cama. Cerca de las dos de la madrugada un ruido seco, algo amortiguado, la despertó. Todavía somnolienta, oyó que la puerta de la calle se abría con sigilo. El terror la mantuvo inmóvil en la cama. Venían a por ella de nuevo. Se sobrepuso y rebuscó en la mesilla. Sacó un afilado cuchillo de caza que pertenecía a su padre. Lo había guardado allí pensando en realidad que nunca lo necesitaría.

Se escondió detrás del sillón de su habitación tratando de no hacer ruido. No podía pensar con claridad. Aferraba el cuchillo con tanta fuerza que se estaba haciendo daño. Los pasos subían lentamente, amortiguados por la alfombra, pero cada uno de ellos resonaba en su cabeza como un saco de arena. La puerta se abrió sigilosamente. Una figura se recortó bajo el dintel.

—¡Antoine!

Albertine se abalanzó sobre el hermano y se puso a llorar de nuevo. Qué frágil se sentía. ¿Dónde estaba aquella muchacha fuerte y alegre que flirteaba en los bailes y bromeaba en todas las conversaciones? Parecía que había pasado una eternidad de todo aquello. Incluso los suaves días en el hospital de campaña junto a Gerardo parecían quedar muy lejos, como en otra vida, como de otra persona. Cosas terribles estaban dejando su huella. Sintió pena y nostalgia por aquella muchacha feliz que ya no era ella. Y mezclado con aquel sentimiento emergió un rencor profundo por aquellos que le estaban arrebatando su juventud.

—¡Antoine! —pronunció de nuevo—. ¡Cuánto miedo he pasado!

—Ya estoy aquí. ¡Tranquila! ¡No llores! No tenemos tiempo para hablar ahora. Luego te daré toda clase de explicaciones.

Cogió con delicadeza el cuchillo de la mano de su hermana y lo depositó de nuevo en el cajón de la mesilla.

—¡Vamos! ¡De prisa, nos marchamos! Coge ropa de abrigo, una muda y una bolsa de aseo. Y también tus joyas y el pasaporte. Lo vamos a necesitar. De prisa. Pueden venir en cualquier momento.

Albertine reaccionó. Como una sonámbula, recogió cuatro prendas y las embutió en una bolsa de viaje. Antoine vigilaba la calle escondido tras la cortina.

La muchacha echó una ojeada a su alrededor con la mirada extraviada. «Gerardo. Debo escribirle una nota» —pensó angustiada. Abrió su secreter y atolondradamente garabateó unas palabras para el joven.

—¿Dónde vamos, Antoine? Tengo que dejarle un mensaje a mi novio. No quiero que se asuste.

—No puedo darte datos, Albertine. Sería peligroso si nos cogen. Solo debes saber que salimos del país.

—Pero… ¿cómo me pondré en contacto con Gerardo? Se va a preocupar terriblemente…

—No hay tiempo para eso ahora, hermanita. Dile la verdad: que he venido a por ti y que pronto te pondrás en contacto con él. Le escribirás cuando estés a salvo. Él comprenderá que aquí corremos un peligro insostenible. Si te quiere, comprenderá.

—¿No podríamos pasar por su casa y llevarle con nosotros? —suplicó. Había dejado de llorar, pero un rictus nervioso le afeaba la boca.

—Eso es imposible, querida. Mis hombres arriesgan mucho para rescatarnos a nosotros. Cada minuto la amenaza aumenta. Tu amigo sabrá valerse por sí mismo. Cuando estemos a salvo, haremos lo que podamos por él… ¡Vamos! No podemos quedarnos aquí ni un segundo más. Un coche se acerca desde el fondo de la calle. ¡Deprisa!

Albertine acabó de garabatear la nota para Gerardo. La dejó sobre la mesita de noche. No podía pensar con claridad. Antoine la apremiaba. Cuando ya estaba casi en la puerta, recordó: ¡la hoja de higuera! Regresó al secreter y revolvió entre sus papeles hasta que encontró el pedacito de papel que Gerardo le había dibujado hacía ya lo que parecía una eternidad. Comprendió que era lo único que tenía de él. Apretó el papel contra el corazón y salió precipitadamente del cuarto sin mirar atrás. Mientras bajaba los escalones cargando con la bolsa, que pesaba mucho menos que sus aprensiones, Antoine le habló.

—Espérame en la puerta, querida. Sin hacer ruido. He olvidado algo importante arriba.

Sin dudar, Antoine se dirigió a la habitación de su hermana. Se aseguró de que esta había bajado la escalera y se acercó a la mesilla. Allí estaba la nota, apresuradamente garabateada. La cogió y la rompió en pedacitos. Luego se dirigió al aseo contiguo y los arrojó al váter. Tiró de la cisterna mientras perdía unos preciosos segundos observando cómo los pedazos se sumergían por el sumidero y se perdían para siempre. Aquel asqueroso español ya no podría hacer más daño a su hermana. ¿Quién sino un colaboracionista podría haber conseguido que la liberaran tan pronto? ¿Y con qué propósito? Seguramente para extraerle toda la información que pudiese sobre él, sus movimientos y sus conexiones con la Resistencia. No se fiaba de él. Nunca lo había hecho. El último pedacito de papel desapareció por el negro agujero. Antoine salió y bajó las escaleras a toda velocidad. Allí esperaba Albertine junto a dos miembros de la Resistencia, metralletas en mano, que vigilaban la salida.

—¡Vamos! ¡Está todo despejado! —dijo uno de ellos entreabriendo la puerta. Miró hacia ambos lados y los apremió a salir.

Atravesaron todo el espacio del jardín, pero, al llegar a la cancela, Albertine vio a dos soldados alemanes que yacían muertos, sus pies asomando de un gran seto. Se encogió aún más, por el frío y el miedo, y se detuvo, incapaz de proseguir, observando aquellas botas torcidas.

Antoine tiró de ella sin miramientos hasta que llegaron al coche, que los esperaba con el motor al ralentí.

Albertine, agazapada dentro del coche, levantó la cabeza para mirar por la ventanilla. Solo entrevió un cielo negro, sin estrellas, y lo que le pareció la pesada silueta de la torre Eiffel, torcida y remota desde su perspectiva. «Adiós, París», pensó. Adiós a todo lo que había querido y conocido. Adiós a Gerardo. ¿Volverían a encontrase?

El Citroën 11, ligero, estuvo toda la noche circulando por carreteras secundarias hasta que el día comenzó a clarear. Se ocultaron en una granja perdida en mitad de la nada esperando la llegada de nuevo de la oscuridad. Viajaron hasta Suiza, siempre de noche, y en cada una de las paradas cambiaban de vehículo.

Así, de esa forma, y casi sin quererlo, Albertine salió de Francia.

La huida de París
Verano de 1944

Ajeno a los últimos acontecimientos, sin sospechar que Albertine se encontraba ya muy lejos de París, Gerardo pasó el fin de semana trabajando intensamente. Una sensación de urgencia le apremiaba y se obsesionó con terminar la Rosa Windsor. Tenía planeado entregarla el lunes por la mañana y después salir a celebrarlo con ella por la noche. En esa cena le expondría por fin sus planes de huida, que no había podido contarle la noche en que los apresaron. Después, con la tristeza y el silencio de la muchacha, no consiguió encontrar el momento adecuado. Pero, si se liberaba de la Rosa, sentía que sería capaz de todo. Rompería la funesta racha de dolor. Se desharía de algún modo de su carga y eso aligeraría su pesar. Los haría libres a ambos.

Prácticamente, la Rosa estaba acabada. El broche había quedado en manos del engastador, aunque Gerardo hubo de estar pendiente por si surgía cualquier ruptura en la fase de colocación de los brillantes. No apareció ninguna pega, pues, además, el orfebre a cargo de ese trabajo era el mismo que había realizado el engastado en la Rosa original. Sara Bellâme lo había mantenido en plantilla al renovar la empresa, al igual que al maestro lapidario, que fue el encargado de la talla de la piedra para el corazón de la joya. El magnífico rubí de Birmania que habían elegido, de color sangre de pichón, esperaba ser engastado en la garra central de la Rosa.

Cuando Gerardo comenzó a ensamblar todas las piezas, se dio cuenta de que la calidad de ese rubí era incluso superior al de la primera joya. Gracias a la excepcional luminiscencia de la gema, parecía un volcán de fuego en miniatura ardiente y furioso.

Durante los tiempos de espera en los que Gerardo quedaba libre, había estado trabajando en un diseño muy especial. Había materializado la preciosa hoja de higuera que un día había garabateado para Albertine. La había hecho en plata, pues no tenía ni un franco de más, pero el escaso valor material se suplía con un diseño lleno de gracia y de vida que plasmaba no solo su amor, sino toda su pericia. Deseaba sorprender a Albertine y una media sonrisa se dibujó en su cara durante un rato mientras anticipaba el momento. Envolvió el colgante en papel de seda y lo guardó cuidadosamente en un bolsillo interior de la chaqueta. Después se dirigió al tallercito, donde la pulidora ya estaba acabando. La sensación de urgencia, de fase terminal, crecía en su interior. Solo deseaba que llegara ya la noche. Pero aún faltaban largas horas.

·

Cuando llegó el momento de entregar la Rosa Windsor, se puso nervioso como un principiante. Subió al despacho de madame Bellâme con la misma prisa que la primera vez, subiendo los escalones de dos en dos.

—Monsieur López —dijo la diseñadora. Sus ojos brillaban de admiración—, ¡esta joya es espléndida! ¡Le felicito! Ahora mismo llamamos al teniente coronel Dietrich. Ya ha llegado la hora de entregársela.

Dietrich se presentó un rato después, sin escolta y sin secretario. Seguía igual de imponente, su pelo rubio engominado, el uniforme impecable, las botas lustrosas. Sin embargo, algo en su mirada parecía menos firme. Había en él un cierto cambio difícil de determinar. Gerardo pensó que deseaba que la entrega de la joya fuese lo más discreta posible, lejos de la mirada de secretarios o ayudantes de ningún tipo. Y acertaba.

Madame Bellâme, muy estirada en su silla, bien parapetada tras la lujosa mesa de su despacho, colocó delicadamente la joya sobre un estuche de terciopelo negro abierto mostrando en sus entrañas la Rosa Windsor. Gerardo y Dietrich, al otro lado, conformaban la base de un triángulo humano en cuyo centro refulgía la Rosa. Por un hipnótico momento, los tres, solos en la habitación, observaron el broche, absortos y en silencio. La luz se reflejaba de tal manera en los brillantes que parecían estrellas heladas, en contraste con el fuego caliente del rubí. Era hermoso aquel broche, allí, desmayado y sin movimiento.

El momento mágico pasó. Sara tomó la Rosa del estuche y, con sumo cuidado, explicó al militar cómo funcionaba el mecanismo:

—Mire, teniente coronel. Aquí detrás está la cuerda que pone en marcha la maquinaria.

Con un suave movimiento de la uña, la diseñadora levantó una palanca semicircular, un poco mayor que una lenteja, que estaba empotrada en el cuerpo de la Rosa.

—No debe darle más de seis vueltas. Con esas será suficiente para que la Rosa se abra y se cierre durante veinticuatro horas. Y aquí está el cierre. Es similar al de cualquier broche de alta joyería.

Dietrich tenía los ojos febriles. Una medio sonrisa se dibujaba, cruel, en su boca.

—Es una obra de arte, López —dijo a regañadientes, pero sin ocultar su admiración. No apartó la mirada de la Rosa—. Es usted un gran artesano. Lástima que sea tan tozudo. Y tan apasionado. Aunque esto último se cura con la edad.

Gerardo se envaró. Sintió miedo de nuevo, pero en esa ocasión guardó silencio. Sara trató de cambiar el rumbo de la conversación.

—La firma Bellâme ha cumplido, señor. Ahora le suplico que cumpla usted su parte. Le ruego encarecidamente que mi socio, el señor Bloch, sea liberado de nuevo. Y que los compromisos laborales del señor López terminen ahora mismo. Ha sido más que suficiente, ¿no cree?

Dicho esto, la mujer introdujo el broche en el estuche de terciopelo, este en una preciosa caja de nácar y lo tendió hacia el militar. Se miraron fijamente unos segundo más de lo habitual. La mano de madame Bellâme se mantenía firme, a pesar del pesado estuche. Estaba cansada de temer a aquel hombre. El trabajo estaba hecho y muy bien hecho. No se dejaría intimidar más.

—Está bien, señora —dijo Dietrich entrecerrando ligeramente los ojos. Aquella actitud nueva, indeterminada pero apreciable, estaba otra vez allí—. Sabe que no tuve nada que ver con la segunda detención del señor Bloch. Yo he cumplido mi parte. Le prometí que a su socio se le trataría con cierta deferencia y, según las noticias que me llegan del campo de concentración, está todo lo bien que se puede estar en tan lúgubre alojamiento. Pero lamento comunicarle que de ahora en adelante yo ya no tendré autoridad sobre ningún preso procedente de París. Lo único que puedo hacer por usted es recomendarle al actual jefe, Von Grauerstein. A fin de cuentas, él ordenó la segunda detención de su amigo y, como es lógico, es a él al que tendrá que dirigirse a partir de ahora.

Tomó el estuche y lo guardó en el bolsillo interior de su guerrera.

—Y en cuanto a ti, López..., ¡te la tengo jurada!, ya lo sabes... —Se echó a reír. Su risa seguía siendo la de una hiena, pero ya no sonaba tan amenazadora. Gerardo se retorció nervioso las manos, pero persistió en su silencio. No quería estropear las cosas justo ahora que pensaba huir. Nada de lo que dijera Dietrich le afectaría demasiado, siempre y cuando le dejase tranquilo y libre.

—¿No está satisfecho con su trabajo, monsieur? —intervino Sara temerosa de que Gerardo dijera alguna tontería que enfadase al coronel.

—Ya lo he dicho hace un momento: ¡es un artista! —Y se giró hacia Gerardo, que permanecía con las manos apretadas y la cabeza baja—. Y por eso te voy a perdonar todas tus impertinencias, López. Admiro tu maestría, y no quisiera privar al mundo de unas manos como las tuyas. Pero estás en mi lista. Tienes una deuda conmigo. No lo olvides.

Quedaron los tres en silencio.

—¡Buena suerte! —dijo Dietrich sin dirigirse a nadie en especial. Tal vez se incluía a sí mismo en aquellos deseos.

Y sin más, desapareció por la puerta caminando más rápido de lo que era habitual en él.

Bellâme y Gerardo respiraron hondo. La diseñadora, para sorpresa de Gerardo, se echó a llorar liberando toda la tensión que acumulaba en su interior.

—Siento lo de monsieur Bloch —dijo Gerardo—. ¡No es justo!

La mujer se secó las lágrimas y se recompuso. Asintió.

—Al menos tú estás libre —sonrió con tristeza—. Siento tanto todo por lo que has tenido que pasar...

—Al menos, todo lo libre que se puede ser en estos tiempos —añadió Gerardo—. ¿No le parece rara la actitud de Dietrich? Nos ha soltado de su garra, así, sin más. Es muy extraño. Y ese «Buena suerte» me ha sonado a despedida.

—Se trae algo oscuro entre manos, de eso no me cabe duda —confirmó madame Bellâme—. Pero lo único que quiero es olvidarme de él cuanto antes. Si tan solo pudiera hacer algo más por Bernard... —Y volvió a sollozar.

Gerardo se acercó a ella y la tomó de la mano, una libertad que nunca antes hubiera atrevido a tomarse. Pero habían pasado mucho juntos, y aquel momento había sido crucial en sus vidas.

—Encontrará usted la forma, madame, estoy seguro. Por lo pronto, el señor Bloch ya ha tenido un trato mejor que otros, y esta guerra no puede prolongarse mucho más. Usted lo sabe. Hable con Von Grauerstein. A casi todos esos gerifaltes les gustan las joyas. Usted sabe muy bien cómo hacerlo.

—Sí —suspiró Sara—, sé cómo hacerlo. Pero estoy tan cansada... Márchate a casa Gerardo. Y descansa. Hoy ha sido un buen día, después de todo. Pásate por aquí mañana o pasado. Tendré preparada una pequeña liquidación para ti.

—Pero usted dijo que no podría pagarme.

—No podría pagarte... como mereces. —Por fin una pequeña sonrisa brotó en los labios de la mujer. Apreciaba mucho a Gerardo, y había reunido una pequeña cantidad para él como desagravio y compensación. No era mucho, pero le sacaría de apuros—. Vamos, vete a tu casa. Tienes el día libre.

—¡Madame, es usted un ángel!

•

Gerardo dejó a la diseñadora y salió a la calle lleno de esperanza. Se sentía ligero, liberado. Deseaba verse con

Albertine con una urgencia que le hacía un daño casi físico. Había dejado las persianas de su ventanal del taller subidas con la ilusión de que la joven las viera, por si se cruzaban, pero se dirigió a la villa sin esperar más.

Al llegar allí, le sorprendió el silencio que reinaba y lo cerrado que estaba todo. Buscó el escondite de la llave y, cuando se aseguró de que nadie le veía, entró en la casa. Estaba completamente vacía: ni rastro de Albertine ni, por supuesto, de Antoine. Supuso que ella estaría en el hospital. Todavía se sentía exultante y ligero una vez se había desprendido de la pesada carga de la Rosa.

Con una sonrisa en los labios, garabateó una nota para Albertine citándola en Les Deux Magots a las siete. Subió al cuarto de la joven canturreando y dejó la nota en la mesilla. La cama estaba sin hacer, pero Gerardo no reparó en ello. Se detuvo en el centro de la habitación y respiró el suave aroma a rosas que impregnaba la estancia. Era el perfume de Albertine. El olor era tan evocador que no le hubiese extrañado girarse y encontrarla allí, adormilada bajo las sábanas. Pero no había nadie. Se marchó decepcionado, aun saboreando el momento feliz y anticipando el encuentro de la noche. Estaba lleno de ilusión y de esperanza. Y le daba hasta vértigo aquella sensación. No estaba demasiado acostumbrado.

•

Mientras tanto, los dos hermanos Lefebvre habían entrado en Suiza por Chamonix y llegado a la ciudad de Martigny, en el cantón de Valais. En aquel valle tenían parientes lejanos. Una prima de su madre y su marido, un rico comerciante de chocolates, ya jubilado, acogieron a los jóvenes en su casa.

—Yo debo regresar a París —les informó Antoine nada más llegar.

—Pero, Antoine —protestó Albertine—, ¿cómo vas a volver? Sabes lo peligroso que es. Llegar hasta aquí ya ha sido toda una odisea. Estoy cansada de sufrir. ¡No te vayas! Te lo suplico.

—Lo siento, Albertine. No es una opción.

Antoine tenía un gesto de obcecación que su hermana conocía muy bien. Era testarudo. Solo que hasta ese momento lo había sido para cortejar a una chica o para conseguir que su padre le comprara un coche nuevo. Ahora su determinación era muy diferente: noble y peligrosa, pero igual de firme que antaño.

—Te comprendo —prosiguió—, pero no he terminado mi misión en París. Hay asuntos que no puedo delegar y hay vidas en juego que dependen de mí. Sabes que no te puedo contar más.

Tampoco le estaba contando ahora toda la verdad. Volvía a París, sí, pero sobre todo para ajustar cuentas con todos los que habían abusado de ella. Su objetivo era destruir aquel nido de víboras de la avenida Foch. Y tampoco se olvidaba de Gerardo.

Albertine, ignorante de sus verdaderas intenciones, se mordía el labio.

—Pero, entonces, ¿por qué hemos venido?

—¿De verdad tengo que explicártelo? —La miró unos segundos fijamente. La encontró bellísima. Toda una mujer ya. Ni resto de aquella jovencita alegre y algo frívola que había espiado sus conversaciones con las chicas en las mágicas fiestas que sus padres daban en la villa en aquellos largos veranos de antaño, cuando la vida parecía un juego—. Corríamos peligro, sobre todo estando tú allí. Tu presencia me volvía débil. Lo sabes. Y yo tenía que acompañarte hasta aquí.

No podía dejar que otros te trajesen. No me hubiese quedado tranquilo.

—¡Me las hubiese arreglado! —exclamó ella, con más tristeza que ira, bajando la cabeza. Pero en el fondo sabía que nunca hubiese reunido el coraje suficiente para abandonar París si no la hubiese forzado. A pesar de la pena que sentía por Gerardo y el miedo por Antoine, no podía evitar sentir alivio, ahora que estaba fuera de Francia. Por primera vez en mucho tiempo se sentía segura y era consciente de la verdadera magnitud del miedo y la angustia que había pasado. En su interior brotaba una pizca de alegría, una especie de paz, pero luego el sentimiento se ensuciaba, como la nieve pisoteada de la calle, porque no era posible compartirlo con los hombres que amaba.

La prima de su madre interrumpió la conversación. Ya estaba todo dispuesto para la cena. Después, Antoine dormiría unas horas para descansar y, antes de que amaneciese, partiría de regreso hacia Francia.

En un momento en el que Albertine no estaba presente, de forma discreta, Antoine se las arregló para pedirles a sus tíos que no permitieran ningún tipo de correspondencia por parte de la muchacha. Su seguridad dentro de la Resistencia dependía de pequeños detalles como aquellos, explicó a la familia confidencialmente.

•

Mientras tanto, en París, Gerardo se hundía rápidamente.

Aquella primera noche, estuvo esperando a Albertine en Les Deux Magots durante más de dos horas. Su estado de ánimo se había desinflado tanto al ver que no llegaba que hasta las risas de los viandantes le habían parecido ofensivas. Al fin, se fue a casa, preocupado y triste, pero aún pensando que algo había impedido a Albertine acudir a la cita. Alguna cuestión del hospital, o quizá se había encontrado mal y no había podido avisarle. Pero un presentimiento terrible, una especie de *déjà vu* sombrío se apoderó de él.

Durante días siguió yendo a la villa, pero todo permanecía igual de silencioso y cerrado. Había escudriñado la casa en busca de alguna nota, de cualquier pista que pudiera hacerle comprender. Todo fue en vano. El viejo Pierre se había marchado hacía meses, reclamado por los dueños de la villa. Tampoco había vecinos a quienes preguntar, ni conocía a ninguna amiga de Albertine. La guerra había dispersado a las personas y su romance había sido medio clandestino y muy solitario. No habían necesitado a nadie más. Al fin, una mañana en la que había revuelto de arriba abajo la habitación de la joven en busca de algún indicio, sin resultado, se rindió a la evidencia. Albertine se había marchado sin avisarle. Era definitivo. La desolación le invadió. Recogió sus escasas pertenencias, dejó la llave en el escondrijo y cerró la puerta tras de sí sin volver la vista atrás.

Al día siguiente se acercó al despacho de madame Bellâme para recoger su finiquito.

—¿Qué harás ahora, Gerardo? Sabes que puedo darte algo de trabajo. No sería mucho, pero te podrías mantener bajo mínimos hasta que lleguen tiempos mejores. Hay rumores. Rumores buenos —dijo bajando la voz como si decir aquellas palabras en alto pudiese estropear su sentido—. Los aliados están a las puertas de París, dicen.

La diseñadora estaba más delgada, pero una sonrisa iluminaba su mirada. También para ella había sido una gran liberación entregar la Rosa Windsor al teniente coronel alemán. Y ahora aquellos rumores a voces…

—Se lo agradezco, madame —respondió Gerardo con una mueca triste—. Estoy tratando de resolver un asunto personal. Quizá tenga que marcharme. Pero no se preocupe, la mantendré informada.

«No soy de los que se van sin echar atrás la mirada», pensó con rencor.

Con el dinero en un bolsillo y el colgante de hoja de higuera, todavía cuidadosamente envuelto, en el otro, Gerardo deambuló por París intentando agotarse y calmar sus nervios. La ciudad le pareció extraña. Una sensación de incredulidad se apoderó de él. Seguía, como antaño, sin comprender qué hacía allí, en aquel país envuelto en una guerra y en unas circunstancias que lo habían mantenido alejado de su familia, de su tierra, de su verdadera identidad ya por demasiado tiempo. Debía regresar a casa. No a Barcelona como había planeado en principio, sino a Madrid. Regresaría.

Se encaminó a su vivienda y, cuando apenas había llegado al primer rellano, su viejo amigo Anselmo le interceptó. Le puso una mano en la boca y le hizo ademán de que entrara en el piso.

—Hay gente de la Resistencia revolviendo en tu casa. Llevo un buen rato espiando por si te veía llegar. He reconocido a uno de los tipos. Cuando le envían a un sitio, no suele ser para que deje un ramo de flores. Es un tío peligroso. ¿En qué lío te has metido, muchacho?

Gerardo no daba crédito. El mundo estaba loco. ¿La Resistencia? ¿Pero de qué iba todo aquello?

—No tengo ni puñetera idea. No he hecho absolutamente nada.

Pero se quedó en silencio reflexionando. Tantos sábados yendo a la avenida Foch para presentar su informe a Dietrich, y una joya magistral especialmente elaborada para los nazis... ¿Era aquello colaboracionismo? Para él, que había sufrido amenazas, acoso y chantaje, por no hablar de gritos y golpes, aquello no había sido colaborar, sino sobrevivir. Pero quizá otros no lo veían del mismo modo, comprendió.

—¡Tienes que marcharte! —sentenció Anselmo. Parecía que había leído los pensamientos del muchacho—. Esto es lo que vas a hacer —explicó con determinación—. Vas a esperar aquí escondido hasta que los tipos se marchen. Entonces, entras en tu casa en silencio y, sin encender la luz, coges lo que necesites y regresas aquí. Desde el balcón trasero hasta la pared del patio solo hay un metro. Luego te descuelgas y sales por el callejón del fondo. Yo te bajaré la bolsa con una cuerda. Los aliados están ya muy cerca de París y es posible que en unos pocos días estén liberando la ciudad. Cualquiera que huela a colaborador de los nazis va a vérselas muy mal. Habrá una terrible ansia de venganza y nadie se va a detener para celebrar juicios justos. Al menos no al principio. Trata de meterte en algún tren que te lleve a la frontera y que sea ya mismo. ¡Queda muy poco tiempo!

Gerardo obedeció al viejo amigo punto por punto. Apenas se cercioró de que no había nadie vigilando, se descolgó por la fachada. Recogió la bolsa que lanzaba Anselmo tras de él. Miró hacia arriba.

«¡Buena suerte, muchacho!», los labios del querido vecino dibujaron las palabras en silencio.

En la bolsa, además de cuatro cosas personales, había cartas para España, cartas que Anselmo hacía llegar a unos y a otros, siempre presto a ayudar a sus compatriotas.

Gerardo llegó a la estación de Montparnasse. Un fuerte contingente militar alemán rodeaba la estación. Se escurrió como pudo entre unos y otros hasta llegar a la terminal. Unos estibadores pululaban por allí.

—¿Qué está pasando? —preguntó dirigiéndose al más joven, que fumaba una colilla amarillenta.

—Monsieur, se comenta por toda la estación que los americanos están a las puertas de París. ¡Los alemanes están cagados!

—Los compañeros del ferrocarril dicen que las tropas aliadas avanzan imparables. No tardarán más de una semana en llegar —intervino otro operario.

—¿Y es posible todavía coger algún tren hacia el sur? La preocupación enronquecía su voz.

—¿No se ha enterado? Han bombardeado las líneas del ferrocarril a sesenta kilómetros de aquí y no se sabe cuándo se restablecerá el servicio.

Gerardo les dio las gracias por la información, se marchó a toda prisa y se cobijó entre las sombras.

Pronto París sería liberado. El pueblo estaba siendo llamado a la insurrección y las escaramuzas ya se sucedían por toda la ciudad. La Resistencia requisaba los vehículos para la lucha contra el enemigo y los trabajadores del metro, la policía y los carteros ya se habían sublevado. No tardaría en convocarse una huelga general.

Tenía que darse prisa, pues las cosas se estaban poniendo muy difíciles.

Salió de la estación y se coló en un pequeño café cercano. Tenía un hambre voraz y necesitaba poner en orden sus ideas. Tomó un café y un bocadillo mientras trataba de pensar con claridad, pero todos sus pensamientos se desarrollaban sobre la neblina de la pena. Albertine. ¿Cómo podía haberse marchado sin decir ni una sola palabra? No la creía capaz. Muy en el fondo, y por momentos, estaba seguro de que solo una fuerza exterior ajena a su voluntad había podido alejarla de su lado. Todo se aclararía. Volvería a dar con ella como aquel día, ya tan lejano —parecía toda una vida—, en que se habían encontrado bajo la lluvia. Pero luego la noria de sus emociones daba un vuelco y se apoderaba de él la desesperación. Ya se había repetido aquel proceso muchas veces durante aquellos días. Y las noches en vela y los días de eterna espera le habían dejado aquel poso de amargura, aquella desesperanza de la que solo brotaban las ganas de huir, que era lo mismo que decir que deseaba con toda su alma regresar a su casa.

Estaba dando el último bocado a su frugal comida cuando a través de la ventana vio a un hombre, unos metros más adelante, levantando la reja de su negocio. Parecía un taller de bicicletas. Le dio un último sorbo a su café y dejó el dinero sobre la mesa. Cruzó la calle y se acercó al comercio. Tras los cristales del taller, bicicletas y triciclos se amontonaban con diversa suerte: unas, medio desvencijadas; otras, sin ruedas, y las menos, seminuevas. Gerardo vio su oportunidad. Entró sin pensárselo.

—¿Vende estas bicicletas usadas, señor?

El hombre le miró cortésmente. Estaba reparando con habilidad un neumático. Dejo la rueda sobre la mesa, se limpió las manos en un trapo que había visto tiempos mejores y se acercó al muchacho mientras evaluaba su estatura.

—Sí. Alguna se vende. Las más están para reparar, pero alguna medio viva encontraremos por aquí. Sígame, joven. Están en el patio.

Gerardo echó un vistazo y señaló una que no parecía estar mal del todo. El vendedor asintió con la cabeza.

—Buena elección. Es la que yo le hubiera recomendado.

Y cerraron el trato sin más preámbulos.

—Desde aquí, ¿cómo puedo dirigirme hacia el sur? Necesito salir de París por la carretera.

—Exactamente, ¿a dónde quieres ir, joven?

Gerardo no sabía si concretarle. Evaluó al hombre. Se le veía trabajador, un hombre sencillo, sin complejidad en la mirada.

—A España —dijo con sencillez.

El hombre vio al español tan despistado que, una vez guardado el dinero en un cajón, sacó un mapa y le trazó un itinerario. También él tenía un hijo de aquella edad. Si alguna vez se veía en apuros, le gustaría que alguien le ayudase. «¡Maldita guerra que acorralaba a los hombres!».

Gerardo trató de memorizar la ruta lo mejor que pudo. El hombre le regaló el mapa. A fin de cuentas, él no pensaba salir de París. No ahora que llegaban los aliados. Aquel muchacho lo necesitaba mucho más.

Gerardo pedaleó durante casi todo el día evitando las carreteras principales. Pasó por algunas granjas abandonadas y dejó atrás varios pueblos donde la gente, asustada, permanecía encerrada en sus viviendas. No se desanimó. Una vez que se había puesto en marcha, sintió que nada podía pararle. Toda su rabia y su dolor se iban quedando poco a poco en cada pedalada. Un entusiasmo casi febril le impulsaba a continuar. Bebió agua en algún riachuelo y, sin darse cuenta, se fue acercando hacia el campo de batalla, donde, algunos kilómetros más al oeste, se dirimía la guerra.

A lo lejos divisó las magníficas agujas de la catedral de Chartres. La ciudad estaba completamente tomada por el ejército alemán, así que trató de rodearla y se desvió por carreteras secundarias evitando cruzar el puente sobre el río Eure, fuertemente custodiado por los alemanes. Esperó a la noche y, con la bicicleta en la mano, llegó hasta el pueblo de Morancez y lo bordeó por la izquierda mientras los habitantes dormían. Luego enfiló hacia un camino que en el mapa se llamaba rue du Plain. «Parece que la suerte me acompaña por fin», pensó con gratitud y amargura a un tiempo. No se había tropezado con ningún piquete o puesto de control, ni alemán ni aliado.

Sintió hambre, así que esperó a que el pueblo despertara echando una cabezada en un recodo, y aguardó a que abrieran la fonda. Sentado en una mesa mientras pedía el desayuno, escuchó en boca de un parroquiano que el Séptimo Ejército alemán, comandado por Paul Hausser tras la muerte del general Dollmann, se replegaba hacia París. Gerardo dedujo con acierto que las carreteras estarían atascadas por las divisiones en retirada y que viajar en aquellas condiciones sería poco menos que un suicidio. Buscó una habitación en una pensión del pueblo y se dispuso a esperar en aquel lugar a que la batalla terminase y el transcurso de algunos días liberase las carreteras.

Aquella misma noche, agotado, por fin pudo dormir de un tirón después de los angustiosos días velando la ausencia de Albertine. En mitad de los ruidos lejanos de los cañonazos, y alumbrado intermitentemente por la luz de la luna, que a ratos se dejaba ver entre densos nubarrones, Gerardo sonrió en sueños. Soñaba que estaban en España Albertine y él. Iban cogidos de la mano mientras paseaban por el Retiro. Era verano, un verano perfumado por el olor de las higueras. Las higueras, aquel olor especial y dulce, el aroma de la felicidad que, al menos en el sueño, aún no se había perdido.

Tras varios días de cañonazos, ambos ejércitos quedaron en silencio. La gente comenzó a salir de los refugios, aunque nadie tenía muy claro lo que estaba pasando. Los rumores apuntaban a que los aliados se acercaban a París. Gerardo se enteró de que estaban a 23 de agosto por un viejo calendario sobre el mostrador de la recepción de la pensión. Aún aguantó un día más en aquel pueblecito. Cuando los coches de línea empezaron a funcionar, cargó la vieja bicicleta en la baca y emprendió el largo camino de vuelta, de pueblo en pueblo, hacia la frontera vascofrancesa de Irún.

Esa misma semana los aliados tomaban París. El bueno de Anselmo había llegado hasta los Campos Elíseos empujado por la muchedumbre que había salido a las calles a vitorear a las tropas de liberación. Cuando el viejo español vio desfilar como héroes a sus compatriotas, republicanos españoles, comandados por el general Leclerc, los ojos se le llenaron de lágrimas. Se acordó de Gerardo y deseó fervientemente que hubiese regresado a salvo a su casa.

•

Mientras tanto, Gerardo ya había llegado a San Juan de Luz. Por primera vez en mucho tiempo había dejado de sentir miedo. Se sentó abiertamente en una terraza a tomar un café con leche, con la bicicleta arrimada a la pared y la bolsa con las escasas pertenencias entre las piernas. Dejó volar la mente sin pensar en nada, con una sensación de ligereza y tranquilidad que hacía mucho que no se permitía a sí mismo. Después, pedaleó los últimos kilómetros hasta la frontera con Irún. Tuvo una extraña sensación de irrevocabilidad. No importaba ya lo que sucediese. Estaba allí porque no podía ser de otro modo. Porque la única opción posible era regresar a casa. Los gendarmes le visaron el pasaporte sin problemas, pero al llegar a la parte española, le retuvieron durante mucho tiempo. Finalmente, la guardia civil le detuvo acusándole de delitos contra la seguridad del Estado, por republicano y enemigo del régimen de Franco. Le metieron en un cuartucho que hacía las veces de celda y le advirtieron de que le purgarían. Si descubrían que tenía las manos manchadas de sangre, le esperaba la pena de muerte.

Al día siguiente, fue trasladado a Madrid, a la prisión de Yeserías, en un viaje lento y penoso en ferrocarril.

Gerardo trataba de no pensar. Un aturdimiento del alma, una evasión permanente de sus pensamientos le mantuvieron con cierta cordura.

«Regresar es lo único importante», se repetía como un mantra.

Permaneció en la cárcel como preso político hasta otoño del siguiente año, cuando fue liberado gracias al indulto del 9 de octubre. Durante aquellos largos meses no pudo recibir una sola visita y tampoco estuvo seguro de si sus cartas habían llegado a la familia. A pesar de todo, el anhelado día de su libertad llegó.

•

La mañana era muy fría. Famélico, demacrado, con la ropa raída como la de un indigente y la vieja bolsa mal atada, llegó a la puerta de la casa de sus padres. Antes de llamar al timbre respiró hondo tratando de calmar el pájaro alocado que aleteaba en su pecho.

La puerta se abrió. Una mujer, más pequeña y arrugada de lo que recordaba, abrió la puerta.

—Madre.

La mujer permaneció muda tratando de distinguir bien el rostro de aquel hombre en la oscuridad del zaguán.

—¡Madre!

Los ojos de la mujer se iluminaron de comprensión. Pero no podía ser, ¿o sí? Aquel hombre hecho y derecho, delgado, de facciones curtidas… ¿sería? Era. No le cabía duda. Esa voz inconfundible, aunque ya no lo fuera tanto su rostro. Esos ojos ensimismados y tozudos. Se abandonó al abrazo que se le venía encima. Su hijo. Su niño.

Ahora todo iba a estar bien. Gerardo había vuelto.

CAPÍTULO XIV
Las ratas abandonan el barco
Agosto de 1944

Para el momento del desembarco de Normandía, con la terrible sospecha de que quizá Alemania no ganaría la guerra, Dietrich ya tenía claro el rumbo que debía dar a su vida. Olfateaba el final de la contienda y preparaba la huida. Se daba cuenta de la constante pérdida de terreno de la Wehrmacht en todos los frentes. Veía con claridad que el círculo alrededor de Alemania se estrecharía y que pronto le sería imposible escapar. Y era necesario poner a buen resguardo su botín y escapar con su familia. No pensaba en otra cosa que en salir de aquella ratonera.

Quedaba el asunto de la Rosa Windsor.

El baile de Karinhall se había pospuesto *sine die*. El curso adverso de la guerra sumía al mariscal Göring en graves preocupaciones y la Sublime Señora callaba prudentemente ante el giro de los acontecimientos. Casi sin darse cuenta, la joya había caído en el olvido de la ambiciosa pareja. Bastante tenía el mariscal con tratar de poner a buen recaudo la inmensa riqueza que había atesorado durante la guerra. No podía estar pendiente de aquella fruslería.

En realidad, hacía ya un tiempo que la Rosa estaba en poder del teniente coronel Dietrich, pero este nunca había dado parte al mariscal de que su fabricación había finalizado. Esperaba que su jefe se la pidiera para, entonces, fingiendo gran esfuerzo y diligencia, entregarla. Pero la petición de cuentas no había llegado nunca.

Así que Dietrich sentía que la segunda Rosa Windsor era totalmente suya. Había sido creada gracias a su empeño, y ahora la atesoraba. Era su recompensa. Y bien merecida, pensaba.

En uno de sus frecuentes viajes a Múnich de los últimos meses, había conocido a un ecuatoriano adicto al régimen nacionalsocialista. Su nombre era Bartolomé Risco y su misión, traducir al español los discursos de Goebbels y otros dirigentes nazis para que pudieran ser difundidos en Sudamérica. Dietrich había pensado que aquel hombre, con quien había establecido un vínculo de interés, podría ayudarle a salir de Europa y a fijar su residencia en Ecuador, un país que podía ser tan bueno como cualquier otro, especialmente si contabas con el dinero necesario para que la vida te resultase muy fácil allí.

Se había entrevistado por última vez con el ecuatoriano hacía un par de semanas. Entre ambos dispusieron un plan de fuga que le mantuviese fuera del alcance tanto de los aliados como de los propios compañeros de las SS.

Por otra parte, en sus viajes a Barcelona, Dietrich había encontrado una planta baja donde ocultar sus riquezas, si bien la mayor parte del dinero en metálico lo tenía en una cuenta numerada en Suiza a la que solo tenían acceso él y su mujer. Pero lo más importante, el último cabo suelto que el teniente coronel tenía que cerrar era conseguir una nueva identidad, pasaportes falsos, para él y su esposa. Por el momento y hasta que estuviesen establecidos, su pequeño hijo permanecería en Alemania con sus suegros.

Todas aquellas gestiones implicaban un importante desembolso de dinero. Dietrich había entregado al traductor una elevada suma para comprar voluntades, pagar pasajes, adquirir viviendas y realizar documentos falsos. La huida estaba en marcha.

Mientras tanto, en su despacho en París, la situación era insostenible. Por doquier, todo el mundo quemaba papeles y hacía las maletas, pero la cadena de mando aún no estaba rota y en la avenida Foch todos se vigilaban unos a otros. De una manera u otra, todos se habían corrompido y trataban de ocultar sus miserias. Dietrich se veía ferozmente observado por Von Grauerstein, jefe en funciones en ese momento y recaudador directo de Hitler. En los últimos días ya había subido tres veces a los despachos y había obligado, siempre respaldado por sus escoltas, a que abriesen las cajas fuertes. La excusa era eliminar todo documento comprometido, pero en la de Dietrich encontró dos cuadros de poco valor pendientes de ser enviados a Alemania. Von Grauerstein se los llevó de inmediato sin explicación alguna.

En ese preciso momento, Dietrich decidió que era hora de abandonar el barco. Dos días después se personó en el despacho del alto mando. Deseaba marcharse con su beneplácito para así no tener que huir a escondidas, con el aparato de la Gestapo sobre sus talones. Bastante tendría con procurar no encontrase al enemigo aliado. Debía parecer que todo se hacía bajo las órdenes de Göring, sin dobleces. Se presentó en la oficina de Von Grauerstein en el momento que sabía más solitario del día. Actuó con la mayor frialdad. Era un buen actor.

—Mi general, me han llamado con carácter de urgencia de Berlín, pero antes debo pasar por Zúrich a recoger un encargo del mariscal Göring. ¿Desea usted que lleve algún correo, algún paquete? Cualquier orden o mensaje será entregado con sumo gusto.

Von Grauerstein se quedó observando fijamente a Dietrich. Le consideraba un hombre astuto y peligroso. Estaba a punto de pedirle las órdenes, pero en ese momento se percató de que su despacho estaba absolutamente vacío. Su asistente había bajado a encargarse de un prisionero importante y las secretarias estaban en su hora del almuerzo. ¿Habría escogido Dietrich ese momento a propósito para encontrarle solo en el despacho? Nada de lo que hacía ese hombre le parecía casual. Meditó un momento. Un enfrentamiento directo no le serviría de nada, y tampoco malquistarse con Göring. Todos estaban en el filo de la navaja. Lo mejor era no hacerse enemigos innecesarios. Además, Dietrich era un gran tirador, y mucho más joven que él. Tomó nota mentalmente de que, a partir de ese día, no se quedaría a solas ni un instante.

—Ha sido un placer, Dietrich —dijo al fin—. Buena suerte.

—Señor —fingió Dietrich con la entonación más sincera que pudo—. Estaré de vuelta en dos o tres semanas.

Von Grauerstein puso una sonrisa irónica, mientras el rostro del teniente coronel permanecía impávido. Entonces, y a la vista de que el mariscal no iba a decir nada más, Dietrich se cuadró y levantando el brazo pronunció el viejo saludo:

—*Hail, Hitler!*

Dio media vuelta y salió del despacho. Abandonaba París para siempre.

Viajó a Zúrich vestido de paisano. Nada más llegar, ordenó una segunda transferencia de dinero para Bartolomé Risco, dirigida al Banco de Ecuador, tal y como habían acordado. Después, se dispuso a viajar a Múnich para encontrase con su mujer y su hijo, pero primero decidió telefonearla a ella. La propia Erika descolgó el teléfono. La encontró extrañamente nerviosa.

—Estoy en Zúrich —indicó Dietrich—. Voy a tomar un tren para ir a veros. ¿Necesitas que te lleve alguna cosa?

Hubo un silencio demasiado prolongado.

—Erika, cariño, ¿va todo bien?

Otros dos o tres segundos de silencio. Dietrich se puso alerta.

—Todo bien, querido —respondió la mujer al fin—. Por cierto, ayer me visitaron unos compañeros tuyos de la comandancia. Al parecer necesitan algún documento que está en tu poder. No lo dejaron muy claro. Pero tenían mucho interés en saber cuándo regresabas.

—Está bien. En ese caso, pasaré primero a verlos y luego acudiré a casa. Tú no te preocupes de nada.

—Oh, buena idea. —Erika no sonaba convincente. Es más, su entonación parecía decir todo lo contrario. No era para nada una buena idea. Su voz sonaba extrañamente entrecortada—. Pero tampoco tengas prisa —añadió—. Nosotros estamos muy bien. ¿Sabes qué? ¿Por qué no te acercas también a ver a tu amigo Bartolomé antes de venir a Múnich? Telefoneó el otro día. Tiene muchas ganas de verte.

—¿Bartolomé? —La conversación cada vez era más extraña. Dietrich se disponía a interrogar a su mujer. Algo había sucedido o estaba a punto de ocurrir. Erika apenas conocía a Bartolomé Risco de oídas y desde luego no lo tenía conceptuado como un buen amigo. Pero, antes de poder indagar más, ella intervino de nuevo:

—Debo dejarte querido, el pequeño reclama su comida. Hablaremos más tarde. No olvides que te quiero.

Y cortó la comunicación antes de que Dietrich pudiese decir una palabra más.

El teniente coronel reflexionó. La conversación había sido una advertencia. Su mujer solo sabía de Bartolomé Risco lo que él le había contado en confidencia la última vez que se habían visto. Y el hombre estaba actualmente en América. Además, ¿qué era aquella visita de sus compañeros haciendo preguntas? Comprendió que había llegado tarde. Las cosas se habían complicado. Seguramente ya estaba bajo la sospecha de sus superiores. El teléfono podía estar pinchado. Por eso Erika no pudo ser más explícita. Dio vueltas a las palabras de su mujer durante un largo rato sentado en la estación mientras veía pasar los trenes y sin saber bien cuál tomar.

«Ve a ver a tu amigo Bartolomé antes de venir a Múnich». Aquella frase solo podía significar que debía huir sin demora. Sin duda, regresar a Berlín o a Múnich era peligroso. Las causas no estaban claras, pero era evidente que había riesgo.

«Visitar primero a Bartolomé».

De acuerdo, se dijo Dietrich por fin. Rumbo a América, pues allí era donde se encontraba el ecuatoriano. Ese era el mensaje de Erika.

Ya se reunirían después, como habían acordado hacía un tiempo. Si uno de los dos tenía que huir solo, se encontrarían más tarde en Ecuador cuando el peligro inmediato hubiera pasado.

Pero los problemas no habían hecho más que empezar. Salir de Europa en aquellos momentos era muy difícil. Tras indagar las diversas opciones, descubrió que, en Suiza, las líneas aéreas regulares se habían reanudado desde finales de julio. Compró un pasaje a Barcelona con Swissair en un Douglas DC-2. El Gobierno español seguía siendo afín al Tercer Reich, así que allí no le pondrían demasiadas pegas. Gestionó un pagaré para ser hecho efectivo en Barcelona y embarcó.

Los últimos ataques aéreos aliados habían dejado caer sus bombas por error en Suiza y habían causado algunos daños, pero Dietrich no tenía alternativa. Confió en su suerte y en su instinto a partes iguales. Quizá eran lo mismo, se dijo. Lo cierto era que, hasta el momento, la fortuna no le había dado la espalda. Esa llamada providencial a su mujer y la prudencia de ella probablemente le habían salvado la vida. Por fin se permitió un momento de relajación mientras estiraba sus largas piernas bajo el asiento y miraba por la ventanilla. Solo pensaba en cómo se reuniría con su mujer y su hijo. Se tranquilizaba pensando que con dinero todo podía resolverse. Y Erika era una mujer fuerte, de recursos. Sonrió levemente al pensar en ella y la arruga en la frente se deshizo. A los pocos minutos, el teniente coronel Dietrich se quedó dormido. La mano derecha reposaba cerca del pecho, sobre el bolsillo interior de su chaqueta, donde, cuidadosamente envuelta, reposaba la Rosa Windsor. Le acompañaban también, en su bolsa de viaje, unos cuantos saquitos rebosantes de diamantes y piedras preciosas. El teniente coronel dio una cabezada sin sueños hasta que el avión aterrizó.

•

La ciudad de Barcelona estaba radiante. Era finales de agosto y las gentes tomaban cervezas en los bares y charlaban animadamente. Dietrich se hospedaba en el Hotel Arc, en las Ramblas, cerca del bajo donde había atesorado sus riquezas en los últimos años. Tenía que encontrase con un hombre de confianza de Bartolomé Risco, quien sería el que le proporcionase los documentos falsos y los nuevos pasaportes.

Habían quedado en la recepción. Él no conocía al contacto, pero debía reconocerle porque llevaría un pañuelo azul en el bolsillo de la chaqueta.

Dietrich esperó durante una hora, nervioso, tomando un wiski con mucho hielo. El calor le hacía sudar. Por fin le vio aparecer. Se saludaron en francés.

—Salgamos —dijo el individuo. Tenía un marcado acento sudamericano—. Hay muchos oídos indiscretos aquí dentro.

Dietrich estuvo de acuerdo.

Pasearon por las Ramblas, llenas de gente, ruido y flores. El calor, junto con el perfume de las flores, mareaba un poco a Dietrich. Se sentaron en un banco solitario de los alrededores de la estatua de Colón.

—Necesito el anticipo. Mil dólares —pidió sin más preámbulos el contacto mientras se secaba el sudor de la frente con el pañuelo azul. Era un hombre colorido. La piel oscura, el pañuelo añil, la camisa bermellón. Parecía un pájaro tropical, pensó Dietrich.

—¡Ni lo sueñes! ¿Me tomas el pelo? —dijo con mal humor—. Ya le he pagado a Bartolomé el trabajo con creces. No me vengas con historias, que no soy ningún tonto.

—Se equivoca conmigo, señor. Le digo que Bartolomé no me ha pagado nada y he tenido que hacer frente a la compra de su pasaje y entregar lo acordado al falsificador. Hable con su amigo y quedamos para mañana. Verá como no le miento.

El hombre parecía sincero y, además, ponerse en contacto con Bartolomé no sería sencillo. Aunque Dietrich no se fiaba, estaba en sus manos. Decidió indagar más.

—¿Cuándo sale el barco?

—Dentro de tres días. Y hay que embarcar la mercancía un día antes. En el muelle 7.

Tres días. Era poco tiempo y a la vez demasiado tiempo. Dietrich estaba nervioso.

—El barco es de la naviera Suarez y se llama Estrella de Levante —prosiguió el hombre—. Estoy aquí para ayudarle, señor. Pero sin el dinero no hay nada que hacer. Usted decide.

El hombre inclinaba el cuello hacia abajo al hablar, lo que acentuaba su parecido con un ave.

«Menudo pájaro», pensó de nuevo Dietrich. El hombrecillo se abrió la chaqueta y del bolsillo interior sobresalió el billete del barco.

—Aquí está su pasaje. Y no haga tonterías. No estoy solo.

Dietrich miró a su alrededor. Era lógico, pensó. Cualquiera podía estar vigilándolos y quitarle de en medio si intentaba llevarse la mercancía por la fuerza, sin pagar. El sudamericano había sido listo, admitió el teniente coronel. Además, la visión del billete le había incitado. Lo quería ya. «Mil dólares no es tanto dinero si se trataba de mi libertad», pensó. Ya ajustaría cuentas con Bartolomé.

—Está bien —admitió. Mostró las manos hacia arriba en señal de acuerdo—. Ya arreglaré cuentas con Bartolomé. Pero primero enséñame los documentos y déjame ver bien el pasaje.

Furtivamente el hombre sacó los pasaportes y el billete de barco, y se los mostró a Dietrich, que, tras estudiarlos detenidamente, se dio por satisfecho. «Wilson Cabrera Zimmermann». De padre ecuatoriano. Y se echó a reír. Siempre podría decir que había heredado los genes de su madre.

—Te voy a pagar la mitad ahora —prosiguió, la sonrisa aún burlona en su cara—. Y la otra mitad te la pago en el momento de embarcar. Así vienes a despedirme al puerto —añadió con sorna.

El tipo no parecía del todo satisfecho. Se secó el sudor por enésima vez y luego guardó el pañuelo azul con parsimonia. Algo arrugado ya.

—Está bien, caballero —confirmó al fin—. Así lo haremos.

El resto del día Dietrich lo pasó en su habitación del hotel estudiando los pasaportes y otros documentos de propiedad y construyendo un relato sólido y consistente de su nueva personalidad y la de su familia.

Al día siguiente sacó el dinero del pagaré y lo distribuyó entre su cartera y algunos bolsillos interiores de su traje. Comió muy cerca del hotel y luego fue paseando hasta el pasaje de la Paz, a espaldas de las Ramblas, muy cerca del puerto. El lugar era solitario, con algunas viviendas en un lado de la calle y en el otro una serie de almacenes cerrados. Anduvo hasta el número 4 y abrió el candado con dificultad. Luego, con un chirrido que le hizo estremecer, subió la persiana metálica, oxidada por la falta de uso. Un pequeño tragaluz iluminaba una estancia de reducidas dimensiones. Al fondo, una puerta de hierro con varios candados impedía la entrada al resto del almacén. En su interior había cuatro cajas de madera de un metro y medio de largo, una maleta de cuero y un baúl, también de cuero, con cinchas de seguridad y cantoneras metálicas.

Guardó los lienzos en tubos de cartón e introdujo en sendas cajas acolchadas dos copas, una con tapa de jaspe rojo y montura de plata, del orfebre Giusto de Firenze y la otra de sardónice veteada, con montura de oro del *quattrocento*, de Lorenzo el Magnífico. En otras dos, puso un salero de lapislázuli con un conjunto escultórico de sirenas en bronce y la pieza más impresionante, un aguamanil, también de lapislázuli, con adornos de oro y esmalte, obra del orfebre flamenco Hans Domes.

Tras unas cuantas horas de trabajo, todo quedó dispuesto en cajas de madera, listo para ser transportado al barco. Sin embargo, la Rosa Windsor seguía junto a él, en aquel bolsillo interior cercano a su corazón.

El día antes del embarco dispuso los servicios de un pequeño camión y se dirigió hasta el puerto, al muelle 7, donde estaba atracado el Estrella de Levante. Después de los trámites reglamentarios, que se sucedieron sin ningún incidente, se izaron las cajas al barco y se sellaron con cinturillas metálicas donde constaba el número del pasaje y el nombre del propietario. Dietrich respiró aliviado.

Por fin llegó el día de su partida.

Llamó de nuevo a Erika, dispuesto a informarle de su partida, aunque fuese en clave, pero nadie cogió el teléfono. No podía esperar más, así que se dirigió al puerto sin haber hablado con ella. Se sintió extrañamente solo. Un sentimiento poco habitual en él.

Antes de embarcar, entre la concurrencia, distinguió la silueta del contacto ecuatoriano, que anadeaba entre la gente con su inconfundible pañuelo azul. Unos instantes antes de subir a la pasarela Dietrich le entregó un sobre con el dinero que faltaba. El hombrecillo se alejó satisfecho.

Dietrich llegó al puesto de control. El oficial que abrió su pasaporte le miró por unos momentos como evaluando su elevada estatura y sus rasgos arios.

—Señor Cabrera Zimmermann —leyó en voz alta el joven agente de aduana—. ¿Cabrera? —preguntó extrañado ante el aspecto ario del hombre.

Dietrich se sintió rígido, pero se obligó a dibujar una sonrisa. Sus ojos, sin embargo, tenían una mirada glacial.

—Sí —dijo en español—. A su servicio. Salí a mi madre, que era alemana. ¡En paz descanse! —añadió con la cabeza gacha.

Su pronunciación había sido impecable. No en vano, llevaba algún tiempo practicando.

Una cola de personas ruidosas, impacientes, febriles y excitadas por el viaje subía por la pasarela. Las voces llegaban estridentes como un coro de tragedia griega.

El agente hizo un vago gesto de asentimiento al oír hablar de la fallecida madre de Dietrich.

—Le acompaño en el sentimiento, señor. ¡Adelante! Y buen viaje.

Y estampó el sello de entrada en el pasaje del alemán.

Una sonrisa de lobo se expandió por la cara de Dietrich.

Aún le acompañaba la fortuna. Y se dirigió a su camarote sin darse la vuelta.

PARTE II

CAPÍTULO XV
Tras el saqueo nazi
Primavera de 1949

Al terminar la guerra, y a iniciativa de los aliados, tuvieron lugar los juicios de Núremberg, en los que los principales responsables de la cúpula nazi fueron juzgados y condenados. Sin embargo, muchos nazis de menor rango habían logrado escapar: oficiales y mandos intermedios que hicieron posible el cumplimiento de las órdenes de sus superiores y que participaron activamente en el expolio, la tortura y el sufrimiento de millones de personas.

Poco a poco, algunos de los judíos supervivientes del Holocausto fueron regresando a sus casas después de haber vivido en muchos casos las persecuciones más horrendas durante la guerra.

En Amberes, los judíos belgas que antiguamente se habían dedicado al comercio de los diamantes y que habían logrado escapar del exterminio regresaron a su viejo barrio, situado al lado de la renovada Estación Central, muy cerca de una de las calles más concurridas de la ciudad flamenca, el bulevar De Keyserlei, a pocos minutos del centro.

En la principal sinagoga del barrio se tomaron decisiones para socorrer a los miembros de la comunidad del diamante, que habían sido arruinados y privados de sus patrimonios y de su modo de vida. Como era costumbre entre los judíos, decidieron entre todos cuál sería la mejor manera de afrontar aquella situación. Los judíos belgas y sus hermanos holandeses formaron consorcios para tratar de restituir todo lo posible a sus familias. El daño al honor, a la dignidad y a la vida ya eran muy difíciles de restaurar, pero perseguir y capturar a los culpables era casi una obligación para que estas personas pudiesen al menos descansar con algo de paz. Se comenzó pues una labor detectivesca para encontrar a los responsables de tanta barbarie. Entre los distintos organismos dedicados a la investigación, un grupo de lapidarios de Amberes se decidió por la firma de detectives AK Infinity de Ámsterdam con la misión de detener al mayor número posible de culpables y recuperar los objetos robados.

Adriaan van Leeuwen, policía holandés que durante la guerra estuvo en el servicio de inteligencia de los aliados, fue el encargado de aquella investigación en particular.

Era abril de 1949, estaban en Ámsterdam. Tres hombres se sentaban ante la mesa del detective. Iban vestidos con sus atavíos negros, sus habituales cortes de pelo y barbas y sus sombreros aterciopelados, también negros. Parte de esa comunidad seguía involucrada en el negocio de los diamantes y, aunque los judíos más jóvenes trataban de modernizarse, su apariencia seguía fiel a sus tradiciones. Llevaban un largo rato departiendo, tratando de explicar al detective el motivo de su visita.

El hombre más anciano hablaba preso de la emoción.

—Señor Van Leeuwen —rogó—. ¡Encuéntrele! No nos importa tanto el recuperar los bienes, pero queremos que ese hombre sea capturado y que pague por sus crímenes —Había fuego en su mirada y las manos le temblaban, más de ira que por la edad—. ¡Quiero que se borre de su cara esa sonrisa cruel de animal! Quiero ver miedo en sus ojos…

—Cálmese, padre —intervino el segundo hombre. Su voz era más pausada, pero había una tristeza inmensa en su mirada. Una infinita misericordia por su padre y por tantos hombres que lo habían perdido todo solo por ser judíos— . El señor Van Leeuwen hará todo lo que pueda, estamos seguros.

—Por supuesto, señor Amberg. Pueden confiar en que pondré todos los medios a mi alcance. Me gusta hacer bien mi trabajo, pero en esta causa, porque, créanme, lo considero una causa más que un encargo, estoy especialmente implicado. Sin embargo, necesito hilos de los que tirar. Me han contado ustedes muchas barbaridades sobre Joachim Rutschiger. Me han relatado a la perfección sus crímenes, pero necesito todos los datos que puedan aportar para empezar mi investigación.

El tercer hombre, que había permanecido callado gran parte del tiempo, miró a los otros dos como pidiendo permiso. Ambos asintieron. Ya habían tenido tiempo de evaluar al detective y los tres se sentían cómodos en su presencia. Aunque habían acudido a él debido a sus buenas referencias, necesitaban sentir que podían confiar en él, comprobarlo en persona. Van Leeuwen había pasado el examen, así que el hombre abrió una cartera que llevaba consigo y sacó de ella un dosier. Lo depositó sobre la mesa y lo empujó delicadamente hacia el investigador.

—Aquí está todo lo que se ha podido recopilar sobre él.

Adriaan movió la cabeza en señal de asentimiento. Sonrió.

—Necesitará esto —añadió el hombre joven alargando hacia el detective un abultado sobre marrón—. Considérelo un adelanto.

—Está bien, señores —concluyó el detective. Su rostro apuesto era todo franqueza—. No los defraudaré.

Y era cierto. Al menos lo intentaría, porque Adriaan van Leeuwen era un hombre testarudo. Una cualidad muy útil para su profesión.

Se disponía a leer el dosier que le habían entregado los judíos. Tenía una cita a las nueve, pero aún era temprano.

Joachim Rutschiger era un traidor holandés que se había nacionalizado alemán. Se había unido al Ejército nazi cuando estos invadieron los Países Bajos y se había alistado en las Waffen-SS. Tras su formación militar en academias alemanas, fue destinado a su país de origen, a un grupo llamado coloquialmente los Tulipanes Negros. Ese siniestro personaje dedicó todas sus fuerzas a tratar de descubrir y detener a cuantos judíos aún estuviesen escondidos en su país. Eso sí, previamente los despojaba de sus pertenencias. Así, tanto con valiosas obras de arte como con codiciadas piedras preciosas, había montado un lucrativo negocio a costa de los desgraciados ciudadanos judíos. Al acabar la guerra y tras la rendición alemana, fue detenido, sin embargo, en 1946, escapó hábilmente del campo de reclusión, justo antes del proceso judicial que de todos modos le condenó a cadena perpetua por sus actos.

Ese era el hombre que Adriaan van Leeuwen debía encontrar: un hombre sin escrúpulos, violento, astuto y peligroso, capaz de eludir la condena y la muerte.

Adriaan pasaba las páginas con creciente desprecio. Leyó la declaración de un testigo directo. Se trataba del testimonio del hijo mayor de Samuel Amberg. Sus clientes, ambos, padre e hijo, habían estado allí esa misma tarde. Un escalofrío recorrió la columna del detective. Leyó concentrado. Sus cinco sentidos alerta.

Mi padre y yo trasladamos la totalidad de las existencias de nuestra empresa a una casa de campo oculta a toda mirada. Yo me había quedado allí, escondido, guardando la casa y sus bienes. Llevaba más de un mes esperando alguna noticia o señal de mi padre cuando una noche, sigilosamente, un grupo armado de hombres con las insignias de los llamados Tulipanes Negros tomaron la casa al asalto. Me maniataron y golpearon y luego me dejaron allí, medio sin sentido, mientras registraban la casa. Al cabo de un tiempo que me pareció interminable entraron en la habitación Joachim Rutschiger, un teniente coronel al que llamaban Dietrich Friedrich y por último un par de soldados rasos que arrastraban a mi padre en muy mal estado. Casi no hubo palabras. Mi padre me ordenó que les diera todas las existencias que teníamos. Los soldados no habían encontrado nada en el registro, así que tuvieron que seguirme. Yo iba dejando un reguero de sangre por donde pasaba mientras escuchaba los sollozos entrecortados de mi padre. Cuando lo tuvieron todo, Joachim entregó la cartera más valiosa, con los brillantes de mejor calidad, al teniente coronel Dietrich. Luego este, en tono muy bajo, le dijo a Joachim:

—Tu parte te la enviaré desde París.

Después no oí más: un golpe en la sien me dejó sin sentido. Cuando desperté, nos conducían a un campo de concentración.

Adriaan interrumpió la lectura. «París», musitó para sí. Era bien sabido que gran parte del expolio de obras de arte había estado centralizado en la capital de Francia. En aquellos días, uno de los generales de la ciudad era el mariscal de campo Hugo Sperrle, que fue el primer mando de las fuerzas de defensa aérea en Francia. Como era un hombre de gustos exquisitos, estableció su cuartel general en el palacio de Luxemburgo de París, donde vivió rodeado de lujos y extravagancias. Sperrle se parecía a su jefe, Göring, tanto en corpulencia como en su amor a la buena vida. Allí se sospechaba que se fueron acumulando muchas de las obras de arte robadas a los judíos.

Se decía que el propio Göring había reunido una colección de arte de casi mil cuatrocientas pinturas en su mansión de Karinhall. Algunas probablemente de modo pseudolegal, compradas a precio irrisorio a un marchante holandés que a su vez las había expoliado a los desgraciados judíos. Otras eran de aún más dudosa procedencia, llegadas de diversas capitales ocupadas de Europa, principalmente desde París, donde se decía que tenía una oficina clandestina cuya misión era obtener pinturas y bienes de interés cultural: orfebrería; artesanía; joyería; libros; muebles antiguos; pinturas de Cranach, Goya, Rembrandt, Veermer, Tiziano, Velázquez…

¿No había habido nada sagrado, nada que escapara a la ambición del mariscal? Incluso se rumoreaba que ponía el ojo en obras que debieran haber ido a parar de modo directo a Hitler.

Pero aquellos grandes peces ya habían sido capturados o habían muerto. «Ahora debemos ocuparnos de los medianos —pensaba el detective—. Ellos han sido los colaboradores necesarios, los que han hecho posible la maldad a gran escala». Comprendió que debía viajar a París. Tal vez Joachim Rutschiger había huido allí al escapar de su prisión. Y también debía investigar al tal Dietrich Friedrich. Dos peces escurridizos, sin duda, pero él los atraparía. Anotó en una libreta los pocos datos personales de los sospechosos que figuraban en aquellos papeles. Dietrich tenía una esposa que vivía en Múnich. Allí estaba su nombre: Erika Baumann de Friedrich.

Decidió que era un buen lugar por el que empezar, por donde lanzar sus redes. Llamó a su ayudante, la señorita Dora Hellerstern, que también hacía las gestiones administrativas, a su despacho. Era una muchacha atractiva, con delicados rasgos y una brillante cabellera pelirroja. Una chispa en el fondo de sus ojos indicaba que podía albergar un sentimiento hacia su jefe que iba más allá de su relación de colegas, pero Adriaan no se había percatado todavía. Dora Hellerstern no tenía prisa. Disfrutaba del juego. Además, tampoco estaba muy segura de saber si era el hombre que le convenía, tan apuesto y mujeriego. Aún debía estudiarle y ponerle a prueba. Por el momento, le observaba mientras desempeñaba su trabajo a la perfección. Adriaan, sin ser consciente de aquel interés extraprofesional, la miró con franqueza, una mirada cordial y seria, libre de cualquier malentendido.

—Toma. Léete el expediente e investiga todo lo que puedas sobre esta mujer y su marido. —Le tendió un papelito garabateado a toda prisa—. Consigue el teléfono y llama, pero trata de no alertarla. Debes ser muy discreta. Cualquier información puede ser importante.

Sabía que no sería necesario dar más instrucciones a la avispada Dora.

—Es urgente, querida. Pon tu magia a trabajar.

—Estas no son horas de hacer llamadas —respondió ella—. Me pondré a ello mañana a primera hora. Y, jefe, llega usted tarde a su cita. ¿Quiere el abrigo?

—¡Estás en todo, señorita Hellerstern! —respondió Adriaan cordialmente. Se puso en pie y se acercó a ella, mientras la joven se ponía de puntillas para colocar el abrigo sobre los hombros de su jefe. Le alargó también el sombrero y el paraguas. Había visto el brillo algo enfebrecido en la mirada de él. Un fulgor que solo se producía cuando el caso le importaba de veras—. ¿Es un caso justo? —preguntó como de pasada—. Son esos pobres judíos, ¿verdad?

Dora sabía que su jefe tenía predilección por las causas perdidas.

—¡Muy justo! —sentenció él—. Y difícil. Pero vamos a poner todo nuestro empeño.

Se giró y se dirigió a la puerta mientras la señorita Hellerstern le miraba marcharse pensativa. De pronto, sin saber bien por qué, Adriaan sintió una rara sensación en la boca del estómago. Bordeaban un asunto muy feo, muy oscuro. Estaban persiguiendo a la maldad, la maldad absoluta y despiadada, donde solo encontrarían codicia y crueldad.

—Ten mucho cuidado a partir de hoy, Hellerstern. Vigila bien tus pasos —añadió antes de salir.

—No tengo miedo, jefe. —Sonrió ella. Su cara se embellecía con aquella sonrisa directa y abierta; sana y fresca. Y luego dijo alegremente—: ¡Somos los buenos!

Pero, aunque Dora Hellerstern era joven y bonita, no era ninguna ingenua. Sus palabras no obedecían a la despreocupación o la ignorancia. Sabía ser espabilada y sigilosa si era necesario, y conseguir sus fines. Había visto demasiado en la guerra como para ser una jovencita confiada. Pero seguía teniendo buen humor, era un rasgo de su carácter. Además, no tenía miedo porque muy en el fondo pensaba que el bien, la bondad y la verdad debían triunfar. Y confiaba en Adriaan van Leeuwen. Además, ¿qué peligro podía haber en el trabajo de oficina, en las aburridas lecturas de expedientes y en las averiguaciones desde el otro lado del teléfono? No. Su parte no entrañaba riesgos. Era Adriaan quien hacía el trabajo de campo, quien se enfrentaba a los asuntos desde el lado peligroso de la vida.

Guardó la notita y el expediente en un cajón de su mesa y apagó la lamparilla. También ella se iba a casa.

•

Dos días después, Adriaan van Leeuwen viajó a París. Era la primera vez que visitaba la ciudad. Le sorprendieron las grandes dimensiones de las avenidas. El cielo le pareció increíblemente alto y de un azul brillante, luminoso. El bullicio, el ruido y el tráfico le sorprendieron más de lo que hubiera imaginado. Dedicó sus primeras horas en la ciudad a pasear por las orillas del Sena. Un fuerte olor a lilas impregnaba la tarde. Hombres elegantes del brazo de mujeres bonitas paseaban distraídos por entre los puestos de los *bouquinistes*. Los cajones verdes mostraban sus libros de segunda mano, grabados, sellos, monedas... Había puestos con periquitos de colores, cachorros de gatos y perros que hacían las delicias de los niños.

Adriaan se sintió envuelto por el glamur de la ciudad. Sin embargo, su parte en aquella historia estaba muy lejos de ser ideal. Él tenía que bucear en la miseria, en el dolor, en las capas más oscuras y negras de una urbe que a toda costa quería olvidar. Entre la fragancia, los colores, la risa y la vida la ciudad quería sepultar aquel terrorífico y denigrante pasado que había permitido con su indiferencia el expolio de los judíos.

Las primeras indagaciones las realizó en el edifico del palacio de Luxemburgo, donde se había instalado Sperrle en los primeros años tras la toma de París. Cuando llegó al antiguo palacio de los Medici, encontró que se había habilitado como sede del Senado francés. Solicitó los oportunos permisos para investigar. Averiguó que se había llevado a cabo una limpieza sistemática de todo archivo o documento relacionado con el Ejército nazi. Estuvo varios días indagando en centros y estamentos oficiales, pero sin demasiados resultados. Finalmente, gracias a su tesón, consiguió una cita con un alto cargo del Museo del Louvre. Era un reputado historiador. Adriaan estaba siguiendo la pista al tráfico de obras de arte durante la guerra. ¿Quién mejor que un miembro del Louvre para ilustrarle?

El historiador era un hombre digno. Al principio miró con desconfianza al holandés, pero, tras las presentaciones y cuando este expuso el motivo de su visita, se desató su lengua. Parecía que había estado callado por mucho tiempo, pues ahora vomitaba, más que hablaba, un torrente de información:

—Los ocupantes nazis realizaron un pillaje sistemático de las obras expuestas en los diferentes museos y colecciones privadas. Y, por supuesto, requisaron muchos de los bienes culturales de los judíos con la excusa de que o bien eran inmorales por su temática o bien debían requerirlos antes de que los evadieran del país. Por supuesto, la administración francesa miraba para otro lado…

—¿Por supuesto?

El historiador guardó silencio un instante, observó fijamente a Adriaan. ¿De verdad era necesario aclararlo? Y prosiguió sin responder a su pregunta:

—Ante un número tan elevado de obras, el alto mando nazi designó un lugar para almacenarlas antes de su traslado a Alemania. El sitio elegido fue el museo Jeu de Paume, situado en la rue Rivoli, junto al jardín de las Tullerías. ¿Lo conoce?

Adriaan negó con la cabeza.

—Acabo de llegar a París —añadió.

—Bien. Un lugar especial. A los nazis le pareció un punto estratégico. Y ciertamente lo era por su cercanía con el Louvre. Y al mismo tiempo era un lugar más discreto. Por supuesto, cerca del Sena. Mayores facilidades para el transporte. —El historiador tomó aire. Luego añadió como con pena—: No deje usted de visitarlo.

—Lo haré —confirmó Adriaan—. Siga, por favor.

—En aquel tiempo yo trabajaba allí. Solo era un conservador más del museo —añadió con tristeza—. No pude hacer mucho contra el expolio. Era jugarse la vida. Pero, antes de que las obras se perdieran para siempre, comencé a registrar sus entradas y salidas y a supervisar el depósito de control. Y, siempre que era posible, anotaba el lugar donde iban a enviarse a Alemania.

—¿Le ayudó alguien?

—Marie Boulé. Una gran estudiosa de arte. Ella realizó en secreto un inventario preciso de las obras que pasaban por el museo e intentó descubrir sus destinos. Además, anotó el nombre de los responsables de las transferencias y el número de convoyes y transportes, sin olvidar los datos técnicos de las obras.

—¡Increíble! —comentó Adriaan—. Una mujer valiente.

—Así es —corroboró el hombre—. Elaboró centenares de fichas a partir de los papeles tirados en las papeleras del museo y escuchando las conversaciones de los oficiales nazis. También transmitió información a la Resistencia francesa sobre los trenes que transportaban obras de arte para que estos convoyes no fuesen dañados por sus acciones.

—¿Qué me puede decir de los responsables? ¿Algo más concreto?

—Nuestro museo fue visitado con frecuencia por altos dignatarios nazis. De hecho, Marie cuenta que Herman Göring visitó varias veces el museo. Casualmente, su hombre de confianza siempre recogía algunos lienzos unos días más tarde, ya embalados y listos, no se sabía nunca bien con qué excusa. Era el teniente coronel Dietrich Friedrich, al que veíamos por allí a menudo.

Adriaan se puso inmediatamente en alerta. Allí estaba otra vez aquel nombre. El teniente coronel Dietrich.

—¿Le conoció usted?

—Sí. Un hombre alto, rubio. Sobrio y eficaz, sin la petulancia estúpida de otros nazis. Un hombre de mirada peligrosa. Ordenaba con la absoluta seguridad de ser obedecido. Pero hablaba poco.

—¿Y recuerda usted a un tal Joachim Rutschiger? Un miembro de los Tulipanes Negros.

El historiador negó con la cabeza. Parecía cansado. Adriaan pensó que quizá estaba un poco avergonzado, una vergüenza de la que no era completamente responsable. Parecía sentirse como si a la luz de los nuevos tiempos, aquellas situaciones pareciesen mentira. Una pesadilla de la que no supieron despertar. Pero Adriaan no le juzgaba duramente. Había sido difícil enfrentarse a la maquinaria nazi. Por poco que pareciese, él y la señorita Boulé habían hecho algo. Y en ese algo habían arriesgado sus vidas.

•

Nada más salir del despacho del antiguo conservador, Adriaan buscó una oficina de correos. Puso un telegrama a Dora. Necesitaba saber qué había averiguado ella sobre el teniente coronel Dietrich a través de su mujer, la tal Erika.

Erika Baumann había recibido la llamada de Dora Hellerstern a la mañana siguiente de la encomienda del detective. Dora se hizo pasar por una empleada de las oficinas de correos. Había llegado un paquete para el señor Dietrich Friedrich, explicó, pero la dirección estaba borrosa. Sin embargo, con los datos visibles en el sobre y el nombre había podido localizar su teléfono en el listín público.

—¿Sería tan amable de darle el recado? —dijo Dora tratando de que su voz sonara indiferente y despreocupada—. Es necesario que se persone en las oficinas para recogerlo. Se trata de un paquete certificado.

Erika sintió que le zumbaban los oídos. Una nube roja se extendió por delante de sus ojos, una neblina espesa y llena de puntos brillantes. Se erizó el vello de sus brazos. Preguntaban por Dietrich. Un paquete.

—No se encuentra en casa.

—¡Ah! —dijo la voz al otro lado del teléfono. Tenía un fuerte acento holandés, aunque hablaba el alemán con soltura—. ¿Tardará mucho en volver?

Silencio. Erika estaba tensa.

—Está fuera por trabajo. Tardará un tiempo. No estoy segura. Pero mire —propuso con la boca seca, pero fingiendo despreocupación—, soy su esposa. ¿No podría ir yo en su lugar?

—Oh, cuánto lo siento, señora. Me temo que no. Como le dije, es un paquete certificado. Debe firmar él… Tal vez, si me diese su dirección temporal, podríamos remitirle allí el paquete…

Erika se asustó. Algo en aquel acento extranjero la incomodaba. Podría ser una emigrante holandesa, pero Erika tenía un sexto sentido para el peligro. Algo no estaba bien en aquella llamada. Se acercó a la ventana con el auricular en la mano y corrió discretamente la cortina. Oteó la calle. Una señora empujaba un cochecito de bebé. Unos niños corrían a su alrededor. A lo lejos se acercaba una camioneta de reparto, que giró por una bocacalle antes de acercarse a su domicilio. Todo parecía en orden.

—¿De qué oficina de correos me llama?

Dora consultó un papelito. Había tenido la precaución de consultar un mapa de Múnich. Había seleccionado una calle no muy alejada del domicilio de los Friedrich.

—Baume Strasse, 35, madame —dijo Dora fingiendo eficacia—. Señora Dietrich, esperaremos al regreso de su marido, pero solo dos semanas. Es el plazo máximo de espera. Luego los paquetes son devueltos a su remitente.

—¿Quién lo remite? —preguntó Erika tratando de averiguar algo más de aquel misterioso paquete.

—No puedo darle esa información, señora. Lo lamento muchísimo. Son las normas, usted comprende, ¿verdad? —Dora pensó con rapidez. Necesitaba sonsacarle algo sobre Dietrich a Erika. Intentó una última estratagema—. Tal vez me pueda facilitar el teléfono de su esposo. Yo misma me pondré en contacto con él. Si él me autoriza, no habrá problema en entregarle después a usted el paquete —mintió con soltura Dora Hellerstern.

Erika colgó el teléfono bruscamente. Comprendió que le estaban intentando sacar información. Empezó a pasear nerviosa por la habitación. Se alisó la falda de su delicado conjunto de dos piezas. La falda de lápiz acentuaba su estrecha cintura y sus generosas caderas. Cogió el bolso y se puso un coqueto sombrero rematado con un lazo. Aquella llamada había sido muy misteriosa. Resolvió acercarse a la oficina de correos y hablar en persona con aquella señorita holandesa.

Se dirigió a la calle Baume con pasos rápidos y decididos. Era una persona enérgica y resolutiva. Caminaba como si el mundo le perteneciera, pisando segura incluso cuando estaba preocupada, como en aquellos momentos. Hacía meses que no sabía nada de su marido. Últimamente no hablaban apenas por teléfono. Tan solo le llegaban postales con remites de ciudades desconocidas, desde Ecuador o Venezuela. Solo decía que se encontraba bien y que la amaba.

A veces Bartolomé Risco se ponía en contacto con ella, y por él había sabido más detalles, pero nunca le habían comunicado la dirección exacta de Dietrich. No era una mujer de angustiarse, pero últimamente estaba inquieta. La última postal de Dietrich había sido especialmente críptica: «El tiempo es excelente, querida. Esto te gustaría mucho. Te amo».

Esto había sido apenas hacía tres semanas. Erika se había irritado. ¿El tiempo era excelente para qué?, ¿para encontrarse con él?, ¿para disfrutarlo? «Esto te gustaría…». ¿Quería su marido que por fin se reunieran? Comprendía que fuese precavido. Desde que había acabado la guerra, y con la derrota de Alemania, los nazis como su esposo estaban en peligro de muerte. Era lógico mantener su dirección y sus planes ocultos. Pero tampoco ella se sentía segura. Durante meses había sido seguida y observada por los propios militares nazis. Había entendido perfectamente que buscaban a Dietrich por las numerosas irregularidades que había cometido. Aquella visita que recibió en su casa había salvado la vida de su marido, estaba segura. Aquella llamada providencial había permitido alertarle y enviarle lejos, a Sudamérica, tal y como habían acordado antes de que acabase la guerra.

Pero los largos meses que vinieron después le habían pasado factura a Erika. Se había sentido acosada y sola. Había desarrollado un instinto eficaz y agudo para esquivar a los militares, que no eran precisamente discretos, con sus largos abrigos grises y sus lustrosas botas taconeando sobre el pavimento cercano a su domicilio. No le importaba. Durante aquel tiempo, y hasta el final de la guerra, había procurado llevar una vida muy ordenada.

Dejó a su pequeño hijo, al que ya había destetado, con sus padres. Allí estaría más seguro. Además, necesitaba soledad para planificarse, y libertad de acción por si debía salir corriendo. Esperaba noticias de Dietrich: una llamada, un telegrama, una señal de cualquier tipo…

Y aquella estúpida postal «El tiempo es excelente… Esto te gustaría…». «¿Quieres que me reúna contigo, Dietrich? Como no me des más información, será imposible», pensó con rabia. Sus hermosos ojos azules estaban acuosos por las lágrimas. Pero se recompuso enseguida. Aquel paquete… quizá era una estratagema de su marido para hacerle llegar algo. La telefonista le había indicado una dirección cercana a su casa, aunque había dejado muy claro que solo Dietrich podía recogerlo.

Diez minutos. Decidió caminar en lugar de coger un taxi. Necesitaba serenarse.

Al cabo de los diez minutos, a un ritmo más que ágil, Erika llegó a la dirección indicada.

Se detuvo en el número 35. Una zapatería. Caminó unos pasos más arriba: una panadería con sus crujientes hogazas de pan, recién sacadas del horno, aún humeantes. Cruzó enfrente: una cafetería y varios portales de edificios. Desconcertada, buscó la oficina de correos a lo largo de varios centenares de metros más. Finalmente interrogó a un joven que descargaba un camión de suministros para la lechería de la esquina.

—No, madame —dijo despreocupadamente el muchacho descubriéndose la cabeza con gesto reverente ante la hermosa señora que tenía delante—. En esta calle no hay ninguna oficina de correos.

Erika tuvo que sentarse en un banco cercano. Le temblaban las piernas. Sacó un cigarrillo y se lo puso en la boca. Necesitaba dinero. Y necesitaba información. En aquel orden. No pensaba amilanarse, decidió mientras daba caladas al cigarrillo, que se teñía con el rojo carmín de sus labios.

«Sí —se dijo a sí misma—, primero el dinero. Querida Erika —musitó para sí—, nos vamos a Zúrich».

•

Mientras tanto, en París, Adriaan desayunaba sin apetito. El botones del hotel se acercó a su mesa y le entregó un telegrama. Nervioso, lo rasgó y leyó con avidez:

> Dietrich Friedrich, hombre de confianza del mariscal Göring, antiguo Gestapo y posteriormente jefe de unidad en la Oficina Central de Seguridad del Reich. Casado con Erika Baumann y con un hijo varón. Actualmente viven en Múnich. Infiltrado en las oficinas de la avenida Foch, 84. Su misión, supervisar el asunto de los expolios judíos efectuados por Hans Riesiges y los SS Otto Mitternach y Heinrich Reitter. Contactada esposa, dice que marido ausente. Desconfiada. Le hemos puesto vigilancia constante. Espero más instrucciones.

«Buena chica», pensó Adriaan. Su ayudante no solo era rápida y eficaz, sino capaz de tomar decisiones por sí misma y así ahorrar un tiempo valioso para la investigación. Por el momento la mujer era su única pista. No podían permitirse el lujo de perderla. Sin embargo, no estaba satisfecho. Todavía no habían averiguado nada sobre Joachim Rutschiger, el Tulipán Negro.

Se levantó ágilmente de la mesa y pidió un taxi en la recepción del hotel, directo a la avenida Foch. Le dijo al taxista que le parase al principio de la calle y decidió caminar unos metros hasta el número 84. Se quedó un rato en la puerta observando las obras de restauración que se estaban llevando a cabo y comprendió que en aquel edificio ya no quedaría nada del pasado nazi. Siguió caminando hasta la prefectura del distrito XVI y preguntó por el jefe de guardia. Cuando expuso su caso, el oficial le remitió al Servicio de Documentación Exterior y Contraespionaje, el SDECE.

El nuevo departamento se encontraba en el bulevar Mortier, muy próximo al cementerio Pére Lachaise. Transcurrió toda la mañana mientras daba tumbos de un departamento a otro y su frustración crecía. Presentía que le estaban mareando a propósito. Decidió ponerse en contacto con su embajada. Sus presiones surtieron efecto y finalmente obtuvo un documento para poder acceder en el SDECE a la información disponible sobre la época de la ocupación nazi.

Dos días después, regresó al centro administrativo de Tourelles y, una vez verificaron su documento, consiguió que le atendieran. Le pasaron a un despacho sobriamente amueblado. Un mapa de la ciudad con numerosos puntos marcados en él servía por toda decoración. En la mesa, un hombre de mediana edad y mirada cansada terminaba de colgar un teléfono negro de baquelita. Hizo un gesto de bienvenida con la mano indicando a Adriaan que se sentara.

—Estimado colega —tenía una voz dulce, algo musical, ciertamente incongruente con su aspecto curtido—, todo lo referente a la avenida Foch 84 está sometido a tratamiento especial, así que, desde este mismo momento, cualquier cosa que le diga o notifique quedará registrada. Es mi obligación ponerle sobre aviso antes de que usted me cuente el motivo de su visita. Dicho esto, centrémonos en sus preguntas.

Adriaan permaneció pensativo unos segundos tratando de ordenar sus ideas en francés:

—Quiero saber qué trabajo desarrollaba el teniente coronel Dietrich Friedrich en las oficinas de la avenida Foch y cuánto tiempo estuvo allí destinado.

El oficial se rascó la cabeza. No abundaba el pelo en ella. Miró el dosier que tenía sobre la mesa y lo ojeó meticulosamente. Luego leyó con su voz melodiosa. Adriaan escuchaba con tensa atención:

—«Causó alta en un despacho de la cuarta planta, en enero de 1943. Dependiente directamente del mariscal Göring. Sus operaciones eran incontrolables para el resto de la oficialidad y salía y entraba de las dependencias con absoluta libertad. Realizó viajes relámpago a Países Bajos, Suiza y España sin saberse los motivos. Estuvo directamente relacionado con la salida de obras de arte hacia Alemania. Estuvo involucrado con el apresamiento directo de judíos, pero no constan torturas o maltrato a los mismos, aunque puede ser que estos trabajos los encargase a otros. Abandonó las oficinas unos días antes de la toma de París. Actualmente en paradero desconocido».

La voz cesó. El hombre miró a Adriaan para observar el efecto de sus palabras. No era mucho lo que sabían. Había habido demasiados oficiales como aquel.

—Vaya —dijo Adriaan con pesadumbre—. Tampoco es que sepan mucho —coincidió con el hombre—. Pero ya es algo…

Hizo ademán de levantarse. El hombre le puso un brazo en el hombro.

—No. No lo es. Pero quizá podríamos ayudarnos mutuamente, si usted luego nos cuenta lo que averigüe sobre Dietrich.

—Claro. Todos estamos en el mismo barco. Pero yo sé aún menos que usted, oficial. Lo que deduzco es que este individuo era el encargado en París de recolectar el mayor número posible de cuadros y joyas de procedencia judía para, supuestamente, entregárselos a su jefe, el mariscal Göring. Creo que tenía especial interés en los diamantes, y en eso debía contar con la ayuda de Joachim Rutschiger. Me consta que trabajaron de ese modo en Bélgica y los Países Bajos, pero ahora necesito averiguar sus operaciones aquí, en París.

El hombre se rascó de nuevo la cabeza. Una roncha oscura enrojeció su amplia frente.

—Quizá sí haya una persona que pueda darnos más información sobre este tipo. Trabajó con él o cerca de él en la avenida Foch. Fue uno de los ayudantes de Hans Riesiges. Es una rata. Y por eso ahora trabaja a nuestro servicio desenmascarando a sus compatriotas. Creo que podríamos arreglarle un encuentro con él. A ver qué información obtiene usted.

Dejaron las instalaciones y, tras recorrer dos o tres manzanas, el oficial francés acompañó a Adriaan a una pequeña villa de altas verjas. Un par de agentes custodiaba la puerta.

—Cuánta seguridad para una rata —comentó con ironía Adriaan.

El oficial francés no contestó.

Una vez en la puerta, se identificaron y penetraron en el edificio. Había algunos despachos en la planta baja, decorada con un mobiliario funcional. Subieron hasta la planta superior. Por un amplio corredor llegaron a una sala de estar de grandes dimensiones. Sentado en un sillón de piel, un hombre con un atuendo de estar por casa leía. Al verlos, se levantó de inmediato. Era alto, muy rubio, con aspecto marcial, relativamente joven. A punto estuvo de cuadrarse y hacer un saludo; una reminiscencia de su pasado. Pero se contuvo. El funcionario le saludó brevemente.

—Le presento a Adriaan van Leeuwen. Ha venido desde los Países Bajos para buscar el paradero de uno de sus compañeros, un oficial que trabajó con usted en la avenida Foch.

Luego hizo un gesto a Adriaan, señalando al hombre. Adriaan observó los ojillos ávidos de mirada fija. «Una rata traidora», pensó, tal y como decía su anfitrión.

—Este es el comandante Otto Mitternach, del depuesto Ejército nazi —le presentó sencillamente el oficial francés.

Se dieron la mano. La de Mitternach estaba fría y sudorosa.

—Espero obtener algo a cambio de mis palabras —dijo Mitternach a bocajarro. Miraba a Adriaan, pero en realidad se dirigía al oficial francés, su especie de carcelero.

Adriaan enrojeció. Un traidor nazi rodeado de comodidades y lleno de impertinencia. Mientras, tantos hombres y mujeres judíos yacían en una fosa común o eran ceniza esparcida en fríos descampados. Aquello era injusto, y lo injusto le irritaba sobremanera. Pero necesitaba obtener información. A eso había ido a Francia.

Observó el cenicero. La gruesa ceniza fría rebasando los bordes.

—¿Fuma usted puros? —una pregunta retórica.

—Por supuesto, señor Leeuwen. Y me gustan las revistas de actualidad.

El funcionario, que conocía muy bien a su detenido, intervino con mal humor:

—Espero no tener que repetirle en qué condiciones se encuentra usted aquí. Espero contestaciones coherentes y precisas.

Mitternach esbozó una media sonrisa y asintió con la cabeza. Sumiso. Los tres hombres tomaron asiento. El nazi en su butaca, y Adriaan y el oficial en sendas sillas cercanas. La luz que entraba por la ventana enmarcaba el torso del nazi como si de un foco se tratase.

—Por supuesto. Dispare.

—¿Conoció usted a Dietrich Friedrich?

El rostro de Mitternach era una máscara, pero sus ojillos parecieron sonreír.

—¡Cómo no! El tío más escurridizo de toda la Gestapo. Coincidimos los dos en la cuarta planta de la avenida Foch, aunque cada uno tenía órdenes diferentes y jefes diferentes. Era el hombre de confianza en París del mariscal Göring. Aunque era un tipo peligroso por sí mismo.

Adriaan sintió que se le erizaba el vello de la nuca. «Por fin una pista», comprendió. Aquello era más de lo que esperaba.

—¿Se relacionó Dietrich con algún lapidario o almacenista judío en París?

—Así fue. Nada más llegar, nos pidió que le llevásemos a Bernard Bloch. Estaba ya detenido por nosotros, en los calabozos del quinto piso. Tuvimos que traspasárselo. Yo fui el encargado de hacerlo. Ningún otro mando puso pegas o se opuso a su decisión. Unos días después, le pude sonsacar a su ayudante, el teniente Bauer, lo que se traía entre manos con Bernard Bloch y su socia Sara Bellâme. Al parecer se trataba de un encargo de joyas.

—¿Qué encargo? Explíquese mejor.

—Bueno, no estoy muy seguro. ¿Qué sé yo? Una joya. Solo recuerdo la sensación de que era algo muy especial.

—¿Diamantes?

—Ya le he dicho que no conozco los detalles.

—Haga memoria. Cualquier dato me interesa.

—¡Um! Bueno, recuerdo un día, poco después del desembarco de Normandía, un sábado. Sí, era sábado, porque apenas había nadie en el despacho. Mi secretaria no estaba. Todo el mundo trataba de huir ya en aquellos momentos. El caso es que yo estaba en el despacho de Dietrich, aprovechando su ausencia, y tratando de destruir cualquier documento suyo que nos incriminara, cuando subió hasta allí un hombre con fuerte acento. Insistía en ver al teniente coronel. Le dije que no estaba y que era muy posible que no regresara. El hombre pidió que le dijéramos que se había presentado el español, el de la Rosa, el que trabajaba en el taller de Sara Bellâme. Estaba muy angustiado. Quizá por eso le recuerdo. Sin embargo, no le hice mucho caso. Había que darse prisa en destruir las evidencias. Estábamos pendientes del avance aliado y nos preparábamos para salir de París.

El alemán se calló. Parecía haberse puesto melancólico.

—Eso es todo —dijo después.

—Ha dicho Sara Bellâme, ¿la diseñadora de joyas? —inquirió Adriaan.

—Sí, claro. La misma. La que sale en las revistas de moda. Esas que me traerá usted, ¿cierto?

Adriaan no hizo caso.

—¿Sabe algo de un tal Joachim Rutschiger, apodado el Tulipán Negro?

—No, nada concreto. Pero quizá Bauer, el secretario de Dietrich, lo conociera. Puede que nombrase a un tulipán negro, o algo similar, de sus correrías por Amberes junto a su jefe. Pero de eso yo no sé nada.

El comandante nazi cerró los ojillos, molesto por la luz, se giró en la butaca y dio la espalda a los dos hombres.

La conversación había llegado a su fin.

—Por casualidad —concluyó con ironía el detective—, ¿no sabrá el paradero de Dietrich o de Bauer?

El comandante se echó a reír bajito.

—Ni idea, detective, pero a Bauer no le busque. Le mataron en el frente ruso.

CAPÍTULO XVI

De nuevo en Madrid
1945

Tras su liberación, Gerardo había conseguido una habitación en una pensión cerca del domicilio de sus padres. Ellos le habían ofrecido su antiguo cuarto, que aún estaba tal y como la había dejado antes de partir hacia París, pero él no quiso. Llevaba ya muchos años viviendo solo y no se creía capaz de adaptarse de nuevo a la convivencia en familia. Además, de algún modo muy íntimo, regresar a casa de sus padres le parecía añadir otro fracaso más a su joven existencia, ya llena de renuncias y derrotas. No podía permitirlo.

La pensión estaba en la calle Bravo Murillo, donde habían transcurrido sus años de juventud, y eso le proporcionaba una pequeña alegría. Sus recuerdos estaban llenos del bullicio de la gente entrando y saliendo del mercado de Maravillas, de los transeúntes que hacían transbordo en la plaza de Cuatro Caminos, en las largas colas de los que tomaban el autobús hacia la Castellana o los que caminaban para hacer transbordo del metro a los tranvías que subían a la Ciudad Universitaria. Había sido todo un mundo de movimiento alegre y vivaracho. Aunque ahora las cosas habían cambiado de alguna manera. Quizá fueran las mismas gentes que seguían yendo y viniendo, pero les habían arrebatado parte de su alegría.

Los chiquillos del barrio ya no se juntaban como siempre para cambiar los cromos o jugar a la peonza. Algo había cambiado con la guerra. La gente era menos bulliciosa, las relaciones entre unos y otros más cautelosas, más contenidas. Un velo de desconfianza ocultaba la verdadera cara de las personas. El Gobierno dictatorial extendía un manto férreo que sofocaba la naturalidad de la gente. Él mismo se había vuelto aún más reprimido y silencioso si cabe. Aquella atmósfera le recordaba vivamente a la actitud que adoptaron los parisinos cuando los alemanes tomaron París. Era como vivir en un bucle perverso. Gerardo se ahogaba en aquel ambiente irrespirable. Los fines de semana se escapaba a la sierra. Subía en el coche de línea hasta Manzanares del Real y desde allí daba largas caminatas por la Pedriza para respirar los aromas del romero y de la jara, para sentirse libre por unos minutos.

Había encontrado trabajo en una pequeña joyería de barrio donde hacía arreglos. El sueldo era pequeño y la faena monótona y poco gratificante. Echaba de menos las piezas de alto diseño, pero no había conseguido trabajo en otros talleres de más calado. Su breve paso por la cárcel le había cerrado esas puertas y su reputación en Francia no era buena, por lo que no convenía usar su experiencia allí como carta de presentación. Tampoco quería recurrir de nuevo a su amigo Julio. Le daba vergüenza pedir otro favor.

Sin embargo, una mañana, la monotonía de su trabajo le pudo. Al salir del taller cogió el metro y bajó en Antón Martín. Dirigió sus pasos hasta la puerta del negocio de Julio, pero, justo antes de entrar, se sintió avergonzado de nuevo y se dio media vuelta.

Entró en un café cercano y pidió una cerveza en la barra. Al cabo de un rato, un grupo de trabajadores entró en el establecimiento. Pidieron unos vinos. Gerardo los oía sin prestar demasiada atención hasta que por su conversación dedujo que trabajaban en el taller de Julio. Dudó unos instantes, pero finalmente se decidió a hablar:

—¿Trabajáis en el taller de Julio Salcedo?

El más dicharachero le respondió de inmediato.

—Sí. Somos oficiales de su taller. ¿Por qué preguntas? ¿Le conoces?

—A él no mucho, pero a su hijo sí —respondió con una tímida sonrisa Gerardo.

En ese preciso instante, el oficial levantó la mano y con un ademán señaló a un hombre que entraba con paso decidido en el bar.

—¡Hablando del rey de Roma…!

Gerardo dirigió su mirada hacia el lugar que señalaba el muchacho. Sus miradas se cruzaron con las del hombre. Observaron los cambios que el paso de los años había marcado en ambos. Se dieron un largo abrazo. Luego se apartaron de los curiosos ojos de los oficiales y se sentaron en un rincón para hablar tranquilamente.

La historia de Gerardo fue mucho más larga que la de Julio, que se había reducido a la vida laboral en el taller de su padre. Gerardo trató de sintetizar lo más posible sus vivencias en Francia, pero aun así le llevó un buen rato explicar al amigo sus penas y alegrías. Julio le escuchaba atónito, sin pestañear. Después de varios vinos para Julio y otra cerveza para Gerardo, este se armó de valor y le hizo la petición:

—Ahora trabajo en una joyería de Cuatro Caminos haciendo composturas, pero la faena es inmensamente monótona y aburrida. ¿Tú me podrías recomendar algún taller de alta joyería? —Miró a Julio con una medio sonrisa, más amarga que otra cosa.—. Bueno, uno al que no le importe demasiado que haya estado en prisión y que mi reputación en Francia esté arruinada…

—¡Pero, hombre! —protestó Julio—. ¡Tenías que haber venido antes! ¡Nosotros! Nosotros podemos contratarte. ¡Claro que sí! Últimamente hay encargos de piezas más caras. Los nuevos ricos han crecido como conejos, y esos aún no tienen de nada, salvo que son amigos del régimen, calentándose bajo el sol del bando ganador. Y hay políticos, militares, estraperlistas. Bueno, y están los de siempre, los que ya tenían dinero y ahora parece que tengan aún más. Todos quieren joyas para sus mujeres, para que deslumbren en fiestas y saraos. —Se detuvo un momento para coger aire. A Gerardo le pareció que exageraba un poco. Pero era verdad que últimamente había más encargos. También en su modesto taller estaba pasando—. Hoy sin falta hablo con mi padre —prosiguió Julio con los ojos alegres— y, si quieres, despídete y dales a los de tu taller un tiempo hasta que encuentren a alguien que te sustituya. ¡Toma, mi teléfono! —Y le alargó una tarjeta—. Llámame dos o tres días antes, en cuanto lo tengas resuelto. ¡Hostia, Gerardo, qué alegría tan grande!

Aquella entrevista cambió de nuevo la vida de Gerardo. Julio tenía el don de facilitarle las cosas. Era un verdadero amigo, como Anselmo. Nunca pensaban en recompensas o contrapartidas.

En ese nuevo empleo, Gerardo se sintió más libre. Las tareas eran más creativas y complejas, acordes con sus capacidades. Desde luego, Julio le admiraba, y su oferta había sido desinteresada, pero también la calidad como orfebre de Gerardo había influido en aquella generosa decisión.

Cuando llegaba a casa, solía escribir a su amigo Anselmo, al que había pedido que buscase a Albertine. Ya hacía años que no sabía nada de ella, pero cada carta que recibía de París le hacía palpitar el corazón con la misma ilusión que el primer día. Quizá la última carta traería buenas noticias. Aún no podía creer que ella se hubiese marchado sin más ni más. No después de todo lo que habían vivido juntos. En sus días en la cárcel había meditado mucho sobre todo aquello y había llegado a la conclusión de que debía existir una buena razón, alguna explicación para que Albertine se hubiese marchado sin dejar huella.

En una de las cartas, Anselmo relataba una información vital:

Querido Gerardo, por fin he obtenido noticias importantes de mademoiselle Lefebvre. Pregunté por ella a un amigo, español republicano que militaba en la Resistencia, y resultó conocer al hermano, justo en la época en la que vosotros os veíais en la villa de los Lefebvre. Según me contó este español, el hermano de Albertine había encargado que te siguieran por un tiempo, y estaban al tanto de tus idas y venidas a la avenida Folch. La conclusión obvia a la que llegaron fue que te habían reclutado, que eras un colaboracionista y que lo más probable fuese que estuvieses tratando de espiarle a él a través de Albertine. Cuando os detuvieron y lograste que liberaran a la chica en tan poco espacio de tiempo, ya no dudó ni por un momento de tu influencia y de tu doble juego. Se apresuró en llevársela de París y sacarla de tu vida. Al parecer se fueron a Suiza. Después dio orden de que te buscasen y te detuvieran. El resto ya lo sabes. Por los pelos me di cuenta de que te esperaban y por suerte logré avisarte a tiempo para que salieras de París. Pregunté a mi amigo

si sabía algo más concreto de ella, pero dijo que
el hermano mantuvo en secreto su dirección y
que nunca permitió que tuvieses noticias suyas.
Seguiré tratando de averiguar su paradero, sé lo
importante que esto es para ti.

La carta proseguía con algunos detalles de la vida cotidiana de Anselmo y de la actual situación en la capital francesa. Gerardo apenas pudo continuar leyendo, pues tenía los ojos cargados de lágrimas. Comprendía y se indignaba a partes iguales. ¿Cómo podía aquel estúpido de Antoine haber sospechado de él? Pero algo así había barruntado ya hacía tiempo. También Albertine y él mismo habían sospechado de Antoine. Aquella había sido otra desgracia más de los tiempos que les había tocado vivir. La guerra te volvía suspicaz, la traición flotaba por doquier: los hermanos sospechaban de los hermanos, los padres espiaban a los hijos y los hijos desconfiaban de los amigos. Nadie escapaba de aquel ambiente de crispación y miseria moral. Las más bellas acciones se codeaban con la maldad y la bajeza más absolutas. Todos habían estado alerta, comprendía Gerardo. Pero los ojos emborronados por la pena no podían dejar de evocar los labios de Albertine, su sonrisa cristalina, sus manos fuertes y delicadas a un tiempo.

La recordaba exhalando el humo de un cigarrillo bajo aquella higuera remota del hospital de campaña en Francia y no podía creer ni por un segundo que ella le hubiese olvidado. Antoine se la llevó a la fuerza, o engañada. Ahora estaba seguro de ello y un alivio inexplicable, una ligereza que ya no recordaba se mezcló con la pena. Tenía la certeza de que había tocado el cielo por un instante y lo había perdido para siempre.

El tiempo que siguió a aquella revelación no fue malo del todo. Algún que otro sábado salía con Julio y sus amigos, y los domingos subía a la sierra y escalaba por la Pedriza. Eran los momentos en los que más cerca estaba de algo similar a la felicidad. En el trabajo, su prestigio fue creciendo, pues su talento era evidente y en el gremio de joyeros ya le conocían como «el Maestro».

No había un artesano joyero mejor que él en todo Madrid. Ni tampoco uno más solitario y triste.

CAPÍTULO XVII
Persiguiendo a un fantasma
Primavera de 1949

París había estado cubierto de nubes. Un cielo oscurecido y un ambiente cargado de humedad acentuaban el calor de la primavera, ya casi terminada. Adriaan no disfrutaba del bullicio ni de la animación contenida. Todo parecía a punto de estallar y desbordarse: la tormenta, la lluvia y la alegría sin memoria de los parisinos. El detective se sentía enfadado. «No debería ser tan sencillo pasar página», pensaba con rabia. No hasta que se hubiese hecho justicia. No hasta que todos los nazis pagasen su deuda. Pero se había obligado a serenarse. Las emociones no eran buenas para su negocio, lo sabía de sobra.

En su entrevista con el espía doble Mitternach, capturado por los franceses, habían surgido dos nombres. Adriaan había decidido seguir la pista en primer lugar a la diseñadora Sara Bellâme. Dedicó los siguientes dos días a recopilar información sobre ella. Había averiguado que su actual despacho se encontraba en Montmartre, en la calle de la Tour des Dames. Se dirigió hacia allí paseando. Había rechazado un paraguas que le ofrecieron en la recepción de su hotel, pero se encasquetó bien el sombrero para protegerse de la llovizna. Se había vestido con esmero para la entrevista, consciente de que una buena carta de presentación le allanaba el camino. Sobre todo, con las mujeres.

Aquella mujer en concreto quitaba el aliento. Alta, magnética, de movimientos lentos. Adriaan se sintió desconcertado por un momento mientras ella le hacía sentar amablemente. No esperaba haberse sentido deslumbrado.

—Se preguntará usted por el motivo de mi visita —dijo tras los saludos pertinentes. La cara seria, sin dejar traslucir su admiración.

—¡Es usted detective! —afirmó ella con una leve sonrisa. Pero su mirada era preocupada—. De la empresa AK Infinity, de Ámsterdam. —Y volvió a sonreír mientras observaba la tarjeta de visita que le había entregado Adriaan a la secretaria—. Usted dirá, caballero. Pregunte cuanto quiera.

—Tengo entendido que monsieur Bloch acaba de reincorporarse al negocio. Parece que ha recuperado la salud tras su cautiverio.

—Está usted casi bien informado —dijo la diseñadora con un deje de sorna en la voz—. Pero no ha recuperado la salud por completo. El que está al frente del negocio ahora es su hijo.

La mujer hizo una pausa mientras ordenaba unas cuartillas sobre la mesa. Después miró a Adriaan directamente a los ojos.

—Aún no ha hecho usted ninguna pregunta —añadió.

Adriaan sonrió. Observó detenidamente a la diseñadora: largas pestañas, el cabello dorado recogido en un moño serio, las manos distinguidas. Todo en la mujer era elegancia y armonía.

—¿Conoce al coronel Dietrich Friedrich? —preguntó a bocajarro.

Las facciones de Sara pasaron de la sorpresa al enojo, pero se recompuso enseguida. Era una mujer acostumbrada a controlarse.

—Desgraciadamente sí. Ese hombre fue una pesadilla para la firma Bloch durante la ocupación.

—Una pesadilla… ¿Puede saberse por qué?

—Se presentó de repente en mi antiguo despacho y nos comunicó que habían arrestado a monsieur Bloch. Amenazó y extorsionó y, a cambio de su vida y su libertad, nos obligó a realizar un trabajo para él.

—¿Recuerda de qué encargo se trataba?

Adriaan inclinó el cuerpo hacia adelante con interés. Una vieja sensación le recorrió la médula. Se acercaba a algo importante.

—¡Cómo olvidarlo! —exclamó ella. Los ojos parecieron agrandarse y aclararse aún más. Adriaan leyó en ellos la angustia del recuerdo. Sara se echó hacia atrás en el asiento y una sombra cubrió la mitad de su rostro—. Quería una réplica de la Rosa Windsor —prosiguió—, una joya exclusiva que se confeccionó para la duquesa de Windsor por encargo de su marido, precisamente tras su boda. Eso sería sobre el año 37, un par de años antes de la guerra.

—¿Y por qué era tan problemático hacer esa réplica? Ustedes son una firma de joyería y harán encargos para todo tipo de clientes, les gusten o no, ¿cierto?

—Detective —repuso ella—, ya veo que no está usted familiarizado con el concepto «encargo en exclusiva».

—Así es. Pero me lo explicará usted, ¿verdad?

—¿De veras no lo entiende? Parece usted demasiado inteligente para no entenderlo.

—No me sobreestime madame —dijo él con falsa modestia—, prefiero comprender bien todas las implicaciones desde la perspectiva de la experta.

—Como guste —repuso ella—. Sencillamente no se puede replicar un diseño exclusivo. Sería faltar a un compromiso no escrito. Ningún cliente pagaría cantidades desorbitadas por un diseño exclusivo si luego se pudiese reproducir a la primera de cambio. Es la exclusividad, la seguridad de que nadie más en el mundo puede lucir o poseer ese diseño en particular, lo que gusta a los clientes más selectos.

—Y si se rompe esa regla no escrita…

—El oficial que la realice será tratado como un apestado por todo el gremio de joyeros. Nadie volverá a darle trabajo en sus talleres ni le hará más encargos ni tendrá tratos comerciales con él. Quedará fuera, excluido.

—¡Vaya! —respondió el detective—. No pensaba que fuesen tan estrictos. Me habla usted del artesano que confeccione la joya, pero ¿y la firma?, ¿en qué lugar queda?

—Es muy mala publicidad para un negocio, pero la peor parte se la lleva el joyero artífice.

—Comprendo. Prosiga usted, madame. Estábamos en que Dietrich le hizo un encargo. Al parecer envenenado y bajo la extorsión de acabar con su socio.

—Así es. Socio y amigo. Bernard Bloch es como familia para mí. Pero esa es una larga historia. No le distraeré con ella.

En otra situación Adriaan ya se hubiese impacientado, pero la diseñadora tenía el encanto suficiente como para desear seguir escuchándola al ritmo que ella marcara.

—Por favor, señora, continúe. Parece que la joya era imposible de realizar.

—Sí. En aquellos días era realmente imposible. En primer lugar, había que conseguir las materias primas, no había de nada y, en segundo, solo un artesano era capaz de realizar una joya de aquella complejidad.

—Vaya —intervino Adriaan—, sin duda la puso en un buen aprieto. ¿Qué le contestó usted, pues?

—El teniente coronel era un tipo que no entendía de negativas. De un modo u otro siempre se salía con la suya. Comprendió que todo el asunto dependía de encontrar al orfebre. Me exigió el nombre y dirección del trabajador, pero este ya no estaba con nosotros. Se había enrolado en el Ejército unos meses atrás. Yo solo sabía que le habían herido en el frente y en aquellos momentos su paradero era desconocido.

—Entonces, ahí terminó el asunto…

—¡Oh, no! De ningún modo. El coronel Dietrich se puso de pie como movido por un resorte, me alzó la voz y me exigió que comenzase con los preparativos para realizar la joya. De encontrar al orfebre ya se encargaría él. Y me recordó lo que una negativa por mi parte supondría para el señor Bloch. Ya se puede usted imaginar que no tuve más remedio que acceder.

Adriaan asintió con la cabeza.

—¿Cómo se llamaba el orfebre? —preguntó. La concreción era importante. Buena parte de su trabajo consistía en sacar información a las personas. Casi siempre había que pedir detalles. Eran la clave.

—Gerardo López —dijo ella al punto—. Un español con unas manos prodigiosas.

Adriaan se puso en alerta. No era la primera vez aquella semana que oía hablar de un joyero español.

—Él se llevó la peor parte en todo este asunto —prosiguió Sara—. Dietrich le obligaba a presentarse en su oficina todos los sábados para darle parte de los avances. Los peores momentos fueron cuando llegó la hora de colocar los brillantes. No pudimos encontrar ni uno. Todo el mercado de París estaba cerrado y, si querías conseguir alguna piedra, tenías que comprarlas de estraperlo. Yo acababa de montar la nueva sociedad y había invertido en ella todo mi dinero, así que no podía conseguir las gemas. Fue el propio Gerardo el que dio la noticia a Dietrich de que no podíamos continuar.

A la mención de los brillantes, Adriaan se había puesto en alerta por segunda vez durante la conversación.

Intuía que ahí estaba la conexión más importante con su investigación. Hizo además a la diseñadora de que continuase con su relato.

—Dietrich montó en cólera. Amenazó a Gerardo de todas las maneras posibles. Incluso dijo que, si la Rosa no se acababa satisfactoriamente, sus padres pagarían las consecuencias.

—¿Cómo se resolvió el problema de los brillantes?

—A las pocas semanas de aquella conversación, Dietrich se presentó en mi antiguo despacho con una cartera repleta de brillantes. Yo diría que había más de dos mil quilates, una barbaridad, y entre Gerardo y el engastador pasaron una buena mañana seleccionando los más adecuados. Cuando acabaron, el peso de los brillantes para la Rosa resultó ser de unos cuarenta y cinco quilates. Del resto de las piedras que había en la cartera, Dietrich mandó extraer un diez por ciento, entre los que debía de haber de todos los tamaños. Luego nos los mandó embalar en una caja de madera y lacrarla. Por último, me pidió una pluma y él mismo garabateó una dirección. Puso todo en la cartera y se marchó no sin habernos metido toda la prisa del mundo. Fue un día agobiante, extraño y difícil.

La diseñadora se pasó la mano por la frente como si quisiese borrar los recuerdos con aquel ademán.

—¿Vio la dirección en la caja?

—No vi nada. Lo lamento.

—¡Qué pena! Hubiese sido de gran ayuda.

Sara hizo un gesto de pesadumbre.

—¿Siguieron viendo al teniente coronel?

—Yo solo le vi una vez más. El día que le entregamos la Rosa Windsor. El muy sinvergüenza ni se dignó a pagarnos el salario de los trabajadores. Ni el platino ni el rubí central. Todo fue a nuestra costa. Cuando le pregunté si sacaría a mi socio del campo de concentración, se limitó a encogerse de hombros y decirme que ya no era asunto suyo. Iban a sustituirle.

El detective se hizo una composición de lugar. Cuántas historias como esa habrían sucedido en Francia por doquier. En todos los ámbitos. A todas las personas. La guerra y la invasión habían puesto a las gentes en situaciones insostenibles. Cada uno sometido a presiones difíciles de eludir.

«Los seres queridos son nuestra mayor fuerza y nuestra principal debilidad», pensó Adriaan.

La injusticia le hacía hervir la sangre. Infamia, corrupción, maldad pura y dura. Se estaba perfilando en su mente la imagen cruel y abusiva del teniente coronel Dietrich. Iría a por él con toda su tozudez y su perseverancia.

—¿Sabe usted dónde puedo encontrar a Gerardo López? ¿Qué fue de él?

—Como le dije, se llevó la peor parte, y sufrió mucho. Durante el tiempo que estuvo trabajando en la Rosa, ocurrieron algunos incidentes con su novia. Recuerdo que se llamaba Albertine. Los nazis llegaron a detenerla y la maltrataron. La causa de la detención fue obtener información sobre su hermano, que era colaborador de la Resistencia, pero los miembros de la Resistencia lo entendieron al revés, sospecharon que la detención había sido obra de Gerardo, debido a sus visitas continuadas a la avenida Foch, al cuartel general de los nazis de París. Al final, Gerardo tuvo que salir de Francia y, nada más llegar a la frontera española, fue detenido. Lo sé por un vecino español que vivía en la misma casa que Gerardo y que me trajo noticias de él unos meses después. Aquí tengo la dirección de sus padres en Madrid.

La entrevista había llegado a su fin. La sonrisa triste de la diseñadora contrastaba con sus ademanes enérgicos. Acompañó a Adriaan a la puerta.

—Ha sido usted de gran ayuda, madame. Tenga por seguro que daré con este individuo. Entonces haremos justicia.

—Justicia… —repitió dulcemente ella—. Ninguno de nosotros recuperaremos el tiempo perdido. Ni a los seres queridos que desaparecieron o sufrieron daños irreparables. Es poca cosa ya la justicia, detective.

—Sí —admitió él—. Pero es lo único que nos queda.

Ella ya no añadió nada más y Adriaan salió a la calle. Estuvo seguro de que recordaría a aquella mujer durante mucho tiempo.

•

Había dejado de llover y el olor intenso del petricor invadía la atmósfera. Era una fragancia que le recordaba a su niñez y siempre le ponía algo nostálgico. Regresó al hotel paseando mientras reflexionaba. Se habían agotado todas las pistas en París.

Dora estaba a cargo de la vigilancia de la mujer de Dietrich, la tal Erika, de la que aún no sabía nada nuevo. De Joachim Rutschiger no tenían la más mínima información. Solo quedaba un cabo del que tirar. Iría a España a entrevistar a Gerardo López. Sería una fuerte inversión, en tiempo y en dinero, pero, qué demonios, iba sobrado de ambos.

A la mañana siguiente, con energía y decisión renovadas, Adriaan se agenció un billete de tren para Madrid. El viaje sería tremendamente largo. Primeramente, viajaría hasta Pau, después cruzaría la frontera franco-española por Canfranc y seguiría vía Zaragoza hasta Madrid. Todos aquellos nombres le resultaban exóticos y sugerentes. Era bien poco lo que conocía de España, así que emprendió el viaje como a él le gustaba, ligero de equipaje. Aprovecharía para practicar su español, que había aprendido de niño gracias a una vecina española algo mayor que él.

Mientras el tren se acercaba a Madrid, Adriaan contemplaba el paisaje por la ventanilla. Lo abrupto del terreno, los campos dorados salpicados de amapolas en los ribazos y el cielo azul, intenso, brillante, sin apenas una sola nube, le iban calando por dentro. El tren hizo una parada en la estación de Segovia. Una mujeruca con pañuelo negro, mejillas arrugadas y un enorme cesto del que sobresalían unas escuálidas verduras agarraba a un niño de pantalón corto. Ambos subieron al tren. La gente del lugar hablaba en un español incompresible para Adriaan. Un acento seco y duro, como el propio paisaje.

A su llegada a Madrid se hospedó en el Hotel Londres, muy cerca del paseo del Prado. Su primer paso sería visitar a los padres de Gerardo López para tratar de averiguar su paradero. Hacía mucho calor, un calor seco que Adriaan percibía casi como algo sólido. En la plaza Mayor había varias mujeres con sus curiosos botijos apoyados en el suelo mientras los trolebuses paraban perezosamente y hombres trajeados y con corbata, pese al calor, se apeaban presurosos camino de sus quehaceres. Los hombres y las mujeres le parecieron curtidos, secos y morenos, más tristes y serios que los franceses.

No le costó demasiado trabajo orientarse en la ciudad a pesar de que hacía mucho que no practicaba su español, y en menos de media hora había encontrado el domicilio de los padres de Gerardo. En la casa solo encontró a la madre, una mujer de piel muy blanca y ojos claros que sorprendió a Adriaan por su belleza madura. Al principio la mujer se mostró reacia a colaborar, pero a Adriaan se le ocurrió mostrarle una tarjeta de madame Bellâme, y las facciones de la mujer se suavizaron. Al final, Adriaan consiguió las señas de una pequeña pensión en Bravo Murillo, cerca del cine Europa.

En la pensión le dijeron que Gerardo no solía regresar hasta la noche, así que Adriaan aprovechó el resto de la mañana para hacer diversas gestiones. Puso un telegrama a Dora en el que le insistía en que debía vigilar férreamente a la mujer de Dietrich. Era prioritario saberlo todo sobre ella. También escribió a sus clientes para ponerlos al día de sus avances, que eran más escasos de lo que le hubiese gustado, y para justificarles sus gastos y decisiones. Después de comer en un mesón que más se parecía a una cueva que a un restaurante, pero donde se encontró deliciosamente fresco, aprovechó la tarde para pasear por el Retiro y hacer una breve visita al Museo del Prado.

Cuando la tarde ya decaía, decidió esperar a Gerardo en el recibidor de la pensión. Al cabo de un rato, un hombre alto, delgado y bien constituido entró con ademán apresurado en la estancia. Adriaan se puso en pie.

—*Monsieur López, l'êtes-vous?*

Al oír hablar en francés, Gerardo levantó la mirada y se puso en alerta.

—*Qui demande?*

Adriaan le tendió la mano al tiempo que una sonrisa dulcificaba su rostro.

—Soy Adriaan van Leeuwen, detective privado de la firma AK Infinity —explicó en español.

Hablar varios idiomas era de gran utilidad en su oficio. Y a Adriaan le encantaban. Se esforzó por pronunciar con claridad.

—Investigo el caso de unas joyas robadas en París por los nazis y, si es tan amable, me gustaría hacerle unas preguntas al respecto. Vengo de parte de madame Bellâme —medio mintió—. Me envía cariñosos recuerdos para usted.

Gerardo le observó unos segundos. El detective era un hombre joven de aspecto poco amenazador a pesar de su elevada estatura. Su mirada era franca y directa. Y el nombre de madame Bellâme suavizó las reticencias que Gerardo pudiese tener. Con un gesto de la mano indicó unos sillones algo apartados para que se sentaran.

—Estoy siguiendo los pasos del teniente coronel Dietrich Friedrich y me gustaría hacerle unas preguntas al respecto —explicó Adriaan.

Gerardo se puso inmediatamente tenso al escuchar el nombre del nazi. ¿No se libraría de aquel hombre nunca? ¿Ni siquiera en España, en su casa?

—Sé de su relación por madame Bellâme, como habrá supuesto.

—Sí, claro —repuso Gerardo—. Mi antigua patrona. Una mujer brillante.

—Extraordinaria —convino Adriaan. Observó las reticencias de Gerardo—. No le entretendré mucho —añadió—. Solo pretendo encontrarle y llevarle ante la justicia. Ha huido de Francia y está en paradero desconocido. Las únicas pistas que tengo me han llevado hasta usted. ¿Tiene alguna idea de dónde podría ocultarse?

Gerardo se relajó. Si el objetivo era encontrar a Dietrich, al parecer para darle su merecido, estaba dispuesto a colaborar. El problema era que no tenía nada que decir.

—Desgraciadamente, no tengo la menor idea —respondió.

Adriaan se retrepó en el asiento y no pudo evitar un gesto de frustración. Pensó frenéticamente durante unos segundos.

—Trate de recordar —insistió—. Tal vez vio u oyó algo que pueda ayudarnos, incluso aunque crea que no tiene relación aparente. Estuvo usted muchos meses en contacto con él. Piense, amigo. Es importante.

Gerardo, a su vez, reflexionó. Retrocedió a los tensos días de la avenida Foch. Adriaan pudo observar cómo una sombra cruzaba por sus ojos. Gerardo se pasó un pañuelo por la frente. Estaba sudando. Un recuerdo emergió borroso. Trató de aprehenderlo. Por fin, habló:

—Un sábado, pocas semanas antes de la liberación de París por los aliados, Dietrich me retuvo más tiempo del habitual en su oficina. Normalmente debía darle cuenta de los avances de un broche muy complejo que nos había encargado. Luego siempre me despachaba, impaciente, ocupado en sus oscuras faenas. Pero aquel día quiso hacerme una consulta. Ordenó a su subalterno, el teniente Bauer, que trajera el estuche de un collar. Este abrió la puerta de un despacho anexo y, junto a la entrada, había un embalaje grande de madera del que extrajo el collar. Pude ver las letras más grandes de la dirección impresas en la caja: Barcelona, España. No puedo decirle si el bulto procedía de aquella dirección o iba dirigido a ella.

»Bauer depositó el estuche con el collar sobre la mesa y desapareció. Dietrich me exigió que estudiase la pieza y que le certificase la autenticidad de las gemas. Abrió la caja y me mostró la joya. Tenía una montura de oro con rubíes y brillantes de gran calidad. Le certifiqué su autenticidad. Él sonrió satisfecho con aquella sonrisa torcida que me ponía los pelos de punta. Luego llamó de nuevo a Bauer y le ordenó que lo devolviese a su embalaje y lo remitiera a su destino.

»Es muy posible que aquella caja fuese destinada a alguien de la confianza de Dietrich aquí, en España. O quizá era para un buen cliente. No sabría decirle. Dietrich debía estar haciendo estupendos negocios con todo lo confiscado a los judíos. Era un hombre astuto y sin escrúpulos. Esto es todo lo que recuerdo que pueda ser de su interés. Lo siento.

—Es una pena que no viese usted la dirección completa —comentó Adriaan—. Habría avanzado mucho en mi investigación. Aun así, le agradezco enormemente su ayuda.

Gerardo sonrió abiertamente por primera vez durante la conversación. El gesto le hacía parecer más joven y menos scrio. Adriaan pensó que aquel hombre debería sonreír más. Pero le acompañaba ese cierto aire de tristeza que había en las personas que sufrían, que no tenían consuelo, personas maltratadas por la vida a las que, a pesar de hacer las cosas correctamente, todo les salía al revés. Le hubiese gustado charlar más con él, averiguar más cosas del carácter de Dietrich y de la propia historia de Gerardo, pero se hacía tarde y el hombre no le daba pie para ello. «Tal vez más adelante haya otra ocasión, ahora que ya hemos roto el hielo», se dijo el detective.

Se despidieron cordialmente.

CAPÍTULO XVIII
Tras los diamantes
Verano de 1949

La investigación en España había sido un fracaso. Gerardo López no le había aportado nada útil. Adriaan apuró un día más en Madrid. Se hartó de sol, comió jamón y se inundó de vino. Callejeó sin rumbo rumiando una furia creciente contra sí mismo, los nazis y el mundo, por aquel orden. Después de una noche de excesivo alcohol y poco sueño, sin nada más que hacer en Madrid, Adriaan regresó a Ámsterdam. Pero allí la suerte cambió de nuevo.

Dora le pasó un comunicado urgente que había enviado uno de los lapidarios del Consorcio de Amberes, un empresario que se había afincado en los Países Bajos antes de la guerra. Tenía algo importante que contar relacionado con la trama de los diamantes expoliados. Adriaan saboreó un súbito subidón de adrenalina. Prácticamente sin deshacer las maletas, se aseó, tomó un bocado y en pocas horas se encontraba en el despacho del empresario, situado en las cercanías de la Estación Central.

El hombre le puso al tanto de lo ocurrido.

—Hace dos días se presentó en esta casa un vendedor de brillantes representante de una firma nacional. Traía un género muy económico que me interesó sobremanera por sus precios.

—Bueno —intervino Adriaan con fastidio—, ¿y qué tiene eso de particular?

—Antes de inspeccionar el género, pensé que serían brillantes de baja calidad, o mal tallados, con alguna imperfección, pero, cuál no sería mi sorpresa al ver que los lotes que me ofrecía eran muy buenos. Estuvimos tanteando las condiciones y, llegado a un punto satisfactorio para ambos, acordamos realizar la operación para el día siguiente.

Adriaan miraba con expectación al empresario. No quería pensar que se había presentado allí, casi sin descansar, por nada. Animó al hombre a proseguir con un gesto.

—Como usted sabrá, es costumbre mirar bien el género y comprobar con la lupa si lo que se ofrece realmente coincide con lo hablado. Cuando examiné las diez piedras más grandes, las comprendidas entre dos y seis quilates, saltaron en mi mente todas las alarmas.

Adriaan no tenía ni idea sobre el protocolo con las piedras preciosas, pero estaba aprendiendo con rapidez, no en vano, llevaba semanas inmerso en aquel mundillo. Volvió a asentir con energía para que el hombre prosiguiera. El empresario hizo una pausa efectista y bebió un vaso de agua. Adriaan se impacientaba, pero no hizo un solo gesto que pudiese delatarle. El hombre reanudó su relato.

—Yo ya había visto este género antes —informó—. Fue en una transacción con mi colega Samuel Amberg: ¡yo le había vendido aquellos brillantes!

Adriaan abrió mucho los ojos.

«Sorpresa, y de la buenas», pensó no sin algo de escepticismo.

—¿Cómo puede asegurar que esos son los brillantes y no otros parecidos? —inquirió.

Debían estar muy convencidos en ese punto si querían llegar a alguna parte con la información.

El empresario se retrepó en la silla. Con cierto aire doctoral, respondió:

—Cuando un experto mira con la lupa de diez aumentos un brillante, sitúa en sus notas cada inclusión en el lugar exacto dc la faceta, e indica el color y el tamaño de estas. Curiosamente, la naturaleza no repite el mismo patrón y los gemólogos podemos asegurar que las inclusiones de un brillante son tan fiables para identificarlo como si se tratase de huellas digitales. Mire, se lo demostraré con estos dibujos.

Adriaan observó los esquemas y comprendió el sentido de aquellas palabras. Era muy razonable. Se estaba haciendo cargo de la situación por momentos. Sin duda, aquellos eran los brillantes expoliados a los Amberg. Se acomodó en la silla. Pensaba intensamente en cómo debían actuar. Tras unos segundos de silencio no roto más que por el tictac de un enorme cuco de pared, Adriaan habló:

—Podemos actuar de dos formas. La primera, y yo me inclinaría por esta: detengo al vendedor y trato de sonsacarle de dónde ha obtenido las gemas.

El empresario inclinó el cuerpo hacia adelante con atención.

—¿Y la segunda?

—Lo entregamos a la policía, lo detienen ellos y esperamos a que salga el juicio para obtener más información. Esta segunda es más legal, pero...

—¿Menos efectiva? —completó el empresario.

—Exactamente, señor. Pero ustedes deciden.

—Mis colegas, los Amberg, consideran que, dado que usted lleva el caso, le corresponde tomar las decisiones que considere más oportunas. Resumiendo: usted manda.

—Bien —aceptó Adriaan—. En ese caso, procederemos del siguiente modo: mañana recibirá usted al individuo igual que los días anteriores. Hablarán del pago de la operación tal y como es habitual y, un poco antes del intercambio, entraré al despacho y le detendré. Entonces ustedes saldrán y me dejarán a solas con él. Eso es todo lo que necesito. No vean ni escuchen ustedes nada de lo que hablemos. Es por su bien: cuanto menos sepan de lo ocurrido, menos responsabilidad tendrán.

El empresario se mostró conforme con todo y prometió seguir las indicaciones del detective punto por punto.

A la mañana siguiente, unos minutos antes de la hora convenida, se presentó el vendedor, un hombre enjuto, de nariz aguileña y bien trajeado. Portaba una cartera de cuero en una mano y un bastón con puño de plata en la otra. Le invitaron a sentarse. Sobre la mesa de grandes dimensiones estaba todo dispuesto para la transacción. Para los ojos de un experto la situación era completamente normal. El instrumental se encontraba bien ordenado: los cedazos en sus cajas, una balanza de precisión en el centro, un tapete de fieltro negro, un par de pinzas, lupas de diez aumentos, recogedoras, un calibre de precisión para gemas y varios paquetes de papelinas de distinto tamaños. Todo como era habitual y preceptivo en aquellas operaciones.

El hombre, a su vez, sacó los lotes de la cartera y los dispuso sobre la mesa. Cuando el anfitrión comenzaba a cotejarlos, Adriaan irrumpió en la estancia bruscamente. Sin decir ni una palabra se colocó delante de la puerta para bloquear la salida. El individuo, sobresaltado, se puso en pie, pero el detective, avanzando unos pasos, le tomó por los hombros y le obligó a sentarse de nuevo. Fue todo tan rápido que el vendedor, estupefacto, apenas opuso resistencia.

—¿Cómo dijo el otro día que se llamaba la empresa a la que representa? —espetó Adriaan a bocajarro.

—La Amsterdam Diamond's —respondió el hombre con voz insegura por la sorpresa y el miedo.

—Bien, pues en este momento nos vamos a comunicar con el Consejo Superior del Diamante para verificar la autenticidad de su empresa —dijo Adriaan al tiempo que hacía un gesto al anfitrión para que siguiera sus indicaciones— y comprobar que todo está debidamente legalizado.

El empresario descolgó el teléfono y dio instrucciones a su secretaria para poner la conferencia. Los minutos transcurrieron lentos y agobiantes en un absoluto silencio mientras el tipo se iba poniendo nervioso por momentos. Pasados unos segundos, y sin poder soportar la presión, el hombre se levantó de nuevo.

—Lo siento, señores, pero doy por zanjada esta transacción. La venta ya no me interesa —dijo mientras trataba de guardar de nuevo los diamantes en la gastada cartera—. ¡No me gustan sus formas!

Pero ninguno de los presentes pareció inmutarse.

—La conferencia ya está —dijo el anfitrión pasándole el auricular al detective y haciendo caso omiso de las protestas del hombre. Luego abandonó la habitación con toda presteza.

El hombre ya había recogido. Se marchaba.

Adriaan tomo el auricular del teléfono y bruscamente y sin mediar palabra golpeó con él en las manos al probable estafador, lo que le detuvo en seco.

Luego volvió a forzar al hombre a que se sentara. Este se revolvió mientras protestaba hasta que se detuvo desmadejado en la silla. Había visto cómo Adriaan abría el costado de su chaqueta y dejaba al descubierto la pistolera bajo la solapa. No cabía duda de las intenciones del detective.

—Quiero saber el nombre del nazi que te ha dado esto —interrogó Adriaan mientras cogía al asustado hombre por la pechera, pero sin hacerle en realidad ningún daño. Por el momento solo era una puesta en escena para hacerle hablar—. Y piensa muy bien lo que me vas a contestar porque voy a verificarlo todo.

En realidad, el hombre no entendía nada. Era cierto que, cuando le contrataron, pocos meses antes, había albergado ciertas sospechas sobre la transparencia de la empresa y su modo de actuar, pero nada le había hecho suponer que el género proviniese de los nazis.

Ante su mutismo, las preguntas del detective sonaron aún más imperativas.

—Te lo pregunto por segunda vez: ¿quién coño te ha proporcionado estos lotes de diamantes?

El hombre trató de explicarse entre titubeos:

—Somos cuatro vendedores contratados en Ámsterdam para la venta de unos lotes de brillantes. Nos coordina un hombre que dijo representar a una sociedad anónima con sede en Ginebra.

—Un hombre… —dijo con sorna Adriaan—. Si no me das más datos, lo pasarás mal —amenazó apretando más la pechera del hombre. Un surco de sudor se dibujaba en el cuello de la camisa.

—Su nombre es Abigail —escupió—. Es el encargado de dirigir la empresa aquí, en Ámsterdam. Durante el periodo de prueba nos visitaba en nuestras casas y, en mi caso, se familiarizó con mi mujer y mis hijos. Después de comer, allí mismo, me entregaba los lotes que debía vender.

—¿Y no sospechó nada? ¿Le parece normal? Una empresa de la que no conoce ni el domicilio social ni el número de registro estatal…

—¿Qué quiere que le diga? Hay que comer —confesó medio avergonzado el hombre—. Hay un número de cuenta donde tenemos que ingresar el dinero —añadió rendido—. Eso es todo lo que sé. Se lo juro.

Adriaan se quedó unos momentos en silencio sopesando lo que había dicho el tipo. Estaba claro que le estaba diciendo la verdad. Era un pobre diablo. Y los que lo habían organizado todo no habían dejado apenas cabos sueltos. No tenía sentido hacerle daño al tipejo. Adriaan era un hombre decidido y estaba dispuesto a emplear métodos expeditivos con sus enemigos, pero solo si era estrictamente necesario. En su opinión, para obtener justicia no se podía ser remilgado. Pero aquel hombre solo parecía un pobre padre de familia buscándose la vida para dar de comer a los suyos.

—Estos lotes que has traído serán devueltos a sus legítimos propietarios —dijo Adriaan—. Tú intuías que eran robados, ¿cierto? Has corrido el riesgo y te ha salido mal. Y ahora estás en una situación muy apurada. No será fácil que salgas con bien de esta, a no ser…

Los ojos del hombre se abrieron imperceptiblemente con esperanza.

—Quiero los nombres de los otros tres vendedores, del lugar donde fuisteis contratados por primera vez y, muy importante, el nombre del banco donde ingresáis el dinero y el número de cuenta. Toma.

Y le alargó papel y estilográfica para que apuntase.

Cuando terminó, Adriaan, con el folio en la mano, le advirtió:

—En estos momentos, tu suerte depende de nosotros. La cosa es que debes rezar para que le echemos el guante a tu jefe antes de que nos descubra él a nosotros. Como ya te habrás dado cuenta, todo depende de tu colaboración y, llegados a este punto, de tu silencio, no vaya a ser que le alertes. ¿Estamos?

Adriaan sabía que el tiempo era decisivo. Era consciente de los pocos datos de que disponía para deshacer la trama, pero, por primera vez desde que había comenzado su investigación, le parecía que tenía una pista sólida, una información que no parecía llevar a un punto muerto. Se sentía entre exultante, excitado y ansioso, pero, sobre todo, preocupado. No podían fallar. Intuía que aquel era el momento, y que su presteza y su eficacia iban a ser definitorias.

Se puso en contacto con su oficina. No localizó a Dora, y aquello le puso irracionalmente furioso. Empezó a dar grandes zancadas por la habitación. El hombre, sudoroso y angustiado, le observaba a través del rabillo del ojo.

—¿Puedo irme? —musitó.

—¡Aún no! —respondió Adriaan—. No hemos terminado.

El vendedor emitió una especie de suspiro resignado.

—Pero le he dicho todo lo que sé. Le juro que desconocía la procedencia de los diamantes. Le juro que…

—¡Cállese! —ordenó Adriaan, que seguía telefoneando a su oficina sin resultado. Colgó el auricular y se quedó mirando al hombre. El bastón con el puño de plata había rodado hasta la pared. Adriaan lo recogió por precaución. Una idea le rondó por la cabeza—. ¿Qué protocolo seguís después de una venta? —preguntó—. ¿Cómo avisas a tu jefe de que has cerrado un trato y cobrado el dinero?

El hombre pareció encogerse de hombros. Ya no parecía tan distinguido como al comenzar la mañana. Adriaan juraría que había disminuido de tamaño.

—No hay nada especial —respondió el pobre diablo—. Si estamos en horario y las oficinas del banco aún están abiertas, tenemos instrucción de dirigirnos allí de inmediato para efectuar el ingreso. Caso contrario, debemos hacerlo al día siguiente. Pero no hay ningún tipo de seña definido. Ya el ingreso es suficiente señal del trato.

—¿Y si la venta no se cierra?

—Bueno, en ese caso, dos o tres días después, se presenta Abigail en mi casa. Debo explicarle qué ha fallado y por qué, y demostrarle que tengo la mercancía. Eso es todo.

Adriaan respiró hondo, aliviado.

En el peor de los casos disponían de dos o tres días para organizar su dispositivo.

Decidió dejar marchar al hombre. Ya se había hecho una idea del tipo de personaje que era. Y no solía equivocarse. Aquel hombre no nadaría contra corriente. Le bastó con amenazar el bienestar de su familia para que se viniera abajo. No hablaría ni alertaría a nadie. No era capaz de tomar una iniciativa. A pesar de todo, decidió ponerle vigilancia para controlar sus movimientos.

•

La suerte quiso que la hora de la entrevista hubiese sido tardía. Las oficinas de los bancos ya estaban cerradas. A nadie alertarían si no ingresaban el dinero esperado hasta el día siguiente. Adriaan disponía de unas pocas horas para implementar su dispositivo. Pero Dora seguía sin aparecer. Decidió acudir a las oficinas de AK Infinity en persona y organizar él mismo la vigilancia.

Mientras se dirigía al despacho, reflexionaba sobre todo lo que sabían hasta el momento. Sin duda, aquella debía ser la organización montada por Joachim Rutschiger para obtener dinero de los diamantes expoliados a sus clientes. No le extrañaba que aún tuviesen existencias para vender, siendo que habían transcurrido unos años, pero probablemente Rutschiger los había puesto en circulación lentamente para no saturar el mercado y no llamar la atención en demasía. Era extraño que ahora se hubiese decidido a mover las piedras con cuatro vendedores a la vez. Quizá estaba en un aprieto y necesitaba arriesgarse para obtener todo el dinero posible y desaparecer definitivamente. Adriaan sospechaba que aquella era una situación límite. Decidió no tratar de intervenir los brillantes de los otros vendedores. Necesitaba pasar desapercibido.

Llegó a la oficina y su siguiente paso fue contactar con las autoridades del banco. Necesitaba el control de la cuenta y, a ser posible, los datos del titular, pero obtener la autorización no era tan sencillo. El banco debía mantener la privacidad de la cuenta por encima de todo. Los datos del cliente nunca serían revelados. Sin embargo, Adriaan era testarudo. Averiguó que los fundadores del banco eran judíos y apeló a sus herederos para que se solidarizasen con aquella causa. La dirección del banco meditó durante unas horas sobre cuál sería la manera más justa de proceder sin revelar datos prohibidos de su cliente, pero ayudando a aquellos compatriotas expoliados. Finalmente, tomaron una decisión salomónica: sin dar la identidad del titular, permitieron que un agente encubierto se situase en las ventanillas de su sucursal a la espera de que la cuenta tuviera movimiento.

El éxito de la misión dependía de aquella gestión. Adriaan tenía vigilado al contacto que había revelado la trama. El hombre colaboró y se comportó con naturalidad durante los dos días siguientes. Esperaban la visita de Abigail en cualquier momento y dos hombres de AK Infinity se apostaron en su domicilio y siguieron sus pasos día y noche. También la sucursal del banco estaba permanentemente vigilada.

Dora apareció por fin. Adriaan sintió un alivio extraordinario al verla entrar en la oficina con su andar ágil y su eterna sonrisa.

—¿Dónde te habías metido? —inquirió nada más verla. Tenía los nervios de punta.

Hacía semanas que no se veían, desde su viaje a París y después a Madrid. La observó con nuevos ojos. Llevaba el cabello suelto con tan solo unas pequeñas peinetas recogiéndolo en la frente. Le pareció más rojo y brillante que nunca.

—Pero, jefe —respondió ella con buen humor—, ¿así me saludas después de tantos días? No me dirás que estabas preocupado. No es propio de ti. ¿Qué le puede pasar a una ayudante inteligente como yo y parapetada siempre tras una mesa y un teléfono? ¿Cuáles eran los grandes peligros que temías?

—¡Déjate de tonterías, Dora! Esta gente es peligrosa. Y tú pecas de exceso de confianza. Pero no me has contestado. ¿Dónde estabas?

—Más tarde te lo contaré, jefe. Ahora, ponme al día del nuevo operativo. Parece que tenemos algo gordo entre manos, ¿verdad?

—Tienes razón. No hay tiempo para charlas —dijo tajante—. Salgo hacia el banco. Hugo te pondrá al corriente —indicó señalando a un jovencísimo ayudante cuya principal misión solía ser la de hacer de correo con mensajes urgentes de un lado para otro. Era muy ágil y discreto, y Adriaan le tenía en alta estima. La realidad era que Adriaan apreciaba enormemente a todos sus empleados.

—¡Pero estate preparada! Te voy a necesitar allí. Serás el señuelo. Cuando en la ventanilla del banco te hagan la señal convenida, tendrás que seguir a la persona indicada. Una mujer como tú será menos sospechosa. ¡Ah! Y ponte algo llamativo. No sé. Un vestido rojo estaría bien.

—Está bien, jefe. ¡Adoro el rojo! —asintió Dora disimulando su excitación. Por fin le permitían participar en un operativo. Hacía meses que ansiaba algo como aquello, algo distinto a su trabajo burocrático y organizativo, también importante, lo sabía, pero carente de emoción. Ahora iba a participar en la acción. Sintió que sus mejillas se arrebolaban.

—¡Date prisa! Te quiero en el banco en una hora.

Adriaan salió hacia la puerta con grandes zancadas. En el último instante se giró hacia ella. No supo por qué, pero sintió la necesidad de decirle algo bonito.

—Por cierto, Dora. Te sienta bien el nuevo peinado.

Y le guiñó el ojo.

Dora se quedó tan sorprendida que, cosa rara en ella, no supo qué decir. Adriaan ya estaba casi en el zaguán. Se había olvidado de su ayudante inmediatamente. La acción estaba en el banco y su sexto sentido le decía que todo estaba a punto de precipitarse.

Pero aún habían de transcurrir tres o cuatro horas de aburrida vigilancia antes de que se hiciese la alerta en la ventanilla de ingresos. El empleado hizo la señal convenida. Dora, apostada en el interior de la sucursal, reaccionó con rapidez disimulando de maravilla sus nervios y observando todos los movimientos del individuo.

Era un hombre rubio de complexión atlética. Ingresaba una suma considerable de dinero en la citada cuenta. Sin duda era uno de los tres vendedores de la organización de Joachim Rutschiger: el tulipán negro. El banco estaba cercano al río Amstel. Aguardando en un coche, Adriaan y otro compañero vigilaban la salida del banco. Al cabo de un rato apareció Dora, con su llamativo vestido rojo, siguiendo muy de cerca al hombre rubio. Los detectives salieron del automóvil y se dispusieron a seguirlos. Dora, cumplida su misión, se alejó en dirección contraria y regresó a la oficina.

El tipo rubio caminó unos metros, dobló la esquina hacia el río Amstel y apretó el paso entre los transeúntes. Adriaan y el otro detective se separaron con objeto de alternarse en la cercanía al perseguido para que no sospechase al verlos juntos.

El hombre recorrió un buen trecho por el margen izquierdo del río hasta llegar al puente de Blawbrug y avanzó por la misma margen hasta el siguiente puente, que se dispuso a cruzar. Al llegar a la mitad se giró para ver si le seguían, pero sus perseguidores estaban ocultos tras las gabarras atracadas en la orilla y aquel no observó nada. Tras cruzar el puente y llegar a la altura del Hotel Amsterdam, cambió de acera y entró.

Adriaan no lo pensó demasiado. Indicó a su compañero que le siguiera a cierta distancia para cubrirle las espaldas, y penetró en el interior.

Mientras el hombre rubio pedía la llave de su habitación, el detective se dirigió pausadamente hacia el ascensor tratando de oír el número. Ambos entraron a la vez.

—¿A qué piso va? —preguntó el hombre antes de pulsar.

—Tercero, por favor —dijo Adriaan sin titubear. Había podido oír el número de la habitación, que empezaba en tres.

Los dos hombres se miraban de reojo mientras el ascensor subía renqueante. Adriaan observó cómo el rubio se metía la mano en la chaqueta y hacía un gesto como si acariciase una pistola bajo el sobaco. El detective se puso inmediatamente en guardia, tenso. Aquel hombre no parecía tan melifluo como el vendedor del despacho del lapidario. Aquel era un tipo mucho más duro, comprendió. Salieron del ascensor y caminaron juntos unos pasos.

—Hace un tiempo espléndido, después de tanta lluvia, ¿verdad? —trató de distraer al hombre.

En ese instante, con rapidez inusitada, el hombre rubio metió la llave en la cerradura del cuarto más cercano y la giró.

Pero Adriaan estaba al quite. Aprovechó el instante en que el rubio no le miraba para propinarle un tremendo empujón mientras la puerta se abría bruscamente y ambos caían en el interior de la habitación y daban con el cuerpo contra el suelo.

Adriaan se le echó encima antes de que este pudiera reaccionar y le agarró con fuerza por el cuello. El perseguido se revolvió y trató de amartillar la pistola, cosa que fue imposible debido a su posición en el suelo. Adriaan reaccionó cogiéndole por la muñeca y golpeándola contra el piso. El peso de la pistola y el tremendo golpe hicieron que esta saliera volando por la estancia. El rubio reaccionó con un golpe cruzado de izquierdas que impactó en medio del rostro del detective y lo dejó aturdido. El hombre se levantó rapidísimamente a coger el arma mientras el detective, *in extremis*, arrodillado en el suelo, le placaba por los pies y le hacía caer sin que alcanzara la pistola. Adriaan se había dado cuenta de que el hombre era muy corpulento y, sin pensarlo mucho, cogió la papelera metálica que estaba a su alcance y le golpeó con todas sus fuerzas en la cabeza. El hombre rubio cayó fulminado.

Con las cintas de las cortinas, Adriaan lo ató y amordazó. Cuando estaba en esos menesteres, apareció su ayudante guiado por el ruido de la pelea. Observó el destrozo en la habitación y la sangre en los labios de su compañero.

—Se ha resistido, por lo que veo —observó—. Será mejor que cierre la puerta, jefe. Han hecho un ruido de mil demonios.

—Un tipo duro —confirmó Adriaan—. Llama a la policía, pero dame un poco de tiempo primero, a ver si consigo que hable.

El tipo iba recobrando el sentido y trataba de pedir ayuda gruñendo por debajo de la improvisada mordaza. Adriaan no se lo pensó dos veces. Alcanzó el arma, la envolvió en una frazada de la cama y le descerrajó un tiro en el muslo sin más miramiento. El gemido de dolor se oyó como si no llevase nada tapándole la boca.

Adriaan le apoyó el cañón del arma en la otra pierna.

—¿Cómo puedo dar con un tal Abigail? ¿O debería llamarle Joachim Rutschiger? Contesta, rápido, o te sigo haciendo agujeros. Tú decides.

Los gruñidos de dolor parecían estar transformándose en palabras. Adriaan le quitó la mordaza no sin antes apretar la pistola más fuerte.

—¡Está en Ginebra! —aulló el hombre con rabia.

—¿Cómo doy con él? ¡Habla, estúpido!

Esa vez, Adriaan clavó el cañón de la pistola sobre la herida anterior. El hombre se retorció de dolor.

—Para verle hay que citarle primero —dijo entrecortadamente. Se detuvo un segundo para recobrar el aliento—. No sé dónde vive. Siempre nos hemos visto en un café.

Y gimió de nuevo. Adriaan acercó el arma otra vez a la herida. El hombre rubio no la perdía de vista. Esa vez bastó con la amenaza.

—¡Nooo! ¡No! Te lo contaré todo.

—¡Adelante, perro, habla pues!

Gruesas gotas de sudor resbalaban por el rostro del rubio, que estaba contraído en una dolorosa mueca.

—Hay que acudir a un café y pedir un *bloody Mary*.

—¿Qué café? —inquirió Adriaan dándole un golpecito con el arma en la cabeza.

—El Café de la Presse, en la rue des Sarvoises.

El hombre quedó en silencio. Un ramalazo de dolor le había sacudido.

Adriaan le acercó el cañón del arma a la sien.

—¿Ya está? ¿No olvidas nada? Mira que yo soy de los buenos. Un detective. Y tú, escoria: si mueres, no le importa una mierda a nadie. ¡Tú mismo!

El hombre se sabía vencido. Hizo lo único posible: hablar.

—Llegas al café —prosiguió—, te sientas en el último taburete de la barra, a la izquierda, pides la bebida y, cuando el barman te sirva, preguntas por el señor Borges. El resto es esperar hasta que acuda.

—¡¿Qué más?! —gritó Adriaan.

—¡Nada más! ¡Vamos, detective! ¡Te estoy diciendo la verdad! —gimió angustiado.

Adriaan se dio por satisfecho. La trama de los diamantes se estaba cerrando. En los días posteriores detendrían a los restantes vendedores y tal vez al tal Abigail, posiblemente Joachim Rutschiger, que, tras haber huido de prisión, había orquestado la venta de los brillantes que obraban en su poder. Adriaan sabía que ya solo quedaba el asalto final.

En Ginebra tendría que ser.

CAPÍTULO XIX
Cruzando los Pirineos
Verano de 1949

Adriaan se desplazó hasta Ginebra, siguiendo la pista de Abigail, de quien sospechaba que podría ser Joachim Rutschiger. El tulipán negro había resultado ser muy escurridizo, buena prueba de ello era que unos años antes había conseguido escapar de prisión cuando fue sentenciado a cadena perpetua por sus crímenes de guerra. Había logrado huir y moverse por toda Europa a sus anchas, con total impunidad. Era un hombre decidido y peligroso, pero Adriaan no se amilanaba fácilmente. De hecho, sentía que era su obligación moral encontrar a aquel hombre cuanto antes y hacer justicia a sus clientes. No podría dormir bien hasta no ajustarle las cuentas. La operación de los días anteriores en Ámsterdam había terminado con los cuatro falsos representantes de piedras preciosas en la cárcel.

—En Suiza no le atraparéis —dijo uno de ellos—. Tiene el apoyo de Odesa.

Adriaan trató por todos los medios de esclarecer aquella declaración y comprender a qué se refería el delincuente con «el apoyo de Odesa», pero fue inútil. No obtuvo más información. Intranquilo, pero más firme en sus propósitos que nunca, se dispuso a organizar el dispositivo de vigilancia para Ginebra.

Su ayudante y él montaron guardia en el Café de la Presse, en la rue des Sarvoises, esquina con el bulevar de Saint-Georges. El establecimiento era muy diáfano. Hacía esquina a las dos calles y desde fuera podía verse perfectamente su interior. Cualquier persona en el exterior podía observar a las de dentro y, si la persona de dentro no era la esperada, podía esfumarse sin dejar rastro. Era un lugar muy bien escogido, perfecto para ver sin ser visto.

Vigilaron exhaustivamente el local durante dos días, sin apenas dejarse ver. Tenían unas copias de mala calidad de las fotos que se hicieron a Rutschiger en prisión: frente despejada, mentón afilado, rostro aniñado y labios muy finos; alto y corpulento. Adriaan había mirado tantas veces la foto que podría reconocerle incluso de lejos. De ese modo, sabrían si el tal Abigail y Rutschiger eran la misma persona. Pero el delincuente no aparecía por el café. Y, si no aparecía, sería imposible echarle el guante. La impaciencia se apoderaba de Adriaan y de su acompañante. Al tercer día decidieron intervenir más activamente.

Escogieron como hora más adecuada las cinco de la tarde, cuando el sol iluminaba la puerta de entrada por la parte contraria, lo que obligaría al sospechoso a acercar el rostro a los cristales para evitar el reflejo de la luz. Adriaan se vistió de forma semejante a la del tipo que había detenido en Ámsterdam, incluso trató de peinarse de la misma manera. Se puso la cartuchera bajo la axila y la disimuló con la americana.

Los detectives salieron de su hotel con la convicción de aquel día le echarían el guante a Rutschiger. Adriaan entró en el café mientras su compañero se situaba en la acera de enfrente cubriendo la entrada. Dentro del local había unos pocos clientes sentados en la barra, situada en el centro, una media herradura cargada de estanterías con licores. El último taburete de la izquierda estaba libre. Otros clientes se hallaban distribuidos por el salón en pequeñas mesas. Al poco tiempo de sentarse, el barman se acercó al detective.

—¿Qué va a tomar el señor? —preguntó en francés.

Adriaan le miró a los ojos y contestó en el mismo idioma que el barman, pero arrastrando a propósito el deje holandés:

—Un *bloody Mary*, por favor.

El rostro del camarero se contrajo imperceptiblemente. Se dio media vuelta sin añadir nada y se dispuso a preparar la bebida.

Los ojos de Adriaan no perdían detalle.

El barman terminó el cóctel y lo puso delante de Adriaan sobre un pequeño posavasos color rojo sangre. La mente de Adriaan registraba aquellas minucias. Era un viejo hábito de detective.

—¿Desea algo más? —preguntó el camarero.

Se miraron durante una breve fracción de segundo prestos a ejecutar una escena bien ensayada, como dos buenos actores que representan cada noche la misma obra.

—Sí, por favor. ¿Podría llamar al señor Borges?

Otro segundo de silencio, Adriaan y el barman observándose en un duelo mudo. Finalmente, el barman hizo un movimiento casi imperceptible de asentimiento y se dirigió al fondo de la barra. Marcó un número de teléfono y habló quedamente con el negro auricular en la mano. Luego regresó arrastrando un poco los pies.

—En unos minutos estará aquí.

La tensión flotaba espesa en el ambiente. El barman parecía estar a lo suyo, pero no quitaba la vista de encima al detective. Adriaan se giró en el taburete para ofrecer solo el perfil a los posibles observadores. Su ayudante vigilaba desde la acera de enfrente, oculto por la sombra de un portal.

Unos segundos más se desgranaron lentamente. Por fin, un coche se detuvo enfrente del café. Adriaan se dio cuenta de que dos personas miraban ávidamente hacia el local, pero, como bien habían supuesto, los reflejos del sol impedían ver el interior. Al final, uno de ellos bajó del coche y se acercó a la cafetería. Nada más ver su silueta recortada frente a la puerta, Adriaan comprendió que era Rutschiger.

Este avanzó unos pasos y acercó el rostro al cristal. Sus miradas se cruzaron. Joachim intuyó una celada y, rápido como una serpiente, se dio media vuelta y huyó hacia el coche. Adriaan saltó de su taburete y cruzó el local apartando bruscamente las mesas. Su ayudante, desde la acera contraria, también corría en dirección al coche, pero ni el uno ni el otro fueron lo suficientemente rápidos. El vehículo ya desaparecía tras la siguiente esquina.

Los detectives regresaron cabizbajos al café.

—Ya creí que se marchaba sin pagar —comentó con un deje burlón el camarero.

—¿Sabe dónde vive el señor Borges? —inquirió Adriaan.

—No. En absoluto. Solo le he visto por aquí y, como me da tan buenas propinas, yo hago el favor de telefonearle cuando preguntan por él.

Adriaan, desolado, se sentó de nuevo en el taburete y apuró de un trago el cóctel, que había quedado intacto sobre la mesa. Habían perdido al sujeto y ya sería casi imposible atraparle en Ginebra. Y lo peor era que le habían puesto en alerta. Decidió ir a la gendarmería y jugarse su último cartucho con ayuda de las autoridades.

Una vez allí, se identificaron y mostraron al comisario la orden de detención que poseían contra Rutschiger. Tras ponerle al corriente de todo lo sucedido, el policía dio orden de buscar en los archivos.

—No consta ningún dato de esa persona en los registros aduaneros —afirmó al cabo de un rato.

—Lo más seguro es que entrase en Suiza con nombre falso —apuntó Adriaan—. Prueben con el apellido Borges.

—Un momento, caballeros.

El comisario dio nuevas instrucciones a sus empleados. Pasados diez minutos, un secretario entró en el despacho con una sonrisa.

—Solo hay tres Borges registrados en Ginebra, señor. Aquí están sus direcciones.

Los tres hombres se inclinaron sobre el papel con la información. Curiosamente, informó el comisario, una de ellas era una dirección a pocos minutos del Café de la Presse.

—Rápido, señores. Tomaremos un vehículo de la Prefectura y haremos un registro de ese domicilio. No hay tiempo que perder.

Salieron en el coche policial a gran velocidad y con la sirena puesta. Según la policía, el tal Borges vivía en la rue Hesse número 3, en un segundo piso. Corrieron hasta el portal, entraron rápidamente y subieron de uno en uno por las estrechas escaleras. El comisario y un policía llegaron los primeros, seguidos de Adriaan y su ayudante. Llamaron insistentemente al timbre, pero no hubo respuesta. Aporrearon la puerta hasta que el vecino, asomando la cabeza por el descansillo, les confirmó que no había nadie.

—Han salido hace diez minutos con varias maletas —apuntó.

—Deben haber abandonado la ciudad —sentenció el comisario tras dar las gracias al vecino por la información.

Más tarde, decretó la orden de busca y captura, en especial alerta en los puestos fronterizos, y ordenó un registro del domicilio. Tras eso, y sin encontrar pista alguna, derrotados y confusos, los dos detectives regresaron a su hotel. Joachim Rutschiger había escapado de nuevo.

•

Adriaan regresó a Ámsterdam. Dedicó muchas horas a repasar las notas recopiladas sobre el caso, que en su fuero interno denominaba como «caso Tulipán Negro». Después de las incautaciones y registros a los cuatro cómplices, solo había conseguido recuperar un tercio de los brillantes expoliados y no había detenido a su cabecilla, Rutschiger.

Sentía que su profesionalidad estaba en juego y le invadía la impotencia ante la falta de resultados. Analizó otra vez los indicios sobre Dietrich Friedrich, cuyo papel en la trama había descubierto en París y cuyo rastro había seguido hasta Madrid sin ningún éxito.

Leía y releía los documentos pensando que alguna pista se le podía haber escapado, pero presentía que el rastro se iba enfriando. Fumaba una caja tras otra de cigarrillos y se bebió todo el wiski que guardaba en el despacho, regalo de un antiguo cliente. Era tan malo que lo tenía que mezclar con algo de agua. Durante varias noches seguidas, tuvo pesadillas: recuerdos de la guerra grabados en su memoria, de aquella horrible invasión nazi de los Países Bajos. En su imaginación se repetían vívidas escenas de familias apresadas tan solo por sospechas, sin pruebas, sin razón, sin lógica, solo para sembrar el terror: sufrimiento e injusticias que le movieron primero a apuntarse a la Resistencia y después al servicio secreto. Finalmente, al acabar la guerra, se había hecho detective privado. Había que equilibrar un poco la balanza. No se le ocurría mejor manera de seguir con su vida.

Pasaron varias semanas y nada había cambiado, hasta que una mañana sonó el teléfono muy temprano. Eran los agentes destacados en Múnich que vigilaban a la mujer de Dietrich.

—¡Jefe! —informó uno de ellos—, la mujer ha sacado un billete de tren para Zúrich. Sale mañana a las nueve. ¿Qué hacemos?

Adriaan sintió una punzada en el estómago. Por fin un movimiento, algún tipo de acción. La mujer de Dietrich viajaba a Suiza.

«Vaya casualidad», pensó con la certeza de que las casualidades no existían.

—¡Seguidla y, sobre todo, no la perdáis! —ordenó—. Informadme de cualquier cosa. Dora actuará de enlace desde aquí, en la oficina. Nosotros nos vemos en Zúrich, os esperare en la estación.

Adriaan lo organizó todo y sacó billetes de avión para Zúrich en el primer vuelo posible, aquella misma noche. Viajó con el mismo ayudante de la vez anterior, en quien confiaba plenamente. Se alojaron en un discreto hotel cercano a la Zurich Hauptbahnhof. La estación era muy grande pero las salidas se reducían a tres arcadas que confluían en un único corredor hacia la calle. Se informaron de los horarios de llegada del tren de Múnich y se sentaron a esperar en una cafetería del interior del recinto. Cuando los altavoces indicaron la llegada del tren, se apostaron a escasos metros de la salida, en los laterales de las puertas de entrada, fingiendo estar distraídos mientras vigilaban de soslayo a los transeúntes a la espera de encontrarse con el compañero que venía de Múnich siguiendo a la mujer de Dietrich.

Pasados unos minutos le vieron llegar detrás de una rubia muy atractiva a la que seguía también un mozo que transportaba dos o tres maletas. La mujer, ajena a sus perseguidores, se dirigió a la parada de taxi. Pagó al mozo y, mientras cargaban el equipaje, Adriaan se montó en el siguiente taxi de la parada. Dio instrucciones al taxista para que siguiera al vehículo de la mujer. Cruzaron un puente y enfilaron por la Universitätstrasse hasta llegar al Hotel River, donde se apeó la dama.

Adriaan paró en la acera de enfrente y observó con disimulo a la mujer mientras pagaba a su taxista. Era esbelta pero atlética, con un porte y una mirada altivos. Se movía con confianza en sí misma, con una seguridad que la hacía singularmente atractiva. Salió el botones del hotel y cargó las maletas en un carrito mientras ella se introducía en la recepción.

Adriaan se mantuvo apostado vigilando la puerta del hotel durante dos largas horas. La mujer se había cambiado de ropa. Llevaba un vestido vaporoso que a Adriaan le pareció muy sofisticado. Sujetaba un portafolio en la mano y se había soltado el pelo ondulado, que cubría un gracioso sombrerito. Una redecilla medio ocultaba, sin conseguirlo del todo, unos grandes e inteligentes ojos azules.

Erika pidió otro taxi, pero, en esa ocasión, los ayudantes de Adriaan se habían agenciado un coche y estaban dispuestos para seguirla, dando el relevo a Adriaan, para no alertar a la mujer. El taxi enfiló de nuevo la Universitätstrasse en dirección a la estación, pero, al llegar a su altura, dobló a la derecha y se detuvo en la puerta del Union Bank, donde entró con presteza. Uno de sus seguidores entró disimuladamente y la observó mientras ella pedía entrevistarse con el director. Al cabo de unos minutos el gerente la recibió y estuvieron departiendo por espacio de tres cuartos de hora. Finalmente, salió, seguida por el gerente, que la despidió con una amplia sonrisa y evidentes muestras de cortesía.

Al salir, cogió otro taxi. El vehículo siguió el margen del canal por la Bahnhofstrasse y se detuvo en una oficina de correos, donde la mujer se apresuró a entrar. El compañero de Adriaan la siguió hasta la cola de telégrafos y esperó, como otro cliente más, sin quitarle la mirada de encima. Cuando fue su turno, la mujer escribió en el cuaderno de notas el contenido del telegrama y se lo entregó al funcionario. Pagó el importe y recibió de vuelta la factura y la copia del telegrama. Guardó el cambio en su monedero y arrojó los papeles a una papelera cercana después de romperlos en cuatro pedazos. Luego, avanzó hacia la salida sin mirar atrás.

El detective aprovechó para tratar de recuperar las copias de la papelera. Por suerte, estaba casi vacía. Ante la mirada asombrada de algunos clientes, recogió todo lo que había en su interior y se apresuró a salir para no perder de vista a la mujer.

La fueron siguiendo durante todo el día, pero ya no hubo más acciones relevantes. Erika entró en una casa de modas e hizo alguna compra, luego fue a una perfumería y por último a una agencia de viajes, donde los detectives no pudieron averiguar qué había estado buscando. Finalmente, la siguieron hasta el hotel, de donde no volvió a salir por aquel día.

Ya en su propio hotel, Adriaan y sus compañeros analizaron el contenido de los telegramas recogidos de la papelera. No fue difícil recomponerlos. Uno de ellos los puso inmediatamente en alerta: «Como pediste, ordenada transferencia a favor de Bartolomé Risco, Banco de Ecuador. Vuelo a Barcelona mañana. Embarque próximo sin fecha. Erika».

Adriaan estaba extremadamente excitado. De pronto, varias de las pistas que no parecían haberle llevado a ninguna parte encajaban de nuevo. Barcelona: la había mencionado Gerardo López, recordó. Había que seguir a la tal Erika hasta allí. Lo difícil sería conseguir un vuelo para la ciudad en el mismo avión que ella con tan escaso margen de tiempo.

Salieron a toda prisa hacia el aeropuerto de Kloten para tratar de conseguir un pasaje allí mismo. Pasaron unos minutos frenéticos hasta encontrar las oficinas de la Swiss International Airlines. Solo había un billete libre para Barcelona. Adriaan dio un tremendo suspiro. Él subiría a aquel avión, ya que había estado menos tiempo expuesto a la vista de la mujer. Era más seguro. Sus dos compañeros sacaron el vuelo para el día siguiente. Debía ser suficiente con aquello. Aún seguían tras la pista.

Antes de dormirse, el detective buscó la dirección a la que iba dirigido el telegrama: calle Quebrada de San José, 60. El Condado. Quito, Ecuador. Lo anotó en un pedazo de papel que metió entre las hojas de su pasaporte. Ya estaba claro dónde se escondía Dietrich.

«Muy listo», pensó. Allí, en Ecuador, el antiguo nazi habría encontrado un lugar ideal para esconderse en el que seguramente se hacía la vista gorda ante su pasado y donde se apreciaría su dinero.

Seguir el rastro a Dietrich sería sumamente difícil si perdía a su mujer. Decidió telefonear a Dora para informarla y para pedirle ayuda: necesitaba que le facilitara una coartada, una identidad que le permitiera seguir a la mujer de Dietrich hasta Ecuador si fuese preciso. Dora le pidió unas horas para hacer gestiones y prometió llamarle de vuelta.

Estaba profundamente dormido cuando la llamada de ella le despertó:

—Tu nueva identidad será la de un importador de bananas. Trabajas para la Holland Fruit Group, que está ubicada en Zoetermeer, Países Bajos. Tu persona de apoyo allí será el detective Alejandro Maldonado, en la calle Robles 623, esquina con Amazonas, en Quito, Ecuador. Eso es todo. ¡Suerte! Y —Dora hizo una pausa imperceptible, le temblaba un poco la voz— ten cuidado jefe. Vuelve sano y salvo.

Adriaan se despidió de la secretaria asegurándole que todo saldría bien y que seguirían en contacto siempre que pudiese. «Qué eficaz es esta mujer», pensó por enésima vez. Por fin, esa noche, y después de muchos días de insomnio, durmió como un niño.

•

Al día siguiente volaron sin ningún incidente y en poco menos de tres horas estaban en Barcelona. La mujer tuvo que demorarse para esperar sus maletas, mientras que Adriaan pudo vigilarla discreta y cómodamente, pues solo llevaba una cartera con lo más imprescindible. La siguió hasta un pequeño hotel situado en las Ramblas. Había tenido mucho cuidado de pasar desapercibido, por lo que se atrevió a alojarse en el mismo hotel que ella. Antes de subir a su habitación, desde la propia recepción, telefoneó a la oficina de Ámsterdam para comunicar la dirección a sus ayudantes. Subió a su habitación y se cambió de ropa con presteza. No quería perderse ni un paso de la mujer, pero supuso que ella tardaría algo más en deshacer el equipaje y asearse un poco. Hacía mucho calor en Barcelona. Adriaan abandonó su chaqueta, se cambió la raya del pelo y lo dejó sin engominar, lo que le daba un aire más jovial e informal. Guardó la pistola en un cajón, pues no podía disimularla sin la chaqueta. Tampoco preveía un peligro inmediato, aunque no le gustaba desprenderse de ella.

Se sentó en el vestíbulo del hotel con un periódico entre las manos mientras esperaba la aparición de la alemana. Tal y como había supuesto, Erika tardó en bajar. Cuando lo hizo, estaba deslumbrante, con un vestido de amplio vuelo y hombros al descubierto. Se acercó al mostrador y preguntó en alemán por una persona.

El conserje hizo un ademán en dirección a la barra del bar. El tipo era un español que hablaba con dificultad el idioma.

Adriaan podía observarlo todo, pues el vestíbulo era pequeño, pero no lo suficiente como para oír bien las palabras que se dijeron. Sí que se percató de que el hombre le entregaba unos documentos y ella le daba una cantidad de billetes, de lo que Adriaan pensó eran dólares. Adriaan no supo bien de qué se trataba la transacción, pues ambos fueron discretos. El hombre se marchó enseguida y Erika regresó a la habitación, presumiblemente para dejar allí los documentos. Aguardó en su puesto, pero estaba preocupado. Su vigilancia era demasiado estrecha y temía que la mujer comenzase a sospechar en cualquier momento. La alemana no perdía ojo de lo que ocurría a su alrededor. Estaba alerta. Pero, hasta que sus ayudantes llegasen al día siguiente, no tenía más remedio que seguir corriendo el riesgo de ser descubierto. El periódico —afortunadamente amplio— era su único escondite.

Pocos minutos después Erika bajó de nuevo a la recepción, dejó la llave y salió a la calle. Adriaan la siguió de lejos. Ella caminaba despacio disfrutando del sol y de los numerosos establecimientos de flores que mostraban sus alegres colores a los transeúntes. Se dirigió a la plaza Real y se sentó en una de las terrazas. Estaban atestadas de gente que bebía cervezas. No tenían nada que envidiar a las pintas de Ámsterdam, pensó Adriaan, aunque iban acompañadas de numerosas tapas, lo que ya no era habitual en su país. Se sentó lo bastante lejos como para no alertarla, pero en una mesa desde la que podía verla marcharse con facilidad. Estaba sediento, pero se pidió un agua. No podía permitirse relajarse con una cerveza.

Todo el día transcurrió en la misma tónica, aunque Erika no se movió demasiado de las cercanías del hotel.

Cenó en un pequeño bar y regresó al hotel, de donde no volvió a salir.

Al día siguiente, Adriaan ya contó con la ayuda de sus compañeros. Entre los tres establecieron turnos y posiciones, y se dispusieron a continuar con su rutina de seguimiento. Erika salió temprano del hotel y caminó hasta la cercana estatua de Colón. Entró en el puerto hasta el muelle adosado y se dirigió a las oficinas de la naviera Ybarra. Su seguidor mantenía cierta distancia, pero ya dentro de las oficinas no tuvo más remedio que acercarse un poco. Se situó en la misma cola que ella, con dos personas entre ambos. Afortunadamente, pudo escuchar toda la conversación entre el funcionario y Erika:

—¿Podría informarme de los barcos con destino o escala en Ecuador?

Erika había intentado la pregunta en alemán, pero el hombre no la entendía. Le habló en inglés, con lo que tuvo más suerte.

—Señorita, nuestra naviera solo hace escala en ciudades de países de Sudamérica bañados por el Atlántico: Río de Janeiro, Montevideo y Buenos Aires —citó. Ante la expresión de disgusto de la mujer, el funcionario sonrió y habló de nuevo—. Pero, si puede esperar unos días, a principios de septiembre hay un trasatlántico que realizará un *tour* en conmemoración del centenario de la naviera y hará las siguientes escalas: Tenerife, Puerto Rico, Panamá, Buenaventura, Guayaquil, Callao, Valparaíso y Buenos Aires. Es un poco más caro, pero le merece la pena, pues hace escala en Guayaquil, Ecuador, como usted ha preguntado. —Y, por último, añadió—: El barco es la estrella de la naviera y reúne todas las comodidades que pueda imaginar.

Erika quedó unos instantes pensativa. Finalmente, se disculpó con el funcionario.

—Gracias por la información. Volveré en otro momento.

Se dirigió a otras compañías, pero las soluciones eran más complicadas. Debía hacer escala en Puerto Rico o Panamá y allí cambiar de barco, en ambos casos, tras una espera de varios días en el puerto. Decidió que se demoraría en Barcelona hasta que partiera el barco de la naviera Ybarra y así viajar a Ecuador directamente. Regresó a las oficinas y sacó un pasaje de primera.

Durante todo ese tiempo su seguidor no la perdió de vista. Erika emprendió el regreso hacia las Ramblas. El detective pensó que ya se dirigía hacia el hotel, pero, para su sorpresa, repentinamente la mujer giró por la calle José Anselmo Clavé y entró en el pasaje de la Paz. Rebasó la puerta del pasaje, maloliente y muy deteriorado, y se detuvo en un pequeño almacén contiguo a un taller de ebanistería. La mujer se agachó y abrió con una llave el candado. Sin embargo, el cierre estaba atascado y no pudo subirlo. Levantó la vista contrariada y miró a su alrededor. Divisó al operario del taller y se acercó con paso cimbreante hacia él. El hombre observó con admiración a aquella mujer rubia y alta, claramente extranjera.

—¿*Podrría ayudarrrme?* —pidió ella en un español casi irreconocible.

El detective se refugió tras un portal. Había estado a punto de ofrecer su ayuda, pero le pareció mejor solución que lo hiciera el operario. Temía delatarse, aunque del otro modo hubiese podido ojear el interior. Decidió esperar.

Erika entró en el almacén y se demoró casi una hora en salir. Cerró la puerta interior y luego se limpió las manos con un pañuelo. Se dirigió de nuevo al operario, que, sin mediar palabra, le bajó el cierre metálico.

—Convendría engrasarlo más a menudo, señora. Nunca viene nadie por aquí, y así, claro, se atasca.

Erika no pareció haber entendido nada, pero le dedicó una amplia sonrisa al hombre.

—¡Grracias, señorrr! —se limitó a decir.

Y, sin más, se alejó moviendo las caderas grácilmente mientras el operario se quedaba clavado en la acera, viéndola marchar.

El ayudante informó puntualmente a Adriaan de todos los pasos de Erika de aquel día. Ella no volvió al almacén y ellos no se atrevieron a forzarlo. «Más adelante, si es preciso», pensó Adriaan. Decidieron dejar un poco de lado la vigilancia de la mujer, tras comprobar que se limitaba a dar discretos paseos y disfrutar del sol. Era evidente que esperaba la partida del barco. Adriaan se había cambiado de hotel, a otro cercano, para evitar sospechas, aunque sabía que en el barco sería inevitable que se conociesen. Despidió a sus camaradas y se quedó solo en Barcelona esperando él también a embarcar.

CAPÍTULO XX

Travesía a Ecuador

Verano de 1949

Unas horas antes de embarcar, Erika abrió el baúl que su marido le había dejado en el almacén antes de huir a Sudamérica. Tiempo antes de desaparecer, Dietrich y ella habían planeado aquella ruta de escape. Sin saber de antemano el destino al que deberían huir, ambos sabían que el botín del teniente coronel los esperaría en aquel almacén de Barcelona.

Erika ya había entrado hacía un par de días, cuando el operario del taller vecino le ayudó a abrir la oxidada puerta. Había regresado unos días después, le había encargado al hombre que engrasase el cierre a cambio de algún dinero y así esa vez no había necesitado la ayuda de nadie para abrirlo. Por supuesto, no le interesaba que vigilasen sus operaciones.

Dentro del baúl había cosas de gran valor, aquellas que Dietrich no había podido empaquetar la primera vez y algunas que había dejado expresamente para su esposa por si ella pudiese necesitarlas. En su mayoría eran objetos delicados que tendrían que viajar muy cerca de ella para evitar que se desperdigasen o fuesen robados. Decidió que irían en su equipaje personal. La parte más voluminosa la constituían unos lienzos de pinturas impresionistas que encontró perfectamente enrollados y conservados para que no sufrieran deterioro alguno. Erika admiró un camafeo tallado en coral rojo del siglo XV y dos tallas de madera de artistas florentinos. Introdujo el camafeo en su bolso y las tallas las ocultó en el doble fondo de una maleta que había llevado para aquel fin al pequeño almacén.

Con todas aquellas valiosas obras de arte en su poder, se marchó apresuradamente.

Ahora era la esposa de un ecuatoriano con quien se habría casado en Múnich dos años antes de que empezase la guerra. Su nuevo nombre era Erika Baumann de Cabrera. No pudo evitar una sonrisa íntima al evocar la imagen de su rubio y esbelto marido, ario hasta la médula, adornado con aquel apellido incongruente, pero así eran las cosas. Identidades más absurdas habían salvado a millares de hombres y mujeres, a unos del odio nazi y a otros de la justicia de los aliados. A ella poco le importaba todo aquello. Su sentido práctico y su ambición insaciable la impulsaban en aquella aventura sin exceso de miedo, el justo para ser prudente. A veces, un recuerdo frágil de su hijo ensombrecía su excitación. «Todo se acabará arreglando», se decía en aquellos breves instantes. Toda aquella insufrible ansiedad pasaría.

Regresó al hotel con la maleta de mano cargada de ocultos tesoros y reunió el resto de su equipaje. Tomó un taxi y se dirigió al puerto. El vehículo se detuvo en el muelle adosado de la naviera Ybarra. El cielo tenía un extraño tono cárdeno y las gaviotas graznaban enfebrecidas, como si ellas fuesen también a partir. Erika sentía un gran desasosiego al pensar en el control de aduanas. Se estremeció.

Entró en la terminal acompañada de un mozo que le llevaba los bultos. Después de pasar el temido control sin contratiempos, verificaron su billete y le entregaron la tarjeta de embarque más atentos a su figura que a sus documentos. Accedió al barco por una pasarela dispuesta a tal efecto. El buque, de un blanco impoluto, mostraba su nombre en la proa: «Cabo de Buena Esperanza».

Erika fue finalmente acomodada en su camarote. La estancia era amplia para tratarse de un barco, con muebles de madera de caoba bien torneados. Una mesa en el centro del salón, un sofá con la tapicería a juego con las cortinas y un coqueto buró pegado a la pared constituían el mobiliario. Un amplio cortinón separaba la sala de la cama, mientras que un papel de flores tipo francés cubría las paredes. El suelo de todo el camarote estaba enmoquetado en tonos oscuros. El mozo depositó los bultos en la estancia mientras ella inspeccionaba el baño. Una vez terminó, se dejó caer en el diván. Había merecido la pena el precio pagado por el pasaje. Aquel era el principio de aquella vida que habían soñado Dietrich y ella cuando se conocieron en las oficinas de la Gestapo en una Alemania que había pretendido conquistar el mundo. ¿Sería pues en aquellas lejanas tierras donde se cumplirían sus anhelos? Ansiaba reencontrase con su marido.

•

Por su parte, Adriaan, ligero de equipaje, subió al barco después de que lo hiciese la mujer de Dietrich. Se había despedido de sus ayudantes con la última orden de inspeccionar el almacén del pasaje de la Paz y ver qué encontraban en su interior. En una última conferencia con la oficina de Ámsterdam, se despidió de Dora. La dejaba a cargo de la coordinación y la gestión de la operación mientras durase la travesía y después, tras su llegada a Ecuador.

—Ten cuidado con la mujer, jefe. Es peligrosa —advirtió la joven justo antes de terminar la conferencia.

A Adriaan le pareció notar algo decaída a su ayudante. Quizá algo menos entusiasta que de costumbre. Seguramente se debía a las dilaciones de la conferencia. Dora siempre era un dechado de actividad y energía. Desechó el pensamiento sin darle mayor importancia. Muchas otras cosas le preocupaban. En especial, Erika, de quien debía hacerse amigo sin despertar sospechas para así obtener la mayor información posible sobre su marido. Tendría que ser delicado y no precipitar las cosas. La travesía duraría más de cuarenta días, tiempo suficiente para que la amistad fluyese de un modo natural.

La costa se perfilaba sobre un mar en calma. El barco navegaba rumbo al sur impulsado por cuatro turbinas que podían alcanzar hasta los diecisiete nudos. El buque había comenzado su singladura en Génova y tocaría tierra en Cádiz para salir finalmente a las aguas del Atlántico y hacer escala en Santa Cruz de Tenerife.

Los días transcurrían calurosos, solo apetecía salir a cubierta por la noche para tomar el fresco. Durante el día muchos se mantenían en sus camarotes o en los salones de recreo. Adriaan ya se había cruzado con Erika en dos ocasiones, una en el salón de música y otra en el bar. La estuvo observando discretamente. Los hombres que pasaban a su lado la miraban cautivados, y ella, consciente de su belleza, se contoneaba con garbo entre la gente, indiferente a cualquiera de ellos. Adriaan sentía que sería difícil establecer relación con la alemana porque solo muy de vez en cuando intercambiaba frases con alguien que no fuese el capitán o el sobrecargo. Su instinto de detective le hacía permanecer en una tensa espera siempre acechando la ocasión más oportuna para no despertar las sospechas de aquella mujer, que intuía tan inteligente como hermosa era.

Una tarde, en el salón de música, Erika quiso hacer una petición a los músicos de un sexteto que amenizaba la velada, pero su español era demasiado escaso y confuso para hacerse entender. Adriaan supo que aquel era el momento de darse a conocer.

—Perdonen mi intromisión —dijo dirigiéndose a los músicos, pero con una encantadora mirada sobre la mujer, que posó sus fríos ojos en él con algo parecido al interés—, lo que la señorita solicita es *Begin the Beguine*, de Cole Porter. ¿Serían tan amables de interpretarla?

El español más que correcto del joven detective sorprendió agradablemente a Erika. Los músicos sonrieron aliviados ante la aclaración.

—Por supuesto, señor. Discúlpenos con la encantadora dama, pero no la entendíamos.

Todos sonrieron y el sexteto dio comienzo a los acordes de la balada. Erika se sentó, al parecer satisfecha. Dio las gracias al holandés al tiempo que se excusaba:

—¿También habla alemán? —preguntó en ese idioma.

Adriaan asintió mientras con los ojos pedía permiso para sentarse a su lado.

Ella le estudió apreciativamente al tiempo que sacaba un cigarrillo de su pitillera. Era una pitillera de hombre. Adriaan se sorprendió y enarcó las cejas. Ella rompió a reír ante su gesto. Fue una risa abierta y franca. Adriaan la encontró más atractiva que nunca.

—Estoy tratando de soltarme con el español —le explicó—, pero me cuesta mucho trabajo. Creo que no soy muy buena para los idiomas. —Hizo una pausa y exhaló el humo lentamente. Un anillo azulado flotó levemente junto a Adriaan, luego se deshizo—. No como usted, que parece hablar con fluidez varios idiomas. ¿De dónde es?

—Holandés.

—¡Ah! Eso lo explica todo —. Y sonrió de nuevo aún envuelta en el humo del cigarrillo.

La melodía sonaba dulzona. Erika cerró los ojos y tarareó el estribillo. Luego pareció recordar al detective y la conversación que habían iniciado.

—Apenas he tenido tiempo de practicar el español con mi esposo. Espero que, cuando estemos juntos en Ecuador, pueda ejercitarlo más —dijo quedamente.

Él simplemente se limitó a mirarla embelesado. Lo cierto es que no tuvo que fingir demasiado.

Después de esa ocasión, se encontraron varias veces en distintos puntos del barco, pero apenas cruzaron un saludo cortés. Él seguía con su estrategia de no forzar un acercamiento a la espera de un gesto de ella, que, de momento, se dejaba admirar en la distancia. El capitán tenía por costumbre sentar a su mesa durante las comidas a algunas personas relevantes del pasaje y amenizar la sobremesa con charlas de lo más variado. Aquel día Erika se contaba entre esos comensales y, con cierta lógica, habían invitado también a Adriaan, conscientes de que era uno de los pocos pasajeros del barco que podían servir de intérprete a la dama.

—Les presento a Erika Baumann de Cabrera, ecuatoriana por matrimonio y alemana de nacimiento —informó el capitán.

Erika sonrió a la mesa y saludó en alemán.

—El señor Adriaan van Leeuwen, importador de frutas para los Países Bajos y representante del Holland Fruit Group de Zoetermeer —continuó el capitán con las presentaciones.

Adriaan se levantó del asiento y saludó efusivamente a los presentes, con el ánimo de un buen representante de comercio.

—Los señores José y Mariana Barberá de Bassol, recién casados y en viaje de novios.

Los jóvenes saludaron con amplias sonrisas cogidos de la mano.

—Monsieur Eliot Leroy, recién nombrado agregado cultural de la Embajada de Francia en Ecuador —continuó alegremente el capitán mientras el diplomático hacía un severo gesto con la mano.

—Y, por último, a mi izquierda, la señora Matilde Aguirre de Prada, escritora y columnista de la *Gaceta Ilustrada de Lérida*.

La cena fue espléndida, llena de anécdotas curiosas. Adriaan representó su papel hábilmente. De vez en cuando miraba a la alemana con más interés del necesario mientras traducía las palabras de los comensales.

Ya en la sobremesa, la escritora hizo una curiosa intervención.

—Tengo entendido, capitán, que su preciosa nave se vio involucrada en un rescate marítimo durante la pasada guerra mundial. ¿Era usted capitán del navío en esa ocasión?

—Oh, no, señora Aguirre, estaba capitaneado por mi predecesor, pero recuerdo el hecho con todo lujo de detalles, ya que pude acceder al cuaderno de bitácora de aquella travesía.

Haciendo alarde de una excelente memoria, el capitán comenzó a recitar con voz firme:

—«El 9 de marzo de 1941, en viaje de regreso a España, frente a La Güera, al sur de Canarias, un hidroavión Fairey Swordfish, MK1, perteneciente al acorazado británico HMS Malaya, despegó con la misión de descubrir la posición de los acorazados alemanes Gnersenau y Scharnhorst. En el transcurso de esta misión quedó sin combustible y amerizó con dificultades. Hallándose en tan precaria situación, lanzó un mensaje de socorro. El radiotelegrafista del Buena Esperanza, nuestro fiel navío, escuchó el SOS y encontrándose en las inmediaciones, desvió el rumbo y acudió a su rescate. El hidroavión, con sus tres tripulantes de la Royal Air Force, al pairo, y con mar rizada, trataba por todos sus medios de no hundirse. Rescatados, y remolcando el avión, fueron desembarcados en Santa Cruz de Tenerife, en medio de una gran expectación».

Los comensales habían escuchado el relato sin perder una coma. Se hizo un silencio seguido de un ruidoso aplauso.

—Sin duda, fue una gran responsabilidad, pues los alemanes podrían haber interpretado esta acción como un acto de guerra, y el barco haber sufrido represalias —intervino el diplomático francés sin preocuparse por si molestaba a Erika.

—Acudir en ayuda del náufrago es más que una buena obra, es una obligación y una necesidad entre los hombres del mar —respondió el capitán con convicción.

Erika se había movido incómoda en su asiento al escuchar la anécdota. Susurró unas palabras al oído de Adriaan para que él las tradujera:

—Señores —repitió Adriaan en español—, no deben pensar tan mal de los alemanes. Ellos también respetan las leyes del mar.

Erika estaba seria. Sus ojos de largas pestañas brillaban con algo parecido a la furia, una rabia contenida.

—Señora mía —replicó de inmediato el diplomático francés—, no creo que todos los militares alemanes hayan sido tan respetuosos como dice. Yo diría que un gran número de sus compatriotas demostraron con creces ser unos desalmados.

Aunque Erika no comprendió las palabras, sí pudo observar la ira reflejada en los ojos del diplomático francés. Adriaan se apresuró a traducirle las frases. Erika estaba a punto de darle una réplica acerada cuando el capitán, pendiente del giro que estaba tomando la conversación, intervino:

—¡Señores, señores! No hagamos de esta cuestión un asunto personal. Lo cierto es que, en esta ocasión, todo terminó bien. En especial para aquellos hombres.

Pero Erika sentía crecer la indignación en ella. La frustración y la ansiedad tras el fin de la guerra, la soledad, la ausencia de su marido... ¡¿Qué se creían aquellos cretinos?! Las palabras se atoraban en su garganta. Adriaan, sorprendido, observaba el fuego que brotaba de aquellos ojos. Puso la mano sobre su brazo para calmarla, pero la mujer la apartó fríamente.

—¡Traduzca, Herr Leeuwen!

Adriaan obedeció:

—¡Capitán! Esas acusaciones merecen una réplica. En cuestiones de crímenes de lesa humanidad, no hay nación ni gobierno a lo largo de la historia que no los haya cometido. ¿O se atreverán a decirme lo contrario? En la guerra pueden ocurrir muchas atrocidades obligadas por la necesidad del momento. ¡No juzguen tan alegremente a mis compatriotas!

—¡No soy yo quien los juzga! —replicó fríamente el francés—. Es la humanidad.

Se hizo de nuevo un gran silencio solo interrumpido por las quedas palabras de Adriaan que traducía en un susurro.

La escritora entró en la conversación. Su tono era mediador y doctrinal:

—Les daré mi opinión, si no les importa —dijo mientras dejaba sobre el mantel de lino el vaso de wiski que acababa de apurar—. La pregunta es ¿cuándo empezó el hombre a crear diferencias sociales? ¿Cuándo atesoró en sus arcas más de lo que necesitaba? ¿En qué momento de la historia perdió ese sentido solidario que había necesitado durante eras para poder sobrevivir ante una naturaleza agresiva y escasa en recursos? ¡Ocurrió cuando la sociedad se estableció en grandes ciudades y le fue posible atesorar más de lo que necesitaba!

»En ese instante, nace todo el desequilibrio que durante milenios ha llevado a los hombres a la guerra. Las causas son obvias: desear la riqueza del prójimo. El poder se escondió en torres inaccesibles y desde allí se controló al resto de los hombres. En ocasiones, esas torres se derrumbaron por su propia incongruencia; en otras, fue el óxido de la decrepitud. Pero todo lo antinatural termina cayendo: los mayas, los egipcios, el Imperio romano, el español… El hombre está llamado a repetir sus propios errores. Hay una enorme lista. Y, como dije al principio, todo estriba en la falta de solidaridad. Sin embargo, para nuestra esperanza, todavía hay gentes que la practican, al menos los hombres de mar, tal y como nos ha relatado el capitán.

En la mesa, los contertulios, que habían seguido atentamente las palabras de la escritora, asintieron. La joven pareja de recién casados amagó un aplauso. Cansados de la seriedad de la conversación, comenzaron una charla intrascendente. Solo Erika y el diplomático francés se obstinaron en un silencio hosco.

Sin embargo, Adriaan meditó sobre aquellas palabras. Se dio cuenta de que su trabajo, en el fondo, consistía en tratar de restablecer el equilibrio que los hombres en su ambición habían destrozado. Restaurar, restituir, restablecer: no era poco.

Sus pensamientos regresaron a Erika. Hasta ese momento, en las distancias cortas, la mujer de Friedrich Dietrich le había caído bien. Era hermosa, vivaz, ambiciosa e inteligente, pero, si pensaba en todo lo que se escondía tras aquella apariencia, se estremecía con su crueldad y falta de escrúpulos. A pesar de todo, se dijo que tampoco él debía juzgarla, pues no conocía por completo su participación en los actos del marido. Sin embargo, seguiría adelante con su plan. Incluso sería capaz de fingir que estaba enamorado si las circunstancias así lo exigían. Se giró hacia ella y, discretamente, le habló al oído:

—Señora Baumann —le susurró—, si quiere que la acompañe a dar un paseo por cubierta, lo haré encantado. Creo que ya ha escuchado usted suficientes opiniones desagradables, ¿no le parece?

La propuesta fue muy bien recibida. Erika se levantó con presteza y se despidió de los comensales y del capitán con una inclinación de cabeza. Ignoró al diplomático francés.

Caminaron en silencio hasta que Erika rompió a hablar:

—Es fácil achacar a un pueblo todos los males del mundo, pero no hay que olvidar las circunstancias que llevaron a ese pueblo a hacer lo que hizo —explicó con amargura—. Alemania fue enérgicamente sancionada después de la Primera Guerra Mundial, llevaron al pueblo a una situación paupérrima, abocada a la hambruna. Yo misma he tenido que luchar por un trozo de berza o un mendrugo de pan y, si no hubiera sido por el nacional-socialismo, habría terminado en las calles, como muchas mujeres tuvieron que hacer para comer. Lo reconozco, fui una de las mujeres que las juventudes hitlerianas rescataron para sus filas —y había un cierto orgullo en su forma de decirlo, frunciendo los labios con determinación, en una mueca encantadora que horrorizó y encandiló a Adriaan a partes iguales—. Nos hicieron soñar con una Alemania sin hambre y con orgullo. ¿Comprende?

Adriaan sopesó sus palabras y tuvo que contenerse para no darle una réplica airada. Respiró hondo. Nada podía justificar aquellos guetos, como el de Varsovia, aquella violencia con los judíos y los gitanos, aquella destrucción masiva de ciudades. No podía transigir con el argumento que ella esbozaba, pero debía callar y consolidar su amistad, debía lograr que Erika se sintiese segura y comprendida. Ella era en aquel momento su única baza para restablecer el equilibrio que otros le habían encargado y que él se había impuesto como misión.

—Creo que no estoy en disposición de juzgar a nadie —mintió—, y menos a una mujer tan hermosa como usted. La vida ya es lo suficientemente dura como para que sigamos convirtiéndola en una batalla más. Pienso, y corríjame si me equivoco, que es mejor olvidar el pasado. Y, cuando la vida nos sonríe, debemos disfrutar de ella, vivirla plenamente, sin resentimientos, disfrutando de todo aquello que nos ofrece.

Erika se detuvo y le sonrío con los ojos por primera vez.

—Es usted un joven muy positivo, Herr Van Leeuwen —dijo suavemente. Y después, casi sin transición, le espetó—: ¡Por Dios, Adriaan!, será mejor que nos tuteemos, ¿no te parece? A fin de cuentas, ¡somos aliados lingüísticos!

Adriaan se anotó un tanto interior y, con fingida timidez, asintió.

—Erika —dijo, simplemente, alargando las sílabas de su nombre.

Quedaron los dos callados por un momento. Ambos acodados en la borda, sintiendo la brisa marina.

—Estás en lo cierto —aprobó—. Ahora solo quiero vivir, sentir, soñar. Quiero apresar sin restricciones ni cortapisas sociales todo lo que el mundo me ofrezca.

—Pues tendrás una oportunidad magnífica en Sudamérica, Erika —dijo Adriaan. Luego una mueca medio burlona medio triste se dibujó en su cara—. Comenzarás una nueva vida con tu esposo…

Erika le miró con picardía al escuchar la mención a su marido y, antes de que las palabras de Adriaan se volvieran demasiado intensas, rompió el momento bromeando:

—Así es amigo, mío. Así es, pero, mientras tanto, ¿qué tal si me ayudas a darle una bonita sorpresa a mi marido? ¿Serás tan amable de practicar tu español conmigo?

—Por supuesto, señorita, a su servicio —dijo el joven en español mientras hacía una especie de reverencia.

Erika le regaló una alegre carcajada.

—Gracias, amigo mío —reiteró—, por haberme entendido. A pesar de todo, ha sido una agradable velada.

Adriaan dejó a la mujer en la puerta de su camarote y, galantemente y sin aparentar esfuerzo alguno, se marchó. Mientras caminaba de regreso a su cubierta aspiró el intenso aroma salobre del mar. Se sentía por fin un paso más cerca de su objetivo.

CAPÍTULO XXI

Guayaquil y Quito

Otoño de 1949

Las veladas juntos se fueron sucediendo cada vez con más frecuencia. Muchos días permanecían hasta horas muy avanzadas, bien escuchando música en el bar de oficiales, bien observando el cielo en cubierta. Erika estaba sorprendida de la timidez del joven holandés, que, aunque parecía rendido a su encanto, no daba muestras de querer traspasar la distancia física que los separaba.

Semejante comportamiento disgustaba a la alemana, que se preciaba de conquistar con rapidez a cualquier hombre que le gustara. Sin embargo, aquella caballerosidad algo anticuada y la elegante formalidad del joven le hacían cada vez más atractivo a sus ojos. Aquel flirteo lento aumentaba la sensualidad de la relación y Erika se encontraba con los sentidos a flor de piel, en un estado alegre, ligero y excitante. Cada noche, cuando Adriaan se despedía con un beso en la mano en la puerta del camarote, Erika suspiraba y se preguntaba cuándo se decidiría el joven a traspasar aquel umbral. Después, lánguida y rendida, tardaba en conciliar el sueño.

Se había anunciado un baile de gala para festejar el paso del ecuador. Aquella noche, Erika se esmeró. Se puso un traje de satén rojo con los hombros al aire y parte del busto generosamente descubierto. Ceñido en la cintura y con una pequeña cola a sus pies, remataba todo el conjunto una rosa de tela negra en el centro del escote. Su estilizada figura y su seguridad al caminar le daban un aura misteriosa y fatal que no dejaba indiferente a nadie.

Cuando Adriaan la vio, el detective desapareció para dejar paso al hombre, que sintió un escalofrío visceral recorriendo su cuerpo. Erika, satisfecha, se dio cuenta de aquella reacción y dibujó una ligera sonrisa en sus labios carmesí.

Después de la cena, donde atrajo todas las miradas, el capitán, con su uniforme de gala, la sacó a bailar. Adriaan, apoyado en la barra del pequeño bar, se tomaba un mojito deseando tenerla en sus brazos. Erika coqueteaba con unos y con otros hasta que, por fin, se sentó rendida. Él se acercó a ofrecerle una copa de champán; ella, con una mirada turbadora, la aceptó y, tras unos minutos descansando en los que no se dijeron nada, pues sobraban las palabras, él la sacó a bailar. Erika, fingiendo desfallecer, se acercó tanto a su cuerpo que parecieron fundirse. Adriaan temía perder el control, pero era delicioso bailar así, con los rostros unidos, dejándose llevar por la música y el deseo hasta que terminara la velada.

Aquella noche, el joven holandés no se quedó en la puerta. Con un suave movimiento, la abrazó y ella le dejó entrar sin más preámbulos. Solo se oía la música, lejana, confundiéndose con las olas que rompían contra el casco del barco. Adriaan bajó la cremallera del vestido, que se deslizó por las caderas de la mujer hasta el suelo. La piel de ella refulgía levemente con la luz lechosa que se colaba por el ojo de buey. Se besaron dejando que la pasión se apoderase de ellos hasta el final sin más fingimientos ni más traducciones: solo un hombre y una mujer hablando con el lenguaje universal de los cuerpos.

Erika despertó tras una noche embriagadora y contempló al hombre que tenía a su lado, corpulento, atlético, con algo misterioso incluso en la leve ingenuidad del sueño. ¿Qué habría arrastrado hasta allí, en busca de las lejanas Américas, a un hombre con tantos atributos? Su desparpajo, su dominio más que mediano de varias lenguas, la presencia impecable: seguramente su trabajo de comerciante en la industria frutícola requería de aquellas cualidades, pero para la sutil intuición de Erika, algo no encajaba en aquel perfil. Era demasiado culto y hábil en el trato. Tampoco le cuadraba su soltería, aunque aquello podía deberse a su juventud. Contempló intensamente al hombre como si su mirada pudiera revelarle sus secretos. Él dormía profundamente, el rostro relajado, su cuerpo satisfecho por la pasión.

Erika se incorporó y se envolvió en un vaporoso salto de cama. Se deslizó sobre la moqueta. La chaqueta del esmoquin de él estaba correctamente doblada sobre la silla. Erika se sonrió. Hasta en el momento del amor, el joven había sido capaz de tener sus cosas ordenadas. Sin dejar de mirarle, introdujo la mano en el interior de esta, y con solo dos dedos, extrajo el pasaporte. Leyó con avidez, girándose de espaldas por si él despertaba. Terminó la inspección sin encontrar nada que le pareciese relevante. Devolvió el documento al bolsillo. Adriaan había tenido la precaución de esconder el pasaporte original y sus papeles sobre el caso en un compartimiento secreto de su camarote. No habría nada sospechoso que Erika pudiese encontrar.

Les sirvieron el desayuno en el camarote. Adriaan fue gentil y cariñoso, y Erika se mostró divertida y despreocupada, pero ambos fingían levemente, lo suficiente como para no romper las barreras de su intimidad. Al vestirse, él se dio cuenta de que la mujer había tocado su chaqueta. Sus viejos hábitos de detective notaban aquellas cosas. No le dio importancia, pero supo que no podía bajar la guardia.

Transcurrieron los días y el viaje estaba llegando a su fin. Habían cruzado el estrecho de Panamá y el barco enfilaba hacia su destino, paralelo a las costas de los Andes, por tierras colombianas.

—¿Qué harás en Ecuador? —preguntó él despreocupadamente mientras apuraba un trago de su *dry* Martini en la cubierta.

—¿A qué te refieres, querido?

—Bueno, ya sé que practicarás español con tu esposo —dijo con ironía fingiendo unos celos galantes que ambos sabían que no sentía—, pero no es eso. Me refiero, ¿a qué te dedicarás?, ¿piensas trabajar?, ¿la señora de Cabrera tiene una profesión?

Erika estaba recostada en una tumbona. Se incorporó y dirigió una sonrisa sorprendida a Adriaan.

—Vamos, adivínalo, jovencito —respondió.

Sus dientes destacaban blanquísimos entre los labios carmesí. Era un gesto algo depredador, aquella boca abierta y su inmovilidad casi total, observándole entre las pestañas medio cerradas por la luz.

—Oh! —dijo Adriaan fingiendo seguirle el juego—. Yo he preguntado primero.

—Vamos, un chico tan inteligente como tú tendrá una teoría. ¿No es así?

—Está bien. Déjame pensar. Con ese rostro y ese cuerpo debes ser actriz. No, espera un momento, lo tengo: ¡cantante! La maravillosa miss Baumann de Cabrera, con ojos y voz de ángel.

—¡Correcto! No esperaba menos de ti —bromeó ella.

El momento tenso había pasado, pero Erika no estaba acostumbrada a que él le hiciese preguntas personales. En realidad, habían hablado muy poco de sí mismos.

—Tu famosa intuición ha fallado por completo —continuó. Y luego, seria, añadió—, pero tal vez eso es lo que hubiera debido ser: cantante.

Había una nota de tristeza en su voz. Adriaan no fue capaz de distinguir si el sentimiento era sincero o si la mujer seguía interpretando un papel. Era difícil adivinarlo.

—No, en serio —continuó él—. Llegas a un país extraño, vivirás con un hombre al que, por lo que cuentas, conoces poco. Tal vez sea difícil para ti. Tal vez necesites un amigo.

—Puede ser, querido, puede ser. Pero no creo que debas ser tú.

—¡Vamos, Erika! No me creas tan torpe. No me interpondré entre dos esposos ni te importunaré con mi amor cargante. ¡Te estoy ofreciendo mi amistad!

Adriaan tanteaba. Debía intentar no perder el contacto con ella una vez llegaran a puerto.

—¡Oh! No lo digo por eso —protestó ella—. Es… Simplemente no te convengo, créeme —y añadió con un gesto zalamero pero frío—: eres demasiado joven. Y no estoy segura de que no haya una preciosa y futura señora Van Leeuwen aguardando ¿o sí la hay? En cualquier caso, yo necesito exclusividad. Para tomar y —hizo una pausa significativa— para dar. Mi esposo requerirá toda mi atención. Así debe ser, querido.

—Respetaré todos tus deseos, mi bella dama, como no puede ser de otra manera, pero debes saber que has roto mi corazón, permanentemente. Ninguna preciosa y futura señora Van Leeuwen arreglará eso.

Adriaan no pudo evitar pensar en Dora. La imaginó con su cabello pelirrojo ardiendo como un fuego frente a un altar dorado como su nombre. Sonrió ante la incongruencia. La ágil y eficaz Dora no se casaría nunca. Salió de su ensoñación cuando Erika le acarició con dos dedos de largas y puntiagudas uñas la mejilla.

—¡Zalamero! Mi pequeño holandés…

Aprovechando que ella se mostraba cariñosa, Adriaan se atrevió a insistir. Necesitaba saber a dónde se dirigiría el matrimonio para tratar de organizar el seguimiento. Si él permanecía solo, los perdería, pues iba a ser muy difícil seguirlos sin llamar la atención de Erika.

—Pero, al menos, dime dónde vivirás en Ecuador —rogó—. Me hará feliz saber que tal vez respiraremos el mismo aire y, ¿quién sabe?, quizá te canses algún día de ese afortunado esposo tuyo...

—¿Cansarme? No querido, no insistas, eso no es posible..., pero, si tanto te interesa, te diré que en realidad aún no tenemos domicilio definitivo, al menos que yo sepa. Mi marido me esperará en el puerto de Guayaquil y viajaremos a Quito. Allí es donde reside mi esposo.

«No es mucho —pensó Adriaan—, pero al menos podré identificar a Dietrich a su llegada al puerto y organizar el seguimiento con mis agentes». La reserva de ella decía mucho de su naturaleza desconfiada. Sin embargo, en aquel momento, sonreía con algo parecido a la dulzura.

—Me has hecho soportable la travesía... Y has sido bueno conmigo...

Adriaan le acarició el cabello, que se había rizado con la brisa del mar y olía a sal.

Ella se retiró y el momento dulce pasó. Bromeó para ocultar su turbación:

—Tal vez debiera ayudarte a buscar una buena esposa, ya que tú no has sido capaz. Sí, eso será lo mejor para todos: que te encuentre una buena mujercita ecuatoriana. ¿Te gustaría?

—No te burles de mí, querida, no te burles...

Adriaan no añadió nada más. No quería tentar a su suerte.

Después de aquella conversación, la relación se fue enfriando rápidamente. Erika había dejado claro que no arrastraría a ningún enamorado detrás de ella, ni siquiera a un amigo. Adriaan estaba frustrado, pues había obtenido poca información sobre el marido, Dietrich Friedrich. Pensaba que Erika debía quererle de verdad si se deshacía de un amante atento y dedicado como él sin apenas un pestañeo, como si se despojase de un vestido viejo. O tal vez la movía el miedo a ser descubierta. Seguramente dependía del nazi de una manera completa. Sin embargo, por lo poco o mucho que la había podido conocer, su perfil no encajaba con el de la mujer muerta de miedo. Debía de amarle, sí, pues las mujeres como Erika no se entregaban más que a quienes ellas elegían.

Lo cierto es que empezó a vestir de forma más sencilla y discreta. Las conversaciones entre ambos se fueron reduciendo a casi meros saludos y alguna charla distante. Erika apreciaba al joven, y todavía podía sentir el calor de su cuerpo, que la había hecho volver a sentirse deseada y febril después de aquellos largos años sin ver a su marido. Pero, por encima de todo, como bien intuía Adriaan, ella amaba a Dietrich. Y, por encima de todo, amaba la vida que habían soñado juntos en Múnich: una vida cargada de lujos, de fiestas y de todo aquel dinero y aquellos objetos maravillosos que él había acumulado durante la guerra y que les iban a permitir vivir sin trabajar rodeados del bienestar y la belleza que creían merecer. Aquel simpático y saludable holandés nunca podría rodearla de la sofisticación que le aportaba Dietrich. Esa era la diferencia.

Adriaan notó el cambio y comprendió: a partir de aquel momento debería seguirle los pasos a cierta distancia, pues, si la perseguía como un perro en celo por todo Ecuador, se delataría él mismo.

Observó la costa, donde la cercana cordillera andina dibujaba la silueta de sus volcanes. Era un gran espectáculo. Aquella travesía había sido un poco así, un teatro, una representación placentera, casi unas vacaciones, pero era el momento de regresar al trabajo, de no olvidar su objetivo, más firme que nunca.

Bajó hasta la cubierta del telegrafista para contactar con sus agentes en Quito. Serían ellos los que siguieran a Erika, pues esa labor ya no podía hacerla él. Citó a sus colaboradores en el puerto de Guayaquil para el día que estaba prevista la llegada del barco a puerto. Él seguiría su viaje por tierra, aparentemente ocupado en sus negocios hortofrutícolas, mientras ellos seguían a los esposos hasta encontrar su alojamiento.

Hacía pocas horas que habían cruzado la Puntilla de Santa Elena y el barco, tras doblar el cabo, se dirigió a la desembocadura del Guayas. La ría, cerrada por las islas Verde y Mondragón, se fue estrechando paulatinamente creando un canal navegable. La vegetación exuberante alfombraba las riberas del río. Hacía más de una hora que el práctico del puerto había subido a bordo y dos remolcadores custodiaban el navío español por temor a que embarrancase en las grandes zonas de sustratos vegetales del fondo del río.

Adriaan buscó a Erika para despedirse como haría un caballero atento y supuestamente enamorado. La encontró acodada en la borda observando las maniobras del barco. Estuvo mirándola un buen rato sin que ella se percatara. Llevaba un vestido ligero y apenas ninguna joya. Parecía más joven, más relajada, casi feliz.

—Adiós, Erika.

La mujer se volvió sobresaltada.

—¡Ah! Mi querido holandés. Eres tú —musitó con una sonrisa triste—. Ha sido un placer —y subrayó la palabra placer con un mohín delicioso—. Te deseo lo mejor.

Adriaan la tomó de la mano y amagó un beso sin llegar a posar los labios en el dorso blanco y suave.

Se miraron a los ojos unos instantes. La mirada de ella era fría y algo burlona. Adriaan pensó que aquel gesto disminuía su belleza. Hubiera sido una mujer muy hermosa si habitara en ella algo de naturalidad. Pero siempre fingía un poco.

—Adiós —repitió él en español.

No había qué más decir.

La pequeña despedida dejó a Erika un sabor agridulce. El joven Adriaan le gustaba de veras. Además de ser atractivo, tenía un punto reservado y misterioso que había interesado a la mujer. Pero en ningún momento había olvidado las consignas de su esposo para que no se fiase de nadie. Su propia naturaleza desconfiada había reforzado aquella postura. Se dio la vuelta mientras Adriaan se alejaba de la cubierta. Erika olvidó al joven. Tenía mucho en que pensar, toda una nueva vida por delante.

El barco se acercó a una distancia prudencial de la orilla para evitar tocar fondo. Trasladaron a los viajeros en unas gabarras hasta el cercano muelle, donde estaba la aduana. Se dejaba sentir con fuerza el calor sofocante de la ciudad.

Después de algunas horas de trámites, finalmente salieron del recinto aduanero, donde los familiares y amigos se unieron a los recién llegados.

Adriaan vio a Dietrich por primera vez en persona, aunque a cierta distancia, acompañado de Erika, quien le buscó con la mirada para después bajar la vista y seguir su camino como si nada. Estaba demasiado lejos como para evaluar el carácter del hombre, pero un escalofrío le recorrió la columna al comprender que por fin estaba sobre la pista verdadera de aquel escurridizo nazi.

Adriaan había reconocido a los agentes ecuatorianos después de identificarlos gracias a las fotos que le habían enviado. En cuanto pudo hablar, y sin perder de vista la silueta de Erika, les encomendó la tarea de seguirlos.

—Seguid a aquella mujer y a su marido —les indicó señalando la figura de Erika y su esposo—. Hacedlo discretamente y estad preparados: no tardarán mucho en emprender viaje hasta Quito.

—De acuerdo, jefe. Todo se hará con la máxima discreción, no se preocupe.

—Yo me encontraré con vosotros en las oficinas de la capital. Pero no lo olvidéis: es importantísimo que no los perdáis de vista.

Ambos asintieron y se separaron de él discretamente.

•

Adriaan pasó la mañana transitando por Guayaquil en busca de un medio de transporte. Al final compró un pasaje en las Aerovías Ecuatorianas, en un Boeing 307 que tenía servicio casi a diario con Quito. Comió algo en un restaurante del aeropuerto mientras esperaba la salida. El Simón Bolívar estaba en obras de remodelación y tuvo que caminar desde la terminal hasta el hangar bajo un sol de justicia. El calor de aquellas latitudes le descolocaba y fue un alivio entrar en la nave cuatrimotor, probablemente un viejo armatoste de la Segunda Guerra Mundial reconvertido para el servicio aéreo de pasajeros.

El viaje fue abrumador, planearon entre un mar de nubes que se alzaban como castillos, imponentes, formando en el horizonte una barrera impenetrable a ojos del asustado Adriaan. El piloto subió paulatinamente hasta rebasar el mar de nubes. Bajo aquel mundo de algodón, afloraban los volcanes escupiendo fumarolas que llegaban hasta la misma altura del aeroplano. Aquel espacio aéreo estaba sometido a tremendas depresiones que convertían el vuelo en un agónico tobogán. Adriaan estaba deseando que acabase. Ya en las cercanías del aeropuerto Mariscal Sucre, en Quito, el avión descendió, sobrevolando las casas a escasos metros de altura, hasta tomar tierra. Adriaan respiró aliviado.

La temperatura había cambiado por completo y del sofocante calor tropical habían pasado a una agradable primavera. La ciudad se acostaba sobre las lomas del Pichincha, un pico volcánico, y al cambiar de perspectiva se apreciaban los nevados del Cotopaxi tras la ciudad, al sur.

Adriaan se encontró con una capital de edificios modernos, muchos de ellos en construcción. El taxi dejó la parte antigua de la ciudad a la derecha para alcanzar una zona más nueva donde se encontraban las oficinas de sus colaboradores.

Se presentó con una amplia sonrisa a la recepcionista, pero pronto esta se borró de su cara.

—¡Los han perdido! —le susurró confidencialmente antes de hacerle pasar al despacho.

Habían perdido a Erika y Dietrich en el mismo Guayaquil. Los detectives se enzarzaron en una detallada explicación que interesó muy poco a Adriaan. Estaba furioso, pero no había más remedio que aceptar el hecho y comenzar de nuevo. Al menos sabía por la propia Erika que residirían en Quito, aunque fuera de modo temporal. No podía perder tiempo.

La única pista de la que tirar estaba relacionada con el cómplice de Dietrich, Bartolomé Risco. Por suerte, de ese hombre sí conocían la dirección. Adriaan se la dictó a la secretaria, que se espantó al oírla.

—Si es quien me imagino —dijo—, tendrán que ir con mucho cuidado. Este hombre está muy bien relacionado, incluso con miembros del Gobierno. Pertenece a la derecha más recalcitrante del país y tiene muchos amigos dentro de la policía.

Adriaan reflexionó sobre su situación: estaba en un país extraño, sin permiso de trabajo, con un simple visado de turista y con enemigos poderosos que le podían aniquilar en cualquier momento. Tenía que tomar algunas decisiones para poder moverse con cierta libertad. En primer lugar, se presentaría en la legación de los Países Bajos para que hubiera constancia oficial de su estancia en aquel país. Luego hablaría con la comunidad sionista, que, según había averiguado, tenía cierta influencia, y de la que esperaba colaboración, dadas las características de su misión. Además, establecería un contacto con el gremio bananero para reforzar su coartada. Por último, ordenó a sus ayudantes que vigilaran la casa de Bartolomé Risco por si Dietrich se ponía en contacto con él en algún momento.

Se dirigió a las dependencias de la legación y, al terminar sus gestiones, cogió un taxi hasta la sinagoga, al norte de la ciudad, en el barrio de los Olivos.

Después de presentarse y exponer su encargo, realizó algunas preguntas concretas:

—¿Hay alguien en la comunidad que se dedique al negocio de las antigüedades? ¿Joyería?

El hombre que le había recibido reflexionó un momento.

—El hermano Ashir Mashiaj tiene un despacho en el centro de la ciudad. Él se dedica al arte en un amplio sentido de la palabra. Si quiere, puedo facilitarle su dirección.

—Gracias. Sí, si es tan amable.

El hombre garabateó unas señas y se las pasó a Adriaan.

—Disculpe usted, una última pregunta: ¿ha oído alguna vez hablar del Mossad? ¿Sabe quiénes son?

El hombre hizo un gesto negativo:

—No me suena en absoluto. Lamento no poder ayudarle.

Adriaan puso un gesto sombrío. ¡Estaba resultando tan difícil obtener alguna pista…! El caso empezaba a hacer mella en sus nervios.

Se despidieron amablemente. Adriaan caminó sin rumbo fijo durante un rato mientras ponía sus pensamientos en orden. Anduvo por aquellas calles en busca de algún medio de transporte. Para poderse mover en aquella ciudad tendría que conseguir un coche, pero no era cosa sencilla alquilar uno. Recordó que tenía la tarjeta del taxista que le había recogido en el aeropuerto. Parecía amable y discreto, así que le llamó y negoció con él un servicio para todo el día por un precio módico.

El conductor le dejó en la puerta misma del edificio y Adriaan llamó al despacho. La puerta se abrió automáticamente y mostró un pequeño recibidor con una puerta al frente y una ventanilla de cristal blindado. A la derecha, había una joven morena con rasgos indígenas:

—¿Qué se le ofrece, señor?

—Quisiera ver Ashir Mashiaj, por favor.

—¿De parte de quién?

—Adriaan van Leeuwen. Me manda el rabino Abraham.

La joven desapareció unos instantes, al poco tiempo abrió la puerta y le dirigió hasta un despacho de grandes dimensiones, decorado lujosamente, donde un hombre de mediana edad se levantó para recibirle.

—Soy Ashir Mashiaj. ¿A qué debo el gusto de su visita? Pero, por favor, ¡siéntese!

Adriaan se quedó mirando estupefacto el revólver que había sobre la mesa. El anfitrión se dio cuenta rápidamente y dijo:

—Perdone el detalle de la pistola, señor Van Leeuwen, pero aquí en Ecuador nunca se sabe.

Adriaan esbozó una tímida sonrisa de comprensión. El curioso hombre continuó la conversación.

—Bueno, bueno —dijo frotándose las manos—, ¡dispare usted!

—Verá, señor Mashiaj —comenzó Adriaan—. Trabajo para un consorcio de pedreros de Amberes. —Hizo una pausa y observó el efecto de sus palabras en el hombrecillo. Éste le miraba con más que apreciable interés—. Estoy investigando el robo de una serie de obras de arte, joyas y diamantes, que tuvo lugar durante los años 40 a 45 en Europa, durante la guerra. Por supuesto fue obra de los nazis.

El señor Mashiaj acodó los brazos sobre la mesa y observó a Adriaan con un destello de inteligencia en la mirada. Comprendía muy bien de qué le estaban hablando.

—Mis pesquisas me han llevado hasta aquí, hasta Quito —prosiguió Adriaan—, y el motivo concreto de mi visita es averiguar si ha tenido usted contacto durante estos últimos años con alguien que quisiese deshacerse de piedras preciosas, especialmente brillantes, cuadros u otras obras de arte procedente de Europa... En fin, usted ya sabe a qué me refiero...

El hombre pareció ofenderse:

—¡No, no, no! —protestó con vehemencia—. Se confunde usted. Creo que el rabino Abraham no le ha dirigido correctamente. ¡Yo no trafico con objetos robados, señor!

—Perdón, perdón, no es esa mi intención —trató de apaciguarle Adriaan—, solo pretendo obtener información a través de alguien del gremio, alguien que conozca bien los entresijos de este negocio. Estoy recién llegado a su país y desconozco cómo funcionan aquí las cosas. Por favor, no se ofenda.

El hombre hizo un gesto de paz con su mano regordeta. Pareció reflexionar unos minutos.

—Creo que las personas que pueden tener más información sobre el mundillo de la compraventa de arte y joyas, así como de facilitar préstamos privados, son la familia García. Como prestamistas, la mayoría de las riquezas empeñadas pasan de alguna manera por sus manos. Tienen joyerías y hoteles propios: son una de las familias más poderosas de Ecuador —hizo una breve pausa apreciativa—. Y lo difícil será que le reciban. Quizás la persona más asequible sea su hija pequeña, la señorita Rosana García. Dirige la joyería del Hotel del Norte, no muy lejos de aquí. Pruebe usted suerte con ella.

Adriaan salió de nuevo a la calle malhumorado por su falta de habilidad para enfocar la entrevista. Luego, ya en su hotel, fue haciendo repaso de sus movimientos y se estremeció al comprender lo poco consistentes que eran sus pruebas. Empezaba a estar muy cansado, pero entonces recordó el rostro de Dietrich, ese hombre que respiraba libre, gozaba de la hermosa Erika y había burlado y expoliado a tantos inocentes, y se dijo que no podía cejar hasta el final, hasta que toda pista hubiese estado agotada.

Quizá a partir de entonces los caprichos del destino le fuesen propicios.

CAPÍTULO XXII

Estrechando el lazo

Otoño de 1949

A la mañana siguiente, a Adriaan le esperaba el mismo taxi. El acuerdo al que había llegado con el taxista había sido una buena idea; el conductor conocía todo sobre la ciudad. Adriaan le dio la dirección del Hotel del Norte, y el hombre, con un tono inocente que contrastaba con su conocimiento enciclopédico, le puso al día de la vida y milagros de los García. Adriaan se interesó por la hija.

—La niña Rosana —relató el taxista— es una mujer muy hermosa, pero difícil de abordar. Tenga usted mucho cuidado con esa gente, tienen guardaespaldas en todos los negocios y, si alguien no les gusta, lo echan a palos —luego bajó la voz, como si alguien pudiese oírlos. Adriaan se sonrió para sí mismo—. Viven de la usura y son duros de roer.

—Bueno, en realidad no pretendo hacer nada peligroso —mintió Adriaan—. Tan solo busco una joya para mi novia.

El edificio estaba recién inaugurado y en él predominaba el hormigón, tratado con buen gusto. Los salones amplios, bordeados de tiendas y perfumerías, le daban un aire perfectamente internacional. Completaban las instalaciones un par de restaurantes, el amplio vestíbulo y la recepción, seguidos de una escalinata de mármol que separaba el hotel del resto.

En un rincón acristalado estaba la joyería. Mostraba su género en un escaparate caprichoso y detallista. Ante la puerta, un agente de seguridad vestido de negro con una escopeta recortada en la mano y un revólver en el cinto miraba con cara de pocos amigos a todos los transeúntes que pasaban.

Adriaan pensó muy bien en lo que quería pedir y se dirigió a la puerta de la joyería. El guardaespaldas, tras dedicarle una mirada escrutadora, empujó el batiente para que entrase. Varias mesitas de pequeñas dimensiones acompañadas de sillas de medallón estilo Luis XV jalonaban el salón repleto de vitrinas, entre las que destacaban las joyas de Otavalo, propias de la región, con su típico colorido indígena.

Una joven dependienta, muy bien vestida y maquillada, le abordó agradablemente:

—¿En qué lo puedo ayudar, señor?

—Buenos días. Verá, señorita, tengo que hacer un regalo muy especial a una persona muy especial. —Y sonrió ampliamente señalándose el corazón con la mano, como queriendo indicar que la persona muy especial residía precisamente allí—. Desearía unos brillantes para que luego ustedes los montasen en un aderezo. Dispondrán de género y de taller, supongo.

—¿No le gusta nada de lo que ve en el escaparate? ¿O es que busca otro estilo?

—¡Exacto! —prosiguió él con énfasis—. ¡Otro estilo! ¡Quiero algo en exclusiva!

—¿Y tiene usted alguna idea formada? —preguntó la dependienta tratando de entrar en detalles.

—Pues quisiera unos brillantes bien grandes —dijo Adriaan representando su papel de enamorado pudiente—.

Unos tres quilates —soltó con la mayor naturalidad—, para pendientes y sortija. Quiero que mi novia, ¿cómo lo expresaría bien? —buscó las palabras—, ¡quiero que brille!

A la dependienta le recorrió un escalofrío por la espalda al comprender la envergadura del pedido.

—Discúlpeme un instante, caballero. Voy a consultar un momento. Es un pedido importante. —Y le dedicó una bonita sonrisa mientras desaparecía por la trastienda.

Entró deprisa al despachito, nerviosa, para contárselo a su jefa. Esta miró por un espejo del que disponía para juzgar la calidad del cliente. Cuando se percató de que era extranjero, se puso en pie, se alisó la falda y se acomodó el pelo antes de dirigirse a la mesa donde esperaba sentado Adriaan. Llegó con paso decidido mostrando seguridad y mando.

—Buenos días, señor. Me llamo Rosana García y soy la dueña de la joyería.

Adriaan se puso en pie e hizo ademán de besarle la mano. Se presentó a su vez.

—Encantado, señorita —respondió con su mejor sonrisa y en perfecto español—. Yo soy Adriaan van Leeuwen, socio de la empresa importadora Holland Fruit Group, de Zoetermeer, Países Bajos.

—¡Señor Van Leeuwen, un placer! —la joven Rosana fue directa al asunto—. Como usted puede imaginar, no dispongo de brillantes de ese tamaño, no sería prudente, pero, si me da algo de tiempo, le puedo asegurar que los conseguiré. Precisamente hace unos meses que mi padre le compró un lote de esas características a un importador, pero los tenemos en una de nuestras joyerías, en Cuenca —mintió—. Si le parece, en un par de días podría tenerlos aquí y se los enseñaría si ningún compromiso.

Eso era justo lo que Adriaan pretendía con aquella estratagema: que la mujer tuviese que conseguir los brillantes. Con un poco de suerte, si removía el avispero, por allí aparecería Dietrich.

—¡Vaya, que contratiempo! —fingió disgustarse Adriaan—. Pensaba verlos hoy para poder realizar el encargo cuanto antes. Verá usted, mi estancia aquí en Quito no será muy larga. Tengo que cerrar unos negocios con la platanera Arnaldo Villena e hijos, y después debo partir. Otras negociaciones me requieren en otros países.

—Por supuesto, señor, le comprendo. Es usted un hombre ocupado. Pero no encontrará usted semejantes brillantes en ningún otro sitio, al menos no en tan poco tiempo. Solo serán un par de días. Seguro que su amada podrá espera un poquito más —indicó con picardía Rosana—. Cuando vea su regalo, perdonará el retraso.

—Ojalá tuviera usted razón, señorita... ¿Rosana? —preguntó Adriaan, aunque se acordaba perfectamente del nombre.

Ella asintió.

—Rosana —continuó él—, mi persona especial, mi amada, como usted la llama, es una mujer verdaderamente exigente. Y no se merece menos, pero, en este caso, la prisa la tengo yo debido a mis negocios. No obstante, dos días es un tiempo razonable. Confío en usted y dejo este encargo en sus manos. Dentro de dos días, a esta misma hora —recalcó.

—Está bien, señor Van Leeuwen. Hasta pasado mañana.

La joven Rosana quedó pensativa. Rápidamente pidió a sus oficinas que se procurasen informes del señor Van Leeuwen en la empresa hortofrutícola.

Adriaan tomó de nuevo su taxi y se dirigió a la sede de los detectives que colaboraban con él. Era el momento preciso para poner en marcha la estratagema con la que pretendía capturar al teniente coronel nazi. A uno de los detectives que había visto a Dietrich en Guayaquil le hizo apostarse en las inmediaciones del Hotel del Norte para ver si se presentaba en la joyería. A la secretaria le pidió que llamara a la empresa bananera para pedir una cita lo más pronto posible. De ese modo, si preguntaban por él, confirmarían que tenía una reunión.

Todo estaba en marcha. Ahora solo se necesitaba un poco de esa suerte que se había mostrado esquiva durante toda la investigación, pero Adriaan tenía un pálpito. Sentía que el lazo se estaba cerrando.

•

Por su parte, la joven propietaria de la joyería se daba cuenta del riesgo que estaba asumiendo, sobre todo si aquel cliente luego se echaba atrás. Comprar tres brillantes de aquellas dimensiones suponía una inversión demasiado elevada para después tener que almacenarlos hasta Dios sabía cuándo. Quizá nunca apareciese otro cliente que los quisiera. Tenía que comprobar primero si los pedreros de la zona se los podían prestar, pero dudaba mucho que tuvieran dichas piedras en existencia. Unos meses atrás, un lapidario de origen alemán le había vendido varios lotes a precios inusualmente baratos. Incluso le llegó a enseñar piedras de hasta cinco quilates, pero, al final, Rosana solo le compró los lotes de tamaño más frecuente para el servicio de sus joyerías. Eso sí, tomó buena nota del resto por si surgía una ocasión para pedirlos. Y allí estaba la ocasión.

Hizo varias llamadas y, efectivamente, nadie en Quito, Guayaquil o Cuenca tenía ese tipo de género. Así que, cuando tuvo todos los informes del peculiar cliente, que al parecer era un empresario holandés importador de bananas, se tranquilizó. Pero no terminaba de entender cómo, siendo holandés, se había decidido a comprar los brillantes en Ecuador. También aquella duda le quedó resuelta cuando llamó al puerto para saber cómo había llegado el hombre y desde dónde. Toda precaución era poca en su negocio. Recibió el informe de uno de sus colaboradores de aduanas, que casualmente había viajado en el mismo barco que el cliente:

—¡Señorita Rosana! ¡Gusto de hablar con usted! ¿Cómo se encuentra su señor padre? Yo recién estoy en Guayaquil. Cuando tenga un huequito, me pasaré a verlos.

—¡Gracias por su atención, señor Pacheco! Pero, verá usted, lo llamo porque necesito una referencia sobre un cliente. Una información que quizá usted pueda darme.

—Dígame, señorita Rosana. Soy todo oídos.

—En su viaje de regreso desde España, ¿conoció usted en el barco a un holandés llamado Adriaan van Leeuwen?

—Cómo no, mi niña. Así es...

—Oh, qué estupenda casualidad. ¿Y qué podría contarme usted de él?

—Pues que es un joven apuesto, empresario frutícola, si no recuerdo mal... Y, sobre todo, que se hizo famoso en el barco por haber tenido un romance con una mujer rubia, hermosísima y, según contaba el sobrecargo, casada con un ecuatoriano. El holandés parece ser que venía a hacer negocios con las bananeras. Un tipo interesante pese a su juventud.

—¿Alguna cosa más que pueda ser de interés? —Rosana se vio en la obligación de justificar sus preguntas—. Como le dije, es un futuro cliente...

—Entiendo, entiendo —dijo obsequioso el hombre—. No, mi niña, nada más que yo recuerde... Un tipo con suerte, la mujer era de bandera... —Pacheco pareció darse cuenta de que hablaba con una joven—. Perdón, niña Rosana, ¡mejorando lo presente!

Se oyó una risa jovial a través del teléfono.

—Pacheco, ha sido usted de gran ayuda. ¡Como siempre!

—A su servicio, señorita Rosana. ¡Y no me deje de saludar a su señor padre de mi parte!

Una vez se despidió del aduanero, Rosana comenzó a hacerse una composición de lugar. Así que aquella mujer sería la destinataria de los brillantes, y estos no podían haberse comprado en los Países Bajos porque presumiblemente la rubia y el holandés se habían conocido en el barco. Ciertamente debía de ser hermosa, y arrebatadora, cuando aquel hombre estaba dispuesto a dejarse una fortuna en piedras preciosas por ella. ¡Y encima era casada! Supuso que el holandés quería hacer una apuesta fuerte si pretendía conquistarla y separarla de su marido. «¡Ay, los hombres! —meditó la muchacha—. Son capaces de cualquier locura por amor. —Se sonrió para sus adentros—. ¿Qué sería de mi negocio si estas cosas no ocurrieran?».

Luego se puso a pensar en cuestiones prácticas. La única manera de conseguir los brillantes era llamar al suministrador alemán. Estaba segura de que no se los prestaría. Ya había dejado claro en su día que la única opción era la compra. Por ese motivo sus precios eran baratos, le explicó en aquella ocasión. Después de un rato dándole vueltas en la cabeza, Rosana urdió una solución. Llamó al alemán.

—¿Wilson Cabrera? —preguntó.

Le llamaba la atención el nombre del alemán. Era incongruente con aquel tipo alto, de facciones regulares y aire de mando. Creía recordar que había dicho algo sobre un padre ecuatoriano y una madre alemana. «Desde luego, los genes del padre se han diluido por completo. O tal vez nunca habían existido», pensó con buen criterio. Era muy conveniente para un alemán afincado en Ecuador pertenecer al país… Había muchos por allí.

Quizá demasiados. Muchos de ellos nazis, decían. Pero ella no se hacía eco de aquellas cuestiones. Tenía un negocio que atender y unas piedras preciosas que conseguir.

—Sí. Soy yo. ¿Quién llama?

—Soy Rosana García, de la joyería del Hotel del Norte.

—Ah, sí. La recuerdo. ¿Cómo está usted, señorita? ¿En qué puedo ayudarla?

—¿Recuerda usted el género que estuvimos viendo hace unos meses? ¿Aquellas piedras grandes que me mostró en su última visita?

—Sí. Lo recuerdo.

—Pues ahora tengo un interesado y me gustaría podérselas enseñar.

—Señorita García, ya sabe usted que no presto el género. Si quiere enseñarlas a su cliente, antes tiene que comprarlas. Por ese motivo mis precios son competitivos.

—¡Oh, sí! Muy cierto. Lo recuerdo. Lo dejó usted claro en la anterior ocasión. Pero, verá, tengo una proposición que hacerle.

Se hizo un silencio de unos segundos al otro lado del teléfono. Dietrich decidió escucharla. Últimamente no estaba resultando tan fácil colocar las piedras preciosas que aún le quedaban. En especial las más grandes y exclusivas.

—Adelante.

—Verá, esta es la propuesta: en el caso de que mi cliente al final no quiera los diamantes, en concreto serían tres, de un quilate cada uno, ¿me los cambiaría usted por otros más pequeños, más asequibles para mi clientela? De este modo ni usted ni yo perderíamos la inversión.

Dietrich pensó. Le interesaba dar salida a los brillantes grandes, pero aquella era una buena clienta y de las pocas que alguna vez podían requerir género de la mayor calidad. Además, su familia estaba muy bien relacionada.

El padre era alguien a quien tener en cuenta en aquella ciudad. Decidió que accedería.

—De acuerdo —respondió al fin—. Mañana nos veremos en su tienda. Le llevo el género.

Dietrich salía en contadas ocasiones de su refugio y, cuando lo hacía, siempre iba acompañado de dos guardaespaldas. Su casa se encontraba a unas dos horas de Quito, junto al lago San Pablo, cerca de Otavalo. En aquel lugar de belleza sin par se situaba su chalé, de casi trescientos metros, rodeado de un amplio terreno ajardinado y con una pequeña casa adosada para la servidumbre y los guardas de seguridad.

El camino hacia Quito era complicado, plagado de curvas, con el asfalto en mal estado. Sin embargo, Dietrich estaba contento con aquel negocio, que le supondría muchos dólares al contado. La llegada de Erika, en los escasos días que llevaba en la casa, ya estaba suponiendo un incremento de los gastos. La había encontrado muy hermosa, pero más ambiciosa y caprichosa que nunca. Era como si estuviese en deuda con ella por su ausencia y tuviese que recompensarla con comodidades, joyas y vestidos por los años pasados de incertidumbre y soledad; en definitiva, con todo aquel lujo y buena vida con el que un día ambos habían soñado.

Dietrich deseaba compensarla y ansiaba los mismos lujos, la misma buena vida, aunque de un modo más contenido y realista que su mujer. Estaba aprendiendo que los negocios clandestinos no eran tan fáciles como en sus tiempos de la Gestapo.

Por fin llegaron a la ciudad. El conductor, uno de los hombres de confianza de Dietrich, conocía muy bien las calles de Quito y los condujo de forma directa y rápida al Hotel del Norte. Aparcó la *pickup* y miró por la ventanilla para comprobar si alguien estaba vigilando.

Todo parecía normal, así que le hizo una seña a Dietrich, que bajó del coche y con amplias zancadas recorrió los metros que le separaban del establecimiento. Una vez en el interior, se dirigió a la joyería sin entretenerse. El guardia de la puerta le reconoció de inmediato y le franqueó la entrada. La joven dependienta del interior le acompañó hasta el despacho de Rosana.

—¡Señor Cabrera! ¡Buenos días! Gracias por acudir tan pronto a mi llamada —dijo obsequiosa la joven joyera.

—A su disposición, señorita. Un placer verla de nuevo —respondió con formalidad Dietrich. Ya se había acostumbrado a los largos circunloquios y formalidades del carácter ecuatoriano.

Estuvieron comprobando el género y seleccionando los brillantes más adecuados. Después, acordaron un precio y Rosana extendió un cheque por el importe. Dietrich confirmó que repondría el valor del cheque en brillantes más pequeños si el cliente no se llevaba los grandes.

—Hubiese preferido un pago en efectivo, señorita —reclamó Dietrich.

—Es mucho dinero, señor Cabrera, pero, si lo desea, podemos mandar a alguien a cobrarlo.

Dietrich pareció pensarlo, pero luego desestimó la oferta. Quería cerrar el trato cuanto antes y quedar bien con la joyera y, por ende, con su familia.

—No es necesario —respondió al fin—. Lo haré yo mismo.

Rosana sirvió dos copitas de licor y brindó con el alemán.

—¡Salud! —dijo ella.

—¡Por los buenos negocios! —respondió él.

Dietrich se preguntó quién sería el cliente, pero no tenía tanta confianza con la joven como para tratar de averiguarlo. «Quizá con el tiempo», se dijo.

Mientras tanto, Adriaan había estado esperando noticias en las oficinas de los detectives. De vez en cuando, se levantaba y daba largas zancadas junto a la ventana, abría los visillos y oteaba el exterior, aunque de sobra sabía que la acción se desarrollaba muy lejos de allí. En un momento dado, sonó el teléfono. Era uno de los agentes que vigilaban la joyería.

—Dietrich acaba de entrar en la tienda —dijo—. Lleva un maletín y tiene un coche en la puerta.

—¡Dame más datos! —urgió Adriaan.

Estaba sorprendido de que su plan hubiese funcionado tan rápidamente.

—Entró en la joyería hace unos diez minutos. Le trajeron en un Ford *pickup* negro. Están aparcados unos metros más arriba de la entrada esperándole. Hay dos tipos en el interior. El conductor más parece un soldado que otra cosa.

—En cuanto salga, subid a la moto y seguidle. ¡Y esta vez no le perdáis de vista!

Los hombres se movilizaron con rapidez. El otro detective estaba motorizado y Adriaan contaba con el taxista, que esperaba pacientemente en la puerta. En cuanto vio a Adriaan pisar la calle, acercó el vehículo. Se dirigieron sin perder un minuto al hotel.

Los detectives estaban bien camuflados y esperaron en tensión hasta que salió Dietrich. El alemán hizo un gesto con la mano y la *pickup* se acercó silenciosamente hasta recogerlo. El vehículo se dirigió a una oficina bancaria en la populosa avenida de la República del Salvador. Dietrich y uno de los guardaespaldas salieron del coche y entraron en el banco. Salieron a la media hora.

El vehículo deshizo el camino hasta el lago San Pablo. La moto con los dos detectives y el taxi se turnaban para seguirlos, disimulando lo más posible. Llegaron hasta el lago, rodeado de verdor por doquier y custodiado por el imponente cerro Imbabura, de cuatro mil quinientos metros, y por el cerro Cusín, algo más alejado. Las líneas exuberantes del paisaje se pegaban a la retina con un frescor embriagador. Al fin, tras muchos recovecos, llegaron a una finca totalmente vallada, con garitas en las esquinas y una alambrada protegiéndola en todo su perímetro.

La *pickup* entró en la propiedad. Los perseguidores se detuvieron mucho antes. La moto se camufló entre unos setos y unos minutos después llegó Adriaan con el taxi. Tuvieron tiempo de ver cómo se abría el portón interior y el vehículo de Dietrich desaparecía de sus miradas.

Adriaan felicitó a los detectives y respiró aliviado. Había conseguido descubrir la guarida del nazi. Se alejaron del lugar y regresaron a la ciudad. Adriaan disfrutó el momento, aunque aún no lo podía creer del todo, después de tantos meses de dificultades. Sin embargo, tenía mucho que meditar, pues lo más difícil, capturar a aquel hombre, aún estaba por hacer.

Por su parte, cuando Dietrich llegó a la casa, encontró a Erika malhumorada. No la recordaba así en el pasado, pero comprendía que la situación no había sido nada fácil para ella. Le perdonaba aquellos brotes de mal genio y sentía que debían acostumbrarse de nuevo el uno al otro. Ella no pareció darse cuenta de su buena voluntad. Había pasado todo el día sola y se lo reprochó sin ningún miramiento.

—¡Si esta misma semana no salimos de aquí, terminaré marchándome yo sola a Quito! —amenazó mientras la ira oscurecía sus ojos azules—. Voy a volverme loca en este sitio, encerrada en el campo. ¡Eres un egoísta! Solo piensas en pescar o irte de caza con tu guardaespaldas. ¿No podías haberme llevado en este viaje?

Dietrich la miró fascinado. Su mujer siempre había sido su debilidad. Hubo muchas veces durante su larga separación en las que pensó que ella le abandonaría. Pero allí estaba, más hermosa, más madura y más ambiciosa que nunca. Se sentía enormemente agradecido. Dejó caer el chaparrón y puso buena cara hasta que Erika se tranquilizó. Sin embargo, él sabía que Ecuador aún no era terreno seguro para ambos. Veía peligros por todas partes, aunque comprendía que su mujer pasaba demasiado tiempo ociosa y sola, y aquello no podía traer nada bueno. Tenía que pensar en la manera de cambiar las cosas poco a poco.

Unos días después, se presentó la oportunidad de complacerla. Dietrich recibió una invitación de la Legación de España a una cena de gala a beneficio de los pobres quiteños que tendría lugar en su sede de la capital. Dietrich huía de fiestas y actos sociales, pero en su periodo en Ecuador, y con motivo de sus transacciones en piedras preciosas y obras de arte, ya se había hecho un nombre como marchante. Había conocido a varias personas importantes, entre ellas a un miembro de la Legación española que le había comprado un precioso Vermeer a precio muy conveniente. El diplomático, afín al régimen de Franco, se mostraba, al igual que su país, amigable con los alemanes afincados en Ecuador, muchos de ellos antiguos nazis como el mismo Dietrich. Era la ocasión para presentar a su mujer en sociedad y contentarla de la manera que ella más apreciaba. Se apresuró a darle la noticia.

—Prepara lo mejor de tu guardarropa, querida. Nos vamos de fiesta.

Erika dejó lo que estaba haciendo y se apresuró a pedirle detalles a su marido. Cuando estuvo satisfecha con la información, se fue a su habitación y pasó toda la tarde probándose vestidos. Dietrich la oía tararear, entusiasmada y excitada, como una colegiala ante su primer baile. Se sintió tranquilo respecto a ella por primera vez en muchas semanas.

•

El día de la fiesta, un rato antes de la hora convenida para salir, Dietrich se acercó al cuarto de su mujer. Erika llevaba un traje largo de satén negro, muy ceñido, como era habitual en ella, con hombros descubiertos y profundo escote en pico, que resaltaba su figura y la blancura de su piel. Estaba dando los últimos toques a su peinado con la ayuda de la mucama cuando la entrada de su marido la interrumpió. Hizo salir a la criada y lo miró a través del espejo del tocador. Él se quedó contemplándola unos segundos, la curva del cuello y el leve resplandor de los hombros nacarados. «¡Cuánta perfección!», pensó con genuina admiración.

—¿Veredicto? —preguntó ella con coquetería.

—¡Um! —dijo él—. Creo que se puede mejorar.

Erika hizo un mohín de disgusto y se giró para mirarle abiertamente.

—¡Tonto! ¿De veras crees que es mejorable?

—Por supuesto, querida. ¡Y seré yo quien lo haga!

Dietrich puso las manos sobre los hombros desnudos de la mujer. Estaban suaves y calientes.

—¡Vamos, Dietrich! —respondió ella con un tono que empezaba a sonar disgustado—. ¡No puedes hablar en serio! ¿Qué sabrás tú?

—De vestidos y peinados no tengo mucho que decir…, pero de joyas… Ahí sí debo, y puedo, hacer algo para remediar el desastre.

Entonces sacó un estuche de su bolsillo y lo deslizó sobre el tocador. Erika siguió la dirección de la caja con mirada ansiosa. Luego dio un gritito al tiempo que abría la tapa. El grito murió ahogado en su garganta cuando pudo contemplar la joya, refulgente en todo su esplendor sobre un fondo de negro raso.

—¡Dios mío, Dietrich! —alcanzó a decir—. ¡Es maravillosa!

—No tanto como tú, Erika —dijo él con galantería—. Es lo mínimo que mereces...

—Pero, Dietrich... —tartamudeó ella mientras pasaba un dedo de largas uñas rojas sobre los diamantes del broche—. Nunca había visto tantos brillantes en una sola pieza... ¡Debe de costar una fortuna!

—Tiene un valor incalculable —corrigió él— porque es una joya exclusiva... Casi exclusiva —se corrigió—. En realidad, tú sabes algo sobre ella. Es solo que nunca la habías visto... ¿No lo recuerdas?

Erika se estremeció. No podía ser. Pero ¿qué otra joya podría ser si no? Allí había cientos de brillantes y un rubí más rojo que sus propios labios. Era cierto que no la había visto, pero...

—¿Sara Bellâme? —se atrevió a insinuar.

—¡Caliente! ¡Caliente!

—¿La Rosa Windsor?

—¡Premio para la señorita!

—Pero ¿cómo es posible? ¿No era para la señora Göring?

Dietrich rio como el lobo que era. Hacía tiempo que Erika no oía aquella risa. Pensaba que el calor de Ecuador había reblandecido a su esposo. Entonces comprendió que no. Seguía siendo el mismo, por fortuna, quizá algo menos arrogante que antaño.

—Nunca se la entregué —aclaró—. Cuando el curso de la guerra empezó a torcerse, el baile de Karinhall se canceló. El mariscal tenía otros problemas. Nunca le dije que no, simplemente, lo fui retrasando hasta que los acontecimientos se precipitaron... Decidí que era parte de mi recompensa. Para ti. Para nosotros, *mon amour*. Y fue una de las razones por las que los nuestros empezaron a sospechar de mí. No solo tuve que huir de los aliados...

Erika se abalanzó sobre él y le impidió seguir hablando. Le besó con más pasión que nunca. Todo había valido la pena. Aquella casa, aquel broche, la fiesta en la ciudad... Eran las cosas con las que ella siempre había soñado.

Dietrich le prendió el broche en el pecho, junto al corazón. Después partieron hacia Quito.

La fiesta se celebraba en el salón de actos del lujoso Hotel Majestic. Estaba bellamente decorado para la ocasión. Se iba llenando poco a poco a pesar de que la cita era para las ocho de la tarde, pero nadie parecía querer ser puntual. Un atento legado realizaba las presentaciones mientras la música de cámara amenizaba el momento con pasodobles y cumbias. Llamaba la atención el primoroso *buffet*, en el que destacaban los faisanes adornados con sus propios plumajes.

Cuando llegó el matrimonio Friedrich, los hombres se giraron discretamente ante la presencia de aquella hermosa mujer. Sobre su pecho palpitaba una joya deslumbrante que se abría al compás de su paso como si tuviese vida propia, una vida mineral y cristalina que latía al suave movimiento de su dueña.

Erika era consciente del efecto que estaba causando. Apuraba la admiración como si fuera su copa de champán. Reía, charlaba, bailaba siempre consciente del efecto de su presencia y del murmullo de voces que se levantaba a su paso.

—Es usted la sensación de la noche...

—¡Oh! ¿De veras lo piensa?

La que así había hablado era la mujer de un diplomático inglés. Erika no recordaba su nombre.

—Claro que sí, querida. Es usted muy hermosa.

—¡Tonterías! —dijo Erika con falsa modestia.

—Y, además, está la joya.

—¿Le gusta? Es un regalo de mi marido.

—Solo una vez en mi vida he visto una joya comparable. La llevaba prendida en el pecho la señora Wallis Simpson en una recepción de gala pocas semanas después de celebrarse su matrimonio con el príncipe Eduardo. Aquella rosa se abría y cerraba. ¿La de usted también?

—Si pone atención, verá que sí —respondió Erika acompañando a sus palabras con un elegante movimiento hacia la mesa más cercana, donde depositó su copa vacía y la reemplazó por otra.

La inglesa le siguió los pasos y observó el movimiento de los pétalos con admiración creciente.

—Sí —confirmó—. Es idéntica entonces.

—Están las dos realizadas por el mismo artista —añadió Erika jactanciosa—. ¡Jamás se harán otras iguales!

La dama asintió con la cabeza, aunque no comentó nada más. En su fuero interno se preguntaba cómo habría llegado aquella obra de arte única a manos de la pareja alemana. Demasiado bien lo imaginaba. Con disgusto contenido, se marchó a charlar con la mujer del gobernador, que se encontraba cerca.

Erika no se dio cuenta de aquel gesto. Estaba henchida de orgullo y se sentía importante. Sus pensamientos eran bien distintos a los de la mujer del diplomático; se regodeaba con la idea de que el broche debería haber estado en manos de Emma Sonnemann, la mujer del mariscal Göring, la terrible, zafia y ordinaria Sublime Señora, que lo único que tenía de sublime era su afición a los pasteles de manzana, y que jamás la habría lucido como lo hacía ella.

Toda la noche fue un constante halago. Erika nunca había conocido del todo aquella burbujeante sensación de éxito. Aquella noche había estado a la altura de sus sueños y sus expectativas. El champán y las frases galantes habían enrojecido sus mejillas.

Cuando regresaron a la casa, invitó a su marido a su lecho y se amaron como si acabaran de conocerse. Erika ni siquiera se quitó el vestido, del que todavía pendía el broche regio.

La Rosa Windsor. La segunda Rosa.

CAPÍTULO XXIII

El asalto final

Finales de 1949-principios de 1950

Adriaan van Leeuwen había sido contratado por el Consorcio de Lapidarios Judíos de Amberes con la misión de identificar al mayor número posible de criminales de guerra nazi, autores del expolio de obras de arte y piedras preciosas sufrido por sus miembros. También debía tratar de recuperar cuanto fuese posible de aquellos bienes y denunciar o entregar a dichos criminales a las autoridades.

Adriaan no había conseguido seguirle la pista a Joachim Rutschiger, pero, a raíz de sus investigaciones sobre ese individuo, había conseguido desmantelar a su banda en los Países Bajos y había encontrado a uno de sus cómplices principales, Dietrich Friedrich, oficial de la Gestapo, en su refugio de Ecuador.

Se apresuró a poner un telegrama a sus clientes resumiendo sus investigaciones y puso una conferencia telefónica a su ayudante, Dora, con la idea de que ella fuese elaborando un detallado informe. Además, era preciso que los Amberg identificaran a Dietrich, por más que él estaba seguro de que lo era.

Mientras le ponían la conferencia, reflexionaba sobre su situación.

Si quería recuperar parte del botín expoliado, tenía que conseguir entrar en la casa de Dietrich, pero necesitaba ayuda para penetrar en aquella fortaleza y solo contaba con los dos detectives ecuatorianos que no tenían preparación en operaciones de aquel tipo.

Decidió continuar con la vigilancia del nazi y de la casa mientras esperaba instrucciones más precisas de sus clientes e incluso alguna clase de ayuda. Seguiría con su papel de importador de bananas durante un tiempo hasta tener las cosas más claras. Había que sacar al zorro de su madriguera.

Otra opción eran las autoridades, pero tenía serias dudas sobre lo que la policía ecuatoriana haría en caso de comunicarles la verdadera identidad de Wilson Cabrera Zimmerman. Temía que cometieran alguna torpeza que permitiese a Dietrich escapar. Le constaba que era un tipo previsor, que ya tendría preparado algún plan de fuga. Sobre todo, porque contaba con medios de fortuna, dinero y presumiblemente arte, que siempre eran de gran ayuda para ganar voluntades, en especial en un país donde mucha gente era pobre y parte de las autoridades hacían la vista gorda a las andanzas de los antiguos nazis.

Por fin, la voz alegre de su secretaria le sacó de sus cavilaciones. Después del saludo y las preguntas preliminares, Dora intuyó que Adriaan estaba muy preocupado. Su voz sonaba extraña:

—¡Jefe! ¿Pasa algo grave? ¿En qué puedo ayudarte?

La voz de Adriaan sonaba lejana y entrecortada.

—Los agentes de nuestras oficinas no están cualificados para ayudarme a apresar a Dietrich. Este tipo está muy bien protegido y yo, solo y sin armas, no me veo capaz. En nuestra legación solo hay burócratas y no confío en las autoridades locales, no se me ocurre ninguna idea. Estoy atascado.

Dora escuchaba atentamente a su jefe. Guardó silencio unos segundos mientras buscaba entre sus papeles una carta que había recibido hacía un par de días procedente de la recién constituida Embajada de Israel en Amberes.

—¡Jefe, tome nota! —dijo excitada. Aquella podía ser la solución a los problemas de Adriaan—. Ha llegado una carta de la Embajada de Israel que nos solicita informes sobre los fugados nazis involucrados en el expolio de los judíos. ¡Y fíjese bien! Lo que más me ha llamado la atención es que la carta la remitían desde un departamento denominado Mossad. ¡Y, asómbrese aún más! He indagado lo que significan esas siglas y corresponden al recién formado servicio de espionaje de Israel.

Adriaan pensó en las implicaciones de aquella información. Él ya sabía de la existencia del Mossad, y había pensado en pedirles ayuda de algún modo a través del rabino de Quito, pero el hombre no los conocía. Adriaan lo había descartado por el momento. Y ahora, ellos acudían a él. Era un giro sorprendente que le llenaba de esperanza. Sabía que el recién constituido Estado de Israel perseguía a los nazis como una de sus prioridades. Lo que no se explicaba era cómo habían sabido que su modesta agencia, AK Infinity, estaba en el mismo bando que ellos. Tal vez alguno de los lapidarios tenía contactos en el Gobierno israelí. ¿Por qué no? Debían contactarles cuanto antes.

—¡Gracias, Dora! ¡Eres maravillosa! Siempre tienes un as en la manga…

—No es mérito mío, jefe. ¡Esta vez, no! —dijo la joven con modestia.

—Ponte en contacto con nuestros clientes e informa a ese departamento, Mossad, de nuestras averiguaciones. No pierdas ni un minuto. ¡Pídeles ayuda! Y, en cuanto sepas algo más concreto, llámame.

Dora notó una nueva vivacidad en la voz del detective. Se sintió contenta por él, pero temerosa de la parte peligrosa de la investigación que se avecinaba.

—¡Sé prudente, jefe!

—¿No lo soy siempre? —respondió él.

Adriaan se percató de que se pasaban la vida aconsejándose prudencia el uno al otro. Se tranquilizó al comprender que siempre podría confiar en Dora, que siempre la encontraría al otro lado de un teléfono y que siempre se preocuparían el uno del otro. Pero no era capaz de ponerle nombre a aquel sentimiento.

•

Mientras esperaba nuevas instrucciones de Europa, el detective debía resolver otro problema. No se había presentado a su cita en la joyería del Hotel del Norte para ver los preciados brillantes que había encargado falsamente. Hizo una llamada y balbuceó unas excusas a la dependienta sobre una intoxicación alimentaria y su mal estado físico. Aplazó la visita sin fecha concreta. Necesitaba tiempo para poner en orden sus ideas.

La niña Rosana se encolerizó de tal manera que la dependienta se echó a llorar como si ser portadora de la mala noticia la hiciese algo culpable ante su jefa.

—Tranquilízate, niña. ¡No llores más! —dijo Rosana a su dependienta, impaciente con la sensiblería de la joven—. Nadie te regaña, ¡por Dios! ¿Qué más dijo ese mal nacido? ¡Dime!

—¡Que estaba enfermo! La comida le sentó mal... Ya se lo he dicho, señorita Rosana, ¡na... nada más! —hipaba la chica.

—Pero, entonces, ¿no ha dicho cuándo vendrá?

—¡No..., noo! —medio lloraba otra vez.

Rosana paseaba como una fiera enjaulada.

—¡Vamos, muchacha, espabila! —ordenó a la chica, que había dejado de llorar y se frotaba los ojos con un pañuelito arrugado—. Me vas a conseguir el teléfono de ese individuo. Llama al señor Pacheco y pregúntale si sabe en qué hotel se hospeda este holandés y, si no lo sabe, te pones a llamar a todos los hoteles de Quito. ¡Empiezas por los de cinco estrellas y vas bajando!

Una hora después, la niña Rosana, algo más calmada, tenía anotado el teléfono del hotel de Adriaan. Había tardado un día en dar con él.

—¿Ya se encuentra usted mejor? —preguntó a bocajarro.

—¿Quién habla? —contestó Adriaan, que la había reconocido al momento, pero necesitaba ganar tiempo.

—Rosana García, ¡la joyera a la que ha plantado usted con unos diamantes de gran valor!

—¡Señorita Rosana! Me alegra oírla…

—¿Cuándo vendrá usted a la cita? —interrumpió ella de nuevo. No estaba para protocolos.

—Señorita, debe disculparme usted, he estado enfermo. ¿No le dieron mi recado?

—Sí, sí —dijo ella impaciente—. Pero no dijo usted cuándo vendrá a ver los brillantes. Ya los tenemos. Por eso le llamo. Para acordar una nueva fecha.

Adriaan valoró seguir mintiendo, aplazar en una semana la cita, luego ir a ver los diamantes, no decidirse y así demorar la compra hasta que tuviera claro qué iban a hacer con Dietrich. Pero no se sintió capaz de seguir engañando a la joven. Percibía su enfado y le gustaban su genio y su franqueza. Decidió que no se merecía perder más tiempo con aquel asunto.

—¡Verá usted! —comenzó algo vacilante—. Sé que debía habérselo dicho a su dependienta, pero ha ocurrido una desgracia… —Tomó aire y, con él, algo de valor—. ¡He roto con mi novia! O, mejor dicho, ella ha roto conmigo. Ya teníamos problemas y esperaba reconquistarla con el aderezo que quería encargarle a usted, pero… Es definitivo. Ya no necesitaré esos brillantes. Lamento muchísimo las molestias, créame…

—¡Qué poco hombre es usted! —le espetó Rosana sin contemplaciones—. ¡No tiene palabra! ¿Cómo es posible que cierre usted ningún negocio? ¡Ni con bananeros ni con nadie! Ahora, ¡no se preocupe!, no se preocupe para nada porque yo me voy a encargar de gritar a los cuatro vientos quién es usted y cómo se las gasta. ¡Vaya si lo haré!

—¡Señorita Rosana!

Rosana no le dejó hablar. Todo su temperamento hervía de rabia.

—¡Hasta nunca!

Y le colgó el teléfono.

Ahora tendría que negociar de nuevo con Wilson Cabrera y no le apetecía nada tratar con ese individuo gélido. Además, le enfurecía haber aceptado el trato con el holandés, pues en el fondo no debía haberse fiado de un cliente desconocido para una operación de semejante envergadura. Estaba disgustada consigo misma por su torpeza.

«¡En fin!», musitó entre dientes. Se recompuso y asumió que Cabrera cumpliría su palabra y le cambiaría los tres grandes brillantes por otros de menos quilates más fáciles de colocar a sus clientes habituales. Al menos había tenido la precaución de acordar aquella cláusula.

•

Una semana después, Adriaan recibió una notificación de sus clientes. En primer lugar, habían identificado a Dietrich sin ningún género de duda. Y, en segundo, ellos mismos se pusieron en contacto con el servicio secreto israelí, recientemente creado, en respuesta a su informe y ante las dificultades que Adriaan estaba teniendo para expatriar al nazi. A esto se sumó el comunicado que la propia Dora escribió con toda la información del caso. El Mossad estaba dispuesto a proporcionar ayuda. Para ganar tiempo y debido a la gran distancia que los separaba —debían prevenir una fuga del teniente coronel de la Gestapo—, enviarían a Ecuador a cuatro judíos norteamericanos adiestrados por el FBI y pertenecientes a su recién formado servicio secreto. Tardarían unas dos semanas en montar el operativo y llegar a Quito. Mientras tanto, él no debía perder de vista a Dietrich.

Adriaan se dispuso a continuar con su papel de empresario importador de fruta. Estaba impaciente, alerta y esperanzado a un tiempo.

En Quito se encontraban en plenas fiestas. Era el 6 de diciembre, por lo que los negocios, reales o supuestos, detuvieron su actividad por completo. Una invitación llegó a su hotel. Era para una de las corridas de toros más importantes del calendario de festejos. La cursaba el dueño de la compañía de bananas Ecuadorfruits. Dada la importancia del evento, decidió asistir. Era una buena coartada para su papel, pero también una magnífica ocasión para disfrutar de una experiencia que le causaba curiosidad y repugnancia al mismo tiempo. Le habían dicho que, en una corrida de toros, color, valor y muerte se reunían al mismo tiempo. Deseaba comprobarlo por sí mismo.

En aquella ocasión asistirían el presidente de la República, el jefe de la Legación de España y otras autoridades locales. Se preguntó si coincidiría con Rosana García, con la que debería excusarse personalmente si se daba el caso. En cuanto a Dietrich, los detectives ecuatorianos vigilaban la casa y sus idas y venidas, pero no podía estar seguro de si acudiría a los festejos taurinos.

Ese día se otorgaba la oreja de oro al mejor matador de la fiesta, bajo el patrocinio de la prensa. Según su taxista particular, el cartel de la fiesta era de lujo: «Raúl Ochoa *Rovira*, Jesús Córdova y Gitanillo de Triana; con ganado de Pedregal Tambo», explicó.

Los quiteños se sentían orgullosos de sus dos plazas de toros, pero el festejo tendría lugar en Las Arenas, de las pocas plazas taurinas cubiertas del mundo. A pesar de ello, todos se acercaban al coso con sus sombreros de paja para evitar el fuerte sol de la tarde, implacable allí en Ecuador.

En las cercanías de la plaza abundaban los puestos ambulantes de comida, y también de sombreros. Adriaan se compró un panamá tipo Bogart que, según el vendedor, le cuadraba muchísimo. Entró en la plaza. Su localidad era de las mejores, denominada de contrabarrera, desde donde casi se podía tocar al toro.

La gente se iba ubicando en sus sitios; las conversaciones inundaban la plaza, todos se comunicaban en todas las direcciones, los de las gradas de arriba charlaban con los de abajo y entre ellos corrían termos de bebida refrescante. Él escudriñaba las gradas tratando de ver a la niña Rosana entre el gentío. Le hacía mucha gracia aquel apelativo cariñoso aplicado a una mujer de tanto carácter. Sin embargo, entre las pamelas de las señoras y los sombreros de los caballeros, era difícil distinguir el rostro de nadie.

Sonaron timbales y trompetas y se abrió la puerta del coso, por donde entraron los toreros con sus cuadrillas en perfecta formación. Adriaan estaba absorto con la música, el colorido y el ambiente. No se dio cuenta de que le llamaban hasta que divisó el rostro de la niña Rosana en la grada inferior, a cinco o seis metros de él. La mujer agitaba el brazo y lo llamaba a voces:

—¡Al terminar la corrida, nos vemos!

Adriaan asintió con la cabeza y la niña Rosana se despidió con un gesto alegre de la mano. Estaba sorprendido de aquella actitud tan amistosa.

«Mejor así», pensó algo más aliviado.

El festejo transcurrió sin incidentes notables, salvo la muerte de los animales, que estremeció de horror al holandés. Le habían fascinado todos los aspectos de la fiesta, pero la muerte del toro le pareció una barbarie.

Mientras la plaza se iba vaciando, logró acercarse más a la grada de la niña Rosana. Estaba rodeada de amigos que comentaban los momentos álgidos de la faena. De vez en cuando, y por turnos, bebían de aquellos misteriosos termos. Rosana reía y bromeaba con todos. En un momento dado lo vio llegar. Parecía haber olvidado el asunto de los brillantes porque, con un gesto amable, le pidió que se acercara y le presentó a la concurrencia, pero, cuando él hizo ademán de estrecharle la mano, ella le plantó un beso en la mejilla y, muy bajito, le habló al oído:

—¡Hijo de la gran chingada! Tienes suerte de que ya no estoy enfadada…

Los ojos de la mujer brillaron con un fulgor negro, entre divertido e irritado. Luego le acercó el termo y un vaso, y le invitó a beber.

Adriaan aceptó, aliviado, tomando sus gestos y palabras como una tregua. El líquido rojo parecía zumo de tomate sin más, así que se lo bebió de un trago. La bebida comenzó a arder en su garganta. El zumo estaba mezclado con picante y alcohol en una combinación explosiva. ¡Se ahogaba! Ávidamente buscó agua mientras ella, viéndole rojo como una amapola, reía a carcajadas.

Por fin, Adriaan pudo articular alguna palabra, aún con lágrimas en los ojos.

—Muy… muy bueno…, el tomate.

Rosana rio complacida.

—Así me gusta —dijo mientras, protectora, le tomaba del brazo—, que acepte las bromas con deportividad. Como hago yo.

—¿Ya estamos en paz? —preguntó él con fingida cara tristona, como pidiendo perdón. Todavía tosía un poco.

—¡Bueno! Tal vez... —respondió ella—. Me cae usted simpático. Si no fuera por eso..., ¡ya le habría ajustado bien las cuentas! Pero todo depende de usted. De que sus explicaciones me satisfagan...

Terminaron la velada en el Hotel Colón, donde se celebró una rueda de prensa con la presencia de los matadores. La radio local retransmitió las entrevistas y un público selecto fue invitado a un cóctel. Adriaan y la niña Rosana charlaron animadamente y se dieron cuenta de que congeniaban a las mil maravillas. Ella bromeaba todo el tiempo, burlona, y Adriaan se mostró galante e irónico, pero nada tímido. Se siguieron las bromas durante toda la noche hasta que la niña Rosana se retiró, seguida por su chófer y guardaespaldas, que discretamente había pululado en torno a ella durante todo el tiempo.

Durante los días siguientes, la niña Rosana le invitó a cenas y saraos, que abundaban durante aquellos días de festejos. Una noche, en un local de copas, en un rincón alejado de la puerta y del bullicio, a Adriaan le pareció ver a los Dietrich con un acompañante: un hombre pequeño y calvo de pobladas cejas. Adriaan observó al grupo. La niña Rosana, a la que nada se le escapaba, preguntó bajito:

—¿Los conoce?

—Solo a la mujer rubia —respondió Adriaan muy serio—. Hizo la travesía en el mismo barco que yo. No sabía que estuviera casada —mintió tratando de despistar a Rosana.

«Así que esta es la mujer por la que has perdido la cabeza, holandés», pensó Rosana observando a Erika con curiosidad. Le pareció una mujer muy hermosa, sensual, de un tipo nórdico muy distinto al suyo. Sintió una punzada de celos, pero disimuló.

—La pareja morena son Bartolomé Risco y su mujer. Gente peligrosa —informó ella.

Sobre Dietrich no dijo ni una palabra y, antes de que los vieran, cogió a Adriaan del brazo y le empujó a la puerta.

—Vamos al Coconut. Este sitio me aburre, holandés. —Desde hacía varios días, siempre le llamaba así: «holandés», de un modo entre burlón y cariñoso—. Aquí solo hay vejestorios.

Y se marcharon sin que los otros los vieran.

•

Pasados varios días, ya muy cerca de la Navidad, Adriaan recibió un mensaje en su hotel. Le citaban en un domicilio para una entrevista. Eran los hombres que enviaba el Mossad, y el domicilio era un piso franco que habían alquilado para organizar la operación. Eran cuatro hombres judíos norteamericanos, soldados de élite que se habían formado en el FBI y trabajaban para el Servicio de Inteligencia del Estado de Israel. Habían viajado en avión desde Miami y estaban dispuestos a detener a Dietrich y trasladarle hasta Estados Unidos, donde sería expatriado a Israel y juzgado por sus crímenes.

Adriaan les mostró el escondrijo de Dietrich sobre un mapa detallado de la zona y compartió con ellos sus notas sobre las costumbres y rutinas del nazi. Los agentes le dejaron claro que tomar la villa de Dietrich por asalto iba en contra de las leyes ecuatorianas y que, si algo salía mal, todos tendrían serios problemas con la justicia, incluido él. Indicaron al detective que necesitaban unos días para trazar el plan, y que le avisarían con tiempo.

Le fueron a buscar dos días después de Reyes. Dos de ellos viajaban en un Chevrolet Bel Air de grandes dimensiones y con un maletero impresionante. Detrás, los otros dos, en un Chrysler 300. Contando con él, eran cinco hombres. Se dirigieron a una pequeña vivienda distinta del piso donde le habían entrevistado la primera vez. Esa casa tenía un cobertizo donde metieron los coches. El agente al mando, un hombre macizo de mirada serena que se hacía llamar Golden, le notificó el plan:

—Todas las mañanas, de madrugada, sobre las seis o seis y media, Dietrich sale con sus dos guardaespaldas a pescar al lago. Conducen un kilómetro y medio hasta un embarcadero, cogen una lancha fuera borda y se dirigen al centro del lago. Regresan sobre las once. Para entonces, su esposa y la criada otavaleña se han marchado al mercado y no regresan hasta casi la una del mediodía. Aprovecharemos que no están ellas para iniciar la acción.

—Me parece muy sensato —aprobó Adriaan.

Era un alivio pensar que Erika no estaría. En primer lugar, porque ella no era el objetivo y, en segundo, porque estaba seguro de que se las habría arreglado para causar problemas.

El agente continuó:

—Cuando Dietrich regresa de pescar, solo hay un par de guardianes en la finca y los dos que están con él. En total cinco hombres, como nosotros. La idea es dividir sus fuerzas y, en lugar de tomar por asalto la villa, detendremos a Dietrich y a sus dos guardaespaldas en medio del camino, entre el lago y la casa, en un lugar de la carretera que tiene un badén profundo y desde donde no nos podrán ver.

—¿Qué haré yo?

—Usted, Adriaan, esperará escondido a unos cien metros de la villa, junto con el agente Silver y, cuando vean llegar nuestros coches seguidos del de Dietrich, se dirigirán a la puerta. Nosotros pasaremos con el detenido al interior, sin forzar la puerta, y allí dentro reduciremos a los otros dos guardianes.

Adriaan asintió. Era un plan sencillo, pero confiaba en que sería eficaz. Sobre todo, contando con el efecto sorpresa.

Aquella noche durmieron poco. Los soldados tomaron un refrigerio ligero, pero Adriaan no pudo comer nada. En la madrugada le dieron una pistola automática y dos cargadores. Notó el contacto metálico del arma con un estremecimiento. El momento de la verdad estaba cerca. Debían capturar a aquel hombre. Debían restablecer la justicia y llevarlo a los tribunales. Se lo debían a los desamparados, a los expoliados y a los muertos de aquella barbarie nazi. Pero en aquella hora de nadie, entre la noche y el día, Adriaan se preguntaba si hacían lo correcto. Era la hora de las dudas. Una estrecha franja entre la justicia y la venganza se extendía ante él igual de fina que la lucha entre la luz y la oscuridad, que batallaban ante sus ojos en el horizonte. Sintió que estaban haciendo lo correcto. Lo había sabido siempre. Él debía seguir adelante. Aquella era la palabra. Se lo debían a los muertos.

En Ecuador siempre empezaba a clarear a las seis, por tanto, no hizo falta encender las luces de los coches. Se pararon a una distancia prudente de la villa y esperaron hasta que vieron salir el Ford ranchera de Dietrich con los aparejos de pesca en la caja de atrás. Serían, más o menos, la seis y quince minutos. El coche recorrió unos cuatrocientos metros. Dejaron a Adriaan y al agente Silver emboscados en las proximidades de la villa. Después de unos minutos observando las garitas, Adriaan vio que una pequeña llamita se encendía y pensó que el guarda encendía un cigarro. Todo tranquilo. Esperaron pacientemente, medio tumbados entre los arbustos, hasta la hora de actuar.

Los dos coches de los asaltantes se situaron en el badén acordado ocultos entre la vegetación y dispuestos a cortar el paso cuando regresase Dietrich. La tensión entre los soldados subía por momentos. Sobre las diez, como esperaban, vieron salir al coche de Erika. Conducía ella y a su lado se situaba la joven otavaleña.

«Igual de guapa que siempre», pensó Adriaan.

Sintió lástima de ella, pero fue un instante. Sabía bien quién era aquella mujer, sus motivaciones. Era ambiciosa y frívola. Solo le interesaban la diversión y la buena vida, y ambas cosas las tenía a expensas del dolor, el expolio y la muerte de otros. No. Erika no era digna de compasión. Ni siquiera era inocente, aunque no pudiesen culparla de un crimen de guerra. De ningún modo podía sentir lástima. Solo desprecio.

Pasado un buen rato, vieron el polvo que levantaba el Ford de regreso a la finca y se apostaron todos tras los árboles. Solo los conductores de cada vehículo permanecieron en su sitio.

En el momento preciso, el Chevrolet, con su gran envergadura, se cruzó en el camino para cortarle la marcha. El conductor del Ford pegó un frenazo. Iba a salir para reclamar cuando dos de los asaltantes, metralleta en mano, aparecieron de entre los arbustos. Dietrich se dio cuenta al instante de la maniobra:

—¡Retrocede! ¡Marcha atrás! ¡Deprisa!

El conductor aceleró marcha atrás y el coche derrapó. En ese momento, el Chrysler 300 salió de su escondrijo y le cerró el paso. El vehículo de Dietrich quedó bloqueado. Sus hombres sacaron las pistolas, pero no les dio tiempo a usarlas. Los cañones de los tres subfusiles de los soldados de asalto ya asomaban por las ventanillas. Golden, con voz ronca, los interpeló:

—¡Tirad las armas! ¡Rápido!

Los guardaespaldas de Dietrich obedecieron en seguida, pero el nazi, con gesto retorcido en el rostro, mantenía la pistola levantada, hasta que Golden le colocó el cañón de su arma en la sien.

—¡Te mato aquí mismo sin juicio! —escupió masticando las palabras.

Dietrich tiró la pistola por fin y se quedó quieto en el asiento. Sacaron a los guardaespaldas del vehículo y, con sendos golpes certeros, los dejaron fuera de combate. Los maniataron, los amordazaron y los escondieron en la cuneta. Luego, los tres coches regresaron hasta la finca.

El Ford quedó frente a la puerta. Obligaron a que Dietrich hiciera un gesto, y los de la garita abrieron la puerta antes de percatarse de nada. Los tres coches entraron. Uno de los de la garita bajó a informarse, pues le pareció raro que llegaran tantos vehículos.

Adriaan había conseguido entrar sin ser visto y, cuando do el hombre bajó, se colocó detrás de él.

—¡Tírate al suelo! —dijo mientras le apuntaba con la automática. El hombre obedeció a regañadientes.

Luego, el agente Silver, que le había seguido, le puso unas esposas, le ató los pies y le amordazó.

El último guarda comprendió lo que estaba pasando y se quedó en la garita asustado, pero no le sirvió de mucho. Uno de los agentes, desde la parte trasera, lanzó una ráfaga de metralleta y él salió, con los brazos en alto, muerto de miedo.

Entraron en la villa y sentaron a Dietrich en el salón, en una butaca, con las manos atadas por detrás. Detrás de él, empujaban al guardaespaldas. Lo arrinconaron contra la pared.

—¿Sabes quiénes somos?

Dietrich se mantuvo callado, pero intuía desde el primer momento quiénes eran. Había ocurrido lo que tantas veces presintió, lo que había estado temiendo desde que perdieron la guerra. Se dejó invadir por una sensación de *déjà vu*, una especie de fatalidad fría que no aminoraba ni en un ápice la rabia que sentía.

—La pregunta es ¿sabéis quién soy yo? Porque creo que no tenéis ni un carajo de idea. Soy un ciudadano con doble nacionalidad. Mi padre era ecuatoriano y yo resido aquí con total legalidad. ¡Me confundís con otro!

Golden le miró con sorna. Dietrich le aguantó la mirada, pero comprendía que estaba perdido.

—Te detenemos para que seas juzgado por un tribunal competente, Dietrich Friedrich —dijo el agente por toda respuesta—, por tus crímenes de guerra contra los judíos en Europa.

—¡No hay tribunal competente que valga! —exclamó el nazi—. Los juicios de Núremberg ya terminaron y no pesa ninguna acusación sobre mí —continuó, sin importarle admitir de ese modo que era la persona que decían que era—. Y no creo que ese juicio del que hablas tenga validez, y mucho menos que sea justo, porque vosotros no tenéis prueba alguna contra mí, y tendrán que soltarme por falta de ellas.

Dietrich hablaba sin pensar ni por un momento que sirviera de nada. Pero se sentía impelido a representar su papel en aquella obra y, sobre todo, necesitaba ganar tiempo.

—¡Estás muy equivocado! —siguió Golden—. El detective Adriaan van Leeuwen, aquí presente, tiene el dosier más completo que te puedas imaginar de todas tus andanzas y, por lo que he podido leer, no creo que salgas vivo de la cárcel.

Dietrich observó a Adriaan. Le pareció haberlo visto antes en alguna parte, pero no pudo ubicarlo del todo.

—Este, igual que vosotros, no tiene ni puta idea de lo que yo he hecho —dijo con desprecio.

El nazi trataba de mostrase orgulloso. Su soberbia natural le ayudaba. Adriaan se cansó de aquella charla. Con un gesto de mal humor dijo:

—Se acabaron ya las tonterías, Dietrich. ¡Al grano! ¿Dónde tienes la caja fuerte?

—¡Así que ¡es eso! ¡Lo que queréis es robarme! —dijo el nazi soltando una risotada amarga—. ¡Ladrones!

—No sé si tienes algún aprecio por tu esposa y por tu hijo, pero tengo entendido que los nazis, a pesar de ser unos criminales sin piedad, sentís cariño por vuestros familiares. Y ahora depende de ti el ayudarles o no —Golden trataba de encontrar el punto débil del hombre—. Tu hijo y tus suegros están retenidos en Múnich, y los agentes están a la espera de que les hagamos una llamada para soltarlos o no. Tu mujer, Erika, regresará en un rato y le espera el mismo trato que a ti si aún estamos aquí cuando llegue. ¡Tú mismo! ¡Habla!

Dietrich sabía que en la guerra psicológica tenía todas las de perder, precisamente él, que era un experto, comprendía a la perfección lo que estaba pasando. «Aun así, no se lo pondré fácil —pensó con ira—. ¡No lo pondré fácil!».

Las cosas se precipitaron cuando uno de los hombres de Golden descubrió la cámara acorazada del sótano. Se lo dijo al oído a su jefe.

—Hemos descubierto tu escondrijo, Dietrich —dijo él tras informar a Adriaan y a los otros dos hombres—. Ha sido más fácil de lo que pensaba, ¿No nos esperabas, Dietrich? Un hombre previsor como tú… ¡Vamos! Dinos la clave de la puerta y tu familia estará a salvo.

Dietrich se enfoscó en un silencio obstinado.

De pronto, Adriaan tuvo una idea:

—¡Poned explosivos en la puerta de la cámara y derribadla!

Ante la sorpresa de todos, Dietrich dio un grito terrible.

—¡Nooo! ¡No! Esperad. ¡Os diré la clave!

Había sido una reacción instintiva. Los explosivos podían haber dañado las obras de arte, especialmente los cuadros y las imágenes religiosas. ¡Todo el esfuerzo de una vida de expolio y rapiña se podía haber echado a perder con la detonación! Dietrich no podía consentirlo. Era superior a sus fuerzas. Aquellos objetos eran lo más importante de su vida. «Los he atesorado por encima del bien y del mal, y ahora —pensó con amargura— todo está perdido».

Adriaan bajó apresuradamente hasta la habitación seguido de su inseparable agente Silver. Introdujo la clave y la puerta cedió al instante.

El lugar era grande, más de tres metros cuadrados, calculó Adriaan. Estaba lleno de lienzos y objetos religiosos de gran valor. En una caja aparte estaban los diamantes, colocados sobre papelinas y ordenados según tamaño y calidad. Posiblemente habría más de dos mil quilates. Los lienzos estaban enrollados fuera de los marcos para reducir su volumen y embalados en cilindros de cartón. El detective pensó que permanecían así desde su entrada ilegal en Ecuador. Fue contabilizando y anotando todo lo que veía en un apresurado inventario. Cuando llegó a las joyas, se quedó absorto observando un broche de brillantes que destacaba sobre todo lo demás. Lo reconoció de inmediato por la descripción que había hecho de él aquel joyero español, Gerardo.

No podía ser otra pieza que la Rosa Windsor, diseñada por madame Bellâme, con su corazón de rubí y sus pétalos de brillantes, delicada, refulgente y perfecta, tal y como se la había imaginado.

Cuando terminó el inventario, cargaron todos los objetos en el maletero del Chevrolet. El plan de Adriaan era regresar a Quito y poner los objetos requisados en lugar seguro. Los agentes de asalto metieron a Dietrich en el Chrysler. Luego estrecharon uno a uno la mano de Adriaan.

—Nosotros nos vamos directos a la frontera con Colombia —explicó Golden—. Allí nos espera un enlace. Viajaremos a Miami en avión. Allí se decidirá el destino de este pájaro. Silver te seguirá hasta Quito en el Ford de Dietrich hasta el local de tus compañeros detectives. Luego se reunirá con nosotros en la frontera.

Adriaan asintió. Comprendía que la manera más segura de sacar a Dietrich del país era a través de la frontera con Colombia. Suspiró. Fijó la vista en el nazi, que no bajaba la cabeza, aunque tenía la mirada perdida, enajenada.

«Al final, todo ha terminado bien», pensó Adriaan con alivio. Había recuperado gran parte de los objetos expoliados y el nazi estaba en las manos que correspondían para ser juzgado en algún momento en el Estado de Israel. Pero él aún tenía que sacar todos aquellos objetos del país y entregarlos al Consorcio a través de las autoridades.

Partieron todos sin más pérdida de tiempo.

Al llegar a Quito, Adriaan se reunió con los detectives ecuatorianos. Silver se despidió y partió sin tardanza.

Por su parte, él ya tenía un plan trazado. Días atrás había establecido contactos con la Legación de los Países Bajos, cuya sede se encontraba muy cerca. Se dirigieron allí.

Uno de los detectives entró en el vestíbulo y solicitó hablar con el legado en nombre de Adriaan, pues él no quería separase de los objetos requisados ni por un instante. Un funcionario que ya estaba sobre aviso les dio permiso para que el vehículo entrase en el recinto y entre los tres hombres descargaron los bultos en un almacén. Una vez descargados, los detectives se marcharon. Allí mismo, junto a las cajas, Adriaan esperó al legado por espacio de más de tres horas.

—¡Buenas tardes! Lamento la espera…

Adriaan se puso en pie.

El legado era un hombre ya mayor de modales desenvueltos y mirada franca.

—Espero que estos bultos no sean plátanos, señor Van Leeuwen —dijo con buen humor.

Adriaan sonrió nervioso.

—En primer lugar, señor, quisiera darle las gracias por recibirme. Y, por supuesto, le hago entrega de mis verdaderas credenciales, como me solicitaron.

Le tendió al legado sus documentos. El hombre los leyó con detenimiento. Luego llamó a su secretario y le entregó los papeles para que los verificara.

—Ya estoy al tanto de su historia de un modo muy general, pero me gustaría conocer algo mejor los detalles. Mientras comprobamos que es usted quien dice ser, cuénteme bien esa historia tan rocambolesca.

Adriaan le puso al corriente de los pormenores de la operación desde los primeros días de Ámsterdam. Conforme hablaba, iba desprendiéndose de un peso. Al acabar, se sintió ligero, incluso limpio.

Poco después regresó el secretario.

—Todo es correcto, señor.

—Está bien, Van Leeuwen. Imagino qué tipo de ayuda necesita de nosotros una vez Dietrich ha sido capturado y entregado a los israelíes. Se trata de los bultos, ¿me equivoco?

—En absoluto, señor. Está usted en lo cierto. La misión tenía dos metas: la primera, la detención de los culpables nazis y, la segunda, la recuperación de lo expoliado. Para esto último solicito su ayuda. Quiero que las cuatro cajas salgan en valija diplomática desde la legación hasta Ámsterdam. Es necesario ponerlas en manos de las autoridades competentes para su posterior devolución.

—¡En fin, hijo! —dijo el diplomático paternalista—. No veo ningún inconveniente. Lo que haremos será un memorándum detallado de la carga en su presencia. Ármese de paciencia porque llevará un tiempo. Ahora debo dejarle.

—Gracias por todo de nuevo, señor.

El diplomático asintió con la cabeza. Ya se marchaba, aunque daba la sensación de que quería decir algo. Finalmente, se detuvo a un paso de la puerta y se giró hacia el detective.

—Gracias a usted por su tesón, muchacho.

No dijo más, pero las palabras le parecieron a Adriaan cargadas de significado. Por un breve momento se sintió orgulloso de su trabajo.

•

Por otra parte, cuando Erika regresó a la villa se encontró con un panorama desolador. Tras el primer susto, encontró a uno de los guardias, el que estaba amordazado en el salón y, tras escuchar su relato, bajó como una loca a la cámara acorazada. Gritaba, encolerizada, arremetiendo con rabia contra todo y contra todos. No sabía qué le dolía más, si el robo o el secuestro de su marido.

«¿Cómo puedes haber sido tan estúpido, Dietrich?», mascullaba entre dientes.

Quería ponerse en contacto con la policía y denunciar el asalto, pero el guardaespaldas la disuadió. Sería muy difícil explicar coherentemente lo sucedido. Alertar a las autoridades sobre sus identidades, su procedencia y la de sus bienes no iba a ser tan sencillo. Solo conseguiría traer más problemas. Podía denunciar el secuestro si quería, pero era mejor no relacionarlo con la villa ni con las propiedades. Debía decir que su marido había salido a hacer unas gestiones a Quito y que no había regresado.

El guardaespaldas hizo un recorrido por los alrededores y encontró a sus dos colegas en la cuneta. Cuando todos se reunieron, hicieron un informe más completo de lo sucedido a Erika. Horrorizada después de escuchar la descripción del hombre alto y rubio, un tal Adriaan, Erika comprendió que ella también era una estúpida y que había sido utilizada por el muy canalla desde el principio, desde el mismo momento en que subió a aquel barco en Barcelona, y quizá incluso desde antes. Sintió un viento helado en torno a su corazón. Un pozo de amargura: «Adriaan van Leeuwen se arrepentirá de esto. ¡Lo juro!».

Unas horas más tarde llamó a Bartolomé Risco. Este le dio unas pautas y le advirtió de que las autoridades debían saber lo mínimo.

En las horas posteriores, la policía buscó el Ford en el que supuestamente Dietrich habría partido aquella mañana. Pero era demasiado tarde. El antiguo teniente coronel de la Gestapo ya no estaba en Ecuador: iba camino de encontrarse con su fatal destino.

CAPÍTULO XXIV
El regreso
Primavera de 1950

Tras la captura de Dietrich, Adriaan se relajó completamente. Llevaba meses de actividad frenética y preocupaciones sin fin mezclados con periodos de inactividad y ansiosa espera. Decidió que pasaría unos días de vacaciones en aquella ciudad maravillosa antes de regresar a su país. Parte de la culpa de aquella decisión la tuvo su deseo de continuar disfrutando de la amistad de la niña Rosana, con quien no solo había logrado hacer las paces, sino con la que salía casi todas las noches a cenar o a bailar sin otra pretensión que disfrutar del momento.

Sin embargo, la organización de Dietrich, dirigida por Bartolomé Risco, se había recuperado del susto. Se encargó a los sicarios que hacían de guardaespaldas que trataran de seguir la pista de su jefe, del botín o de ambos alentados por el furor y la determinación de Erika, que se había limitado a denunciar oficialmente la desaparición de su marido, pero que nunca habló con las autoridades sobre los bienes sustraídos.

Sin pista alguna sobre el paradero de Dietrich y apenas sin esperanza de encontrar su rastro, decidieron vigilar a Adriaan van Leeuwen, que imprudentemente se había quedado en la ciudad y que se mostraba visible y sin ninguna precaución disfrutando de la primavera quiteña.

Una tarde, Adriaan decidió dar un paseo por el barrio antiguo de Quito. Caminaba absorto observando el colorido traje de las polleras y los ponchos de las gentes. Le encantaba el atavío de las inditas con sus cestos a la espalda sujetos con un tirante sobre la frente y sus indumentarias multicolores. Los edificios en aquella zona eran de aire español, con aleros sobresalientes y macetas de geranios. Muy cerca estaba la catedral, de un gótico regional de curiosa belleza. A aquella hora las tiendas de productos artesanales ya iban cerrando.

Enfiló hacia el barrio comercial tratando de encontrar un taxi, y echando de menos a su amigo taxista, al que no veía hacía días, pues había salido de la ciudad para resolver un asunto familiar. A pesar de que tan solo eran las seis de la tarde, la luz decrecía rápidamente y el alumbrado de aquella parte de la ciudad era muy deficiente, así que buscaba atento un vehículo, pero cada vez transitaban menos, y muy de tarde en tarde.

Comenzó a sentirse inquieto sin saber muy bien por qué. Haciendo caso de su instinto, apretó el paso. La gente que hacía un rato inundaba las calles había desaparecido. Ya solo oía el sonido de sus pisadas sobre el asfalto. Tras caminar dos o tres manzanas a buen ritmo, distinguió a dos hombres detrás de él. Aceleraban el paso al mismo ritmo que él. La calle se empezó a estrechar y Adriaan se iba fijando en los portales para tratar de meterse en alguno abierto. A ocho o diez metros de distancia encontró uno iluminado y apretó el paso para esconderse en él. En ese mismo momento oyó un clic característico: era el de un arma amartillándose.

Sin pensarlo, se tiró al suelo. El disparo atronó el silencio de la noche incipiente y al instante Adriaan sintió un dolor lacerante en la pierna, que abrasaba como un hierro candente. A pesar del dolor, se arrastró penosamente el medio metro que le quedaba hasta el portal. Entró y cerró el pestillo como buenamente pudo. Por el pasillo mal iluminado asomó cautelosamente la cabeza de un hombre. Observó cómo manaba sangre del muslo de Adriaan. A pesar del miedo, el hombre le arrastró con dificultad hasta su vivienda.

Adriaan todavía se daba cuenta de las cosas vagamente, pero sentía que perdía la orientación. En un último momento de lucidez, sacó una tarjeta de su bolsillo y, sin saber muy bien de quién era, le suplicó al buen hombre que telefoneara y pidiese ayuda.

Después del disparo, los sicarios salieron corriendo seguros de haber acertado a su víctima, pero sin la certeza de que la herida fuese mortal. Al fin y al cabo, el riesgo de permanecer en la calle era muy alto y, tras comprobar que no podían abrir el portal para rematar al herido, habían decidido marcharse sin más consideraciones.

Transcurrió algo más de una hora. Adriaan recobraba y perdía el conocimiento sin darse mucha cuenta de lo que sucedía a su alrededor. En un momento dado, cierto murmullo le sacó de su letargo. Abrió los ojos y vio el rostro de la niña Rosana, que le daba unos ligeros cachetes. Le pareció bellísima, con su piel blanca por el susto, contrastando con las pupilas negras enfebrecidas y el pelo oscuro y lustroso que le daban una aureola de ángel.

Rosana organizó el traslado de Adriaan a una clínica privada. Sintió una punzada de ternura por él cuando se lo llevaron unas pocas horas después en una camilla que le quedaba pequeña. Ya en el hospital, le extrajeron la bala del muslo y le cubrieron la herida. Solo precisaba de reposo y de los cuidados necesarios para que la herida no se infectase. Pero Rosana sospechaba que no estaba fuera de peligro. El vecino le había contado someramente lo sucedido. Y cómo habían tratado de rematarle.

Fue premeditado. Los tipos que habían hecho aquello podían volver.

Adriaan se despertó de su duermevela en varias ocasiones. Una de las veces trató de explicarle a Rosana lo sucedido, pero ella le puso un dedo en los labios:

—Ya habrá tiempo para eso, querido. Ahora descansa.

Adriaan, agotado, cerró los ojos y volvió a dormirse acunado por la ternura de la mujer.

Habían pasado más de doce horas desde el atentado. Durante todo ese tiempo, Rosana estuvo a su lado. Cuando él por fin abrió los ojos con algo de lucidez, ella dormitaba sobre el borde de la cama.

Adriaan tomo conciencia de lo ocurrido y esperó pacientemente a que ella despertase. En un momento dado, una enfermera entró a inyectarle un medicamente. Rosana se incorporó rápidamente y se dirigió al servicio para arreglarse el pelo. Una vez compuesta, la enfermera le informó:

—Dentro de una hora le pondré otro apósito limpio y en un par de días podrá llevárselo —dijo con una sonrisa profesional.

Adriaan y Rosana se quedaron solos. Era el momento de sincerarse.

—Bueno, señor Van Leeuwen —dijo ella con fingida formalidad, como si aún estuviesen en su tienda negociando por los brillantes—. Es el momento de que me cuentes toda la verdad. ¿Qué está pasando aquí? ¿En qué estás metido, amigo?

Adriaan dudó unos momentos. Sopesaba si sería prudente contarle toda la verdad a Rosana o bastaría con tan solo una parte. Pero había resultado ser una buena amiga de veras. Y era demasiado inteligente como para insultarla con medias tintas. Decidió que merecía saber toda la historia con detalle.

—Querida Rosana, niña Rosana... Lo primero de todo, no soy representante de una empresa importadora de bananas.

—¡Ajá! —dijo ella—. Lo sospechaba. No te he visto comer ni una sola banana en estas semanas. En realidad, no te he visto comer ni una fruta... —bromeó esperando una revelación de su amigo.

—Soy un detective privado —confesó Adriaan mirándola cabizbajo—. Trabajo en la agencia AK Infinity de Ámsterdam, de la que soy propietario. Llevo más de un año persiguiendo a un criminal de guerra nazi...

Rosana se llevó la mano a la boca y ahogó una exclamación tanto de sorpresa como de espanto.

—Finalmente, hace unas semanas, lo pude apresar en una complicada operación internacional y ahora ya está en manos de las autoridades pertinentes. Siento que apenas puedo contarte nada de los detalles de la operación para no poner en peligro las vidas de los agentes implicados, pero baste decirte que fue extremadamente peligroso...

—¡Adriaan! ¡Dios mío!

—Creo que sus secuaces, orquestados por su socio y su esposa, me han seguido y me han tendido una trampa. ¡He sido un imprudente quedándome aquí! Sobre todo, porque podría haberte puesto en peligro a ti. Quizá todavía lo estés y eso es más de lo que puedo soportar... ¡No creo que sea prudente que estés cerca de mí!

—¡Adriaan! ¿No pensarás que soy una mojigata, verdad? Sé protegerme y, además, no estoy sola, mi familia me guarda las espaldas. No estés preocupado por mí. Pero, vamos, continúa, cuéntamelo todo. ¿Quién es ese nazi? ¿Cómo recibiste ese encargo? ¿Quién es su esposa...?

En realidad, sobre ese último punto de la esposa, Rosana ya se hacía una idea: ¡la rubia, la alemana guapa...! Empezaba a encajar las piezas.

—Ya te he perjudicado bastante, Rosana…

Rosana no hizo caso de aquella lamentación. Trataba de pensar con rapidez. Debía alejar a Adriaan de la ciudad cuanto antes.

—¡Tienes que huir! No pienso dejarte hasta que pueda sacarte del país sin peligro. Tengo un amigo piloto que dispone de una avioneta. Le llamaré. Creo que podrá llevarte hasta Colombia, desde donde puedes volar a Nueva York y desde allí a tu país.

El tono de Rosana no admitía réplica. Adriaan comprendió que estaba en lo cierto. Cuanto antes se quitase de en medio, antes protegería a la niña Rosana.

—Tendrás que tomar buena nota de todos los gastos. Te extenderé un cheque, incluidos la clínica, el vuelo de tu amigo piloto hasta Bogotá…

—¡No hago esto por dinero! Adriaan… ¿Es que no te das cuenta? —protestó ella con amor propio y ternura a un mismo tiempo. ¿Era tan difícil de entender?

—Solo sé que no he hecho más que perjudicarte —se lamentó Adriaan. Tomó un vaso de agua de la mesilla y lo bebió lentamente. Notaba la boca reseca—. Y el asunto de los brillantes también se solucionará, no creas, aunque tarde un tiempo. Cuando llegue a Ámsterdam, informaré a mis clientes para que te cambien los brillantes que te proporcionó Dietrich por dinero. Te los encargué sospechando que podría sacarle de su madriguera. Y así fue.

—¿Dietrich? —se extrañó Rosana—. ¡No! El hombre con quien yo negociaba se llama Wilson Cabrera.

Adriaan se echó a reír. Tenía gracia. El nombrecito de marras.

—¡Ni hablar! Se llama Dietrich Friedrich y es un teniente coronel de la Gestapo. Un criminal de guerra nazi que expolió, robó y engañó a muchísimos judíos inocentes durante la guerra. Esos diamantes pertenecen precisamente a mis clientes y te los van a reembolsar. Yo os pondré en contacto para que hagáis la transacción. No te preocupes de nada, Rosana.

Adriaan se incorporó de la cama lentamente, todavía dolorido. Dio un traspié. Rosana le abrazó instintivamente. Sus caras estaban ahora muy cerca. A la distancia de un beso. Sus labios se juntaron inevitablemente. Rosana sostenía a Adriaan con su cuerpo. «La niña Rosana sabe a limón y a canela, a fruta tropical», pensó confusamente Adriaan. El instante pasó. Con una caricia en la mejilla, la niña Rosana se separó del detective.

Ya había transcurrido otro día y el tiempo apremiaba. Tenían que salir del hospital cuanto antes y llegar hasta el aeropuerto. Rosana ordenó a uno de sus empleados que solía hacer las veces de mozo y guardaespaldas que recogiese las cosas del hotel de Adriaan y las llevase hasta el aeropuerto. Mientras tanto, ayudó al joven a asearse y vestirse.

Con todo el sigilo posible, abandonaron la habitación del hospital y entraron en el coche de Rosana, que estaba aparcado muy cerca.

•

Mientras tanto, Erika y sus secuaces habían estado indagando por los hospitales de la ciudad. Hubo suerte y, para cuando acudieron a la clínica donde le había ingresado Rosana, ellos ya se habían marchado. Erika pensó que el siguiente movimiento sería apostar a sus hombres en el aeropuerto. Sería lo lógico que Adriaan tratase de escapar del país cuanto antes. También apostó a dos hombres en la carretera de salida de Quito hacia el mar. No quería que Adriaan se le escapase de ninguna de las maneras. Era una tarea ímproba, pero necesitaba rescatar sus riquezas, todo lo que se habían llevado de la cámara acorazada. Adriaan necesitaría varias cajas para sacar aquellos tesoros del país. No sería fácil pasar desapercibido con semejante equipaje.

Pero los cálculos de Erika fallaron estrepitosamente. No podía saber que nunca conseguiría ni los cuadros ni los diamantes ni los objetos preciosos. La idea de Adriaan de sacarlos por valija diplomática había sido una jugada muy inteligente. En aquellos momentos era posible que la mercancía ya estuviese en Europa a punto de ser restituida a sus legítimos dueños.

Erika estaba segura de que el autor de sus desgracias seguía vivo, en Quito y, con un poco de suerte, muy mal herido.

Ahora le odiaba con una profundidad que le asustaba. Aquel hombre le había arrebatado todo por lo que había esperado, luchado y anhelado aquellos últimos años. Un sentimiento de venganza poderoso, arrebatador, que no dejaba espacio para otra cosa se había desparramado por su interior como la lava de un volcán que no encuentra salida. Adriaan la había engañado de la forma más ruin y penosa que una mujer como ella podía imaginar. A pesar de que aún contaba con el dinero de la cuenta de Zúrich, una cantidad nada despreciable que le permitiría vivir con comodidad por mucho tiempo, Erika no pensaba en marcharse del país y olvidar todo aquello. No pensaba en quitarse de en medio y alejarse de aquellos que habían acorralado a su marido. Su sed de venganza era muy superior a su prudencia.

Por otro lado, el coche de Rosana se dirigía al aeropuerto por el camino menos transitado que se le ocurrió. Quería pasar desapercibida. Cuando llegaron al Mariscal Sucre, salió sola del coche y buscó a su amigo el piloto en una de las salas que habían acordado por teléfono. Entre los dos trazaron un plan. Cuando el vuelo estuviese autorizado, un pequeño camión del aeropuerto recogería a Adriaan en su estacionamiento para transportarle hasta la avioneta sin ser visto.

El hombre de Erika vigilaba la sala de embarque de los vuelos de pasajeros, pero en ningún momento pudo distinguir la elevada estatura del holandés en aquella terminal. A través de los ventanales vio despegar una pequeña avioneta Stinson. Se elevaba del aeropuerto rumbo a Bogotá. El hombre nunca sospechó que en ella volaba Adriaan van Leeuwen.

Rosana viajó con Adriaan en la avioneta hasta Bogotá y le ayudó a encontrar un vuelo para Nueva York. Finalmente compraron un pasaje de la compañía Avianca.

En la sala de espera, Adriaan y la niña Rosana se fundieron en un abrazo. Fue un momento triste y alegre a un tiempo. Había un fuerte sentimiento flotando en el aire, pero era agridulce: una sensación de lo que podría haber sido y nunca sería. Las circunstancias no lo ponían fácil.

«Tal vez algún día», quiso pensar Adriaan mientras se separaba de la joven.

En las pestañas negras de ella las lágrimas brillaban.

—Iré a Ámsterdam no tardando mucho —prometió—. Allí nos veremos. ¡No te creas que te vas a librar de mí así como así…!

Adriaan la miraba, fascinado. ¡Qué mujer! ¡Qué carácter! Era más valiente y decidida que muchos hombres duros que había conocido. La tomó de las manos y se las besó con calidez.

—¡Esto jamás lo voy a olvidar!

Y era más que cierto.

—¡Adiós, niña Rosana!

Se dio media vuelta y se dirigió a la puerta de embarque. La niña Rosana se quedó largo tiempo allí. Luego ella también dio media vuelta y se dirigió a su hangar. Su amigo piloto la llevó de regreso a Quito.

La niña Rosana tenía todo el tiempo una sonrisa triste en su cara de porcelana.

CAPÍTULO XXV
La exposición de París
Mediados de 1951

Gerardo comenzaba a sentirse como una reliquia en un mundo que cambiaba demasiado deprisa. Había dejado la empresa del padre de Julio, que ya era un anciano jubilado, cuando su amigo se enamoró y trasladó el negocio a Barcelona, la tierra de su futura esposa. Sin embargo, un anuncio en la prensa le devolvió la ilusión, al menos en el aspecto profesional. El recorte solicitaba especialistas en manufacturar sortijas de ensalada de platino. Era una oferta de trabajo exclusiva y muy especializada. La industria de la joyería no había conseguido fabricarlas en serie con cierta calidad mínima. Además, el platino era un material que se usaba muy poco debido a su elevado precio y a que no era posible fundirlo por microfusión. Muy pocos joyeros quedaban que supieran trabajarlo. Se trataba de una tarea difícil, exigente y preciosista. Gerardo sonrió para sí: «Una oferta de empleo solo apta para dinosaurios como yo».

Llamó al teléfono que se indicaba en el anuncio. Le citaron a la mañana siguiente en una dirección de la calle Atocha. Mientras se acercaba, le vino a la memoria aquella mañana fatídica de la huelga de octubre, cuando le dieron la paliza que cambió su vida.

Los hermanos Herrera tenían una reputación acreditada como lapidarios en toda España. Gerardo se sorprendió al comprobar que en los últimos años habían cambiado un poco su actividad y en ese momento se dedicaban a la venta como almacenistas de joyería. El hijo mayor de los Herrera, Armando, había sido el alma del cambio. Fue precisamente él quien recibió en su despacho a Gerardo.

El entendimiento entre ambos fue rápido. Los dos amaban la joyería y, lo más importante, eran hombres honestos.

—Trabajarás en la casa donde viven mis padres —dijo Armando. Encendió un cigarrillo y exhaló lentamente el humo mientras hacía ademán de invitar a Gerardo. Este lo rechazó con una cabezada—. No te molestará que te tutee, ¿verdad?

—En absoluto.

Gerardo esbozó una sonrisa seria. Seguía siendo un hombre taciturno.

—La casa es muy grande y hemos dispuesto una habitación como taller donde trabajarás junto con dos aprendices a tu cargo. También contaréis con mi primo hermano. Él tiene sus propios clientes, pero hace arreglos para nuestro almacén.

A los pocos días todo estaba arreglado y Gerardo comenzó aquella nueva andadura profesional. En poco tiempo consiguió un método para realizar mucho más rápido los anillos. Era capaz de hacer más de una pieza a la semana, que era el tiempo habitual para aquellas sortijas. Como cobraba por pieza terminada, el montante superaba con creces el salario de un oficial de primera. Gerardo estaba ganando más dinero que nunca, pero la repetición comenzaba a aburrirle.

Fue una suerte que un buen día los Herrera le llamasen al despacho. Estaban los tres, Armando, el mayor; Jaime, el más joven, e Ismael, el primo.

—Siéntate, por favor —indicó Armando.

Gerardo se temió lo peor. Era un hábito muy arraigado en él. No le extrañaría que fuese un despido. Estaba cobrando demasiado dinero. Pero las caras de los hombres no estaban tensas. Quizá se equivocaba. Se sentó lo más relajadamente que pudo. No le gustaba mostrar sus sentimientos; mucho menos sus temores.

—Vosotros diréis.

Gerardo los tuteaba a los tres. Había comenzado por Armando aquel día de su contratación y tampoco pensaba mostrarse más formal de los necesario con los otros. Con ser educado tendría que bastarles. Ya era un joyero prestigioso y reconocido y, además, no consideraba a ningún hombre por encima de él. Eso había acabado hacía mucho tiempo. Armando sonrió, pero Jaime, el mayor, le miró, sorprendido. Sin embargo, ninguno dijo nada.

Pasó un instante incómodo. Luego, Armando tomó la palabra.

—Verás, Gerardo, hemos hecho cuentas, y el dinero que te llevas cada semana excede con mucho al que cobra cualquier oficial de primera. Eso no significa que no te lo merezcas, por supuesto. No es eso. Además, es lo que acordamos en tu contrato.

Gerardo permanecía en un silencio tenso. Sus temores se confirmaban. Estaba claro que estos empresarios no iban a permitir que un empleado medrase. Sin embargo, las siguientes frases le sorprendieron por completo:

—Hemos estudiado tu trabajo. Eres un joyero extraordinariamente cualificado. Talentoso, diría yo. —Armando miró a sus familiares buscando aprobación. Ambos hombres asintieron—. En definitiva, lo que hemos pensado los tres socios es que, además de hacer tu trabajo, queremos que te ocupes de una nueva responsabilidad. Queremos que dirijas a los demás empleados del taller en sus tareas habituales. Serías el encargado, especialmente a nivel técnico, pero también en la gestión de las tareas y los tiempos.

Al igual que antes había disimulado sus temores, ahora Gerardo ocultó su sorpresa. Pero no lo consiguió del todo. Durante unos segundos trató de procesar las implicaciones de aquella oferta.

—Nunca he dirigido el trabajo de nadie —dijo al fin con total sinceridad.

—¡Lo harás de maravilla! —afirmó Jaime.

Lo que no sabía Gerardo era que la gestión de los recursos humanos era una tarea realmente compleja y de gran desgaste. Sin embargo, aquella novedad le motivaba. Necesitaba retos. Siempre había sido así. No se lo pensó.

—Acepto —dijo, y acompañó sus palabras con la primera sonrisa abierta del día. Cuando Gerardo sonreía, se transformaba por completo. Se volvía un hombre más mundano, más sofisticado incluso. La relajación le sentaba bien.

Al poco tiempo, el pequeño taller a su cargo se amplió hasta contar con más de quince trabajadores. Tuvieron que mudarse a una nave cercana que los Herrera alquilaron a buen precio. La mayor novedad vino unos meses después, cuando contrataron a un joven diseñador de apenas veinte años: Salvador Arrojos.

A Gerardo, los diseños del joven le recordaban mucho a los de Sara Bellâme, aunque los de Arrojos sobresalían por su tratamiento del volumen, que marcaría tendencia en los años posteriores.

Pero aquel no fue el único cambio. Al taller de los Herrera llegó un personaje estrambótico, procedente de Estados Unidos, que revolucionó el mundo del diseño en España. Aquel personaje más parecía un buhonero que un vendedor de joyería, pero introdujo un avance revolucionario en el sector. Se trataba de unos bloques de cera que permitían tallar modelos de gran dificultad con la mayor precisión y detalle. Para el diseñador Salvador Arrojos, aquello era un descubrimiento fantástico. Los diseños más atrevidos y delicados, que antes no eran técnicamente posibles, ahora cobraban vida en aquel material de la mano de un buen artesano como Gerardo. Los Herrera habían formado, sin pretenderlo, un equipo imparable que producía las joyas más perfectas y excepcionales.

La firma Herrera presentaba dos veces al año sus colecciones en París y, en los pocos días que duraban las exposiciones, sus representantes vendían íntegra la colección. Se estaban haciendo un nombre internacional a la altura de los Chopard o los Boucheron.

La ambición de los Herrera no tenía límite. Habían comprendido que la firma necesitaba un reconocimiento internacional para prosperar a los niveles deseados. Pronto se presentó una oportunidad: la muestra que patrocinaba la Cámara de Comercio Española en el palacio de Exposiciones de París. Decidieron participar. El equipo se puso a trabajar intensamente.

Ismael y Salvador seleccionaron diseños con temas florales y marinos, y piezas en brillantes con volúmenes del fondo acuático.

Mientras, Salvador realizaba las esculturas en cera, Gerardo realizó las piezas de platino con brillantes. Todos los oficiales colaboraron en sus horas extra, pues había que seguir con el trabajo del día a día y la colección debía estar lista antes del mes de mayo de aquel año.

•

Por fin, llegó el momento. Se cuidaron todos los detalles. En el despacho de Ismael, se habían colocado los estuches de cada pieza, y este, con sus característicos tirantes y arremangada la camisa, limpiaba con una gamuza cada pequeña huella dejada por los operarios.

Gerardo hizo la maleta con lo imprescindible: un traje gris y algunas camisas. No olvidó meter una corbata, aunque a él no le gustaban, pero su jefe le había obligado a llevarla para estar presentable en la feria. Al principio, cuando Ismael le dijo que tendría que viajar a París, Gerardo se negó, pero luego pensó que podría aprovechar para hablar con Anselmo. Quizá este podría ayudarle a encontrar a Albertine, y eso le hizo cambiar de idea. Él mismo se sorprendía de querer encontrarla todavía. En aquel tema, su propio corazón le parecía el de un extraño, pero necesitaba una explicación, algo que cerrase aquella herida que había quedado abierta. Necesitaba encontrarla, aunque solo fuese para escribir un final. Cualquier final sería mejor que aquel vacío.

La exposición comenzó. Después de los trabajos en el estand y de hacer de intérprete para su jefe con algunos funcionarios, Gerardo tuvo algo de tiempo libre para ir a visitar a Anselmo, su antiguo vecino. Según caminaba, iba recordando aquellos días trágicos de la guerra, pero también los más maravillosos de su vida, aquellos tiempos de París con Albertine, cuando aún creía que la felicidad era posible. Llegó a su antiguo domicilio.

Subió la escalera despacio. Notaba una sensación agridulce en su interior. La expectativa de tener alguna noticia sobre ella, después de tanto tiempo, le producía ansiedad. Seguía sin entender cómo había podido desaparecer de aquella manera tan cruel. Por fin llegó al descansillo, que le pareció más viejo y pequeño que nunca. Anselmo abrió la puerta y una amplia sonrisa se dibujó en su cara cuando vio a Gerardo. Se dieron un cálido abrazo.

Anselmo lo asaeteó a preguntas sobre España. Era su obsesión. Su amor/odio hacia la patria se reavivaba cada vez que algún paisano recién llegado le visitaba.

Gerardo se echó a reír cuando vio aquella vieja cara amiga con la misma mirada ansiosa de siempre.

—¿Se debilita el Gobierno de Franco? ¿Hay más libertad? —preguntaba.

—¡Para, para! ¡Tranquilo! A ver, Franco está como siempre, lo que está cambiando es su Gobierno. Ahora, entre los ministros hay menos falangistas y más tecnócratas católicos. Sobre la libertad, sigue todo igual, pero los españoles estamos aprendiendo a vivir como lo hemos hecho siempre: soslayando las prohibiciones. Ya sabes, la picardía salva a muchos del tedio y del aburrimiento. Y del puritanismo.

Anselmo asintió con una sonrisa triste. Era cierto: algo cambiaba muy lentamente en España. Era una corriente subterránea, tenue, pero imparable.

Sirvió dos copitas de pastiche. Brindaron.

—¡Por España! ¡Y por los buenos amigos! —dijo Anselmo algo emocionado. Luego miró a su amigo con cariño. Había cambiado poco Gerardo. Quizá en sus gestos había más seguridad—. ¿Y tú, qué tal? ¿Cómo estás? Cuéntame bien toda esta historia de la exposición, tu trabajo…

—Luego, luego —respondió Gerardo sin darse cuenta de que él se mostraba con el tema que le preocupaba igual de impaciente que Anselmo con el de España—. Lo que yo quiero es que me cuentes algo de Albertine. ¿Está bien? ¿Has averiguado dónde vive?

—Lo siento, compadre. No hay mucho nuevo. —Anselmo carraspeó un poco. Le daba vueltas a la copita de pastiche, ya vacía—. El amigo de Antoine solo supo decirme que es posible que Albertine esté viviendo en la Riviera, en casa de su madre, pero las señas no las conocía.

Gerardo suspiró con alivio: «¡Entonces, está viva, seguro!». Nunca pensó en serio que pudiese ser de otro modo, pero a veces le asaltaba el temor de que hubiese muerto. Y se dio cuenta de que aquella idea le había pesado como una losa.

Pero después del alivio vino el enfado. No comprendía nada; las pertinaces preguntas regresaban desde el fondo del mismo dolor de entonces: ¿le habría pasado algo?, ¿estaría enferma?, ¿habría emprendido una nueva vida con otro hombre? Y, sobre todo, ¿cómo pudo dejarle así, sin una palabra de despedida? La impotencia le quemaba por dentro.

·

La exposición de joyería del estand español fue un éxito. Todos los días se llenaba de profesionales que habían oído hablar de la originalidad de los diseños y de la maestría de su ejecución. Sin embargo, Gerardo se daba cuenta de que su oficio, el que había aprendido en su juventud, aquel donde el virtuosismo y la habilidad habían sido lo primero, estaba en vías de extinción. La industrialización también los había alcanzado a ellos y, aunque no se podía negar que el progreso era un gran logro en la mayoría de los campos, en lo que se refería a labores como la suya, que eran casi un arte, se devaluaban sin remedio. Pero Gerardo ya lo tenía asumido. Aquellos días en París no podía pensar en otra cosa que no fuese Albertine. Cada rincón, cada callejuela, cada café, el mismo aire y el mismo cielo le recordaban a ella con una intensidad que le mareaba. Casi estaba deseando marcharse de París al tiempo que se aferraba a aquellas

calles como un náufrago, con la falsa ilusión de trope-
zársela en cualquier esquina.

En ese estado de ánimo se encontraba cuando, pocos
días antes de concluir la muestra, le llegó una notificación de sus padres: había recibido una carta procedente
de un despacho de abogados francés. En la misiva le
citaban para hacerle entrega de cierta cantidad de dinero
en nombre del Consorcio de Gemólogos y Pedreros de
Ámsterdam y Amberes. Gerardo no salía de su asombro.
¿Qué relación podía tener él con esa entidad? Primero
pensó que se trataba de un error, pero luego decidió que
no perdía nada por conocer el asunto en más profundidad. Y también le resultó curioso que le citasen a una
reunión en París justo cuando él se encontraba allí después de varios años. Pensó en los caprichos del destino
y en las casualidades, que casi nunca lo eran. Intuyó que
aquello era importante. Un ciclo que se cerraba.

La cita era para el 13 de mayo en un conocido edificio
del centro de París. Gerardo seguía sin comprender de
qué dinero podía tratarse. Se había informado un poco
sobre el bufete de abogados, y las referencias eran buenas. Sin embargo, se lo pensó un poco antes de salir del
hotel. Los ánimos en la ciudad estaban muy revueltos.
Se habían convocado manifestaciones contra la guerra
de Indochina para ese mismo lunes, pero al final la curiosidad se impuso a la prudencia, se puso una gabardina,
cogió un paraguas y salió a la calle.

Trató de evitar la manifestación callejeando por lugares poco concurridos, pero, aun así, se cruzó con los
manifestantes. Aquella marabunta de gente le recordó
a otra, aquella de muchos años atrás, en Madrid, en
Atocha, la que cambió su vida. Esa de París era impresionante. Había cientos de personas, casi todos estudiantes
que caminaban dando gritos y proclamas, muchos de

ellos dirigiéndose a la Sorbona. Pensó de nuevo en las casualidades. Que no existían.

Se metió en un portal y esperó a que el tropel de gente pasase para seguir callejeando y llegar a su destino. Una vez allí, subió por una escalera suntuosa que se dividía en dos y llegó hasta el primer piso. Con una impaciencia creciente, leyó la placa de la puerta, donde figuraba el nombre de los letrados. Comprobó que eran los mismos que le citaban. Ya en su interior, le condujeron a una sala de espera donde se encontraban dos personas más, un hombre mayor y otro más joven, a quienes no conocía. El parecido entre ambos indicaba que eran familia. Unos minutos después, entró Sara Bellâme acompañada de un joven que tenía un gran parecido con Bernard Bloch. Gerardo se puso en pie de un salto movido por la sorpresa, aunque en el fondo no se sentía tan sorprendido. Se parecía más a una sensación de estar cumpliendo con lo inevitable.

—¡Sara Bellâme!

La diseñadora, con una sonrisa en los labios, se acercó a Gerardo. Le dio tres besos, a la manera francesa. Gerardo la encontró deslumbrante, como siempre, aunque quizá unas pequeñas sombras bajo los ojos delataban el paso del tiempo.

—No puedes imaginar qué alegría me da verte tan bien, Gerardo.

—¡Lo mismo digo! Pero ¿qué hace usted aquí? —preguntó confuso. Luego intuyó algo—. ¿Venimos a lo mismo, quizá?

Sara Bellâme asintió con un gesto. Seguía con la sonrisa en los labios. Había pensado en el destino de aquel joven muchas veces; en especial, cuando la visitó aquel detective holandés. Sara sabía mucho más que Gerardo sobre el asunto que allí los reunía, pues había tenido la oportunidad de llamar al bufete de abogados y le habían adelantado algunos detalles, aunque no todos. Pero no sería ella la que desvelase nada. Estaba más interesada en conocer cómo se encontraba el joyero.

—Tuve mucho miedo por ti los días siguientes a que entregásemos la Rosa a Dietrich —dijo. Se había puesto repentinamente seria. Una sombra oscurecía sus ojos—. Me enteré de que te perseguía la Resistencia. Temí lo peor.

Hubo un silencio. El joven acompañante los miraba por turnos.

—Ya. Así fue. ¡Tuve mucha suerte! Pude salir de Francia en unos momentos muy difíciles... —Gerardo agachó la cabeza. No quería recordar aquellos días. Ni siquiera para madame Bellâme—, bueno... Aquí estoy.

Cambió de tema observando detenidamente al joven que escoltaba a Sara.

—¿Y monsieur Bernard? ¿Cómo se encuentra?

—¡Bien! Ahora bien. Tras salir del campo de trabajo estuvo muy delicado una temporada. Se retiró y ahora el negocio está en buenas manos con su hijo.

Sara señaló al joven y ambos se estrecharon las manos. En ese momento salió el pasante y los invitó a pasar al despacho. Cuando se hubieron sentado, el abogado hizo una pequeña introducción:

—Bienvenidos a todos ustedes. Han sido citados a este bufete de abogados en nombre del Consorcio de Gemólogos y Pedreros de Ámsterdam y Amberes, como ya saben. Con el beneplácito de las autoridades competentes de sus respectivos países, en 1949 encargaron a la empresa de detectives AK Infinity la tarea de recuperación de los bienes expoliados por los nazis durante la pasada guerra a los miembros de dicho consorcio, nuestros clientes. Tras recuperar casi las tres cuartas partes de lo robado, se distribuyó a sus dueños naturales todo lo perteneciente a cada uno, salvo algunos cuadros de pintores renacentistas cuyos dueños no pudieron localizarse.

En ese momento la puerta del despacho se abrió. Dos personas que llegaban con retraso irrumpieron en la sala. Todos se giraron para observarlos. Gerardo reconoció al detective holandés que le visitó en Madrid, pero no a su acompañante, una mujer pelirroja de edad similar a la del hombre.

Gerardo se revolvió inquieto en su asiento. La presencia del detective estaba confirmando una sospecha que intuía más que comprendía. El letrado prosiguió:

—Las personas que acaban de llegar son precisamente los representantes de la firma AK Infinity, el detective Adriaan van Leeuwen y su ayudante, la señorita Dora Hellerstern. Como les decía, se han entregado más de las tres cuartas partes de lo incautado, pero ciertos objetos no han sido fáciles de adjudicar por tratarse de encargos que afectaban a más de una persona. El que hoy nos ocupa hubo de ser subastado para poder compensar con dinero a aquellos que se vieron implicados en su diseño y ejecución.

Un murmullo recorrió la sala. Gerardo sintió que el vello de los brazos se le erizaba: la sospecha tomaba forma tan claramente como si el abogado ya lo hubiese dicho. ¿Sería aquello posible? La respuesta no tardó en llegar.

—El objeto del que estamos hablando es un broche de platino, brillantes y rubí, denominado Rosa Regina o Rosa Windsor —el murmullo creció tanto que el abogado hubo de pedir silencio antes de proseguir—, cuyo diseño es de madame Sara Bellâme. De entre los materiales para su construcción, el platino y el rubí central corrieron a cargo de la firma que regentaba la señora Bellâme, que además aportó sus instalaciones y parte del personal. Los brillantes pertenecieron a monsieur

Samuel Amberg, de Amberes, a quien le fueron expoliados por una organización de oficiales nazis.

El abogado hizo una brevísima pausa. Ya no hablaba nadie entre los asistentes, cada uno sumido en los dolorosos recuerdos de aquellos días.

—La mayor parte de la mano de obra fue a cargo del señor Gerardo López, que apenas recibió una cantidad mínima para comer, entregada por su patrona, madame Bellâme.

Gerardo suspiró hondo. Visualizaba las imágenes como en una pesadilla oscura, gris, presente de algún modo y muy lejana de otro. Era una carga que llevaba en su corazón, que le había costado perder al amor de su vida. Gerardo solo sentía tristeza en aquel momento. El abogado seguía, ajeno a los sentimientos de aquellas personas.

—... por tanto, y después de ser subastada por Acteon, se obtuvo una cantidad de un quinientos por cien superior a su costo. En presencia de todos ustedes, hago entrega de tres cheques contra el Banco de Ámsterdam por los siguientes importes: para la representante de la firma que confeccionó la joya, madame Bellâme, el treinta y cinco por ciento del importe total obtenido en la subasta; para el señor Samuel Amberg, un cincuenta y cinco por ciento, en concepto de brillantes, y, por último, al señor Gerardo López, un diez por ciento en concepto de mano de obra.

Gerardo miraba el cheque que le acababa de entregar el pasante con estupefacción. Aquella era una cantidad considerable, superior al sueldo de todo un año de trabajo. Pero no se sentía feliz. Apenas le embargaba una sensación agridulce. Lo que estaba ocurriendo se parecía a la justicia poética, pero no devolvía el tiempo perdido ni los sueños que ya nunca podrían recuperarse.

Los asistentes se quedaron a solas con sus reflexiones por un momento. Luego se buscaron unos a otros. Se estrecharon las manos. La pareja de hombres, que Gerardo entendió habían sido las personas a las que se robaron los brillantes, se acercaron a él. Los ojos del padre mostraban una insondable tristeza, pero ambos sonreían con una especie de paz en sus gestos. Luego el detective se acercó a Gerardo.

Por primera vez en un buen rato, Gerardo sonrió de nuevo. Aquel hombre esbelto y resuelto siempre transmitía una sensación de frescura, de eficacia, de voluntad sincera.

—Ya hace mucho tiempo desde que nos vimos en Madrid —dijo mientras sacudía la mano de Gerardo varias veces—. Su testimonio me resultó muy valioso para perseguir y reconocer a Dietrich.

—¿Le capturaron? El abogado no ha dicho nada.

—¡Oh, sí! Ya lo creo —exclamó el detective con una sonrisa casi más ancha que su cara—. Lo pescamos en Ecuador, en la ciudad de Quito. Hace apenas unos meses. Es una larga historia.

Gerardo se sintió satisfecho. Más quizá que con el cheque. Pensar en Dietrich encerrado cerraba una herida. Pero no todas. En aquel momento pensaba en otra cosa.

—Estaré encantado de escucharla, si tiene usted un rato —dijo medio distraído—. ¿Se quedará en París muchos días?

—Un par de días tan solo, pero quizá encontremos un hueco para una copa y completar la historia.

—Me encantaría —aprobó Gerardo. Una idea estaba rondando en su cabeza—. Por cierto, ¿sigue usted trabajando de detective?

—Sí, claro —respondió Adriaan. Observó al joyero con mirada divertida.

Gerardo titubeó.

—Quería pedirle un favor. Bueno, mejor dicho, encargarle un trabajo…

Adriaan estaba intrigado. ¿Qué podría necesitar aquel hombre austero y sencillo?

—Se trata de averiguar el paradero de una persona…, de una mujer.

Una luz se encendió en la mente de Adriaan, que tenía una memoria excelente, una cualidad que era imprescindible en su oficio. Pero no dijo nada. Animó a Gerardo a continuar con un gesto de aquiescencia.

—Se trata de Albertine Lefebvre. Fue mi pareja, aquí en París, en aquellos años de la guerra. Desgraciadamente, desapareció un buen día, y no he vuelto a saber más de ella…

—Entiendo. Por supuesto. Nuestra empresa está perfectamente cualificada para esta tarea —respondió Adriaan, que efectivamente ya había imaginado que se trataba de encontrar a aquella misteriosa mujer—. Deme los datos que sepa y le prometo que haré todo lo posible por encontrarla.

—No es mucho lo que le puedo decir. Le daré su antigua dirección aquí en París y los nombres de sus familiares y amigos más cercanos. Yo he hecho averiguaciones también y lo único que he sacado en claro es que quizá se encuentre en la Riviera con su madre.

Adriaan asintió.

—Por casualidad, ¿no era la hermana de Antoine Lefebvre?

—Así es, pero… ¿cómo lo sabe?

—Recuerde que le estuve investigando a usted —respondió el detective—. Mi trabajo consiste en saberlo todo. Si es posible, claro. El nombre de su novia salió a relucir cuando investigué los últimos pasos de Friedrich Dietrich en París. El hermano de Albertine murió en el asalto a las dependencias de la avenida Foch, en la operación de la Resistencia que detuvo al último jefe de las SS de París. Lefebvre era uno de sus líderes. También recuerdo que fue usted el que sacó a su hermana de los calabozos de aquel mismo edificio unas semanas antes.

Gerardo no salía de su asombro.

—Por eso la Resistencia pensó que usted era un colaboracionista, por la asiduidad con la que visitaba aquellas dependencias y por la facilidad con la que liberó a la mujer.

—¡Pero todo eso era mentira! —exclamó con amargura Gerardo.

—¡Lo sé, amigo, lo sé! Todo fue un cúmulo de desagraciadas adversidades para usted.

—Ella desapareció al poco de sacarla de aquellos calabozos. Nunca he averiguado a dónde fue ni por qué. Solo mucho más tarde, mediante un buen amigo, he sabido que su padre murió y que probablemente esté cuidando de su madre, como le he dicho, en la Riviera. Pero son datos muy confusos. Confío en usted para lograr lo que yo no he podido en estos años.

—No se preocupe, Gerardo. Haré todo lo posible. Lo prometo.

En ese momento, el abogado anunció que Samuel Amberg y su hijo deseaban invitar a los presentes a una copa en una champanería que se encontraba a pocos metros del bufete.

Todos los presentes estuvieron encantados de aceptar la invitación. Una especie de ambiente festivo se estaba apoderando de ellos; después de todo, se había hecho un poco de justicia aquella mañana. Y eso no era poco.

La licorería tenía una terraza en la amplia acera. Hacía una temperatura deliciosa. Juntaron dos mesas y se sentaron todos alrededor. Gerardo se encontraba entre Dora Hellerstern y Sara, con la que conversaba entretenido. Todos los presentes pidieron champán, aunque fuese para mojarse los labios y brindar. La gente transitaba por la calle con más prisa de la habitual, probablemente debido a la manifestación, pero aquel grupo se encontraba ajeno a los acontecimientos del momento.

Charlaban animadamente entre ellos. Adriaan hablaba con el hijo de Bernard Bloch. Gerardo miraba distraído a la calle mientras se llevaba la copa a los labios. En un momento dado, por la esquina apareció una mujer rubia muy atractiva. Llevaba un sombrerito negro, con un tapafeas que cubría la mitad de su cara. En cambio, los labios, apretados en una delgada línea, destacaban, pintados de un color rojo sangre. Gerardo la observaba acercarse mientras apuraba su copa de champán. La mujer se dirigía decididamente hacia la mesa. Parecía que iba directa hacia Adriaan, que se encontraba de espaldas a ella, justo enfrente de Gerardo.

Entonces, Gerardo detectó algo extraño en la mujer y sus movimientos.

Cuando se encontraba apenas a un par de metros de Adriaan, la mujer metió la mano en el bolso, sacó una pistola de tamaño reducido y apuntó temblorosa a la espalda del detective, que estaba totalmente ajeno a la situación. Gerardo comprendió que iba a disparar. Con un grito de espanto trató de advertirle al tiempo que, por puro instinto, se ponía en pie y empujaba al detective hacia un lado. Pero la bala ya había sido disparada. La detonación sonó como un trueno y la trayectoria del proyectil, que buscaba la espalda de Adriaan, terminó en el pecho de Gerardo, que cayó fulminado al suelo mientras todos los demás se agachaban instintivamente. La mujer, al comprender su fallo, buscó de nuevo a Adriaan con intención de efectuar un nuevo disparo, pero tropezó con una de las mesas. Cayó de rodillas y la pistola salió despedida. Al verse desarmada, se incorporó y desapareció corriendo por la misma esquina por la que había venido. Pero Adriaan tuvo tiempo de ver su rostro deformado por el odio.

—¡Erika! —gritó presa del desconcierto más absoluto.

Fue el primero en reponerse del susto. Se inclinó sobre Gerardo y le taponó la herida con su pañuelo mientras pedía a gritos una ambulancia. Dora Hellerstern entró rápidamente en el local y realizó la llamada de auxilio.

Ya en el hospital, consiguieron reanimar a Gerardo. Le suministraron un gotero de sangre y después pasó a quirófano para que le extrajeran la bala. Pasó doce horas en estado crítico, con Adriaan a su lado, que no le dejó solo ni un instante.

Los médicos le habían informado de que, si superaba las primeras veinticuatro horas, Gerardo tendría alguna posibilidad de salvarse. La espera se hizo angustiosa. Durante ese intervalo de tiempo, tanto Adriaan, desde el hospital, como el resto de los compañeros de la mesa, testificaron sobre lo sucedido a la policía. Además, Adriaan les entregó la pistola de Erika, que había envuelto en una servilleta y había tenido la precaución de preservar.

—Conozco a la persona que ha disparado —explicó sin salir todavía de su consternación—. Deseo hacer una declaración en toda regla en comisaría, pero necesito estar aquí con mi amigo hasta que salga de peligro.

Los gendarmes no le pusieron problema, pero sí le requirieron la descripción y el nombre de la mujer para lanzar cuanto antes una orden de busca y captura. Así lo hizo Adriaan.

—Se llama Erika Baumann y es ciudadana alemana —detalló con amargura en la voz.

Se sentía muy culpable de aquella situación. «Gerardo es un hombre con pésima suerte», pensó mientras velaba su sueño, demasiado parecido a un coma. Y luego le asaltaba la imagen de Erika, la cara, un borrón donde destacaba aquella boca cruel, y los ojos cargados de odio bajo la negra rejilla del velo.

Apenas había transcurrido un año desde la detención del marido de Erika en Quito, y desde el propio asalto que había sufrido Adriaan. A veces todavía le dolía la pierna en el lugar donde había recibido el tiro disparado por los secuaces de Bartolomé Risco. Se sentía angustiado por Gerardo y, al mismo tiempo, abrumado por otras preocupaciones: «¿Cómo me habrá encontrado Erika? ¿Tanto es su odio?». «Debe de haber perdido la cabeza», se decía una y otra vez. Y luego recordaba aquellas noches en el barco, en su travesía hacia Ecuador, cuando más de una vez había pensado que aquella mujer podía ser peligrosa si se la contrariaba. No había imaginado hasta qué punto estaba en lo cierto.

•

Pasaron dos días tras el atentado. Afortunadamente, Gerardo comenzaba a dar síntomas de recuperación. Había recobrado el conocimiento y, aunque estaba muy débil, los médicos parecían optimistas. Adriaan, con un alivio contenido, aprovechó una visita de Sara Bellâme al enfermo para ir a declarar a la gendarmería.

Se sinceró con el agente que llevaba el caso y le aportó todos los datos que conocía de Erika, así como una exposición de los motivos de la mujer. Facilitó su dirección de Múnich y la de sus padres, donde vivía el hijo.

—Un claro caso de venganza —concluyó el agente—. No se preocupe, pasaremos un informe a la Interpol. Y usted ándese con cuidado.

Adriaan salió de la gendarmería con una sensación de impotencia. Era posible que Erika estuviera loca de venganza, pero seguía siendo una mujer calculadora e inteligente, aunque usase aquellas cualidades para servir a sus locos propósitos. Ya habría puesto tierra de por medio. Y seguro que sabía ocultarse. Tenía la sensación de que no darían con ella.

Pero Adriaan era un hombre optimista por naturaleza. O quizá, simplemente, aún era muy joven. Anduvo paseando por las calles de París, que se recuperaba lentamente de la manifestación, hasta llegar al hospital. Iba sumido en sus cavilaciones. Para cuando llegó a la puerta, ya estaba silbando sin darse cuenta una cancioncilla. Se sentía mucho mejor: Gerardo se recuperaba. Y él sabía cuidarse bien.

Donde quiera que estuviese la alemana alimentando su odio, autodestruyéndose, no le importaba demasiado. Puede que aún supusiese una amenaza, pero Erika no le había vencido.

Y nunca lo haría, porque el sentía con todas sus fuerzas que estaba del lado de los justos. Nada más importaba en realidad.

CAPÍTULO XXVI
La hoja de higuera
Verano-otoño de 1951

Adriaan se puso en contacto con su oficina para que buscaran cuanto antes el paradero de Albertine Lefebvre en la Riviera. Necesitaba esa información urgentemente, era lo mínimo que podía hacer por Gerardo, todavía muy grave y postrado en la cama del hospital. Era cuestión de indagar en los ayuntamientos de la zona; en los cementerios, por si acaso, y preguntar en los comercios del lugar. Estaba seguro de que sus colegas podían dar con ella sin necesidad de que él se personase. En el fondo era una tarea rutinaria.

También puso a trabajar a dos de sus mejores hombres en el caso de Erika. Le preocupaba saber cómo habría logrado encontrarle. Si lo había hecho una vez, podría hacerlo otra. Debían protegerse y dar con ella primero. No esperaría a la policía.

Cuando terminó esas gestiones, y antes de regresar al hospital, se presentó en el estand de la Cámara de Comercio Española para notificar a los jefes de Gerardo lo ocurrido. Se quedaron muy impresionados, pero apenas le dedicaron unos minutos con la excusa de que la exposición terminaba al día siguiente y debían recoger la mercancía y viajar a España sin pérdida de tiempo. Adriaan se extrañó de que ninguno mostrase intención de ir a visitar a su compatriota. Cuando al día siguiente lo comentó con Gerardo en el hospital, él puso una mueca de desprecio y el detective cambió el rumbo de la conversación hacia lo que de verdad importaba al enfermo.

—Gerardo, he llamado a mi oficina esta mañana antes de venir a verle. Tengo alguna información nueva sobre Albertine, aunque aún no hemos dado con ella…

A la mención del nombre de la mujer, Gerardo se incorporó bruscamente al tiempo que emitía una queja de dolor. Estaba más blanco que las sábanas de la cama.

—Tranquilo, hombre, tranquilo. Parece ser que ya no vive en la Riviera, se ha debido de trasladar más hacia el norte. No te preocupes, que la vamos a encontrar, te lo aseguro.

La decepción se pintó en el rostro de Gerardo, que había vuelto a recostarse con evidentes gestos de dolor. Cuando este remitió, confesó sus preocupaciones:

—Tampoco sé si querrá volver a verme después de tanto tiempo. Y tengo miedo de presentarme ante ella con este cuerpo maltrecho. No sé…

Gerardo sentía en su debilidad que todo era un imposible, una quimera. No se creía con el derecho a ser feliz de nuevo. No estaba acostumbrado a ese sentimiento y tampoco le acompañaba mucho la suerte, no había más que ver en qué estado se encontraba.

—Vamos, Gerardo, claro que sí. Esto pasará. Y además eres un buen hombre. No pierdas la esperanza.

Pero Gerardo se hundía en una pasiva melancolía.

Un par de días después, el enfermo ya se incorporaba en la cama sin tanto dolor, y poco a poco comenzó a pasear por la habitación. Su cuerpo joven y fuerte mejoraba sin duda, aunque no todo lo rápido que él hubiese querido.

Adriaan acudía todos los días a visitarle y le ponía al corriente de las pesquisas sobre el posible paradero de

Albertine. Sin embargo, aquel día, las noticias no eran demasiado buenas. Gerardo se dio cuenta en seguida del gesto sombrío del detective.

—A ver, Adriaan, hay algo que le preocupa. Hable, amigo, no es necesario que me lo cobije. Ya sabe que no tengo muchas esperanzas.

Adriaan no lo pensó demasiado. A fin de cuentas, antes o después, Gerardo debía saberlo.

—Hace más de un año que falleció la madre de Albertine en una localidad llamada Saint-Paul-de-Veuce, cerca de Antibes. Allí se pierde su rastro. Al parecer se marchó sin dejar ningún dato sobre sus planes. No tenemos nuevas pistas. Mis colegas piensan que lo más probable es que haya regresado a París.

—¡Dios mío! ¡París! Pero podría estar en cualquier otra parte. Es solo una suposición...

Gerardo se sintió transportado a los días de la ocupación en los que vagaba por París cuando, enfermo de preocupación y ansiedad, preguntaba por ella en todas partes y temía cada día que hubiera muerto. No se sentía con fuerzas para pasar por semejante trance de nuevo. Un cerco oscuro se profundizó bajo sus ojos. Adriaan le observaba y veía su sufrimiento. Se sentía terriblemente culpable. No sabía cómo animar a aquel hombre.

—Mis compañeros seguirán buscando. No será lo mismo que hacerlo usted solo. La encontraremos, es solo cuestión de tiempo, lo prometo.

Pero Gerardo parecía no escucharle.

Pasaron los días. Adriaan no se decidía a abandonar París mientras Gerardo estuviese en el hospital. Se sentía obligado con aquel hombre que había recibido una bala que no le correspondía. Además, empatizaba con aquella tristeza austera y contenida, y se sentía obligado a acompañarle, como si el caso que allí los había reunido no pudiese cerrarse hasta que el hombre estuviese totalmente recuperado. Mientras tanto, reflexionaba sobre todo lo sucedido y su inquietud iba en aumento. ¿Había dejado el asunto bien cerrado? La respuesta era negativa. El tulipán negro, Joachim Rutschiger, se le había escapado. Algunas pistas hacían pensar que estaba huido en España, protegido por el Gobierno de Franco, pero no había podido confirmarse. Y luego estaba Erika, en paradero desconocido. «Cuanto más frustrada se encuentre por no haber conseguido su objetivo, más mortífera y peligrosa se volverá».

Un escalofrío le recorrió la espalda.

No, en absoluto, el caso no estaba cerrado. Al menos Dietrich Friedrich había sido condenado a cadena perpetua en Israel. Era su único consuelo.

Por el contrario, Gerardo se encontraba mejor día a día. Aún no le habían quitado los puntos, pero, según el médico, cuando lo hicieran y la herida cicatrizase lo suficiente, pasaría a una sala especial para hacer rehabilitación y recuperar por completo la movilidad del brazo y, en especial, la del hombro. Pero mucho más que la recuperación, lo que él deseaba por encima de todo era encontrar a Albertine. Sin embargo, los meses sin ella ya se iban convirtiendo en años, y su búsqueda no daba resultado alguno. Casi sin querer, empezaba a conformarse y en la última semana aún no había preguntado a Adriaan por su paradero, como solía hacer.

Le quitaron los puntos y al día siguiente le trasladaron a otra planta. El lugar era más luminoso y el ventanal de la habitación le permitía ver una pequeña porción del Bosque de Bolonia, que en aquellos días mostraba los colores dorados y algo melancólicos del otoño. Su compañero de habitación resultó ser un soldado herido en la guerra de Indochina. Después de una amputación traumática, le habían insertado una prótesis y se encontraba allí preparado para una larga rehabilitación.

•

Pasaron dos o tres días. Aquella mañana les sirvieron el desayuno algo más temprano de lo habitual. Nada más le retiraron la bandeja, una de las enfermeras, tras dar unos toquecitos en la puerta, le anunció que debía ir a la sala de rehabilitación. Gerardo refunfuñó para sí. El proceso era doloroso y nunca se sentía predispuesto a iniciar los ejercicios, pero se impuso su sentido común.

Se incorporó con esfuerzo y caminó por el pasillo hacia la sala. En el recinto, algunos enfermos más madrugadores ya estaban haciendo sus ejercicios en las pasarelas metálicas o en los bancos de estiramientos. Un enfermero le indicó que esperase su turno con el terapeuta, que atendía en un despacho anexo. Ese día le explicarían unos nuevos ejercicios y le darían las pautas necesarias.

Gerardo se sentó en una silla a la espera de que terminase el paciente anterior. Sacó del bolsillo de su bata un cuaderno de apuntes. Todavía podía dibujar con el brazo bueno. Se entretuvo haciendo un boceto rápido de un árbol que asomaba tras el cristal del gran ventanal de la sala. Como siempre que dibujaba, su mente entraba en un mundo en calma. Se concentraba absolutamente y las penas, las tristezas, los agobios del día a día desaparecían. Canturreaba bajito, tan absorto en su faena que no había visto salir al otro paciente.

—¡Adelante! ¡Por favor! —invitó una voz desde el interior.

Gerardo levantó la cabeza sobresaltado.

—¡Entre! —repitió la voz con más energía.

Gerardo se sintió confuso. La voz le resultó familiar, pero no acababa de ubicarla. Guardó el cuaderno y el lápiz en el bolsillo. Abrió del todo la puerta, que estaba entornada. Detrás de la mesa había una mujer sentada. De una rápida ojeada comprendió que él conocía a aquella mujer. Gerardo tuvo que apoyarse en el quicio de la puerta de la impresión. Sintió una especie de vahído y las piernas casi se negaron a sostenerle. La mujer aún no había levantado la cabeza, estaba con la vista puesta en el expediente de Gerardo.

—¿Albertine? —preguntó él aturdido con la voz entrecortada por la emoción.

Ahora sí, la enfermera levantó la mirada de los papeles para encontrarse con un Gerardo tembloroso que apenas dio dos pasos hacia la silla para evitar caerse. Albertine se incorporó como un resorte para ayudarle, aun sin comprender del todo.

Entonces miró a los ojos a Gerardo y se percató de que era él allí, en aquel momento y lugar, cuando ya no lo esperaba en absoluto.

—Pero ¿eres tú? —preguntó atónita.

Se miraron extasiados durante unos largos segundos. Gerardo tenía aún grabado en el rostro el sufrimiento de los días pasados, pero a Albertine le pareció hermoso, de una armonía y un magnetismo que eran en parte familiaridad y en parte reconocimiento. Era un rostro que había amado y por eso seguía pareciéndole extrañamente bello. Sin embargo, cuando pasaron aquellos pocos instantes perfectos, todo el rencor por lo que le habían contado de Gerardo, e incluso por su ausencia, ensució sus sentimientos. Una mezcla de alivio, rabia y sorpresa la abrumaron.

—¿Qué haces aquí? ¿Qué te ha ocurrido? Suponía que estabas en España…

—Estaba pasando unos días en París por trabajo. Y, por extrañas circunstancias de la vida, he recibido una bala destinada a otro que casi me mata…

Gerardo estaba tremendamente emocionado. No podía hilvanar las palabras con coherencia. Miraba a Albertine y le parecía el rostro de un sueño. Sus ojos llenos de vida, su piel tan blanca, apenas sin cambios después de tanto tiempo. Estaba más guapa que nunca, con una belleza más plena y madura, pero había cambiado. Parecía más consciente de sí misma, mostraba una profundidad en la mirada que no había tenido durante la guerra. Gerardo sintió miedo. Tal vez aquella mujer ya no era la Albertine que le había amado un día.

—¡Un tiro! —exclamó ella—. Todavía no había tenido tiempo de leer completamente tu expediente. El doctor me habló de tu caso, pero no sabía el nombre del paciente, hasta que has llegado... Y eres tú...

Se calló bruscamente. Parecía que estaba aguantando las lágrimas una vez la situación hubo calado en ella. Gerardo se repuso un poco al verla emocionada.

—He estado entre la vida y la muerte durante muchos días. La suerte y los cuidados de tus compañeros me han salvado.

Albertine hizo un gesto de asentimiento. Luego regresó a la mesa y estudió el expediente. Le costaba soportar la mirada tan intensa de él. Cuando por fin habló, trató de sonar profesional.

—Sí, ahora que leo el informe veo que el disparo afectó a toda la zona del pectoral y del hombro. Hay desgarro de músculos y nervios, y pérdida de movilidad. No dañó el pulmón por poco. Estás vivo de milagro.

—Suerte que fue el lado izquierdo. Si no, no podría trabajar nunca más. Al menos no de joyero.

Ella asimiló aquella información. No podía imaginar a Gerardo trabajando en algo distinto a la joyería. Qué suerte había tenido, aunque, no, en realidad, qué desgracia. «Gerardo siempre ha tenido una suerte retorcida

—pensó—, siempre salvándose en el último momento, siempre atrapado en problemas que no parecen ir con él».

Se miraron de nuevo. Gerardo sintió una opresión en el pecho. Un nudo pareció deshacerse sin su consentimiento. No pudo pensar lo que decía. Las palabras se desbordaron por su garganta. Las preguntas que habían ardido en su pecho tantos meses se abrieron paso sin cortafuegos.

—¿Por qué te marchaste sin decirme nada? ¿Por qué te fuiste sin avisarme, Albertine? ¿Y por qué no has tratado de comunicarte conmigo en todo este tiempo? ¿Ni siquiera me merecía unas palabras de despedida? —preguntó con amargura. Y siguió. No podía parar—. ¡No sabes cuánto te he echado de menos! Todo este tiempo interminable. Han ocurrido cosas muy duras, pero todas han sido soportables menos tu pérdida…

Albertine le miró con espanto.

—Pero… ¿qué estás diciendo? ¡Te dejé una nota! Por supuesto que sí…

—¿Una nota? ¡Maldita sea! No había ninguna nota, Albertine. Registré el dormitorio de arriba abajo. Y luego busqué por toda la casa.

—¡Sí! En la mesilla de noche. Debajo de la lamparita…

Albertine estaba desconcertada. Había sujetado la nota con la lámpara, para que no se volase, como había hecho en alguna otra ocasión. No comprendía. Y no le parecía que Gerardo estuviera mintiendo.

—Te aseguro que no había nada. Registré por todas partes. Ya puedes imaginarte mi angustia…

Gerardo se detuvo. No quería que aquello se convirtiese en un duelo de reproches. Solo con mirarla toda su rabia y su desolación se iban disolviendo como azucarillos en un café caliente. Pero Albertine seguía dándole explicaciones».

—Antoine me sacó de París a toda prisa. ¡En mitad de la noche! Todo fue muy confuso y rápido. Cuando llegamos a Suiza, comprendí que podía perderte. Antoine me dijo cosas horribles de ti: que no me querías, que me estabas utilizando para que los nazis pudieran apresarle...

—Pero ¿qué estás diciendo? ¡¿Yo, con los nazis?! Tu hermano se equivocó terriblemente...

Albertine trato de entender aquellas palabras. De pronto comprendía, más con el corazón que con la cabeza, que Gerardo no podía haber sido aquel traidor que su hermano y sus amigos le habían pintado. Pero era duro admitir que Antoine la había apartado de él de aquella forma tan despiadada, como quien amputa un miembro infectado. ¡No podía ser! ¿Y todas aquellas visitas a la avenida Foch? ¿Aquella liberación de última hora en aquel horrible cuartel de la Gestapo? No había podido apenas aclarar aquellas cuestiones con Gerardo cuando ya su hermano se la había llevado de París. Y la semilla de la duda y la desconfianza habían sido plantadas en su corazón dolorido. Quizá ella había querido creer a Antoine para no tener que regresar a aquel París de pesadilla.

Todos esos pensamientos corrieron como caballos desbocados por su mente mientras Gerardo la observaba, mudo de angustia y de esperanza a un mismo tiempo. Albertine salió de su ensimismamiento.

—Mi vida cambió del modo más repentino. Todo era brusco e inestable durante la guerra... He pasado muchas noches de insomnio tratando de olvidarte...

—¿Y lo has conseguido?

Albertine no contestó. No salía de su aturdimiento. Aquello parecía un sueño. La casualidad, encontrase así en el hospital, como hacía tantos años, en otra vida. ¡Era demasiado!

—Me alegra verte —dijo por toda concesión—. Pero tu implicación en aquellos hechos...

Gerardo no la dejó continuar.

—Pero, Albertine —protestó—, ¡no fue así! Yo jamás he colaborado con los nazis. Tenía que visitar a la fuerza al coronel Dietrich todas las semanas. Era el informe sobre la Rosa Windsor —hizo una pausa entristecido y bajó la voz—. Tú lo sabías. Y tengo testigos de aquello. Madame Bellâme presenció la orden. Se dio en su despacho.

Albertine continuaba cabizbaja. Necesitaba tiempo, salir de allí y asimilar a solas aquel encuentro. Aquellas palabras.

—Nada de todo eso importa ya. Lo único importante ahora es que te recuperes —dijo recuperando el tono profesional—. Debes ir a la sala de rehabilitación. Hay otros pacientes esperándome. Te voy a dejar con el enfermero Hipolite —dijo muy seria—. Él se ocupará de tus ejercicios por hoy.

Gerardo iba a protestar. No se resignaba a que las cosas quedaran así. ¡Por supuesto que aquello importaba! Para él, de hecho, era lo único que tenía sentido. Sus ojos mostraron una decepción tan grande que Albertine no tuvo más remedio que ablandarse. Se pintó una medio sonrisa en su cara. Gerardo regresaba a su vida como antaño, indefenso y solo. La antigua ternura se despertó en ella sin poder evitarlo. La mirada de él era limpia, como entonces, como siempre: llena de verdad.

—Nos veremos mañana —dijo al fin.

Gerardo dio un suspiro mientras abandonaba a regañadientes la habitación. Se guardaba aquella promesa como un valioso tesoro.

•

Unos cuantos días después, el detective Adriaan van Leeuwen se acercó al hospital a visitar a su amigo. Le habían notificado esa misma mañana que tenían una pista segura sobre el paradero de la señorita Lefebvre. Faltaban un par de confirmaciones y pronto podrían comunicarle una dirección. Adriaan estaba tan contento que no podía esperar a que acabaran esas pesquisas. Necesitaba ver a Gerardo y darle la buena noticia. Subió hasta la habitación y se sorprendió al verle pegado a la ventana con una sonrisa que le iluminaba toda la cara.

—¡La he encontrado! ¡La he encontrado! —gritaba Gerardo al atónito detective.

Se precipitó hacia él. Le dio un abrazo con su brazo bueno.

Adriaan nunca había visto al joyero con un semblante tan alegre y esperanzado.

—¡Está trabajando aquí! ¿No es increíble? Hemos vuelto a encontrarnos en este hospital, cuando ya había perdido la esperanza…

Adriaan comprendió. Albertine, la enfermera. Finalmente, Gerardo la había encontrado antes que él.

—¿Albertine? —quiso confirmar.

—Sí, amigo. Albertine. Ella misma. Hace tres días… Aún no puedo creerlo…

—Cuánto me alegro por ti, Gerardo. Precisamente venía a decirte que mi oficina había encontrado una pista en París. Faltaba confirmar la dirección, pero ya veo, llego tres días tarde… ¡Qué alegría! Cuéntamelo todo. ¿Cómo está ella?

—Dentro de unos minutos, te la puedo presentar —dijo Gerardo. Le brillaban los ojos.

En el transcurso de aquellos tres días, había vuelto a ver a la enfermera cada mañana al inicio de las sesiones de rehabilitación. Ninguno había mencionado otra vez el pasado, pero una agradable familiaridad parecía estar regresando en su trato. A Gerardo solo le faltaba escuchar que ella le llamara soldado López, como en los viejos tiempos.

El detective acompañó a Gerardo a la sala donde Albertine escribía una nota informativa. Después de las presentaciones, se saludaron afectuosamente. Gerardo había contado a la enfermera cómo había acabado con una bala en el pecho.

Adriaan sentía una satisfacción creciente al comprobar que los flecos de su investigación se iban cerrando aunque fuese poco a poco. Encontrar a la enfermera Lefebvre era una alegría doble: por lo que tenía de sentimental y de reparación para su ya amigo joyero.

—No sabe cuánto me alegra conocerla, madame —dijo con galantería—. Nuestro común amigo me había encargado encarecidamente que la encontrara. Y ya ve, él la encontró primero... Me había hablado mucho de usted.

—¡Encantada, detective! También yo he oído hablar mucho de usted estos últimos días —respondió mientras miraba afectuosamente a Gerardo.

—Lo cierto es que el nombre de su familia ya salió a relucir cuando inicié mis investigaciones en un caso que me trajo aquí, hasta París.

—¡Qué sorpresa! ¿Y cómo es que el nombre de mi familia se vio envuelto en su caso? ¿En qué sentido? —preguntó con interés y extrañeza a un tiempo.

—El señor Van Leeuwen investigó el caso de Joachim Rutschiger —intervino Gerardo—, un nazi que lideraba una red de expolio de diamantes y obras de arte pertenecientes a los judíos, y que se extendió hasta aquí, hasta París, en los años de la guerra. Todo ello en colaboración con Dietrich Friedrich.

—¡Dios mío! —exclamó Albertine—. ¿Y qué tiene que ver mi familia con eso? ¿Qué averiguó usted? —dijo intrigada dirigiéndose de nuevo al detective.

—Pude descubrir que su hermano estaba siendo investigado por la Gestapo. Descubrieron que pertenecía a la Resistencia y que un jefazo de la avenida Foch le seguía como un halcón para deshacer la red que tenía montada aquí, en París. Von Grauerstein, ese era el nombre del jefe nazi, le había seguido la pista hasta la villa de su familia, pero algo salió mal y, en lugar de encontrar allí a su hermano, sorpresa, los detuvieron a ustedes dos.

Albertine sintió un escalofrío al recodar el suceso que relataba el detective. Aquel episodio había dejado una profunda huella en su carácter, un trauma en su recuerdo. Había sido el principio del fin de su felicidad. Nunca había vuelto a ser la misma.

—Ahórrese los detalles —dijo con una voz helada—. Recuerdo muy bien las circunstancias.

—Albertine, te rogaría que escuchases un poco más —intervino Gerardo—. Precisamente, son los detalles lo que más deberías oír… Hay datos de aquellos días que te permitirían comprender… ¡Por favor!

Albertine se levantó nerviosa de la mesa y se acercó a la ventana. No quería que le vieran las lágrimas que pugnaban por asomar.

—Está bien —dijo al fin—. Continúe, detective.

—Bien —prosiguió Adriaan—. La idea de Von Grauerstein era despellejarlos vivos y sacarles toda la información posible. Pero entonces, Gerardo, que estaba siendo interrogado en la habitación contigua, se jugó su única baza, les mencionó que trabajaba para ellos en un asunto importante y que se pusieran en contacto con el teniente coronel Dietrich Friedrich si no querían que les formasen un consejo de guerra. Los torturadores, escamados, telefonearon al coronel Dietrich y, tras una larga conversación, recibieron orden de liberarle. Gerardo aún exigió más y, aprovechando la comunicación con él, pidió que soltasen a su novia. Ante la reticencia del nazi, Gerardo amenazó con dar un martillazo a la Rosa

Windsor, aunque después le fusilasen. La presión que tenía Dietrich para entregar esa joya a Göring les salvó la vida a los dos.

Albertine aún seguía junto a la ventana vuelta hacia la calle. Se giró ligeramente hacia ellos.

—Pero, por sus declaraciones, Gerardo se identificó como un colaborador de los nazis, por tanto, mi hermano estaba en lo cierto.

—¡Oh, no, Albertine! No puedes seguir pensando eso de mí… —protestó Gerardo débilmente.

—También un preso en un campo de concentración realiza trabajos para salvar la vida —intervino el detective—. Gerardo realizaba ese trabajo de forma forzada, madame. Usted debe saberlo mejor que nadie.

Albertine pensaba intensamente en lo que había dicho el detective. Era cierto. Ella sabía lo de aquel broche. Y nunca se lo reprochó a Gerardo. Todos cumplían con su destino forzoso en aquellos días. La vida no fue fácil para nadie. Bastaba con sobrevivir. Regresó silenciosamente hasta la mesa. El detective admiró su figura mientras se desplazaba con suave elegancia. Ella se sentó de nuevo.

—¿Cómo descubrió usted todo eso?

—Esto ya es historia, madame. Von Grauerstein fue apresado por la Resistencia justo antes de que los nazis abandonaran París. La operación la dirigía su hermano. Todos ellos mostraron un gran alarde de valor y consiguieron detener a muchos jefes nazis, pero, al retirarse, un grupo de francotiradores alemanes abatieron a su hermano desde las azoteas. A pesar de estar mal herido, Antoine y algunos compañeros consiguieron atrapar a Von Grauerstein, le arrastraron hasta un camión y se lo llevaron. Sin embargo, unos minutos después, su hermano falleció en brazos de sus camaradas, como usted ya sabrá. ¡Un valiente! De veras que lo siento.

A Albertine ya le corrían las lágrimas por la cara. Ahora ya las mostraba sin tapujos. Gerardo se acercó a ella y la abrazó tímidamente mientras Adriaan terminaba su narración:

—Von Grauerstein tenía una información que fue vital para los aliados, y por estrategia militar se le mantuvo con vida, en un semicautiverio, para extraerle información. Allí estuvo con otro prisionero, un oficial que había trabajado a sus órdenes en la avenida Foch, un espía doble llamado Mitternach al que yo conocí años más tarde. De sus propios labios conocí esta historia.

Los tres se quedaron en silencio unos segundos. Albertine ya había dejado de llorar. Con aquellas lágrimas se habían marchado muchos sentimientos opresivos. Se sintió más limpia. Más ligera. Sonrió.

—Gracias por contarlo, señor Van Leeuwen —dijo llanamente—. Realmente, no creo que Gerardo fuera un colaboracionista —admitió, al fin, comprendiendo que nunca lo había creído de veras. Miró con franqueza a Gerardo como si le viera por primera vez. Solo encontró amor en sus ojos. Siguió hablando—. Mi hermano se equivocaba cegado por el temor a que me ocurriera algo…, pero hizo mucho por su patria y por el futuro de todos nosotros… Le perdono a él… —vaciló tratando de encontrar las palabras— y a nosotros.

•

Adriaan y Gerardo solo se vieron una vez más, en las dependencias de la policía, cuando le dieron el alta a Gerardo. Estaba totalmente recuperado. Haber encontrado a Albertine le había transformado por completo. Tenía planes de futuro, y una seguridad y una alegría serena emanaban de su rostro. Albertine y él habían recomenzado su relación muy poco a poco, casi más como amigos que como amantes, mientras recuperaban su viejo amor, oculto bajo capas de malentendidos y distancias.

Un poco antes de despedirse, por primera vez tras el atentado, Gerardo preguntó a Adriaan por Erika, la enigmática mujer que le había disparado. Ella era, a la vez, causante de su desgraciada herida y, sin querer, también de su nueva vida al haber recuperado a Albertine.

—Es la mujer de Dietrich y, además, su colaboradora —explicó Adriaan—, una cómplice muy diestra y ambiciosa que puso a buen recaudo gran parte de la fortuna que amasó Dietrich con el expolio a los judíos durante la guerra. A día de hoy, no sabría decir cuál de los dos era más ambicioso. Sin embargo, cometí el error de pensar que, tras la detención de su marido, ella se conformaría con el dinero que tenía escondido en Suiza. Pensé que regresaría a Múnich con su hijo y su familia, y allí se dedicaría a disfrutar del dinero, pero no ha sido así. La traicioné en el barco —confesó Adriaan— para obtener información con el objetivo de capturar a su marido.

—¿La sedujiste?

Adriaan asintió avergonzado sin saber bien por qué. Ahora no le parecía tan justificado aquel comportamiento.

—Se sintió engañada y descubierta, además de despojada de gran parte de su ilegal fortuna. Todo eso ha debido de trastornarla. Alimentó tanto odio hacia mi persona que ha sido capaz de encontrarme y casi logra acabar conmigo... Si no llega a ser por ti, yo no estaría ahora contando esta historia...

—Y tal vez yo no hubiera encontrado a Albertine en el hospital...

—Yo la habría encontrado por ti —replicó Adriaan.

Los dos se echaron a reír.

Sin embargo, Adriaan no había escapado al peligro por completo. Ciertas personas, cuando son despechadas o engañadas sentimentalmente, se convierten en las peores enemigas de sus amantes. Erika hubiera matado a Adriaan con sus propias manos si le hubiera sido posible.

Los amigos se despidieron. Adriaan caminó hacia el hotel haciendo balance de aquella larga investigación. Había luces y sombras allí. Algunos éxitos: la detención de la red de venta ilegal de diamantes robados a los judíos; la captura de Dietrich; la incautación de mucho de lo robado; aquella joya valiosa, la Rosa Windsor, que le había permitido conocer a Gerardo.

También pensó en Rosana, que, a pesar de la distancia, viajaba a menudo a Ámsterdam para verle. Y de paso compraba género para su joyería a los pedreros de la capital. Adriaan se planteaba a veces pedirle que se quedara, pero nunca se decidía a hacerlo. Rosana era un espíritu libre y no creía en las ataduras y, en el fondo, él tampoco. Y eso también parecía entenderlo muy bien Dora Hellerstern, quien cada día era más imprescindible para él. Siempre tan alegre, siempre tan eficaz. Cada día más bonita…

Y las sombras: nunca habían atrapado al escurridizo Joachim Rutschiger. Se hablaba de que estaba en España, pero sus clientes hacía tiempo que le habían pedido que cerrara el caso. Aquella estancia en París para la entrega de los cheques había sido el último acto.

Y estaba Erika, claro.

Nadie sabía cuál era su paradero. Tendría que vigilar bien sus espaldas, pero ¿cuándo había dejado de hacerlo? Así era su profesión. Luces y sombras. Decididamente, tenía motivos para estar satisfecho.

Había llegado a la puerta de su hotel. En un impulso, en lugar de entrar, se giró y contempló la avenida bordeada de tilos. Al fondo, la torre Eiffel se erguía impasible.

Sintió que se despedía de París.

•

Gerardo y Albertine seguían afianzando su relación. Gerardo aprovechó el dinero que había recibido para quedarse una temporada en París mientras Albertine y él decidían cómo construir su futuro, y si ese futuro pasaba por estar juntos, y de qué manera.

Una mañana de aquel otoño se citaron en un céntrico café. A Albertine, que llevaba una boina roja, le chispeaban los ojos. Gerardo había engordado un par de quilos y seguía teniendo aquella especie de sonrisa ligera que ella nunca le había visto en los tiempos antiguos. Le favorecía. Almorzaron ostras y champán junto al Sena.

De repente, Gerardo se puso serio.

—¿Te acuerdas del hospital de campaña? En la vieja abadía.

—¡Claro! —respondió ella. Se acercó al borde de la mesa, atenta, intuyendo que la pregunta traía algo importante—. Y me acuerdo de un día que discutimos sobre la luz de las ciudades —Se echó a reír recordando—. La luz. Sí. Era una competición. Ganó la luz de París.

—¡De eso nada! —respondió él—. Quedamos en que la más hermosa era la de Madrid.

—Ni hablar —dijo ella muy segura—. No fue así en absoluto. ¡Mientes!

Gerardo hizo un gesto con la mano quitándole importancia.

—Pero no es eso exactamente... —prosiguió—. ¿Te acuerdas del lugar donde hablábamos aquellos días mientras las sirenas de los Stukas no paraban ni un momento?

Ella se puso seria de repente. Se retiró el flequillo de los ojos. Con aquel gesto, parecía otra vez muy joven.

—Claro que sí. Bajo la higuera. La higuera del patio trasero.

—Sí —dijo él. Sacó una caja del bolsillo interior de su chaqueta—. ¡Toma! La guardo para ti desde hace demasiado tiempo.

Gerardo acercó el estuche con el dedo hacia las manos de Albertine, pero ella no lo abrió. Cogió su bolso y rebuscó en una cremallerita interior. Al final pareció encontrar lo que buscaba. Sacó un papel doblado en varios pliegues. Estaba algo amarillo y, sin abrirlo, se lo tendió a Gerardo. Le temblaba un poco la mano. Gerardo lo cogió.

Entonces, Albertine abrió la caja mientras él desplegaba el papel.

Allí estaban aquellos objetos: el colgante de plata con la hoja de higuera y el viejo boceto que había dibujado Gerardo. Los habían llevado siempre consigo a través de los años.

Eran la higuera, eran el olor a España. Eran el campo de batalla de Francia en guerra.

Así se habían encontrado aquel verano. Y allí seguían un poco todavía, tanto tiempo después.

Nota de los autores

El contenido de esta obra es ficción. Aunque contenga referencias a hechos históricos y lugares existentes, los nombres, situaciones y personajes son ficticios. Cualquier semejanza con personas reales, vivas o muertas, empresas existentes, eventos o locales es pura coincidencia. Algunos personajes históricos que aparecen en la novela son reales, pero las situaciones en las que se encuentran son fruto de la imaginación de los autores.

La Rosa Windsor nunca existió.

Relación de personajes

Emma Göring: Emma Sonnemann de soltera
Mariscal Hermann Göring
Duque de Windsor
Duquesa de Windsor, Wallis Simpson
Gerardo López: joyero. Protagonista. Artesano de la Rosa Windsor
Julio, hijo de Julio Salcedo: amigo de Gerardo
Sara Bellâme: diseñadora de joyas en París
Bernard Bloch: socio de Sara Bellâme
Marié: pulidora, amiga de Gerardo
Monsieur Louison: relojero, colega de Gerardo
Albertine Lefebvre: enfermera
Antoine Lefebvre: hermano de Albertine
Pierre: criado de los Lefebvre
Anselmo: vecino de Gerardo en París
Dietrich Friedrich: teniente coronel nazi encargado de conseguir otra Rosa Windsor
Adam Bauer: ayudante de Dietrich Friedrich
Hans Riesiges: comandante supremo de la seguridad en París
Otto Mitternach: oficial nazi en la avenida Foch
Heinrich Reitter: oficial nazi en la avenida Foch
SS Pieter Kopffer: oficial nazi en la avenida Foch

Erika Baumann de Friedrich: esposa de Dietrich Friedrich
Abraham Bassor: judío francés
Joachim Rutschiger: oficial nazi, líder de los Tulipanes Negros, colega de Dietrich Friedrich
Von Grauerstein: alto mando nazi de la ciudad de París
Adriaan van Leeuwen: detective de AK Infinity
Dora Hellerstern: ayudante de Adriaan van Leeuwen
Samuel Amberg: judío de Amberes que contrata a Adriaan van Leeuwen
Gilberto Abigail: nombre falso de Joachim Rutschiger
Señor Borges: otro nombre falso de Joachim Rutschiger
Bartolomé Risco: ecuatoriano, traductor de discursos de Hitler
Rosana García: joyera ecuatoriana
Wilson Cabrera Zimmerman: nombre falso de Dietrich Friedrich

EDITORIAL
POSIDONIA